LUNE
DE TASMANIE

DE LA MÊME AUTRICE
CHEZ LE MÊME ÉDITEUR

ROMANS AUSTRALIENS

La Route de Savannah Winds, 2020.
Une pluie d'étincelles, 2019.
Les Fleurs du repentir, 2018.
Les Orages de l'été, 2017.
L'Île aux mille couleurs, 2016.
L'Or du bout du monde, 2015.
Les Pionniers du bout du monde, 2014.
La Terre du bout du monde, 2013.
L'Héritière de Jacaranda, 2012.
Le Chant des secrets, 2011.
Éclair d'été, 2010.
La Dernière Valse de Mathilda, 2007.

SAGA « LA PENSION DU BORD DE MER »

Quand on ne peut oublier, 2020.
Où le cœur se pose, 2019.
L'espoir ne meurt jamais, 2018.
Si loin des siens, 2017.
Et le ciel sera bleu, 2016.

TAMARA McKINLEY

LUNE DE TASMANIE

traduit de l'anglais
par Danièle Momont

ARCHIPOCHE

Ce livre a été publié sous le titre *Spindrift*
par Quercus, Londres, 2017.

Notre catalogue est consultable à l'adresse suivante :
www.lisez.com/archipoche/44

Archipoche
92, avenue de France
75013 Paris

ISBN 978-2-37735-957-8

Note de l'auteure

L'île de Skye, *An t-Eilean Sgitheanach* en gaélique écossais, est parfois nommée *Eilean a' Cheò* dans la même langue, ce qui signifie « l'île des Brumes ». Il pourrait s'agir d'une référence au massif du Cuillin, dominant l'endroit et toujours enveloppé de brouillard. Avec *Lune de Tasmanie*, j'ai souhaité rendre hommage aux modestes fermiers qui, après avoir échappé à la famine, furent victimes, aux XVIIIe et XIXe siècles, de déplacements forcés baptisés *Highland Clearances* (« déblaiements des Terres hautes » en français), connus aussi sous le nom de *Fuadaich nan Gàidheal*, « l'expulsion des Gaëls » en gaélique écossais. Seuls quelques fermes en ruine et une poignée de murets témoignent aujourd'hui de ce lourd passé, mais dans le silence des Highlands, lorsque les nuages mangent la chaîne du Cuillin et les vallons déserts, les lieux, se suffisant à eux-mêmes, racontent leur histoire.

J'ajoute que, si j'ai inventé de toutes pièces les colonies de MacInnes Bay et de Gilleasbuig, je n'en ai pas moins fondé mon récit sur des témoignages de l'époque.

Le port situé sur la Tamar, en Tasmanie, a été baptisé Port Dalrymple en 1798. Six ans plus tard, la ville de George Town voyait le jour sur le port. En 1805, le lieutenant-colonel William Paterson établit une autre colonie en amont de celle-ci, qu'il appela Patersonia – elle devint Launceston en 1907, en hommage à Philip King, gouverneur de la Nouvelle-Galles du Sud, originaire de Launceston, dans les Cornouailles anglaises.

Prologue

Bellerive, Tasmanie

L'année 1904 touchait à sa fin, et Christy se tenait assise dans le fauteuil préféré de son défunt mari, à côté de la porte-fenêtre donnant sur la baie de Storm et la péninsule tasmanienne. La chaleur de l'été se trouvait atténuée par une brise fraîche venue de la mer – le parfum des pins et des eucalyptus pénétrait grâce à elle dans la demeure. Christy, d'ordinaire apaisée par les cris des carillonneurs huppés dans les arbres non loin, demeurait tendue – elle attendait la réaction de sa famille à l'annonce qu'elle venait de faire.

À présent que les enfants s'étaient dispersés aux quatre coins de l'Australie, les réunions de famille se raréfiaient, mais ils étaient venus à Hobart pour assister aux obsèques de leur père, qui avaient eu lieu deux semaines plus tôt. Leur départ étant prévu le lendemain, Christy avait organisé un repas, afin d'égayer les cœurs et de fêter dignement l'entrée imminente de sa petite-fille de dix-huit ans à l'université de Sydney, où elle allait étudier l'histoire. Christy se sentait immensément fière de Kathryn, car, à son âge et pour l'époque, cette réussite scolaire tenait de la prouesse.

Une fois vidées les dernières flûtes de champagne, une fois engloutis les mets de choix, Christy avait lâché sa bombe dans ce silence d'après les agapes qui, en une fraction de seconde, lui avait paru s'alourdir considérablement.

Hamish, son fils aîné, et son épouse Beryl avaient, pour assister à l'inhumation, quitté leur ranch situé dans l'État du Queensland, traversant du même coup une grande partie du continent. Jovial et franc en règle générale, Hamish, cependant, avait tôt fait de sortir de ses gonds lorsque les choses lui échappaient – sa mère n'avait pas manqué de voir s'embraser une terrible étincelle au fond de son œil bleu, dans un visage brusquement empourpré, une réaction de fort mauvais augure.

James, son cadet de deux ans, ne ressemblait en rien à son grand frère. Il dirigeait pour sa part Yarrabinda, le vignoble familial, situé dans la vallée de la Barossa. Réfléchi et attentionné, ce presque quadragénaire haïssait les conflits. Il avait récemment épousé la timide Clarice, éprise de littérature et, pour l'heure, très impressionnée, comme elle se tenait à côté de son mari, par le brusque changement d'atmosphère. Christy avait espéré que James se rangerait à ses vues, car ces deux-là se comprenaient depuis toujours, mais, à voir à présent ses sourcils froncés, elle se prenait à douter.

Elle se tortilla sur sa chaise en se tournant vers Anne, sa première-née, regrettant amèrement qu'un fossé se fût creusé entre elles, qui ne se comblerait que si, un jour, Anne consentait à pardonner à sa mère.

Cette dernière observa le ravissant chapeau de sa fille, ses bottines à boutons munies de talons hauts, sa jupe, qui lui arrivait aux chevilles, ainsi que sa veste cintrée – par cette chaleur, elle devait suffoquer. Anne, la quarantaine, avait épousé Harold Ross. Elle était aussi la mère de Kathryn et semblait ne pas vieillir, bien que l'expression sévère qu'elle affichait souvent vînt gâter sa beauté – le regard noir qu'elle posait en cet instant sur sa mère en disait long sur la tempête qui menaçait.

Christy croisa les mains dans son giron. La culpabilité la submergeait. Elle n'avait pas eu l'intention de gâcher cette belle journée, mais il fallait à tout prix qu'elle leur fît part de ses projets, et elle avait espéré que ses enfants, amadoués par le champagne et la bonne chère, se montreraient plus souples, prêts, dès lors, à entendre et comprendre le besoin qu'elle éprouvait aujourd'hui de réaliser ses rêves. Hélas, il semblait qu'elle se fût bercée d'illusions.

— Ne sois pas ridicule ! éructa Hamish, qui avait rougi jusqu'à la racine de ses cheveux roux. Le chagrin d'avoir perdu papa t'aura tourné la tête. Tu n'as pas les idées claires.

Christy se tourna vers lui, qui, chaque jour un peu plus, ressemblait à son père à elle – elle ne devrait ménager ni son temps ni ses efforts si elle souhaitait le voir changer d'avis.

— Bien sûr que j'ai du chagrin, réagit-elle posément. Pour autant, je puis t'assurer que je suis en pleine possession de mes facultés mentales.

— Je suis d'accord avec Hamish, intervint Anne. Il n'est pas convenable, pour une femme de ton âge, d'entreprendre seule un pareil voyage. Que se passera-t-il si tu tombes malade ? Ou si, Dieu nous en préserve, tu meurs au cours de ton périple ?

— J'ai soixante-cinq ans, mais je te prie de croire que je ne suis pas encore sénile. Et je n'ai pas prévu de mourir avant que mon heure ait sonné.

— Une heure que personne n'est en mesure de choisir, répliqua sa fille.

— C'est de la pure folie, reprit Hamish. Je te défends de faire une chose pareille.

— Ton père ne m'a jamais rien interdit, lui rappela Christy sans élever la voix. Je ne me laisserai pas davantage dicter mes décisions par mes enfants.

Elle se trouvait maintenant assise sur la pointe des fesses.

— Vous semblez tous oublier que je suis plus que rompue aux voyages en solitaire, et que, sans mon goût pour l'aventure et ma détermination, rien de ce dont vous jouissez aujourd'hui n'existerait.

— Tu étais jeune, contre-attaqua Anne avec dédain. Et les temps ont changé. Par ailleurs, papa se trouvait presque toujours avec toi. Tu es injuste de t'attribuer tout le mérite de votre succès.

Sa mère grinça des dents en avisant ses airs supérieurs – elle eut bien de la peine à ne pas la moucher.

— Tu as perdu la raison, s'acharna Anne. Et je suis sûre que les autres partagent mon avis.

Elle posa un regard impérieux sur ses frères, leurs épouses, sa fille et son mari, comme pour les mettre au défi de s'opposer à elle.

— Je pense que nous devrions respecter les désirs de maman, s'immisça James d'un ton égal, dans le silence brusquement tombé. Elle s'est mise en quatre pour nous, et nous savons qu'elle rêve depuis toujours de revoir sa terre natale.

— Dans ce cas, aboya son frère, elle n'avait qu'à le faire lorsque papa était encore en vie !

D'un geste brusque, il se débarrassa de la main que sa femme venait de poser sur son avant-bras pour tenter de le calmer.

— Il s'agit d'un voyage au long cours, et il n'est pas question pour moi de permettre à notre mère de courir de tels dangers au nom de je ne sais quel caprice.

— Il ne s'agit pas d'un caprice, se fâcha Christy. Ainsi que vient de le rappeler James, je brûle depuis de longues années d'entreprendre cette traversée, à laquelle tu sais aussi bien que moi que ton père n'aurait jamais voulu se joindre. Pas après ce qu'il avait enduré dans son enfance.

Des images déferlèrent aussitôt à l'intérieur du crâne de Christy, qui dut se ressaisir avant d'enchaîner :

— Hélas, il nous a quittés. Quant à vous, vous menez votre existence comme vous l'entendez. À mon tour de combler mes envies.

— Je te trouve affreusement égoïste, lui assena sa fille. Ici, tu as des responsabilités. Tu ne peux pas nous abandonner du jour au lendemain. Ni tes petits-enfants.

— À part Kathryn, je ne les vois pour ainsi dire jamais, lui rappela Christy. Ils vivent beaucoup trop loin. En ce qui concerne mes responsabilités, mon notaire et mon comptable sont tout à fait capables de les endosser à ma place. J'ai en outre un voisin qui prendra soin des chevaux, et trois fils parés à gérer les affaires familiales sans moi.

Elle jeta un coup d'œil en direction d'Harold, qu'elle tenait pour l'un de ses véritables enfants.

— Au lieu de t'obstiner de façon déraisonnable, gronda Hamish avec humeur, tu ferais mieux de consacrer le temps libre dont tu disposes à présent à nous rendre visite, afin de faire plus ample connaissance avec nos enfants.

— Je n'y manquerai pas. À mon retour. Pour le moment, nous continuerons à nous contenter de lettres et de cartes.

— Tu me parais résolue, observa James en faisant tourner, dans son verre, un shiraz de Yarrabinda, d'un rouge profond. Il s'agit toutefois d'un très, très long voyage…

— Du délire, ricana Hamish, qui se resservit un verre de vin. Voilà ce que c'est. Comment peux-tu seulement songer à effectuer un tel périple ? Sans personne pour t'accompagner, de surcroît ?

— Hamish a raison, intervint Beryl, son épouse. Il s'agit d'un voyage dangereux pour une femme. Quel que soit son âge, s'empressa-t-elle d'ajouter. Vous serez amenée à faire escale dans des lieux infects ou mal famés.

Clarice guigna James avant d'ouvrir la bouche à son tour :

— Je suis d'accord, dit-elle en clignant des yeux derrière ses lunettes à la façon d'un hibou. Vous risquez de tomber entre les mains de truands pratiquant la traite des Blanches, ou de contracter l'une de ces horribles maladies qui sévissent en terre étrangère. James et moi comprenons parfaitement les raisons qui vous ont poussée à nourrir ce projet, mais il ne serait pas sage de le mettre à exécution.

— Peut-être nous sentirions-nous tous plus à l'aise si l'un ou l'une d'entre nous s'embarquait avec elle ? pépia soudain Kathryn.

— Il m'est impossible d'abandonner Yarrabinda pendant aussi longtemps, répondit James. La vigne est capricieuse, même lorsque les conditions climatiques se montrent favorables. Je dois la surveiller comme le lait sur le feu.

Le garçon lorgna son frère, qui avait l'œil mauvais.

— Hamish ne pourra pas davantage quitter son bétail, d'autant plus qu'une terrible sécheresse sévit actuellement dans le Queensland.

Il adressa à sa mère un sourire bienveillant, qui lui réchauffa le cœur.

— Même si cela signifie que nous allons tous manquer une formidable aventure, conclut-il.

Kathryn se redressa, le teint lumineux.

— Moi, je pourrais l'accompagner, souffla-t-elle. Les cours à l'université ne commenceront qu'en octobre prochain, et une pareille expérience m'enseignerait sans doute bien davantage que tout ce que je pourrais jamais apprendre dans une bibliothèque.

Comme des protestations s'élevaient aux quatre coins de la table, Christy sentit l'amour qu'elle portait à sa petite-fille lui gonfler la poitrine. L'infinie douceur dont se montrait capable l'adolescente dissimulait une volonté de fer, héritée de sa mère, mais, au contraire de celle-ci, Kathryn avait saisi depuis longtemps qu'il convenait de tourner sept fois sa langue dans sa bouche avant de parler – elle usait des mots mieux que personne.

— Il n'en est pas question, décréta Anne avec brusquerie. Tu es beaucoup trop jeune pour veiller seule sur notre mère, dont tu sais fort bien qu'elle semble prendre un malin plaisir à multiplier les incartades. Rappelle-toi ce qui s'est passé lorsqu'elle a insisté pour participer à la course de voitures à cheval, l'été dernier: elle s'en est tirée avec une commotion cérébrale et un poignet cassé.

— Elle a eu raison de se faire plaisir, répliqua l'adolescente avec vigueur. Je ne vois pas pourquoi elle devrait s'empêcher de faire ce dont elle a envie tant qu'elle en est encore capable.

— Anne…, s'immisça James après avoir adressé un clin d'œil à sa nièce. Écoute-moi, veux-tu ? Maman est en pleine forme. Elle possède à elle seule plus d'énergie que nous tous réunis. Kathryn vient d'avoir une idée de génie.

Christy sourit pour elle-même, ravie déjà de s'imaginer sur les flots en compagnie de sa petite-fille chérie.

Anne, de son côté, ne désarmait pas et donna à son époux silencieux un coup de coude dans les côtes.

— Dis quelque chose, Harold, le rabroua-t-elle. J'apprécierais que tu me soutiennes un peu.

Harold Ross s'éclaircit la voix, gigota quelques instants sur sa chaise, mal à l'aise de se voir entraîner au cœur de ce différend familial. Harold, qui devait en partie sa fortune à son intelligence des affaires, se révélait en revanche impuissant à maîtriser cette épouse qui le dominait, de sorte qu'il se mêlait rarement des questions d'ordre domestique.

— J'ai l'impression que ta mère a arrêté sa décision, et les faits nous ont appris qu'en pareil cas rien de ce que nous pourrons lui dire ne saura la faire changer d'avis.

Il s'exprimait avec précaution.

— Par ailleurs, poursuivit-il en évitant soigneusement le regard courroucé de sa femme, je crois qu'il serait peu judicieux de sa part de partir seule.

Le visage d'Anne se détendit l'espace d'un instant, mais, déjà, son époux enchaînait, qui la fâcha de nouveau :

— J'accorde à Kathryn la permission d'accompagner sa grand-mère.

Le silence se fit. On attendait, le souffle court, la réaction de sa femme.

Celle-ci considéra Harold avec effarement. Puis elle tenta de se ressaisir.

— Notre fille vient d'avoir dix-huit ans, parvint-elle enfin à articuler. Elle n'est encore qu'une enfant. As-tu complètement perdu l'esprit ?

L'homme s'empourpra, sans que Christy devinât si c'était de colère ou d'embarras. Puis, comme Kathryn glissait une main dans celle de son père, ce dernier se redressa sur son siège, serra les doigts de l'adolescente, l'œil dans l'œil furibond de son épouse. Et il ne cillait pas.

— Voyager élargit les perspectives, décréta-t-il avec fermeté. Et puisque jamais notre fille ne s'est encore rendue à l'étranger, j'estime que ce périple ne pourra que lui être profitable.

Sa belle-mère l'applaudit en silence – elle lui était infiniment reconnaissante pour le soutien qu'il avait choisi de lui apporter. Anne continuait à fulminer.

— Je ne te demande pas grand-chose, fit-elle, et Dieu sait que tu te reposes en général sur moi pour toutes les décisions importantes. Mais, pour une fois, juste une fois, j'aurais aimé que tu prennes enfin tes responsabilités concernant notre fille.

Il pinça les lèvres, et son regard vert étincelait.

— C'est précisément ce que je suis en train de faire, répondit-il sur un ton glacé. Je ne reviendrai pas sur ce que je viens de dire. Si Kathryn souhaite partir avec Christy, elle a ma bénédiction.

Tandis que la jeune fille lui souriait, et qu'Anne déployait mille efforts pour reprendre contenance, il y eut des raclements de gorge – la tablée se sentait gênée.

Christy finit par rompre la glace – jamais elle n'avait souhaité semer la zizanie entre sa fille et son époux.

— Je suis navrée, Anne, mais puisque Harold lui a donné sa permission, et que Kathryn s'enthousiasme manifestement à l'idée de m'accompagner, je ne comprends pas pour quelle raison tu continues à t'insurger.

Elle sourit à sa petite-fille.

— J'accepte ta proposition avec un immense plaisir, ma chérie.

Les yeux verts de l'adolescente, qu'elle tenait de son père, se mirent à briller.

— Nous allons vivre une merveilleuse aventure, mamie, murmura-t-elle. J'ai hâte d'y être.

— Je ne peux ni ne veux cautionner cette folie ! s'emporta Anne.

— Ton époux ne t'a pas laissé le choix, objecta James, le regard pétillant de malice.

Le garçon, accoutumé aux emportements de son aînée, qu'il ne craignait nullement, leva son verre à l'adresse de son beau-frère, qui lui fit un clin d'œil en retour.

— On marche sur la tête, maugréa Hamish, dont la fureur initiale s'était trouvée étouffée par les déclarations d'Harold.

Il jeta quelques regards autour de lui, avant de lâcher un petit rire mauvais.

— Mais puisque mon beau-frère vient d'accorder son consentement à sa fille, je suppose que nous ferions mieux d'accepter la situation.

— Dans ce cas, fit Anne, il ne me reste plus qu'à accomplir mon devoir de mère en accompagnant Kathryn.

On ouvrit tout grand la bouche, puis des murmures coururent à travers la pièce, pareils à des feuilles d'automne emportées par la brise. L'adolescente posa sur Anne un regard horrifié, tandis que Christy s'efforçait de dissimuler son émoi.

— C'est inutile, voyons, se dépêcha-t-elle d'intervenir. Ta fille et moi saurons nous débrouiller. Nous nous en voudrions de te déranger.

— Cela me dérange en effet, c'est le moins qu'on puisse dire. Surtout lorsque je songe à tout ce que j'avais prévu pour l'année à venir. Mais la sécurité de mon enfant de même que sa réputation l'emportent sur le reste. Il serait inconvenant de ma part de la laisser partir sans chaperon.

— Je serai là, insista Christy, épouvantée à la perspective de voir Anne lui rendre l'existence impossible, anéantissant, les uns après les autres, les projets qu'elle avait longuement mûris.

Anne, hélas, balaya l'argument maternel d'un geste de la main.

— Il est impossible de compter sur toi. Tu peux tomber malade, ou te laisser troubler par je ne sais quelle toquade, ce qui vous mettrait toutes deux en danger. La plupart du temps, ta curiosité te mène par le bout du nez, tu le sais parfaitement. Et dès lors, tu cours droit au-devant des ennuis.

Piquée par la brutalité de ces propos, Christy se rappela qu'alors que sa petite-fille n'était âgée que de cinq ans elle l'avait entraînée dans le bush à la poursuite d'un oiseau rare aperçu plus tôt par des ouvriers travaillant sur la Gordon River. Elle avait cru offrir là une formidable aventure à l'enfant, mais elles n'avaient pas tardé à se perdre, et c'est à la chance, plus qu'à sa jugeote, qu'elle devait finalement d'être parvenue à ramener une Kathryn saine et sauve à ses parents affolés.

— Je vois à ta tête que tu te souviens de cette affreuse journée, lui assena Anne, la mine sombre. Et ce n'est pas la seule fois où tu as plongé cette famille dans l'angoisse.

Relevant la tête, sa mère constata que tous les regards se trouvaient à présent braqués sur elle – on attendait sa réaction avec impatience. Le spectacle avait assez duré, songea-t-elle soudain, et elle décida d'y mettre un terme. Elle lissa sa jupe de lin, rajusta ensuite la ceinture autour de sa taille mince, puis elle prit une profonde inspiration avant de se mettre debout.

— Jamais tu n'aurais osé me parler sur ce ton lorsque ton père était encore de ce monde. Je refuse d'en entendre davantage. Si tu insistes pour nous accompagner, tu devras respecter le fait que je suis ta mère, et me traiter en conséquence. Ce voyage me tient particulièrement à cœur. Il est hors de question que tu viennes le gâcher. Me suis-je bien fait comprendre ?

Les joues de sa fille rosirent, mais elle soutint sans broncher le regard de Christy.

— Parfaitement. Mais en ce qui concerne le respect, il faut…

Comme elle s'apprêtait à prononcer des paroles qu'à coup sûr elle regretterait plus tard, sa mère la coupa dans son élan :

— Je sais que le bien-être de Kathryn t'importe plus que tout, et qu'il arrive que tes mots dépassent ta pensée, aussi blessants puissent-ils se révéler. J'espère seulement qu'à notre retour en Tasmanie tu auras appris à faire preuve d'un peu plus d'humilité et de compréhension envers ton prochain.

Hamish émit un rire moqueur.

— De l'humilité ? Anne ? J'ai hâte de voir ça.

De menus gloussements tintèrent ici ou là, que Christy réduisit au silence d'un œil sévère avant de demander à James d'ouvrir une autre bouteille de vin, afin que l'on portât un toast.

Une fois les verres remplis, elle échangea avec son benjamin des regards chargés d'affection.

— À qui ou à quoi buvons-nous ? s'enquit-il.

— Levons nos verres à l'île de Skye, et à mes retrouvailles avec elle, que j'aurai attendues si longtemps.

Elle sourit encore, et derrière ce sourire elle dissimulait les doutes qui venaient de l'étreindre, la concernant, certes, mais concernant aussi l'avenir de sa relation avec son unique fille.

1

Inverness, juin 1905

À peine étaient-elles arrivées de Londres à bord d'un bateau à vapeur qu'elles avaient gagné le vieux relais de poste situé sur les berges du Moray Firth, à Inverness. Au terme d'une paisible balade en ville au cours de laquelle elles avaient admiré les clochers des églises, plusieurs ponts de pierre, ainsi que des bâtiments en granit, Christy avait proposé que l'on dînât tôt, avant que chacune se retirât dans sa chambre pour y préparer la journée du lendemain – ainsi était-elle parvenue, sans inquiéter personne, à prendre plus de repos qu'à l'accoutumée, en invoquant les fatigues du voyage. Car, contre toute attente, elle sentait ce jour-là le poids des années.

Assise à sa coiffeuse, elle brossait ses cheveux bruns, pensive. Les poutres de l'hôtel craquaient, gémissaient parfois. Un air salé, venu du Moray Firth, pénétrait dans la chambre par la fenêtre ouverte, jusqu'à laquelle montaient aussi le grondement des voitures sur la chaussée pavée et le bruit des sabots des chevaux chargés de les tirer. Christy n'avait pas renoncé aux cheveux longs, bien qu'au fil des ans ils eussent perdu en volume, et qu'on commençât d'y voir briller des fils d'argent. C'est que son défunt mari aimait à passer les doigts dans cette chevelure, qu'elle répugnait donc à faire couper – ç'eût été pour elle comme un renoncement à tout ce qu'ensemble ils avaient partagé. Elle ne se sentait pas encore prête à affronter ce vide immense.

Elle soupira en observant son reflet dans le miroir. Le chagrin d'avoir perdu son époux assombrissait son œil brun, et les années, peu à peu, marquaient ses traits. Elle détourna le regard, incapable d'accepter que la jeune fille qu'elle était jadis n'existât plus guère que dans son âme, et que les gens autour d'elle, y compris les membres de sa famille, ne vissent plus en elle qu'une vieille dame.

Elle ôta sa robe de chambre, ferma la fenêtre, éteignit la lampe à gaz, avant de se hisser dans son grand lit à colonnes. Les lourds rideaux sans âge exhalaient une odeur de poussière et d'humidité, mais les draps étaient propres et les couvertures assez épaisses pour épargner à la dormeuse la froidure de la nuit. Christy se pelotonna parmi les oreillers, pressée de s'abandonner au sommeil. Pourtant, en dépit de sa fatigue, l'enthousiasme la tint éveillée.

Elle avait rêvé de ce voyage pendant un demi-siècle, en sorte qu'elle peinait à croire qu'enfin elle se trouvait presque chez elle. Toutefois, pour cette liberté de se rendre en Écosse, elle avait payé le prix fort: seule la mort de son cher mari lui avait permis d'envisager pour de bon ce périple, et l'opposition initiale de ses enfants à ses projets avait douloureusement ébranlé ses certitudes.

L'œil grand ouvert au cœur des ténèbres, elle écouta les sons en provenance de la rue, le cri des mouettes en train de survoler les quais tout proches, où les gréements des navires produisaient leur musique discordante dans le vent d'est. Tandis que le souvenir de ce repas mouvementé, à la fin duquel elle s'était ouverte aux siens de son intention de partir pour l'Écosse, s'estompait peu à peu, il lui sembla humer l'âcre odeur des algues sur une grève hérissée de rochers. Elle entendait maintenant les cris lugubres des courlis planant au-dessus de la chaîne du Cuillin. La bruyère picotait ses pieds nus dans les vallons.

Ses paupières, à chaque instant plus lourdes, se fermaient peu à peu. Comment ses enfants auraient-ils pu comprendre la signification profonde de ce pèlerinage ? Car elle ne leur avait pratiquement rien raconté de ce qu'elle avait vécu, de ce qu'elle avait enduré pendant sa prime jeunesse. Elle avait gardé pour elle la réalité crue, qu'elle n'avait confiée qu'à son mari, lui-même ayant aussi souffert. Les souvenirs de cette époque se révélaient décidément trop mauvais pour les partager avec sa progéniture, trop sombres – ils eussent risqué de gâter l'existence que son époux et elle, à la force du poignet, s'étaient forgée sur ces terres neuves, baignées de soleil, où tout devenait possible.

Cependant, comme elle touchait au but, Christy brûlait chaque jour davantage de livrer à sa fille et sa petite-fille son poignant récit. Lorsque le sommeil s'empara enfin d'elle, elle avait acquis la certitude que, bientôt, elle leur dirait tout, et qu'en s'épanchant ainsi elle trouverait la paix.

*

Allongée dans le lit étroit, sa chevelure aux tons d'automne déployée sans ordre sur l'oreiller, Kathryn gardait les yeux ouverts en dépit de l'obscurité qui régnait dans cette chambre aux grosses poutres apparentes, aux murs lambrissés de bois, qu'elle s'était vue contrainte de partager avec sa mère. Elle n'avait pas la moindre envie de dormir, trop impatiente pour y songer seulement, pressée déjà de se trouver au lendemain.

Elle se tourna, étreignit l'oreiller, les souvenirs de son voyage se bousculant joyeusement à l'intérieur de son crâne. À peine sa grand-mère avait-elle fait part à ses proches de son désir de revoir l'île de Skye que l'adolescente avait compris qu'il s'agissait pour elle d'une occasion unique. Malgré les plaintes et les récriminations perpétuelles de sa mère, elle n'était pas déçue.

Elle avait découvert, avec le *Celtic* sur lequel les trois femmes avaient embarqué, un navire aux proportions gigantesques, équipé de spacieuses cabines de luxe, d'une superbe salle à manger, ainsi que d'une bibliothèque bien fournie. On y recensait encore une piscine sur le pont supérieur et une salle de bal éblouissante, où les officiers du bord, tout de blanc vêtus, veillaient à ce qu'aucune célibataire, quel que fût son âge, ne demeurât sans cavalier. Face à toutes ces merveilles, Anne était demeurée de marbre, l'œil volontiers réprobateur, mais Christy lui avait rappelé qu'il n'était pas question pour elle de jouer trop longtemps les rabat-joie, avant d'encourager sa petite-fille à remplir chaque soir son carnet de bal.

La traversée s'étant déroulée sans encombre, même lorsque le navire avait franchi le cap Horn, personne n'avait eu à souffrir du mal de mer – Kathryn avait jugé ces quelques semaines d'un romantisme fou. Tous les soirs, elle s'était couchée avec des étoiles plein les yeux – combien nombreux étaient les jeunes hommes à lui couler des regards… Elle avait écrit de longues lettres à ses amies demeurées à Melbourne, exaltant les vertus des croisières, quand elle ne s'attardait pas sur la description détaillée du bel officier avec lequel elle avait échangé de délicieux baisers au clair de lune.

Elle sourit pour elle-même en se remémorant ces instants volés, sans pour autant les chérir plus qu'ils ne le méritaient – il s'agissait d'une amourette de vacances, rien de plus, dans un cadre qui lui seyait à ravir, où les flots étincelaient sous un ciel piqué d'étoiles. Depuis, le jeune homme devait avoir jeté son dévolu sur une autre passagère.

L'adolescente se rappela aussi l'exotisme de leurs escales, les spectacles saisissants, les sons et les parfums – elle livrait, dans leurs moindres détails, ces moments à son journal intime, afin de ne rien oublier. Avec sa mère et sa grand-mère, elle avait visité les îles Fidji, ainsi que le Vanuatu, aux plages exquisément bordées de palmiers, avant de découvrir les Tonga, puis la côte occidentale du Chili. On avait fait escale à Montevideo, à Rio de Janeiro, cité bruyante et grouillante d'activité. Après quoi, le navire s'était dirigé vers les côtes africaines – on avait alors vu les ports du Sénégal et du Maroc.

La journée passée dans le port marocain de Safi avait représenté un formidable contraste avec les autres lieux qu'on avait visités – la chaleur, certes, les accablait, mais c'était surtout la misère et la saleté qui avaient frappé les trois femmes. La ville s'était révélée surpeuplée, empestant un terrible mélange d'épices, de caoutchouc brûlé et d'excréments d'animaux. Pourtant, en dépit de l'œil sombre, insolent et toujours aux aguets des hommes en djellaba, malgré les voix plaintives des mendiants, Kathryn avait goûté sans mesure les ruines anciennes, ainsi que le désert infini qui s'étendait au-delà des murs de la cité, un désert où vivaient des nomades dont on pouvait observer les caravanes de dromadaires, sur lesquels se tenaient des femmes et des enfants parés de couleurs vives.

Depuis leur départ de Melbourne, Anne s'était montrée autoritaire et grincheuse, accablant Christy de reproches pour la moindre broutille et diminuant d'autant le plaisir de la grand-mère et de sa petite-fille, mais leur courte escale à Safi avait largement empiré la situation – Kathryn se sentait meurtrie par l'agressivité dont sa mère faisait preuve à l'égard de Christy.

Cette dernière, dont la curiosité se révélait insatiable, avait contraint Anne et sa fille à d'abord patienter, abandonnant leur guide pour s'aventurer seule parmi les ruines de la forteresse portugaise, bientôt cernée par une horde de marchands et de clochards. Elle avait ensuite plongé dans le souk avec l'intention de marchander auprès des camelots, jouant des coudes pour se frayer un chemin au milieu de la foule, au cœur du labyrinthe de ruelles qui, pareilles à des veines, couraient à travers toute la ville. Anne et Kathryn avaient eu beau multiplier les efforts pour tenter de la suivre, elles avaient fini par perdre sa trace.

À chaque instant plus inquiètes, elles l'avaient ainsi cherchée pendant une heure, pour la découvrir enfin, souriant d'une oreille à l'autre, accroupie en compagnie de femmes voilées avec lesquelles elle faisait la conversation – plus exactement, elle palabrait seule, avec animation, tandis que ses compagnes lavaient leurs bébés dans des bassines en fer-blanc devant leurs masures en adobe.

Kathryn avait failli pleurer de soulagement, mais elle n'avait pas eu le temps d'étreindre sa grand-mère que, déjà, Anne avait saisi celle-ci par le bras pour l'entraîner sans ménagement dans la cohue, en direction du bateau.

Horrifiée, l'adolescente avait essayé d'intervenir, mais Christy était parvenue entre-temps à se libérer de la poigne de sa fille, dont les clameurs faisaient se retourner les passants. Craignant qu'elle ne finît par avoir recours à la violence physique, Kathryn s'apprêtait à s'interposer entre les deux femmes lorsque sa grand-mère s'était contentée, pour mettre un terme au coup de gueule, de hausser les épaules avec un sourire à la fois doux et plein d'effronterie, avant de se hâter vers la passerelle avec ses achats – elle n'aurait voulu, pour rien au monde, manquer l'heure du thé.

Kathryn s'était efforcée d'apaiser sa mère en lui prenant le bras pour rejoindre le bord avec elle, puis lui proposer de retrouver Christy sur le pont, dans l'espoir que mère et fille y feraient la paix. Mais Anne, refusant catégoriquement de se laisser amadouer, avait, la mine offensée, regagné leur cabine, où elle était demeurée jusqu'au lendemain matin.

Comme la jeune fille se nichait plus profondément encore au creux des couvertures, elle se demanda pourquoi sa mère se montrait si brutale avec Christy, qu'elle semblait tenir pour une ennemie. Elle savait qu'il n'en avait pas toujours été ainsi – elle se rappelait que dans sa prime enfance les deux femmes se manifestaient une immense et réciproque affection.

Quelque chose s'était passé, qui avait rompu cette harmonie. Kathryn avait espéré que ce long voyage guérirait leurs plaies, hélas, malgré ses sollicitations, mère et fille étaient restées fermées comme des huîtres concernant leur désaccord, et plus que jamais éloignées l'une de l'autre. L'adolescente finirait-elle par découvrir les raisons de leur animosité ?

2

Elles quittèrent Inverness à l'aube, après un petit déjeuner pris sur le pouce, composé de porridge et de café très fort. Le long trajet en voiture à cheval jusqu'au village de Kyle of Lochalsh, situé dans le nord-ouest de l'Écosse, dura toute la journée. Ayant ensuite passé la nuit dans une petite auberge décrépite, les voyageuses embarquèrent à bord d'un ferry baptisé le *Pionnier*, pour accomplir l'ultime étape de leur périple.

Les conditions climatiques s'étaient détériorées durant la nuit et, tandis que le *Pionnier* affrontait résolument les flots agités, au large de l'île de Skye, Christy se tenait seule sur le pont détrempé en s'efforçant de ravaler ses larmes. Malgré la distance, malgré le temps écoulé, sa mémoire ne lui avait pas fait défaut : le paysage se révélait tel que dans son souvenir. Sans se soucier du vent malmenant son imperméable et tout près de lui arracher son chapeau, sans se préoccuper de la bruine qui peu à peu plaquait sa jupe contre ses chevilles, la sexagénaire contemplait les imposantes falaises noires, du sommet desquelles des cascades dégringolaient jusque dans la mer. La brume des embruns se confondait avec la pluie.

Elle se cramponna au bastingage – le pont était glissant, chahuté par le tangage et le roulis. Les émotions de la voyageuse, que d'ordinaire elle muselait avec soin, tourbillonnaient maintenant à l'intérieur de son crâne. Elle humait la puissante odeur tourbeuse des terres arides s'éployant devant elle. « *An t-Eilean Sgitheanach* », murmura-t-elle en gaélique. L'île des Brumes, ainsi que l'avaient nommée les Vikings, était la sienne, et elle se réjouissait de se trouver seule pour vivre ces instants précieux, durant lesquels elle renouait avec le lieu de sa naissance.

Tandis que le *Pionnier* se dirigeait lentement vers le nord avec ses passagers, avec le courrier destiné aux habitants de l'île, avec des provisions et du bétail, Christy ne lâchait plus le décor des yeux. C'était soudain comme si ces cinquante années d'absence n'avaient duré qu'une fraction de seconde, et les souvenirs affluaient en masse, aussi nets, aussi douloureux qu'ils l'avaient toujours été.

La voyageuse ayant fini par s'abriter sous l'avant-toit de la timonerie, elle caressa tendrement le châle en tartan qui, jadis, avait appartenu à sa mère. Elle le resserra autour de ses maigres épaules, enfouit son nez entre les plis humides du tissu – pour un peu, elle y aurait retrouvé le parfum de cette femme qu'elle avait tant aimée. Sa grand-mère l'avait tricoté, optant pour des tons de bleu et de vert, de loin en loin rehaussés d'une ligne orangée – tel était le motif du clan MacInnes. Christy chérissait ce châle, qui de sa jeunesse écossaise constituait l'un des derniers vestiges.

— Pour l'amour du Ciel, maman ! Qu'as-tu encore inventé ?

Le ton intimidant de sa fille la tira brusquement de ses songes.

— Je profite de mes retrouvailles avec l'île de Skye, répondit-elle avec fermeté.

— Tu vas attraper la mort, s'insurgea Anne, qui, d'une main retenant son chapeau, baissa la tête pour se prémunir des embruns.

— J'ai résisté à bien pire que cela.

Elle tourna de nouveau ses regards vers la côte, avec l'espoir que sa fille comprendrait qu'en cet instant elle était de trop. Hélas…

— Je n'en doute pas, mais depuis, tu as vieilli. Tu n'es plus aussi résistante qu'autrefois.

Christy l'ignorait superbement. Elle avait prié pour que ce long voyage la rapprochât de son aînée, mais Anne, en dépit de la douceur manifestée par sa mère, continuait de la tenir à distance – jamais elle ne cessait ses remontrances, toujours elle réprouvait le comportement de la sexagénaire, au point que celle-ci se sentait épuisée d'avoir consenti tant d'efforts pour garder son calme et ne pas rembarrer sa fille.

Anne devait son prénom à sa grand-mère écossaise, décédée depuis longtemps. La ressemblance s'arrêtait là – son aïeule avait affronté les épreuves et la pauvreté avec flegme. Elle était morte trop tôt, dans des circonstances tragiques. À l'inverse, Anne se montrait implacable en toute situation, au point que Christy craignait qu'elle ne finît par se mettre tout le monde à dos – y compris Harold. Cela faisait d'ailleurs longtemps qu'elle doutait que l'union des deux époux fût heureuse, et l'éclat du garçon au terme du grand dîner à Hobart n'avait fait que confirmer ses soupçons.

S'obligeant à sourire, Christy tapota l'avant-bras de sa fille dans l'espoir de se la concilier.

— Arrête, s'il te plaît. Je suis heureuse, et cette averse de printemps ne durera pas.

Anne frissonna, resserra son châle en fourrure autour de son cou sans lâcher son chapeau.

— On a du mal à croire que nous sommes au mois de juin, maugréa-t-elle. Ne cesse-t-il donc jamais de pleuvoir ?

— Bien sûr que si, mais tu sais aussi bien que moi que nous nous situons très au nord, et ici, le temps est imprévisible.

Elle rajusta quelques mèches folles échappées de leurs épingles.

— Comme en Tasmanie, Anne. Je me rappelle certains repas de Noël organisés à l'intérieur de la maison, d'où nous regardions tomber la pluie par la fenêtre.

— Bah, s'agaça Anne. De toute façon, tu es trop âgée pour ce genre de fantaisie.

Christy exhala un lourd soupir, lassée d'entendre si souvent cette phrase dans la bouche de sa fille.

— Et puis, enchaîna cette dernière, qu'est-ce que c'est que cet horrible châle ? Où est passée l'étole en fourrure que tu as achetée à Londres ?

La sexagénaire tourna vers Anne un visage dénué d'expression.

— Je l'ai soigneusement rangée dans ma malle. Quant à ce châle, il s'agit d'un héritage familial, on ne peut plus approprié aux circonstances présentes.

— Il est affreux, décréta sa fille en cramponnant le bastingage – le navire venait de gîter, et elle eut bien du mal à ne pas perdre l'équilibre. Tu te montres parfois insupportable, ajouta-t-elle sombrement. Que vont penser les gens en te voyant attifée de cette manière ?

Christy pouffa.

— Je m'en moque, figure-toi. D'autant plus que je me demande qui pourrait bien s'intéresser à une vieille bonne femme comme moi. En revanche, tout le monde, ici, reconnaîtra le tartan du clan MacInnes. Ils comprendront la fierté que j'éprouve à l'arborer, tout mité qu'il soit.

Anne frissonna.

— Rentre, voyons, lui conseilla sa mère avec douceur. Laisse-moi seule avec mes souvenirs, s'il te plaît.

— Tu n'en as jamais fait qu'à ta tête. Ce voyage n'a constitué pour moi qu'une longue épreuve. Je me demande comment j'ai pu te laisser ainsi me forcer la main pour que je t'accompagne.

Quel toupet !…

— Rien ne t'obligeait à venir, se fâcha Christy.

— Bien sûr que si ! Je n'allais tout de même pas laisser ma fille se rendre à l'autre bout du monde avec une grand-mère irresponsable. Il suffit de te regarder. Plantée là sous l'averse, en train d'attraper la mort avec satisfaction.

Christy se raidit.

— Rentre, Anne. Je vous rejoindrai toutes les deux une fois que le navire aura accosté.

— Je déteste cette vilaine coquille de noix. On y côtoie de beaucoup trop près des individus mal dégrossis. Sans parler de leurs animaux, qui empestent. J'ignore comment Kathryn parvient à supporter cette situation.

— Dans ce cas, reste ici, mais tais-toi. Tu gâches mon plaisir.

Anne ne broncha pas.

— En consultant le plan que j'ai acheté, il m'est apparu que ce pénible trajet en bateau n'avait pas lieu d'être. Encore une de tes lubies, je suppose. Destinée à nous rendre l'existence plus difficile encore qu'elle ne l'est déjà. Nous aurions pu prendre le ferry jusqu'à Portree, puis louer une voiture à cheval.

Christy détourna le regard. À Portree s'attachaient pour elle de terribles souvenirs, qu'elle ne se sentait pas prête à affronter.

— Je tenais à admirer la côte, répondit-elle. J'avais cru que ta fille et toi jugeriez aussi l'expérience intéressante.

— « Intéressante » n'est pas le mot que j'aurais choisi pour la décrire. Il fait froid, l'humidité règne en maître et nous sommes fort mal installées. Pour ce qui est de la vue…

Elle lorgna d'un œil moqueur les nuages bas parmi lesquels disparaissait le sommet des collines.

— Il n'y a strictement rien à voir.

Elle tourna les talons pour regagner l'intérieur du navire.

Christy, que le mépris de sa fille pour ces côtes splendides avait piquée, se sentit soulagée de la voir disparaître. Elles étaient en permanence à couteaux tirés, et il semblait que rien ne fût en mesure de les rapprocher à nouveau. La sexagénaire fulminait de voir Anne la traiter toujours en vieillarde à demi sénile. Elle aimait sa fille cependant, et regrettait de la moucher parfois, car le seul fait qu'elle l'eût rejointe sur le pont démontrait qu'elle se souciait de sa mère. Mais quel dommage qu'elle ne sût le lui prouver qu'en la houspillant.

Comme elle redirigeait ses regards vers le littoral, elle y distingua Ardtrek Point, ainsi que l'étroite péninsule d'Ullinish. Si les nuages se dissipaient un peu, elle ne tarderait plus à apercevoir le vieux phare en bois et les vestiges d'une forteresse de pierre gris-brun dont la légende voulait qu'elle eût été édifiée avant la naissance du Christ – ce qu'il en restait montait la garde au sommet des falaises.

Ensuite, le navire se dirigerait de nouveau vers l'ouest, avant de suivre la côte septentrionale, puis de franchir le cap pour pénétrer dans le loch Dunvegan, leur destination finale. Là également, Christy possédait de troublants souvenirs, plus faciles à braver toutefois que ceux de Portree.

Le ravissement lui fit ouvrir tout grand la bouche lorsqu'elle repéra des phoques au dos luisant affalés sur les rochers. Des oiseaux tournoyaient, qui avaient fait leur nid à flanc de falaise, où des hommes avaient jadis risqué leur vie pour voler les œufs afin d'en nourrir leur famille. En dépit de sa joie première, Christy, dont Anne sapait la résolution avec méthode, sentit soudain le cœur lui manquer.

Des doutes l'assaillirent. Avait-elle eu tort de parcourir un si long chemin à son âge, pour revoir l'endroit où elle avait dû faire face à tant de chagrins et d'épreuves ? Allait-elle finalement être déçue ? Qu'attendait-elle au juste de ce retour aux sources ?

Elle cligna des yeux pour en chasser les larmes qui menaçaient de rouler bientôt sur ses joues. Il n'était pas question de permettre à sa fille de ternir sa ferveur, pas alors qu'elle touchait son rêve du doigt.

Elle avait saisi l'occasion, fait fi des récriminations de sa famille, de son âge et des fatigues induites par une si extraordinaire aventure. Elle irait jusqu'au bout.

Percevant un bruit de pas dans son dos, elle redressa les épaules, prête à se chamailler encore avec Anne. Mais quand elle se retourna, elle se détendit aussitôt et sourit.

— Alors, Kathryn, que penses-tu de mon île ?

Il y avait de l'inquiétude dans les yeux verts, dessus le joli petit nez piqué de discrètes taches de rousseur.

— La côte me rappelle celle de la Tasmanie, répondit l'adolescente en prenant dans la sienne la main gantée de sa grand-mère.

Celle-ci hocha la tête.

— Elles se ressemblent beaucoup, en effet. C'est d'ailleurs pour cette raison que je me suis si vite accoutumée à la Tasmanie.

— Est-ce que tout va bien, mamie ?

— Parfaitement bien. Ne t'occupe pas de ce que ta mère a pu te raconter. C'est un jour important pour moi. Je pense que j'ai le droit de montrer un peu mes émotions, tu ne crois pas ? Une fois n'est pas coutume.

Elle adressa à sa petite-fille un sourire près des pleurs. Elles demeurèrent ainsi longuement, main dans la main, dans un silence complice. Des criques désertes passaient devant elles, toutes de roches noires et de sable aux grains grossiers. Il y eut encore les ruines de nombreuses maisonnettes en pierre, des fermes éparpillées dans des vallons dominés par des montagnes et, plus haut encore, par des nuages galopant au ciel.

Christy se rappelait fort bien l'époque où elle ramassait ici même du varech, tandis que ses cadets exploraient les flaques parmi les rochers en quête de coquillages et de crustacés. Comme les lieux lui paraissaient vides à présent, sur lesquels veillait la forteresse en ruine – des moutons paissaient une herbe rude où prospérait cette bruyère qui devrait attendre la fin de l'hiver pour fleurir.

Du coin de l'œil, Christy considéra le visage de sa petite-fille. À l'évidence, l'adolescente se sentait touchée par le décor – peut-être comprenait-elle mieux, à présent, la raison pour laquelle sa grand-mère avait éprouvé l'impérieux besoin d'entreprendre cet inutile trajet en bateau. Celle-ci se réjouissait de la présence de Kathryn à ses côtés, en ces instants qui, sans elle, eussent été affreusement solitaires.

— C'est magnifique, souffla la jeune fille comme, au terme d'une manœuvre du navire, le château de Dunvegan, à l'extrémité du loch, se révélait à son regard. On dirait un château de conte de fées.

Elle tourna vers Christy un visage épanoui.

— Qu'éprouves-tu à retrouver ta terre natale au bout de toutes ces années ?

Des larmes piquèrent à nouveau les yeux de la sexagénaire, qui resserra son châle autour de ses épaules en évitant avec soin de se tourner vers le château, qu'elle haïssait, au même titre que tout ce qu'il représentait, consciente néanmoins de l'euphorie qui peu à peu s'emparait d'elle à la perspective de débarquer bientôt.

— Je ne sais pas si je dois rire ou pleurer, avoua-t-elle à sa petite-fille. Du bateau, j'ai déjà constaté tellement de changements que j'en viens presque à craindre ce que je vais découvrir une fois à MacInnes Bay.

Kathryn passa un bras autour de ses épaules.

— Je resterai auprès de toi, mamie, et si tu as envie de pleurer, n'hésite surtout pas. Ce n'est pas honteux.

— Que Dieu te bénisse, ma chérie.

Elle lui tapota la joue.

— Tu n'imagines pas combien je te suis reconnaissante d'avoir entrepris ce voyage avec moi.

L'adolescente sourit.

— Je n'aurais manqué ça pour rien au monde. Passer du temps en ta compagnie tout en apprenant des tas de choses sur l'histoire de notre famille… Et j'avais hâte de découvrir l'endroit où tu as grandi, et de t'écouter me livrer des récits de ta jeunesse. Ces souvenirs-là, je les garderai dans mon cœur jusqu'à la fin de mes jours, et je pourrai en faire profiter mes propres enfants le jour venu.

— Les anecdotes attachées à ces lieux ne sont pas toutes agréables à entendre, la mit en garde Christy. Mais il est temps pour ta mère et toi de les connaître. Cette île, les gens qui y vivaient autrefois et cet abominable château représentent une part de notre héritage.

Kathryn fronça les sourcils, et sa grand-mère se détourna, redoutant que l'adolescente pût voir briller la colère au fond de son regard. L'heure n'avait pas encore sonné de lui raconter la façon dont les MacDonald et leurs sbires avaient changé sa vie pour toujours.

Pour repousser loin d'elle ces sombres pensées, elle leva les yeux au ciel, où le vent déchirait les nuages – de quoi permettre au soleil de s'insinuer, qui soudain illumina les falaises, ainsi que les pierres lisses du château. Il avait cessé de pleuvoir.

Sans dire un mot, elle désigna de l'index l'arc-en-ciel en train de se former au-dessus de leurs têtes. Un arc-en-ciel parfait, aux couleurs précisément définies, que Christy accueillit comme un signe du destin pour son arrivée sur l'île de Skye.

Kathryn demeurait bouche bée, cependant que sa grand-mère, qu'un frisson venait de parcourir, enfouissait plus profondément encore ses mains dans son châle. Lorsqu'elle avait quitté cet endroit, nul arc-en-ciel ne s'était déployé. Il n'y avait eu alors qu'un vent lugubre malmenant des nuages chargés de pluie, qui n'avait fait qu'accroître le désespoir et le sentiment d'impuissance de la jeune femme qu'elle était à l'époque.

Christy haussa le menton, bien décidée à museler ses émotions, afin de profiter pleinement de ces instants. L'histoire de sa vie, l'histoire de celles et ceux qui avaient peuplé cet endroit, elle les raconterait à coup sûr. Mais pas aujourd'hui. Aujourd'hui, elle se contenterait de remercier le Ciel d'être encore en vie et suffisamment en forme pour avoir enfin retrouvé les lieux où tout avait commencé.

*

Anne s'était retranchée dans un coin, le plus loin possible des caisses de poissons et des deux chèvres entravées dont elle eut la conviction qu'elles plantaient dans le sien leur regard maléfique à l'instant même où elles se mettaient à déféquer. L'odeur des harengs fumés, mêlée à celle des corps qu'on n'avait pas eu la possibilité de laver, lui soulevait le cœur. À quoi il fallait ajouter le tangage et le roulis. Anne, cependant, se refusait catégoriquement à vomir. Elle garderait son petit déjeuner coûte que coûte, car il n'était pas question pour elle de se donner en spectacle devant ces gens qui ne se révélaient pas même capables de parler un anglais correct.

Elle se détourna de son mieux vers le hublot, dont elle essuya la condensation qui s'était formée sur la vitre mangée par le sel. Elle considéra avec envie sa mère et sa fille accoudées au bastingage. À peine Kathryn avait-elle vu le jour qu'il s'était noué entre sa grand-mère et elle un lien puissant qui, bien qu'elle s'en défendît, rendait Anne extrêmement jalouse.

Elle regarda ailleurs, s'efforçant dans le même temps d'éviter l'œil plein de curiosité des autres voyageurs. Elle fit surgir son poudrier. Examinant son reflet dans le petit miroir, elle ne put que constater l'état pitoyable de sa chevelure. Quant à son chapeau, il était presque bon à jeter.

Elle rajusta de son mieux sa coiffure, même si elle n'ignorait pas que dès sa descente du bateau les conditions climatiques exécrables en auraient de nouveau raison. Elle devrait aussi prendre soin de sa peau, songea-t-elle en appliquant un peu de poudre de riz sur ses joues et son nez.

Ayant refermé le poudrier avec un bruit sec, elle le laissa tomber dans son sac à main en cuir, avant d'ébrouer sa fourrure mouillée de pluie, puis de la replacer sur ses épaules. Sa jupe et sa veste en gabardine étaient humides, les froufrous de son chemisier blanc avaient piètre allure – c'était le deuxième jour qu'elle portait ce vêtement, car on avait rangé sa malle dans un entrepôt situé sur un quai. Elle ne pouvait qu'espérer que, ce soir, elle logerait dans un endroit plus convenable que la cabine qu'elle s'était vu attribuer sur le bateau – elle n'avait pas fermé l'œil de la nuit, allongée sur un matelas bosselé à la propreté plus que douteuse. Elle ne rêvait plus que de prendre un bain, de s'attarder longuement dans la baignoire avant de passer enfin des vêtements plus chauds.

Un nouveau coup d'œil à travers le hublot : Christy et Kathryn demeuraient inséparables. Par bonheur, le ciel s'était dégagé, et un formidable arc-en-ciel chatoyait au-dessus d'un imposant château.

Enfant, Anne avait éprouvé une véritable adoration pour sa mère, dont elle admirait l'énergie, la fantaisie et le goût pour l'aventure. Elle la croyait alors pleine de sagesse et digne de foi. Elle était convaincue que rien ne viendrait jamais ternir leur relation. Hélas, Christy avait trahi sa confiance, et Anne ne parvenait pas à lui pardonner. Cette distance à présent entre les deux femmes se révélait gênante, tout particulièrement en présence des autres membres de la famille – qui ne savaient rien du terrible aveu de Christy – et, à mesure que le temps avait passé, la douleur s'était peu à peu envenimée, telle une plaie mal soignée, à tel point qu'elle avait fini par dévorer le cœur d'Anne.

Cette dernière doutait de réussir un jour à se réconcilier avec sa mère. D'ailleurs, le désirait-elle seulement ? Bien sûr, elle aimait toujours Christy, elle l'aimait au plus profond d'elle-même, sous l'amertume et le chagrin, mais le mensonge dont on l'avait bercée, une fois révélé l'avait par trop bouleversée. Son univers entier avait basculé, détruisant tout ce qu'elle avait chéri jusque-là.

Sa mère avait tenté de lui fournir des explications, elle avait versé des larmes de remords, supplié son enfant de bien vouloir la comprendre, mais la confiance que celle-ci lui portait depuis toujours s'était trouvée irrémédiablement gâtée. Rien ne serait plus jamais comme avant.

Anne poussa un lourd soupir, car elle avait fait de son mieux pour complaire à Christy durant ce voyage. Elle l'avait fait pour Kathryn, mais dans le souci de protéger sa mère, elle n'était parvenue qu'à la brusquer, se l'aliénant davantage.

Elle resserra encore la fourrure autour de son cou pour se prémunir des courants d'air qui pénétraient à l'intérieur de la pièce par la porte mal ajustée. Elle s'efforçait en silence de justifier la rudesse de son comportement. Depuis son mariage avec Harold, c'était à elle que son époux laissait le soin de prendre l'ensemble des décisions importantes, de sorte qu'elle avait pris l'habitude de distribuer des ordres et de houspiller celles et ceux à qui elle les donnait. Il s'agissait selon elle de la méthode la plus efficace pour obtenir des résultats. Elle n'avait aucune intention de changer son fusil d'épaule.

Elle frissonna en voyant Kathryn étreindre sa grand-mère. Les deux femmes se tenaient à présent tête contre tête, et elles riaient. Depuis combien de temps Anne n'avait-elle pas ri avec sa fille de cette manière ? Depuis combien de temps n'avaient-elles plus partagé la moindre complicité ? La jalousie, soudain, lui coupa le souffle. Kathryn était sa fille unique et la seule chose positive qui fût née de son union décevante avec Harold. Anne voulait pour elle le meilleur, elle tenait à ce qu'elle jouît de ce qu'à elle on avait refusé dans son enfance. Elle désirait la voir épouser l'homme idéal, qui la déchargerait de tous les fardeaux de l'existence, qui la chérirait, la gâterait comme elle le méritait.

Mais Kathryn avait à l'évidence hérité de l'entêtement de sa grand-mère. À la saison des bals de débutantes, dont elle se détournait catégoriquement, elle préférait ses études, résolue à entrer à l'université. Anne, qui, comme sa mère avant elle, n'avait reçu qu'une éducation rudimentaire, se demandait d'où était venue à son enfant cette soif d'apprendre. Harold avait gravi les échelons à la force du poignet, passant ses jeunes années dans les mines d'opale en compagnie de son père, qui était veuf, et, bien qu'il possédât un indéniable sens des affaires, c'était auprès de son épouse qu'il avait appris à lire et à écrire. Au début, Anne avait jugé l'aventure exaltante, puis elle s'en était lassée, se jetant dès lors, à corps perdu, dans le tourbillon de la vie mondaine, à un rythme suffisamment effréné pour l'étourdir.

Elle se tourna de nouveau vers sa fille. Comme elle était belle… En revanche, Anne ne voyait pas d'un très bon œil ses penchants intellectuels, car ayant eu l'occasion de croiser quelques-unes des amies de Kathryn elle s'en méfiait comme de la peste : drôles de phénomènes aux cheveux courts, insoucieuses de leur mise… Elle espérait que sa fille ne leur emboîterait pas le pas.

Posant le regard sur Christy, elle se renfrogna. Cette dernière, bien sûr, avait encouragé Kathryn, Harold s'en remettant aux vues de sa belle-mère, en sorte qu'Anne n'avait eu d'autre choix que de regarder son enfant s'éloigner de la route qu'elle avait mis pourtant plusieurs années à lui tracer. Et voilà où ces sottises l'avaient menée. Loin de toute civilisation, sur ce vieux rafiot qui se vautrait à la façon d'une grosse truie dans l'eau glacée, cependant que Kathryn et Christy se délectaient du paysage, oublieuses, semblait-il, de toute autre préoccupation.

La vitre du hublot s'était embuée de nouveau, mais Anne, cette fois, ne prit pas la peine de l'essuyer. Elle en avait vu assez. Rajustant ses gants pour se protéger des microbes qui, à n'en pas douter, prospéraient dans le moindre recoin de ce vilain bateau, elle s'empara de son journal intime, qu'elle tenait depuis le début du voyage.

Elles avaient quitté Melbourne à bord du *Celtic* – choisi pour son seul nom par Christy qui, l'âge venant, devenait chaque jour un peu plus sentimentale. Harold ayant, au nom de la famille entière, accompagné les trois femmes, il leur avait adressé de grands gestes de la main tandis qu'au son d'une fanfare on lançait, depuis le quai, des serpentins en direction du navire. Anne s'était penchée vers lui en se demandant s'il éprouvait en cet instant le même soulagement qu'elle – leurs prises de bec incessantes confinaient à la haine.

Elle laissa le journal fermé sur ses genoux, songeant à son époux. Un homme bon. Bien fait de sa personne – abondants cheveux bruns, traits puissants, charmeur en diable lorsqu'il se donnait les moyens d'obtenir quelque chose qu'il voulait à tout prix. Il avait ainsi désiré Anne dès leur première rencontre. De son côté, la jeune femme qu'elle était alors s'était sentie flattée de l'attention qu'il lui portait. Son opulence ne gâtait rien, ni l'aisance avec laquelle il évoluait au sein de la bonne société de Melbourne. Elle était tombée amoureuse – du moins avait-elle tenu pour de l'amour ce que le garçon lui inspirait. Malgré les mises en garde de sa mère, qui lui conseillait d'attendre, elle s'était empressée de se marier.

Au fil des ans, les espoirs et les rêves avaient pâli. Les deux époux se décevaient l'un l'autre et s'éloignaient de plus en plus. La situation s'était récemment dégradée du fait que Kathryn s'apprêtait à quitter la maison pour entamer une nouvelle existence à Sydney ; bientôt, Harold et Anne se retrouveraient en tête à tête.

Cette dernière se mit à tourner les pages de son journal pour oublier la terrible perspective. Ce périple vers l'Écosse, jamais elle n'avait eu envie de l'entreprendre, mais elle n'avait pas tardé à y voir une occasion en or d'échapper momentanément à sa désastreuse vie de couple, une occasion de souffler un peu et de réfléchir, à tête reposée, à ce que l'avenir lui réserverait une fois que Kathryn aurait déserté le nid familial. En revanche, elle ne s'attendait pas à ce parfum de liberté qu'elle avait humé à chacune de ses nouvelles expériences.

Elle parcourut une page, qui fit renaître pour elle la beauté paisible de la Polynésie, sans rapport avec les foules colorées et bruyantes auxquelles elle s'était frottée à Rio, ni avec les souks bondés et empuantis du Maroc. Debout sur le pont au petit matin, le lendemain de son altercation avec Christy en Afrique du Nord, elle avait contemplé le désert s'étendant au-delà des murs de la ville, puis observé de petits garçons en train de plonger dans l'eau boueuse pour y récupérer les piécettes que certains voyageurs leur lançaient.

Sa mère, bien entendu, s'était jointe à cette frénésie en jetant par-dessus bord tous les fruits disposés par les femmes de chambre dans sa cabine, ainsi que la menue monnaie dénichée au fond d'une de ses poches. Elle ne regrettait pas ses sottises de la veille. Anne frissonna en se rappelant son effroi d'avoir égaré sa mère. Lorsque Kathryn et elle l'avaient retrouvée, elle s'était sentie tout près de la gifler. Elle se hâta de tourner la page.

Il n'y avait eu, au Portugal, aucun incident à déplorer, si bien qu'Anne avait commencé de se détendre et de profiter enfin du voyage. Lisbonne l'avait séduite, l'ordre qui y régnait, ses parcs et ses larges avenues bordées d'arbres, derrière lesquels se distinguaient d'élégants édifices qui ne furent pas sans lui rappeler Melbourne. Christy, qui se tenait tranquille, s'était en outre révélée, une fois à Londres, un cicérone passionnant et précieux, bien que, n'ayant encore jamais mis les pieds dans la capitale britannique, elle eût puisé l'ensemble de ses informations dans les nombreux guides touristiques qu'elle avait achetés.

Anne referma sèchement son journal, avant de lui faire regagner son sac à main. Des cris montaient du quai, les matelots couraient sur le pont. Enfin, le navire venait d'atteindre sa destination. Il ne lui restait plus qu'à espérer que sa mère n'avait pas prévu de séjourner là trop longtemps, car si, au vu de ce qu'elle en avait entraperçu jusqu'ici, Anne tenait l'Écosse continentale pour une contrée à peu près déserte, que dire de cet endroit que ne se disputaient que moutons et vieilles ruines ?

3

Christy ayant pris une profonde inspiration, elle leva les yeux vers le château de Dunvegan, dont les remparts, qui jetaient de longues ombres sur le port minuscule, lui rappelaient la puissance des MacDonald, et la cruauté dont leurs sbires étaient capables. Elle avait eu l'espoir que, peut-être, les lieux auraient payé leur tribut au temps qui passe, que la chute des MacDonald se donnerait à voir dans des pans de mur écroulés, dans des tours renversées… Hélas, l'édifice imposant n'avait pas changé.

Comme le bateau s'apprêtait à accoster, elle perdit de vue le château. La sexagénaire chassa ses noires pensées pour se concentrer sur les marins en train de s'affairer.

— Ces instants n'appartiennent qu'à toi, lui souffla Kathryn. Je vais aller aider maman pour que tu puisses descendre du bateau sans personne à tes côtés.

Christy opina de la tête. Elle sourit, échangea quelques mots avec les autres passagers, puis se dirigea vers la passerelle menant au quai.

Le capitaine du bateau, qui venait de lui faire ses adieux en gaélique, possédait des yeux très bleus dans un visage tanné par les éléments, qu'il posa sur le châle de la sexagénaire – il avait reconnu le tartan des MacInnes. Aussitôt, il lui souhaita bonne chance, comme s'il avait saisi toute la signification de ce retour sur l'île.

Ayant posé le pied sur le plancher des vaches, Christy se figea l'espace d'un instant, avant de se diriger vers la vaste étendue d'herbe rude et de bruyères, de l'autre côté du chemin de terre qui suivait, au sud, la courbure du loch.

Sans se préoccuper des regards curieux du capitaine et de son équipage, de celui du jeune homme en train de s'affairer autour de sa voiture à cheval, sans se soucier non plus que le sol fût détrempé, elle se laissa tomber dans l'herbe pour y délacer ses bottines, qu'elle repoussa. Elle se remit debout, ravie d'avoir eu l'idée, ce matin, de ne pas enfiler de bas.

Elle ferma les paupières pour mieux s'abandonner à la joie de sentir, entre ses orteils et jusqu'à ses chevilles, se refermer sur elle la riche terre humide de ses jeunes années. Des oiseaux de mer criaillaient au ciel, cependant qu'elle humait l'air pur de l'île de Skye – elle y repéra l'odeur de la fumée émanant d'un feu de tourbe au loin. Elle était de nouveau la fillette aux pieds nus, vêtue de peu, cramponnant contre elle le châle de sa mère. Elle ne faisait plus qu'un avec cette contrée chérie entre toutes. Enfin, elle pouvait s'autoriser à croire qu'elle était bel et bien rentrée chez elle.

*

Kathryn était parvenue à retenir sa mère en rassemblant ses affaires, puis en feignant de se demander si elle allait avoir assez chaud. Cette fois, elle était à court d'excuses pour s'attarder encore dans leur cabine – un coup d'œil par le hublot: on avait débarqué leurs bagages, qu'un robuste garçon, vêtu d'une veste en tweed et d'un kilt en tartan écarlate, avait ensuite chargés à bord de sa vaste charrette. Des autres passagers elle ne vit nulle trace, non plus que de sa grand-mère. Des matelots lavaient les ponts avec ardeur.

— Où est maman ? exigea de savoir Anne.

— Elle nous attend sur le port. Je pense qu'elle avait envie de vivre seule ses retrouvailles avec sa terre natale.

— Vu la façon dont elle se comporte, nous aurions mieux fait de rester en Tasmanie.

Du haut de la passerelle, Anne dirigea son regard vers la jetée.

— J'espère qu'elle n'a pas encore joué les filles de l'air. Je suis beaucoup trop fatiguée pour supporter d'autres facéties de sa part.

Kathryn, elle, avait aussitôt identifié sa grand-mère, soulagée que sa mère, par coquetterie, refusât de porter ses lunettes. Car, Christy ayant ôté ses bottines, elle se tenait, comme en transe, debout au milieu de touffes d'herbe et de bruyère, les bras ouverts, la tête renversée en arrière pour offrir son visage aux rayons du soleil – son chapeau menaçait à tout instant de tomber.

— Elle est de l'autre côté du chemin, fit-elle doucement. Viens. Fais attention sur la passerelle.

Anne ayant autorisé sa fille à lui prendre le bras, elle s'aventura sur la passerelle avec précaution, gênée par ses hauts talons et sa jupe étroite. Une fois sur le quai, elle jeta des regards de droite et de gauche. Ouvrit tout grand la bouche, épouvantée.

— Bonté divine… Mais quelle mouche l'a encore piquée ?

— Laisse-la tranquille, maman, fit Kathryn comme sa mère allait s'élancer. Ce moment lui appartient tout entier. Si tu t'en mêles, elle sera fâchée.

— Je m'en moque, la cingla Anne. Elle va attraper une pneumonie. Et qui devra dès lors se tenir à son chevet ? Moi, évidemment, car je doute qu'il y ait une infirmière dans ce trou perdu. Un médecin encore moins.

D'un geste brusque, elle repoussa la main conciliante que sa fille avait posée sur son avant-bras et s'engagea sur le chemin de terre.

— Arrête ça tout de suite et ressaisis-toi, siffla-t-elle avec fureur. N'as-tu pas honte de te donner ainsi en spectacle ?

Christy, que cet éclat venait d'arracher à ses souvenirs et à ses sensations, rouvrit les yeux, qu'elle posa sur sa fille sans comprendre.

— Pourquoi es-tu continuellement en colère, Anne ?

— Parce que tu ferais perdre patience à un saint.

Elle saisit les bottines de sa mère et les lui tendit.

— Enfile-moi ça et tâche, pour une fois, de te tenir convenablement. Tous ceux qui se trouvent sur le port doivent s'imaginer que tu as perdu la boule.

Christy exhala un lourd soupir, récupéra les bottines sans pour autant les chausser.

— Je voulais sentir à nouveau la terre, dit-elle d'une voix douce. Tu sais, à l'époque, je ne portais des chaussures que le dimanche, pour aller à l'église.

Et comme elles appartenaient à mon frère aîné, elles me faisaient affreusement mal.

Elle décocha à sa fille un sourire espiègle.

— Crois-moi, c'est délicieux d'enfoncer ses orteils dans la tourbe humide. Tu devrais essayer.

— Arrête de la taquiner, mamie, se dépêcha d'intervenir Kathryn avant que la langue acérée de sa mère n'eût encore empiré la situation. Il se fait tard. Nous devrions nous diriger vers l'hôtel avant que le soir tombe.

Serrant les bottines crottées contre son cœur, Christy rajusta le châle sur ses épaules, puis se tourna vers l'ouest.

— Le soleil ne se couchera pas avant plusieurs heures, fit-elle d'un air songeur. À cette époque de l'année, il fait nuit très tard.

— Le fait est que nous ne pouvons pas nous attarder, la rabroua Anne. Il faut que tu te changes, et pour ma part j'ai besoin d'un bain. Et puis j'ai faim. As-tu pensé à retenir la voiture à cheval qui devrait nous conduire à l'hôtel ?

Une lueur se mit à briller dans l'œil de Christy. Kathryn en déduisit que sa pauvre mère n'était pas au bout de ses peines.

— Bien sûr que oui. D'ailleurs, on nous attend.

Anne et sa fille observèrent la jetée déserte et le chemin de terre.

— Je ne vois rien d'autre que la charrette contenant nos bagages, s'énerva Anne. Où est notre voiture ?

— Tu devrais vraiment porter tes lunettes, ma chérie. Sans elles, tu es presque aveugle.

Christy rajusta son chapeau, qu'elle portait à présent penché sur l'œil, cala ses bottines sous son bras avant d'emprunter, toujours pieds nus, le sentier boueux.

Avisant la mine horrifiée de sa mère, Kathryn dut serrer les lèvres pour étouffer ses gloussements. Mamie était une incorrigible coquine…

— Je ne monterai pas là-dedans, décréta Anne.

Ignorant sa fille, Christy poursuivit sa route dans les flaques et la boue pour engager bientôt une conversation animée avec le jeune charretier.

— J'ai l'impression que nous n'avons pas le choix, murmura Kathryn. Mais s'il te plaît, maman, ne gâche pas son plaisir.

— Si je comprends bien, peu importe qu'on me gâte la journée, du moment que ta grand-mère peut se comporter comme une morveuse à demi attardée ?

Elle observa le sentier d'un œil noir.

— Elle l'a fait exprès. Je le sais.

Kathryn lui prit de nouveau le bras pour l'aider à éviter, sur la pointe des pieds, les ornières et les flaques.

— Je ne le crois pas, maman. C'est une toute petite île. Sans doute n'ont-ils pas de vraies voitures à disposition.

— Ce sont des barbares, frissonna Anne. Personne ne les a donc prévenus que nous étions au XXe siècle ?

Comme la mère et la fille se rapprochaient, Christy tourna vers elles un regard faussement ingénu.

— Je vous présente Gregor MacGregor, qui se trouve être l'un de mes cousins très éloignés.

Elle eut un sourire épanoui.

— Les clans MacInnes et MacGregor sont liés depuis toujours.

Kathryn serra la main calleuse du garçon, non sans considérer avec intérêt les petits fragments d'or au fond de son regard noisette, ainsi que le sourire amusé qui éclairait son visage tanné. Sa poignée de main était énergique.

Anne effleura cette main, qu'il tendait maintenant vers elle, du bout de ses doigts gantés, accompagnant son geste d'un imperceptible hochement de tête.

— Gregor sera notre chauffeur et notre guide pendant notre séjour sur l'île, annonça Christy. Il m'a même promis de nous présenter à sa famille. N'est-ce pas merveilleux ?

Le sang reflua du visage de sa fille.

— Tu veux dire que nous allons devoir utiliser cette… cette chose pour tous nos déplacements ?

— Elle est au poil, ma carriole, fit observer Gregor en posant sur Anne un regard plein de curiosité. Elle vous plaît pas ?

— J'ai l'habitude de me déplacer à bord de véhicules plus confortables, répliqua sèchement son interlocutrice, qui considéra d'un œil chargé de mépris la charrette et le cheval. Je possède à Melbourne ma propre voiture, tirée par deux chevaux de race.

Le garçon pencha la tête, avant de frapper, du plat de la main, l'encolure épaisse de sa bête.

— Mon vieux Jock est pas un prix de beauté, pour sûr, et même qu'il a pas non plus de pedigree. N'empêche qu'il apprécie pas trop qu'on lui fasse des réflexions désagréables. Cela dit, vu que vous m'avez l'air d'une grande dame, je parie qu'il vous a déjà pardonné.

Kathryn et sa grand-mère échangèrent un regard où se cachait un fou rire – Gregor MacGregor n'était nullement impressionné par les manières d'Anne, ce qui promettait des joutes intéressantes au cours des jours à venir.

— À quelle distance nous trouvons-nous de ce maudit hôtel ? exigea de savoir Anne sur un ton pincé.

— Quatre ou cinq kilomètres. Suffit de suivre le chemin de terre.

— Dans ce cas, je vais marcher. Après notre traversée sur ce vilain rafiot, un peu d'exercice me fera le plus grand bien.

Kathryn et Christy écarquillèrent de grands yeux effarés – jamais Anne ne se déplaçait à pied.

Gregor, qui avait ôté sa casquette, ébouriffa sa tignasse brune avec vigueur.

— Pour sûr que vous pouvez, si vous y tenez. Mais, parole, vos belles godasses s'en remettront jamais.

Anne hésitait – se hisser sur cette méchante planche de bois qui tenait lieu de siège ou dire adieu à ses souliers hors de prix ?

— Allons, Anne, s'impatienta sa mère. Je sais que tu es habituée à mieux, mais cela fait partie de l'aventure. Vois cela comme une nouvelle expérience.

Sur les traits de sa fille se peignait de la colère.

— Comment oses-tu prendre cette situation à la légère ? siffla-t-elle – Gregor se délectait du spectacle. Tu as manigancé tout cela dans le seul but de m'humilier.

— Anne ! Voyons ! Jamais je ne ferais une chose pareille. Ce n'est pas ma faute s'il ne se trouvait pas d'autre véhicule disponible. Et si j'avais pu deviner que cela allait te contrarier à ce point, j'aurais loué des chevaux de selle.

Christy était navrée.

— Pour tout dire, j'ai pris des renseignements à ce sujet, mais hélas, les chevaux de selle constituent une denrée rare ici aussi.

Anne soutint longuement le regard de sa mère, avant d'exhaler un bref soupir.

— Je n'ai donc pas le choix. Mais je me demande bien comment je vais réussir à me hisser jusque là-haut.

— Gregor va t'aider. N'est-ce pas, Gregor ?

— Pour sûr. C'est jamais rien qu'une petite poupée.

Cette impertinence fit rougir Anne jusqu'à la racine des cheveux.

— Je ne permettrai pas… Je veux dire… Je pense pouvoir m'en tirer sans assistance.

— Je vais te montrer comment t'y prendre, fit Christy.

Ayant remis ses bottines au cocher, elle releva sa jupe jusqu'à ses genoux, avant de poser un pied nu et fangeux sur le barreau métallique faisant office de marchepied. Elle se cramponna ensuite au flanc de la charrette, pour se hausser à la force des bras vers le banc.

Une fois assise, elle tourna vers ses trois compagnons un visage radieux.

— Viens, Kathryn. Si je peux le faire, tu le peux aussi.

Quelques instants suffirent à l'adolescente pour rejoindre sa grand-mère.

— À ton tour, maman.

Anne dansait d'un pied sur l'autre. Elle finit par exiger de Gregor qu'il lui tournât le dos.

Le garçon sourit d'une oreille à l'autre mais s'exécuta, les bras croisés sur la poitrine, murmurant des paroles en gaélique à l'oreille de son cheval contre le flanc duquel il s'appuyait.

Anne ayant péniblement remonté sa jupe en s'agrippant à l'une des roues de la charrette pour garder son équilibre, elle leva un pied vers le marchepied de fortune. Sa jupe, hélas, était trop étroite, et ses bras trop frêles pour lui permettre de s'élever vers la main que sa fille lui tendait.

Elle grinça des dents, remonta résolument sa jupe jusqu'à donner à voir le bord de son corset, fit une autre tentative… En vain.

— Je n'y arriverai pas, haleta-t-elle, le visage empourpré par l'effort. Je ferais sans doute mieux de me rendre à l'hôtel à pied.

— Vous ferez pas une chose pareille, ma jolie ! tonna Gregor. On va pas y passer la journée. D'autant que mon vieux Jock a la dent.

Sans préavis, il s'empara d'Anne pour la jeter sur son épaule, avant de la déposer avec rudesse à côté de sa fille.

— Voilà.

D'un bond il fut auprès de Christy et saisit ses rênes.

— C'était pas si compliqué, hein ?

Il avait, souriant de toutes ses dents, tourné vers Anne un œil hilare et plein de mépris qui mortifia la voyageuse.

— Tout va bien, maman, fit Kathryn avec douceur, en lui prenant la main. Mamie a raison, il s'agit d'une grande aventure. À ce titre, nous devons faire de notre mieux pour y prendre plaisir.

Elle pouffa.

— Après tout, ce n'est pas tous les jours qu'un beau jeune homme te prend dans ses bras, n'est-ce pas ?

— Ton père est beaucoup trop vieux pour ce genre de simagrées, rétorqua Anne avec raideur. Et je ne tolérerai plus, à l'avenir, qu'on me traite avec une telle grossièreté.

Elle fourgonna dans son sac à main, dont elle fit surgir un mouchoir parfumé, avec lequel elle s'éventa.

Anne appréciait le réconfort que lui offrait sa fille, mais si elle ne trouvait pas très vite un moyen de grimper seule dans la charrette et d'en descendre sans qu'on dût l'aider, Gregor la manipulerait ainsi, comme un sac de pommes de terre, chaque fois qu'elle se hasarderait hors de l'hôtel. À cette perspective, son cœur battait à rompre.

Elle se tamponna le visage avec son mouchoir en tâchant de se ressaisir. Gregor lui rappelait Harold au même âge, vigoureux, tout en muscles, le regard complice et le sourire conquérant. Lorsque le garçon l'avait soulevée de terre, elle avait humé avec délice les odeurs mêlées du cheval, de la paille et de la vie au grand air, de la pipe et du tweed. Elle se sentait toute chose.

*

Comme la charrette s'ébranlait, Kathryn guigna le conducteur. Gregor MacGregor, qui pouvait approcher trente ans, possédait une indéniable beauté, beauté brute qui n'était pas sans lui rappeler un peu celle de ses oncles. La même peau tannée par le soleil, les mêmes pattes d'oie... Et ces mains puissantes et rugueuses de l'homme qui vit et travaille dehors...

Le regard de l'adolescente se posa ensuite sur les gros genoux brunis qu'elle distinguait entre l'ourlet du kilt et les longues chaussettes de laine du garçon. Peu d'hommes, assurément, eussent pu s'exhiber dans un pareil accoutrement sans paraître ridicules, mais à Gregor il allait comme un gant. Ce costume seyait au décor, autant qu'à l'irrésistible et lourd accent de son propriétaire.

Lorsqu'il surprit l'œil inquisiteur de la jeune fille, il lui décocha un large sourire, comme s'il venait de lire dans ses pensées. Kathryn se hâta de détourner le regard pour se plonger dans l'observation consciencieuse de la nature alentour. La charrette tanguait, cahotant de loin en loin lorsque l'une de ses roues heurtait une pierre ou négociait une ornière plus profonde que les autres.

Le cheval brun et blanc allait d'un pas lent et régulier le long du chemin dont le tracé suivait la rive du loch et, peu à peu, Kathryn s'ensommeillait. Le soleil à présent effleurait l'horizon, mais au moins, il ne pleuvait pas, et le vent était tombé.

Sur la rive opposée, les nuages qui, plus tôt, dissimulaient les collines avaient disparu. Les versants et les plis du terrain se révélaient, couverts d'herbe jaune et de bruyère très noire.

L'adolescente reporta ses regards sur le dos large du cheval, sur ses oreilles dressées. Le chemin, pour cahotant et fangeux qu'il fût encore, se parait à présent de grandes pierres plates et Kathryn distinguait au loin quelques toits, ainsi que le clocher d'une église. Elle tapota l'avant-bras de sa mère, qui se cramponnait au bord de la charrette.

— Nous y sommes presque, fit-elle pour la réconforter.

La mine sombre, Anne hocha insensiblement la tête. Sa fille se détourna pour s'intéresser plutôt à la conversation entre Gregor et sa grand-mère. Celle-ci lui avait appris qu'autrefois elle ne parlait que le gaélique mais, après toutes ces années passées en Australie, l'adolescente s'étonnait qu'elle parvînt encore à s'exprimer avec une telle aisance. Bien qu'elle lui parût impossible à prononcer, cette langue chantait à son oreille, et elle regrettait de ne pas la comprendre car, à l'évidence, Christy et le jeune homme s'amusaient beaucoup. Ils riaient de bon cœur.

Kathryn sourit, ravie de voir sa grand-mère heureuse à nouveau – le décès de son époux l'avait profondément atteinte, car ces deux-là s'aimaient d'un amour tendre, qui jamais ne s'était démenti. L'adolescente rêvait d'avoir la chance, un jour, de rencontrer à son tour l'homme de sa vie. Mais pas avant d'avoir obtenu son diplôme, puis entamé sa carrière professionnelle.

*

Assise à côté de Gregor contre lequel elle se trouvait jetée à chaque sursaut de la charrette, Christy se rappelait l'homme auprès duquel elle avait sillonné l'outback australien à bord d'un véhicule très semblable à celui qu'elle venait d'emprunter.

— Ça doit vous faire un drôle d'effet de revenir par chez nous, hasarda doucement Gregor comme son cheval s'engageait sur une voie pavée.

— Assurément, lui répondit sa passagère en gaélique. C'est étrange. Mais merveilleux à la fois.

Elle sourit au garçon :

— J'ai la chance de posséder encore un peu de famille ici, et je me réjouis de vous garder à nos côtés pendant toute la durée de notre séjour.

— Je suis pas sûr que votre fille partage votre avis, sourit-il en retour, et je suis bien désolé de l'avoir brusquée et qu'elle se soit sentie mal à l'aise.

— Ma fille n'a eu que ce qu'elle méritait, et elle a grand besoin d'apprendre à se détendre. Elle est devenue au fil des ans très collet monté. Elle ne tardera pas à s'apercevoir que les choses sont différentes ici. Cela dit, je vous saurai gré de bien vouloir la traiter avec un peu plus d'égards à l'avenir.

Elle gloussa.

— Elle n'a pas l'habitude qu'on la rudoie de cette façon.

Ils échangèrent un regard complice, après quoi Gregor fit claquer les rênes sur le dos de Jock pour l'inviter à hâter le pas.

— L'hôtel est juste là, fit-il en désignant de l'index un bâtiment aux murs blanchis à la chaux, coiffé d'un toit d'ardoises – une galerie en bois courait le long de la façade.

— Je suppose qu'il appartient aux MacDonald ?

— Plus maintenant. Fut un temps, en effet, où presque toute l'île était à eux, mais la plupart de leurs possessions ont été vendues pour éponger leurs dettes. Un homme d'affaires a racheté l'hôtel l'année dernière, dont il a confié la gérance à Mungo MacGregor. Encore l'un de vos lointains cousins. Vous verrez : Betsy, son épouse, et lui seront aux petits soins avec vous.

— L'île serait-elle donc passée entre les mains des MacGregor ? s'enquit Christy sur un ton léger.

L'homme pouffa.

— Pas encore, mais on y travaille.

Le cheval s'étant immobilisé devant l'hôtel, Gregor abandonna les rênes sur le banc, sauta à bas de sa charrette avant de tendre une main à Christy pour l'aider à descendre.

— Au fait, dit-il, m'est avis que vous allez avoir besoin de ça.

Et de lui remettre ses bottines.

— À moins que vous n'ayez prévu de trotter partout pieds nus, ajouta-t-il en plaisantant.

La sexagénaire lui décocha un sourire espiègle, s'empara des chaussures dans lesquelles elle glissa l'un après l'autre ses pieds crottés.

— J'avoue que cela me tente, avoua-t-elle, tandis qu'elle nouait ses lacets, mais je crois qu'il est temps pour moi de me conduire en adulte bien élevée.

— Hé ! Pas trop quand même, hein, Christy MacInnes. Sinon, vous risquez de donner dans le genre éteignoir.

L'ayant gratifiée d'un clin d'œil malicieux, il se tourna pour découvrir que Kathryn, déjà descendue de la charrette, tendait à présent la main à sa mère.

— Je vais y arriver, bredouilla cette dernière.

Le garçon jeta un coup d'œil en direction de Christy pour savoir s'il devait intervenir, mais la sexagénaire secoua la tête. Le souffle court, on regarda pendiller la jambe de la passagère bien loin du marchepied, cependant qu'elle menaçait à tout instant de lâcher les bords de la voiture.

Au moment où elle basculait à la renverse, Gregor la saisit à deux mains – Anne s'était, dans sa chute, involontairement délestée de son sac à main et de son châle en fourrure.

— Tout va bien, la rassura le jeune homme, je vous tiens.

— Je vous remercie, s'empourpra Anne, qu'il continuait de serrer entre ses bras. Vous pouvez me lâcher, à présent.

Il la reposa délicatement sur ses pieds, pendant que Kathryn ramassait la fourrure et le sac en cuir tombés sur le sol détrempé.

Sa mère récupéra l'un et l'autre, avant de couler vers l'hôtel un regard réprobateur. Gregor, pour sa part, déchargeait les bagages.

— S'agit-il du seul hôtel ?

Comme Christy lui faisait signe que oui, Anne exhala un soupir excédé.

— Dans ce cas, il faudra bien qu'il fasse l'affaire.

La grand-mère et la petite-fille emboîtèrent le pas à Anne, qui venait d'ouvrir tout grand la porte d'entrée.

4

Melbourne

Harold, qui toujours se levait avec l'aurore, avait eu le temps de se laver, de se vêtir et de prendre son petit déjeuner avant que la pendule de la salle à manger eût sonné 8 heures. On était en hiver et la matinée se révélait lugubre – un vent glacé soufflait du sud, et le ciel encombré de nuages laissait présager de la pluie.

L'humeur du garçon ne valait guère mieux que le mauvais temps, car, s'il s'était d'abord réjoui de disposer enfin de la maison pour lui seul, sans plus entendre tinter à son oreille les perpétuelles récriminations de son épouse, il s'avisait maintenant que celle-ci lui manquait – ce qu'il jugeait grotesque, puisqu'ils s'ignoraient depuis longtemps.

Sa fille lui manquait aussi, sa jeunesse et sa légèreté, sa fille dont il appréciait les amies, qu'émerveillé il avait vues grandir, s'épanouir pour se muer peu à peu en femmes. Songeant à Kathryn, il éprouvait une immense fierté, et bien que sa décision lui eût valu avec Anne d'interminables querelles, il continuait de penser que ce voyage à l'étranger lui ferait le plus grand bien : lorsqu'elle s'installerait à Sydney, elle aurait déjà appris à vivre loin de chez elle.

Il alluma sa pipe, contemplant les flammes qui s'élevaient dans l'âtre. Ces derniers mois lui avaient permis de se rendre compte que, privé de la présence de son épouse et de sa fille, il se sentait perdu. Ses affaires, pour fructueuses qu'elles fussent, ne représentaient décidément pas ce qu'il chérissait le plus dans l'existence.

Il avait pris plaisir, dans un premier temps, à pouvoir dîner avec ses amis sans se soucier de l'heure à laquelle il rentrerait chez lui. Il avait assisté à des courses de chevaux sans plus devoir supporter les remarques acerbes d'Anne sur la quantité d'argent qu'il pariait ou d'alcool qu'il ingurgitait. Il pouvait, de même, jeter quelques affaires dans un sac pour s'en aller à cheval passer plusieurs jours dans le bush, où il dormait à la belle étoile. Jamais son épouse ne parviendrait à comprendre le bienfait de ces escapades, mais il s'agissait pour lui d'une respiration, lorsque la fréquentation assidue de la bonne société de Melbourne finissait par l'étouffer. Seul et libre de toute entrave, il renouait, au cœur du bush, avec l'homme qu'il était vraiment. Il se rappelait alors d'où il venait, les épreuves qu'il avait endurées – si faciles à oublier dès lors qu'on habitait une demeure somptueuse dans l'un des quartiers les plus huppés de la grande ville, dès lors qu'on se trouvait à la tête d'une entreprise florissante, de transport de bétail et d'exportation de laine, de sucre ou de viande de bœuf, dès lors qu'on possédait assez d'argent pour combler tous ses désirs matériels.

Toutefois, à mesure que s'écoulaient lentement les semaines, l'attrait de la nouveauté avait terni, et

Harold, peu à peu, se sentit oppressé par le silence qui régnait dans sa maison, où ne circulaient plus que les domestiques. Il tira sur sa pipe, observa les photographies sur le manteau de la cheminée. Des poses raidies, telles qu'on en prenait dans le studio d'un photographe professionnel. Anne et Kathryn immortalisées peu avant leur départ pour l'Europe. Tandis qu'il examinait l'expression hautaine de son épouse, il se demanda comment ils s'y étaient pris pour laisser filer entre leurs doigts le bonheur qu'ils avaient partagé au début de leur union. Qu'était-il advenu de la jeune femme rieuse qu'il avait jadis serrée entre ses bras, et qui posait sur lui un regard plein de confiance et d'amour ? Où était passé le garçon qui nourrissait pour eux d'innombrables ambitions ?

Excédé par ses sombres pensées, chagrin tout à coup de comprendre que ses rêves avaient pâli, puis s'étaient évanouis pendant qu'il s'acharnait à bâtir son empire, et que la jeune fille enjouée cédait le pas à une femme dévorée par l'amertume et la colère, il se leva pour s'approcher des grandes fenêtres donnant sur la baie. La pluie cinglait de nouveau les vitres, le rivage, au loin, disparaissait derrière des nuages bas. Une larme roula sur la joue d'Harold.

On frappa doucement à la porte. Il sursauta, essuya promptement la larme.

— Oui ? De quoi s'agit-il ?

— Vous avez de la visite, monsieur.

Il tira sa montre de son gousset, avant de se tourner vers la petite bonne plantée sur le seuil de la pièce.

— Il est trop tôt pour des visites, déclara-t-il avec brusquerie. Congédiez quiconque s'est présenté chez moi.

— C'est M. Baker, monsieur. Il dit qu'il doit vous parler de toute urgence.

Saisi d'angoisse, Harold s'empressa en direction de son homme de loi, qui piaffait dans le grand salon.

— Que se passe-t-il de si urgent qui ne puisse attendre une heure plus convenable ?

— Je suis navré, Harold, ceci m'est parvenu par coursier, et je tenais à vous le montrer au plus vite.

Harold s'empara de l'épaisse enveloppe en papier kraft, exigea de la bonne qu'elle apportât du thé, puis entraîna Baker dans son bureau. Assis à sa table de travail, il vida l'enveloppe de son contenu – des documents légaux, accompagnés d'une lettre rédigée par un avocat d'Adélaïde. À peine eut-il parcouru cette lettre que le sang reflua de son visage.

— Croyez bien que j'aurais préféré n'être pas le porteur de ces mauvaises nouvelles, Harold, fit le conseiller juridique à mi-voix lorsque la bonne, qui avait servi le thé, eut quitté les lieux. Mais ma visite était nécessaire. Nous devons agir dans les plus brefs délais.

— C'est le moins qu'on puisse dire ! tempêta son interlocuteur en éparpillant les feuillets sur son bureau. Par où me suggérez-vous de commencer ?

— Nous devrions démentir en bloc, puis contre-attaquer en intentant une action en justice.

— Je refuse d'aller jusqu'au procès. Les journaux en feraient leurs choux gras. Des vies et des réputations se trouveraient à jamais détruites.

Mordillant l'ongle de son pouce, Harold réfléchissait à toute vitesse, se remémorant la bribe de conversation qu'il avait, quelques années plus tôt, entendue à Bellerive, en Tasmanie. À l'époque, il n'avait pas compris grand-chose – il avait surpris ces mots sans le vouloir, en passant devant une fenêtre ouverte. Il n'avait pas jugé bon, par la suite, de s'enquérir d'un sujet qui, à l'évidence, ne le regardait en rien. À présent, ces paroles résonnaient de nouveau à son oreille et il frissonna, habité soudain par un mauvais pressentiment.

— Nous devons trouver un moyen de mettre un terme à cette histoire avant qu'elle n'aille plus loin.

Il se leva d'un bond, ivre de peur et de rage, puis se mit à faire les cent pas.

— Je pourrais demander à quelqu'un d'enquêter sur le cabinet en charge de l'affaire, suggéra Baker. Il ne s'agit peut-être que d'une bande d'escrocs tentant de ferrer un gros poisson.

— Les papiers m'ont pourtant l'air en règle, objecta Harold en guignant les morceaux de ruban pris dans la cire des sceaux.

— Il suffit d'avoir fait partie du petit personnel d'un cabinet d'avocats pour connaître la marche à suivre.

— Vous avez peut-être raison, mais il n'en reste pas moins que Thomasina Brown semble résolue à semer la pagaille. Qu'adviendra-t-il si ce qu'elle affirme est exact ?

— Il nous faut faire preuve de la plus grande prudence.

L'homme de loi considéra son client de sous ses sourcils :

— Est-il possible qu'il se glisse ne fût-ce qu'une part de vérité dans ces déclarations ?

— Je l'ignore. Mais, qui que soit cette femme, elle en sait long sur nos affaires.

Il continuait d'arpenter la pièce. Il se sentait pris au piège… Jusqu'à ce qu'il songeât qu'il pouvait tenter quelque chose au lieu de bouillir ainsi entre les quatre murs de son bureau. Il se tourna vers Baker, pressé maintenant d'en finir avec leur tête-à-tête :

— Embauchez quelqu'un pour fouiner du côté du cabinet d'avocats et de cette Mme Brown. Exigez de lui qu'il creuse en profondeur. Nous devons savoir à qui nous avons affaire au juste avant d'aller plus loin.

— Je vais m'en occuper dès aujourd'hui, répondit le conseiller en se relevant avec peine. Dès que j'entendrai parler de quelque chose, je vous en informerai aussitôt.

— Dans ce cas, télégraphiez. Je serai absent.

Baker ne dissimula pas sa surprise :

— Le moment est mal choisi pour…

— Je me trouverai auprès de mes beaux-frères. Hamish et James auront peut-être de quoi éclairer notre lanterne. D'ici quelques heures, je partirai pour la vallée de la Barossa.

Île de Skye

L'hôtel se révéla plus confortable que prévu, dont les vastes chambres dominaient le loch. Dans la cheminée de la pièce commune, meublée avec goût, pétillaient des flammes. Les trois voyageuses avaient reçu un accueil chaleureux, leurs hôtes s'affirmant ravis de faire la connaissance d'autres membres lointains de leur immense famille. Tandis que Gregor apportait leurs malles et leurs valises, Christy, sa fille et sa petite-fille se réchauffèrent au coin du feu, où on leur servit une tasse de thé avant de leur montrer leurs chambres.

Anne elle-même ne se plaignit de rien, bien qu'il fût impossible de deviner si elle était réellement satisfaite ou si la fatigue seule expliquait son silence.

Après qu'une employée eut apporté les brocs d'eau chaude pour en emplir le petit baquet posé non loin du feu qui égayait la chambre, Christy s'enfonça dans le liquide en poussant un soupir de satisfaction. Elle se sentait rompue, très sale par surcroît – il lui semblait éprouver encore, sur ses chevilles et ses pieds, la fraîcheur de l'herbe humide et tourbeuse. Si elle avait sans doute eu tort de retirer ses bottines, elle ne regrettait pourtant pas de l'avoir fait.

Elle considéra la plante égratignée de ses pieds, les ongles de ses orteils incrustés de terre… Elle se demanda, l'espace d'un instant, si l'émotion qui l'avait submergée à son arrivée sur l'île ne constituait pas la première manifestation d'une sénilité naissante. Cela faisait si longtemps qu'elle n'avait pas marché pieds nus… Elle se remémora ses petons gonflés et rougis de petite fille, quand elle arpentait collines et vallons, quand elle cultivait l'étroit lopin de terre, quand elle cherchait du varech et des coquillages parmi les rochers acérés de la crique. C'était à l'époque que ses pieds s'étaient endurcis. Leur voûte plantaire était alors devenue pareille à du cuir. L'hiver, à cause de l'humidité et du froid, ils se crevassaient, et l'enfant gémissait de douleur, que sa mère tentait d'apaiser au moyen d'un baume à base de plantes.

Elle joua avec vigueur de la brosse à ongles, avant de passer doucement sur ses pieds une éponge savonneuse, puis de les rincer. Elle se laissa glisser dans l'eau, qui à présent clapotait sous son menton, puis elle se détendit, comptant sur la chaleur du liquide pour réconforter son corps endolori.

Un dîner roboratif attendait ces dames, composé de *haggis* et de ce qu'Anne et sa fille prirent d'abord pour des panais. Christy, qui s'abstint de leur révéler que le *haggis* n'était autre que de la panse de brebis farcie, leur apprit en revanche que les légumes, mélangés à une purée crémeuse, étaient soit des navets, soit des rutabagas.

Parmi les autres clients de l'hôtel se trouvaient deux institutrices à la retraite, joviales et pleines d'énergie, venues là pour pratiquer la randonnée. N'aimant rien tant que jouer au bridge après le dîner, elles avaient proposé à Christy ou à l'une de ses compagnes de se joindre à elles, mais la sexagénaire avait refusé : le bridge ne l'intéressait pas. Elle avait attendu que Kathryn et Anne se fussent installées à la table de jeux pour aller chercher en tapinois son manteau et son châle, puis quitter l'hôtel.

Elle marcha sans hâte non loin du loch en contemplant le reflet de la lune dans l'eau immobile. Le ciel était clair, et la douceur de l'air annonçait l'été. Seul le bruit de ses bottines sur le sentier de galets troublait le silence.

Elle finit par s'arrêter pour permettre à l'âme même de l'île de se ranimer en elle, puis elle tourna les talons pour regagner l'hôtel et préparer la journée du lendemain.

Durant le petit déjeuner, Anne garda le silence, ce qui surprit assez sa mère pour qu'elle se demandât ce qui pouvait bien la contrarier de nouveau.

— J'ai dormi à poings fermés, annonça-t-elle gaiement, dans l'espoir d'extraire sa fille de son humeur maussade.

— Moi aussi, renchérit Kathryn en étalant un beurre très jaune sur une épaisse tranche de pain maison, avant d'ajouter de la confiture de mûres sauvages confectionnée par leur hôtesse. Grâce au bon air que nous avons respiré hier, sans doute.

— Et toi, Anne ?

— Le lit est plutôt confortable, fit-elle de mauvaise grâce, mais je n'ai pas passé une nuit paisible. Je crois que je suis en train de m'enrhumer.

Elle renifla un peu, avant de se tamponner le nez à l'aide de son mouchoir, manière d'appuyer son propos.

— Oh non, maman, il n'est pas question que tu tombes malade. Mamie a prévu de nous emmener aujourd'hui à l'endroit où elle est née, pour pouvoir ensuite commencer à nous raconter l'histoire de notre famille.

— Affronter un autre trajet dans cette charrette est au-dessus de mes forces. J'ai toujours eu une constitution délicate, une telle exposition aux éléments naturels ne peut que nuire à ma santé. Je vais rester ici pour soigner mon rhume.

— C'est impossible, glapit l'adolescente. Il faut absolument que tu nous accompagnes.

— Si tu t'habilles chaudement, tout ira bien, insista Christy – la nature de son enfant ne se révélait fragile que quand cela l'arrangeait. J'ai demandé à la femme de Mungo de nous préparer un panier de pique-nique. Elle nous prêtera également des couvertures supplémentaires.

Anne jeta par la fenêtre un coup d'œil au ciel très bleu.

— S'il pleut, nous serons trempées, maugréa-t-elle.

— Qu'à cela ne tienne, répliqua Christy avec fermeté. Nous emporterons nos parapluies et nos imperméables par précaution.

Elle lorgna le chemisier mince de sa fille sous sa veste, son gilet fin et sa jupe légère.

— Je te conseille de porter plutôt les vêtements de tweed que nous avons achetés à Inverness. N'oublie pas non plus le tricot de corps en laine que je t'avais envoyé. J'espère que tu as également pensé à apporter des bottes robustes, ainsi que je te l'avais suggéré avant notre départ. Car aujourd'hui, nous allons beaucoup marcher.

— Elles sont affreuses ! se récria Anne. Quant au tricot de corps, j'ai préféré le laisser chez moi : il me démange horriblement.

— Je t'en prêterai un.

— Tu ne comprends donc pas que je n'ai pas la moindre envie de vous accompagner ? cracha Anne. Je veux rester ici, au chaud. Je refuse qu'on me jette à nouveau dans cette carriole ouverte à tous les vents, où je devrai de surcroît supporter tes histoires à dormir debout, qui ne valent probablement guère mieux que les contes que tu me racontais quand j'étais petite.

— Maman ! s'écria Kathryn.

Christy, meurtrie jusqu'à l'âme, tapota cependant la main de sa petite-fille en s'efforçant de sourire.

— Quel dommage que ta mère ait tenu à entreprendre ce voyage avec nous, mais toi et moi allons vivre malgré elle notre belle aventure. Et maintenant, dépêche-toi de finir de manger, car Gregor ne devrait plus tarder.

Une fois que l'adolescente eut achevé son petit déjeuner, elle monta chercher ses gants et son manteau. Christy profita de son absence pour s'adresser à sa fille, dont le visage s'était fermé.

— Je sais ce que tu as derrière la tête, fit-elle à voix basse pour éviter d'être entendue par leurs voisins de table. Mais je ne te laisserai pas t'en servir pour punir Kathryn.

— Je ne la punis pas.

— Bien sûr que si. Tu gâches son voyage à force de remarques acerbes. Tu nous imposes ta mauvaise humeur à longueur de journée, alors que je t'avais prévenue, avant notre départ, que je ne tolérerais pas de ta part un tel comportement.

— Je ne me sens pas bien, gémit Anne. Le mauvais temps me porte toujours sur la poitrine.

Christy gifla la nappe de sa serviette de table, avant de se pencher vers sa fille.

— Peut-être Kathryn et Harold se laissent-ils berner par ce genre de remarque, mais pas moi. Tu as toujours joui d'une santé de fer, et jamais tu n'as laissé un rhume t'empêcher de faire ce que tu désirais. Ne joue pas à ce petit jeu avec moi, Anne, car il s'agit d'un jeu dangereux.

La mère et la fille se dévisagèrent longuement sans ciller, jusqu'à ce que la seconde se décidât à rompre le silence :

— Tu sais de quoi tu parles, toi qui as joué sans vergogne avec la vérité, assena-t-elle sur le ton du constat. Tu peux raconter tout ce que tu veux, plus jamais je ne te croirai.

Christy s'adossa à son siège avec un soupir.

— Tu n'imagines pas à quel point j'en suis navrée, fit-elle d'une voix altérée par l'émotion. Et je comprends, chaque jour un peu plus, qu'une fois la confiance envolée les choses deviennent différentes. Mais il me semble que nous en sommes arrivées à un point où nous devrions, l'une et l'autre, accepter le passé, en admettant que ni toi ni moi ne sommes plus en mesure de changer quoi que ce soit. Au nom de l'amour que nous portons toutes deux à notre famille, il nous faut faire la paix et aller de l'avant.

Elle tendit la main pour effleurer celle de sa fille, qui se dégagea aussitôt.

— Je n'ai jamais cessé de t'aimer, Anne, et je suis prête à attendre ton pardon aussi longtemps qu'il le faudra.

Les lèvres de cette dernière se réduisaient à une ligne mince, et un petit muscle se mouvait au niveau de sa mâchoire, car elle grinçait des dents, fuyant le regard de Christy.

— Je te demande une fois encore de nous accompagner aujourd'hui, parce que c'est important. Il est temps pour toi de découvrir d'où nous sommes issues, et de quelle manière nous sommes devenues qui nous sommes. Je t'en prie. Si tu ne le fais pas pour moi, fais-le pour Kathryn.

— Te voilà réduite à pratiquer le chantage affectif, constata Anne avec amertume.

— C'est la seule arme dont je dispose.

Anne, qui d'un mouvement brusque s'apprêtait à quitter la table, se trouva coupée dans son élan par l'apparition de Gregor.

— Êtes-vous prêtes, mesdames ? lança-t-il avec un large sourire.

— Il ne nous reste plus qu'à aller chercher nos manteaux et des chaussures plus solides, répondit Christy. Hélas, ma fille a décidé de ne pas se joindre à nous.

— Mince alors. Et moi qui ai justement un petit quelque chose tout exprès pour Mme Ross.

Anne rosit : le garçon avait piqué sa curiosité. Mais elle releva le menton, et lui coula un regard plein de mépris.

— Je doute que vous soyez en mesure de me faire plaisir d'une façon ou d'une autre.

Il haussa un sourcil, et une expression de défi se peignit sur ses traits.

— Venez donc voir. Si ça ne vous convient pas, on vous fichera une paix royale, promis.

Anne se rendit compte que les autres clients de l'hôtel observaient avec intérêt ce bref échange à fleurets mouchetés.

— Je suppose que si je veux être tranquille il ne me reste plus qu'à vous suivre, dit-elle avec humeur. Où donc ?

— Dehors.

Il s'effaça afin qu'elle pût quitter la salle à manger – dans son dos, il se tourna vers Christy pour lui adresser un clin d'œil.

Intriguée, celle-ci leur emboîta le pas. Bientôt, elle gloussait de plaisir.

Gregor avait si consciencieusement étrillé son vieux Jock que sa robe à présent luisait sous le harnais rutilant, et le cheval se tenait avec fierté entre les limons d'une voiture couverte, démodée certes, mais briquée avec soin.

— Je croyais qu'il n'existait aucun engin de ce genre sur l'île, commenta Anne sur un ton accusateur.

— Mungo m'a rappelé qu'on en avait remisé un derrière les écuries, répondit le garçon en désignant de l'index les constructions bancales attenantes à l'hôtel. La voiture était cradingue, et il fallait réparer l'une de ses roues, mais rien dont un bon coup de peinture et un peu d'huile de coude ne pussent venir à bout.

Anne s'approcha du véhicule pour lui faire subir un examen approfondi.

— Vu le piteux état du cuir des sièges, il ne fait pas bon s'asseoir là-dessus.

Christy se hâta d'intervenir avant que le jeune homme n'eût pris le mors aux dents :

— Vous avez fait là une formidable découverte, Gregor. Mais il a dû vous falloir la moitié de la nuit pour la remettre sur pied.

— Bah… J'en ai pas eu pour si longtemps que ça. Mungo et Betsy m'ont donné un coup de main.

Il se tourna vers Anne :

— Pour le cuir, je reste court, pour sûr, mais en posant dessus les grosses couvertures que Betsy va nous prêter, ça devrait faire la blague.

Sur les traits de sa fille, Christy devinait les mille efforts qu'elle déployait pour trouver encore une raison valable de demeurer à l'hôtel.

— J'espère que les ressorts sont solides. Je n'ai pas la moindre envie d'être secouée comme un prunier.

Gregor perdait patience :

— Je les ai longuement vérifiés, madame Ross, après quoi je les ai huilés. Vous ne serez pas chahutée.

— Dans ce cas, il faut que je passe une tenue plus adéquate, déclara-t-elle, vaincue, en évitant l'œil rieur de sa mère. Je vous prie de m'attendre.

Christy et Gregor échangèrent un regard. Cette journée ne serait pas une sinécure.

*

Kathryn s'apprêtait à regagner le rez-de-chaussée lorsque sa mère parut sur le palier.

— Dis-moi que tu nous accompagnes, s'il te plaît… Sans toi, ce ne serait pas la même chose.

— J'ai déjà accepté. Mais uniquement parce que cela te fait plaisir. Et maintenant que MacGregor s'est présenté avec une voiture digne de ce nom, je ne peux plus reculer.

— Une voiture couverte ? C'est merveilleux.

— Disons plus sobrement que cela fera l'affaire.

Kathryn dévala l'escalier, pressée de découvrir à son tour la surprise que Gregor leur avait réservée. Lorsqu'elle avisa la robe lustrée du cheval à l'impeccable crinière, les fanons blancs par-dessus ses sabots, ainsi que la voiture, elle battit des mains.

— Magnifique, souffla-t-elle en flattant l'encolure de Jock avant de lorgner l'intérieur du véhicule. Dieu du Ciel, monsieur MacGregor, vous êtes un magicien.

Les joues de ce dernier rosirent – l'enthousiasme de l'adolescente le mettait mal à l'aise. Il se tourna promptement vers Betsy, qui venait de se matérialiser auprès d'eux, les bras chargés d'un volumineux panier de pique-nique et de plusieurs couvertures.

Une fois celles-ci étalées avec soin sur le cuir usé des banquettes, une fois le panier remisé sous les sièges, Kathryn et sa grand-mère se hissèrent dans la voiture pour y attendre Anne.

On attendit longtemps. Très longtemps. Jock s'ennuyait ferme, et Gregor ne tenait plus en place.

Elle se présenta enfin, ayant à contrecœur troqué sa tenue élégante contre une veste et une jupe en tweed, assorties d'une paire de chaussures de marche. Une bande de fourrure se donnait à voir autour de son cou, elle avait jeté un imperméable sur son avant-bras et, d'une main gantée, serrait un parapluie. Elle avait ramené ses cheveux en un chignon serré, bas sur la nuque, avant de se coiffer d'un chapeau de feutre qui ne la mettait pas en valeur.

Elle accepta du bout des lèvres que Gregor lui tînt la main pour l'aider à grimper sur le marchepied, puis qu'il plaçât une couverture sur ses genoux. Kathryn était déçue, songeant que l'acrimonie de sa mère risquait de gâcher la journée.

Gregor s'éclipsa. Bientôt, la voiture démarrait.

Les sabots de Jock résonnaient contre les pavés, les roues grondaient. On passa devant la cale sèche, où, la veille au soir, les pêcheurs avaient amarré leurs bateaux, on traversa le petit village où se trouvaient une vieille église en bois, un magasin d'alimentation générale et la forge d'un maréchal-ferrant. La plupart des maisons en pierre, blanchies à la chaux, se blottissaient dans les collines, leurs robustes volets grands ouverts pour que le soleil pénétrât à l'intérieur des pièces.

— À quelle distance sommes-nous de MacInnes Bay, mamie ?

La voiture ayant abandonné le village derrière elle, elle entamait maintenant l'ascension d'une colline, offrant à ses passagères une vue imprenable sur le loch.

— C'est encore loin. Tu as tout le temps de profiter du paysage.

L'adolescente s'exécuta, découvrit un décor presque désert où paissaient des moutons. De temps à autre, elle repérait au loin une ferme isolée. Il ne s'y trouvait pas un arbre, pas le moindre chant d'oiseau pour accompagner le murmure du vent dans l'herbe.

Kathryn se remémora le ranch de son oncle Hamish, perdu au beau milieu de l'outback, dans l'État du Queensland. Il se tenait, lui aussi, dans une orgueilleuse et superbe solitude, mais, de-ci de-là, des boqueteaux d'eucalyptus permettaient d'échapper un peu à la chaleur torride. Des perruches ondulées par dizaines, des cacatoès à huppe jaune se juchaient dans leurs branches, et leurs couleurs vives contrastaient avec le rouge foncé de la terre, et leurs cris rompaient le silence immémorial de la région.

L'adolescente conservait, de son unique visite à Wallangarra Station, des souvenirs précis, et, bien qu'elle eût jugé les lieux trop loin de tout et la chaleur trop forte par comparaison avec le climat plus tempéré de Melbourne, elle avait apprécié la majesté du décor et sa beauté sauvage.

Comment sa grand-mère était-elle parvenue à s'acclimater à l'autre bout du monde ? Ici n'étaient que de vastes étendues d'herbe pâle et de bruyères noircies, cernées par de sombres collines…

5

Lassée par le paysage, Anne avait fermé les paupières, mais Kathryn continuait à contempler les alentours. Sa grand-mère en profita pour l'observer, la jugeant adorable dans sa veste de tweed mouchetée de petits points lavande, achetée à Inverness. Elle avait noué sur sa nuque, sans serrer beaucoup le ruban, sa chevelure opulente où rivalisaient l'or et le cuivre, coiffée d'un béret de laine lilas incliné sur l'œil. Son teint lumineux disait sa jeunesse et sa santé florissante. Elle était en train de devenir une très jolie jeune femme, à l'élégance innée.

Christy revint au décor à l'extérieur de la voiture. Un éclat de mer brillait dans la distance, et des îles minuscules étaient semées sur l'horizon. Son pouls s'accéléra. Elle avait la bouche sèche. Le sentier suivi par la voiture traversait le vallon en direction de la large baie où la sexagénaire s'était forgé ses tout premiers souvenirs. Des images lui sautèrent au visage, aussi nettes que si elle avait vécu ces instants la veille, de sorte qu'il lui fallut s'arc-bouter pour supporter de les convoquer encore dans son esprit.

Gregor fit arrêter son cheval, puis descendit de la voiture, dont il ouvrit la portière.

— Je peux pas m'approcher plus, s'excusa-t-il. Sinon, on risque de s'embourber.

Christy n'avait plus d'yeux que pour la baie.

— C'est parfait, rassura-t-elle le garçon dans un murmure, avant de s'éloigner pour fouler le sol irrégulier, entre des rochers épars et des pics jaillissant du sable, l'ensemble protégé par les immenses falaises noires qui se dressaient de part et d'autre de la baie.

Sans attendre ses compagnes, elle s'engagea d'un pas résolu parmi les monticules herbeux cernés de minces filets d'eau noire, l'œil rivé sur les vestiges d'une maisonnette, dont elle se rapprocha tandis qu'un courlis exhalait son chant mélancolique – les anciens tenaient ce chant pour un signe annonciateur de la mort. Des morts, il y en avait eu ici. Il y en avait eu beaucoup.

Christy frissonna, non de froid mais à cause des souvenirs qui la hantaient, et des voix que le vent semblait porter jusqu'à elle. Elle enfouit ses doigts dans les plis du châle maternel, prit une profonde inspiration, qui la revigora, se remit en route vers ce qui demeurait de la maison. De *sa* maison.

Son grand-père avait, pour bâtir la fermette, récupéré des pierres détachées des falaises. Il avait pris en outre la précaution de l'ériger au-dessus de la laisse de haute mer, sur un affleurement plat. Christy se sentait alors parfaitement en sécurité entre ses murs épais, cependant que dans l'âtre brûlait un feu de tourbe éclairant doucement les ténèbres – au-dehors, le vent rudoyait la mer, hurlant à travers la baie. Il ne demeurait aujourd'hui que la cheminée et son conduit, pareil à une sentinelle, et une poignée de pierres éparpillées, que la sexagénaire effleura.

— Est-ce que tout va bien, mamie ?

Elle opina de la tête, plongée au plus profond de son passé, et découvrant devant ses yeux des choses qu'elle seule pouvait voir. Des choses dont une enfant n'aurait jamais dû être le témoin.

Elle coupa court aux manifestations de sa mémoire. Anne et Gregor venaient de rejoindre Kathryn auprès d'elle.

— C'est ici que j'habitais autrefois, leur apprit-elle doucement. Notre chaumière avait été construite par mon grand-père, Alasdair MacInnes, peu avant son mariage avec Morag MacGregor.

Elle adressa à leur cocher un sourire pâle.

— Angus, leur fils cadet, était mon père. Quand il a épousé ma mère, Anne MacInnes, une cousine éloignée, ils sont venus s'installer ici.

— Cela faisait beaucoup de monde pour une demeure aussi petite, observa Kathryn.

— Tu as sans doute raison, mais à l'époque je ne m'en rendais pas compte. Toutes les fermettes se ressemblaient.

— Elle était comment, au juste ? Était-elle la seule dans toute la baie ?

Christy se tourna vers la vallée à présent déserte, où seules quelques vieilles pierres marquaient l'emplacement des parcelles sur lesquelles se trouvaient jadis d'autres logis. Le courlis chanta encore, et un frisson lui parcourut de nouveau l'échine.

— Nous étions assez nombreux, et nous possédions tous un champ, que nous cultivions, même si le sol n'était pas particulièrement fertile. Trop humide. Et salé. On y élevait aussi des bovins, et la plupart des fermiers avaient des poules. Mon grand-père exerçant le métier de marin pêcheur, mon père, à sa mort, a hérité de son bateau, mais il était un cultivateur dans l'âme. Souvent, l'été, il participait aux récoltes pour le compte de notre propriétaire, ce qui nous permettait de payer notre loyer et d'avoir de quoi manger en hiver.

Elle gravit la pente située derrière la maison jusqu'à une saillie rocheuse.

— Il s'agissait là de mon endroit favori, où je venais m'asseoir pour guetter le bateau de mon père.

Kathryn la rejoignit, cependant que Gregor aidait Anne à grimper.

Le garçon déploya des couvertures sur le sol, afin que les trois femmes pussent s'y asseoir. Cela fait, Christy prit une profonde inspiration, puis entama son récit.

— Tu m'as demandé de te décrire notre maison, Kathryn. Eh bien… Elle possédait un toit de chaume, confectionné avec des tiges de roseau que nous avions cueillies au bord de la rivière, et le sol se composait d'un mélange de terre et de pierre pilée, sur lequel nous répandions régulièrement de la paille et des herbes aromatiques, qui parfumaient l'atmosphère. La porte et les deux fenêtres, profondément enfoncées dans les murs, ne donnaient pas sur le rivage, afin de nous protéger des vents glacés qui soufflaient en hiver. À l'intérieur de notre maison, il faisait très sombre, car nous ne disposions, pour nous éclairer, que d'une lampe à huile et de la lueur des flammes dans l'âtre.

Elle ramena ses genoux contre sa poitrine, le menton dans les plis de son châle.

— Nous ne possédions ni lits ni matelas. Nous dormions à même le sol, près du feu, sur des sacs en toile de jute garnis de paille. Nous n'étions certes pas riches, mais de l'amour, nous en avions à revendre, et nous savions appartenir de toute notre âme à cette contrée où nous vivions.

À mesure que Christy poursuivait son discours, le présent devant ses yeux s'évanouissait, elle redevenait la fillette de dix ans qui, un soir, à la fin du mois d'août, s'était élancée pieds nus parmi les bruyères d'un rose violacé pour rejoindre sa mère en train de biner la mauvaise terre.

— Je t'ai apporté du pain et du fromage, haleta-t-elle. La veuve Cameron nous a échangé le fromage contre deux œufs.

La mère s'appuya sur son outil, des deux mains frottant son dos douloureux avant de caresser son ventre rebondi.

— C'est gentil de sa part, commenta-t-elle, et le vent ébouriffait sa chevelure sombre, tandis qu'elle dirigeait son regard brun vers sa maisonnette au loin. J'espère que tu l'as aidée à traire sa vache ce matin. À son âge, cette tâche est devenue très pénible.

— Bien sûr que je lui ai donné un coup de main, répondit l'enfant, un instant peinée par la défiance de sa mère. Et oncle Fergus a promis de rentrer assez tôt tout à l'heure pour se charger de la traite du soir.

Anne MacInnes hocha la tête avant de s'asseoir sur un tas d'herbe sèche, où elle mangea son en-cas.

— Où se trouvent tes frères ?

— Jamie est descendu à la plage avec Callum pour chercher des coquillages entre les rochers.

Installée auprès de sa mère, Christy la regarda mordre dans le pain – la vue du morceau de fromage lui mettait l'eau à la bouche, mais Anne en avait plus besoin qu'elle, car elle était enceinte.

Cette dernière lui offrit une part de sa pitance.

— Tiens, il faut que tu te mettes quelque chose sous la dent pour tenir jusqu'au dîner.

Incapable de résister, encouragée par le hochement de tête maternel, Christy dégusta ce cadeau à petites bouchées.

— Mamie a fini de tisser ton châle, dit-elle. Elle m'a promis de me donner encore une autre leçon, pour qu'un jour, je puisse faire aussi bien qu'elle.

Anne sourit.

— Dis-moi un peu... À part aider la veuve Cameron à traire sa vache, puis regarder tisser ta grand-mère, qu'as-tu fait de ta journée ?

— J'ai ramassé du varech à marée basse, avant de le mettre à sécher comme tu m'as appris à le faire. Ensuite, Jamie et moi avons emporté le varech déjà sec jusqu'au four, pour que Iain MacGregor le brûle. À l'heure qu'il est, il ne reste plus qu'à le livrer à l'usine.

Anne saisit le visage de son enfant dans sa main en coupe, abîmée par le travail.

— Tu deviens une grande fille formidable, fit-elle tendrement. Je me demande bien comment je me débrouillerais sans toi.

Passant une main sur son ventre, elle se rembrunit soudain.

— Nous aurons bientôt une bouche supplémentaire à nourrir, murmura-t-elle, l'œil sur les pommes de terre qu'elle venait d'arracher, mangées par le mildiou. Si nous perdons encore une fois la récolte...

L'hiver précédent, ils avaient cru mourir de faim, sans pommes de terre pour agrémenter le porridge d'algues ou les ragoûts d'ortie. Christy saisit dans la sienne la main de sa mère :

— On va y arriver, décréta-t-elle avec vigueur. Papa va pêcher plein de harengs, et une fois qu'il les aura salés, puis mis en tonneaux, nous serons sauvés.

Anne lui décocha un large sourire, bien que le tourment demeurât au fond de ses yeux sombres.

— Tu as raison.

Elle se remit debout, empoigna sa binette.

— Dépêche-toi de rentrer pour veiller sur les garçons et sur mamie pendant que je termine mon ouvrage. Ton père et Finlay seront bientôt de retour, et ils crieront famine.

Christy détala, et de ses pieds nus pataugeait dans les infimes cours d'eau qui veinaient le vallon. Elle courut sur les galets pour atteindre le sable dur, aperçut ses frères penchés sur les flaques entre les roches, courut encore en direction de leur fermette. Elle fit un signe bref à sa grand-mère, qui, installée devant la maison, actionnait son petit métier à tisser, puis elle gravit la colline, atteignit la pierre plate sous la saillie rocheuse, d'où elle plissa les yeux en direction de l'horizon, avec l'espoir d'y voir luire une voile.

Elle adorait son père, parce qu'il était beau et grand, parce qu'il arborait une tignasse bouclée et une barbe d'un roux flamboyant, parce qu'il possédait une voix profonde qu'elle aimait entendre. Parfois, il prenait la fillette et ses jeunes frères sur ses genoux, les serrait entre ses bras puissants pour leur raconter des histoires de Vikings venus du nord à bord de leurs superbes navires. Ils avaient changé la vie des habitants de l'île. Christy était aux anges.

Finlay, son frère aîné, ressemblait à leur père, mais il lui manquait une barbe, et il se révélait moins grand. Moins robuste aussi. La fillette, avec laquelle il manquait de patience, craignait qu'il ne l'aimât pas autant qu'elle l'aimait.

Enfin, elle repéra la voile au loin, et ses frères l'avaient vue aussi, car ils avaient abandonné leur pêche aux coquillages pour agiter les bras en direction du bateau. Christy s'apprêtait à se ruer vers la plage lorsqu'elle entendit des sons qui brisèrent son élan.

Elle se tourna vers eux, et son cœur s'arrêta de battre. Des hommes à cheval. Des hommes à pied. Des chiens tirant sur leurs laisses, assoiffés de sang. L'âme damnée de leur propriétaire et son armée de méchants Anglais se trouvaient là pour procéder à leur expulsion.

Incapable du moindre mouvement, la fillette regarda sa mère quitter son champ à la hâte, tandis que Jamie et Callum, les yeux agrandis par la terreur, demeuraient plantés tous deux sur le rivage. Pâle comme un linge, leur grand-mère tremblait à présent de tous ses membres… Le bateau de leur père se trouvait encore loin des écueils, au beau milieu d'une eau profonde et bourrue.

Rendue maladroite par l'effroi qui l'avait saisie, Christy manqua de tomber en dévalant le flanc de la colline. Sa mère, déjà, avait atteint leur chaumière, où, un bras passé autour des épaules de mamie, elle l'aidait à s'extraire de sa chaise.

— Dépêche-toi de rejoindre tes frères, ordonna-t-elle à l'enfant, et cachez-vous tous les trois parmi les rochers. Surtout, restez-y jusqu'à ce que nous venions vous chercher.

— Mais… Mamie et toi… ?

— Elle est trop âgée pour aller bien loin, et je doute que même ces vilaines gens-là s'en prennent à une vieille dame sans défense. File, Christy, et ne discute pas.

En dépit de la peur qu'elle éprouvait pour les deux femmes, la fillette s'exécuta, et ses pieds nus volaient presque au-dessus des cailloux, cependant que ses larmes l'aveuglaient.

— Cachez-vous, vite ! hurla-t-elle à ses frères. Dans les rochers !

Comme ces derniers s'élançaient à leur tour, leur sœur se tourna brièvement vers les flots. Le bateau se rapprochait, mais il lui fallait encore vaincre les écueils pour pénétrer dans la passe étroite menant à l'intérieur de la baie. Christy distinguait à sa proue son père et son frère, trop loin toutefois pour qu'elle pût discerner les traits de leurs visages. Elle jeta un coup d'œil par-dessus son épaule : des chaumières brûlaient, dévorées par des flammes orangées au-dessus desquelles se déployait un voile de fumée noire.

Jamie et Callum n'étaient que de petits bonshommes maigrichons de huit et cinq ans. Impossible pour eux de courir vite, d'autant plus que le pied atrophié de Callum le ralentissait. Sans hésitation, Christy les souleva de terre l'un et l'autre pour les entraîner au pas de course parmi les rochers situés à l'extrémité de la baie.

Son cœur battait la chamade et le souffle commençait à lui manquer lorsqu'elle parvint enfin à destination, où elle libéra les deux enfants de son étreinte.

— Il faut qu'on se cache, haleta-t-elle, et ses frères la considéraient avec angoisse. Glissez-vous là-dedans, vite, et faites-vous tout petits.

Jamie, qui retenait ses larmes, et Callum, qui à présent sanglotait, rampèrent à l'intérieur de la profonde crevasse courant sur toute la hauteur de la falaise. La fillette s'y coula ensuite, avant de serrer les bambins dans ses bras.

— Et maintenant, chut…, murmura-t-elle. Nous ne devons pas faire de bruit. Papa et Finlay seront bientôt ici, ils verront que nous ne craignons rien.

— Où est maman ? gémit Callum. Je veux maman.

— Elle est restée avec mamie, et elle sait que Jamie et toi êtes de grands garçons courageux, et que vous lui obéirez. C'est elle qui a dit de se cacher et de se taire.

— Mais c'est qui, les gens méchants ? Pourquoi ils sont venus ?

Les larmes du cadet ne tarissaient plus.

— Ils ne veulent pas de nous ici, maugréa son frère, l'œil scintillant de haine et ses petits poings serrés.

— Pourquoi ?

Jamie attira sans ménagement son frère à lui.

— Parce qu'ils nous détestent. Arrête de pleurer, maintenant, tu n'es plus un bébé. T'as pas envie que papa te voie larmoyer comme ça, dis ?

Ces paroles produisirent leur effet, Callum s'apaisa. Mais, alors que les trois enfants se serraient les uns contre les autres entre les parois hérissées de bernacles, où l'âcre odeur des algues les prenait au nez, ils entendirent au loin, portés par le vent marin, des hurlements et des cris, et des aboiements de chiens. Incapable de résister plus longtemps, Christy risqua un œil au-dehors.

Les hommes n'ayant pas encore atteint leur maison, sa mère se hâtait de rassembler en tas leurs affaires, tandis que sa grand-mère serrait contre son cœur le châle tout neuf, trop fragile et trop affolée pour bouger. Le bateau de pêche se rapprochait du rivage.

— Papa est presque arrivé, souffla Christy, avant que des sons effroyables l'eussent glacée d'effroi.

De la fumée montait des maisonnettes incendiées, envahissait le vallon et noircissait le ciel. Des corps gisaient parmi les bruyères, des femmes et des enfants hurlaient. Les cavaliers s'efforçaient de maîtriser leurs montures. Les hommes et les chiens cernaient à présent la demeure de la veuve Cameron.

Ils pénétrèrent à l'intérieur pour s'emparer de la malheureuse, qu'ils sortirent de son logis pour la jeter sur le sol. Ils avaient plus tôt frappé Fergus MacInnes, résolu à protéger la vieillarde, et maintenant il reposait au beau milieu de sa récolte de pommes de terre que la pourriture menaçait, rompu, défait, et dès lors ils n'avaient plus d'yeux que pour la veuve impuissante à leurs pieds. Ils la menaçaient de leurs bâtons en poussant d'affreuses clameurs, leurs chiens grondaient et tiraient sur leurs laisses. Les chevaux, effarouchés par le vacarme, se cabraient, manquant à chaque instant de piétiner la pauvre femme.

Christy ne désirait plus que de détourner le regard, mais elle en était incapable. La veuve Cameron à présent rampait pour tenter de se mettre à l'abri. C'est alors que l'un des hommes lui assena un violent coup de botte. La vieillarde ne bougeait plus. Il suffit d'une poignée de minutes aux torches enflammées pour réduire sa chaumière en cendres.

Christy tremblait si fort que ses jambes se dérobèrent sous elle, et elle retomba dans sa cachette, sans même se rendre compte que les parois de roche lui écorchaient les membres dans sa chute. La scène dont elle venait d'être le témoin la hantait, cependant que, songeant à sa mère et à sa grand-mère, une épouvante à chaque instant plus vive lui fouaillait le ventre à la façon d'un couteau. Des larmes brûlantes ruisselaient sur ses joues, et des frissons l'agitaient de la tête aux pieds.

— Qu'est-ce que t'as vu ? exigea de savoir Jamie, qui, lui ayant saisi les deux bras, la bousculait pour l'extraire de sa torpeur.

Elle secoua la tête, rendue muette par l'horreur, jusqu'à ce qu'elle comprît que son étrange comportement terrorisait ses deux frères. Elle se ressaisit pour les rassurer.

— J'ai du sable dans les yeux, c'est tout, fit-elle d'une voix frémissante.

Jamie ne la crut pas, mais, comme Callum se cramponnait à lui en pleurant, il garda le silence, sans plus lâcher sa sœur du regard.

Un cri leur parvint tout à coup de la plage et, levant le nez, les trois enfants découvrirent le visage décomposé de leur père.

— Restez là ! leur ordonna-t-il avant de disparaître à leur vue.

Christy adressa à ses cadets un sourire larmoyant.

— Vous voyez ? Papa et Finlay sont arrivés. Ils vont bien s'occuper de maman et de mamie.

Les garçons se blottirent contre elle, et la fillette les étreignit de toutes ses forces en priant pour que leur père et leur grand frère parvinssent à s'en tirer sans encombre. Hélas… Elle venait de constater la cruauté dont ces hommes étaient capables. Dieu veillait-Il vraiment sur leur communauté ? Si oui, serait-Il en mesure de mettre un terme à ce massacre ?

Les cris s'intensifiaient, et la fumée voilait le soleil couchant. Sans permettre à ses cadets de l'imiter, Christy, une fois encore, jeta un coup d'œil par-delà les rochers.

Elle ouvrit tout grand la bouche : le vallon brûlait de tous côtés, et les Anglais se hâtaient en direction de la chaumière familiale. Son père avait saisi sa mère dans ses bras, cependant que Finlay protégeait Anne, tous quatre s'écartant lentement des chiens et des hommes munis de leurs gourdins menaçants.

Sans plus lâcher sa mère, le père de Christy essayait de raisonner les intrus – et à coups de botte il repoussait les chiens.

Sourds à ses arguments, les hommes continuaient d'avancer, et leurs chiens flairaient la terreur des fermiers. Ils frappèrent le père à la tête, jusqu'à ce qu'il tombât à genoux. Sa mère lui échappa, chutant lourdement sur le sol rocailleux.

Christy hurla. Les chiens s'étaient précipités vers la vieillarde sans défense, mais Finlay leur distribuait des coups de botte, serrant dans sa main son couteau, tandis que de l'autre il aidait sa grand-mère à se remettre debout. Il agitait sa lame, mais que faire face à une dizaine de soudards enragés ? Quelques secondes plus tard, le couteau lui fut arraché des mains, et on le roua de coups jusqu'à ce qu'à son tour il s'effondrât, immobile maintenant.

Anne MacInnes s'agenouilla auprès des siens. Le visage déformé par l'effroi, elle implorait dans un cri les Anglais de les épargner tous. Une énorme botte la frappa sous le menton, elle ravala son cri et s'en fut s'écrouler contre la paroi rocheuse derrière elle, pareille à une poupée de chiffon.

— Maman !

Jamie et Callum, qui avaient rampé hors de la crevasse, venaient d'assister à l'horrible scène.

Christy parvint à les attirer à elle pour dissimuler leurs petits visages entre les plis de ses jupes, tandis que des rires cruels s'élevaient – à l'aide de leurs torches, les hommes mettaient le feu à leur maison. La fillette éclata en sanglots, et lorsque toute la monstruosité du drame lui eut monté jusqu'à l'âme elle se mit à hurler, et ses hurlements se mêlèrent aux cris confus qui couraient à travers le vallon, se perdirent parmi les aboiements des chiens, les hennissements suraigus des chevaux et les vociférations des soudards.

Christy émergea lentement de ses noirs souvenirs, surprise de constater qu'il faisait encore jour, et que le vallon dormait en paix sous le soleil. Elle pouvait cependant percevoir les cris, sentir la fumée, puis éprouver sur ses épaules le poids du terrible silence qui s'était abattu sur les lieux après le départ des hommes.

— Une fois qu'ils ont eu déguerpi, nous avons pris notre courage à deux mains pour abandonner notre cachette. Il faisait nuit, une nuit éclairée par les incendies. Les tourbillons de fumée nous dissimulaient presque la lune en train de se lever. Il y avait du sang dans la barbe et les cheveux de notre père. Quand il eut couvert notre grand-mère de son écharpe en tartan qu'il portait toujours sur l'épaule, il a pris notre mère dans ses bras – elle se tenait penchée au-dessus de Finlay, que les coups de bâton avaient assommé.

La sexagénaire considéra sa fille et sa petite-fille, toutes deux très émues par le récit qu'elle venait de leur livrer. De la colère brûlait au fond des yeux de Gregor.

— La sage-femme ayant été tuée, c'est moi qui, en suivant les instructions de ma mère, l'ai aidée à mettre son bébé au monde. Malheureusement, elle avait accouché trop tôt. Avant le lever du jour, notre petite sœur était morte.

Des larmes se mirent à rouler sur ses joues, qu'elle ne prit pas la peine d'essuyer.

— Avant ce jour, on dénombrait une douzaine de fermettes dans le vallon. Nous avons perdu huit des nôtres, dont la veuve Cameron et deux enfants. Quatre hommes, parmi ceux qui avaient résisté à nos agresseurs, se sont retrouvés en prison à Portree. Mon oncle Fergus était parmi eux. Personne ne les a jamais revus.

Un lourd silence se fit, qui s'étira longuement, avant que Christy se décidât à reprendre son récit.

— Les survivants ont rassemblé leurs maigres affaires, et nous nous sommes tous réfugiés dans les grottes. Cette nuit-là, nous avons pleuré nos proches, nos demeures, nos bêtes échappées, nos récoltes piétinées ou brûlées.

Elle exhala une brève respiration frémissante.

— À l'aube, nous avons entendu le triste chant des courlis, et c'était, à nos oreilles, comme si les défunts nous appelaient à eux. Aujourd'hui encore, le chant du courlis me bouleverse.

Dirigeant ses regards vers le vallon, elle se tordit les mains dans le creux de son châle.

— Ce jour-là, nous avons enterré nos morts, puis, un par un, les survivants ont commencé à partir.

Certains sont allés chercher un emploi sur le continent, d'autres ont pris le bateau pour le Canada. Il ne leur restait plus rien ici, et ils craignaient le retour des soudards.

— Et toi ? souffla Kathryn. Qu'as-tu fait ?

— Nous avons continué à vivre dans l'une des grottes, jusqu'à ce que maman ait repris suffisamment de forces pour entreprendre le long périple vers l'ouest qui devait nous mener auprès de sa famille, dans le hameau de Gilleasbuig.

Anne était pâle comme un linge :

— Je... Pourquoi ne nous as-tu rien dit jusqu'à aujourd'hui ?

— Il s'agissait d'une histoire trop triste pour la raconter à une enfant.

— Oh, mamie..., fit Kathryn à travers ses larmes. Tu n'étais toi-même qu'une petite fille quand tu as dû traverser ces terribles épreuves. Elles doivent continuer à te hanter.

Christy hocha la tête.

— En effet, mais je suis loin d'être la seule, sur cette île, à avoir connu l'horreur des déplacements forcés.

Elle se tourna vers Gregor, dont l'expression disait, sans le moindre doute possible, que les siens avaient souffert aussi, et qu'il avait, avant les confessions de Christy, écouté déjà des récits similaires.

Elle se leva, des deux mains époussetant son épaisse jupe en laine, soudain désireuse de quitter ce lieu où résonnait encore la tragédie.

Comme s'il avait lu dans ses pensées, Gregor tendit la main à Anne afin de l'aider à se remettre debout, avant de plier la couverture.

— Si ça vous dit, proposa-t-il, je connais un joli petit endroit à une heure de route, épatant pour un pique-nique.

— Je ne pourrai rien avaler après avoir écouté une pareille histoire, commenta Anne dans un frisson. Maman nous a fait un récit à ce point détaillé qu'il me semblait voir se dérouler ces atrocités sous mes yeux. Je vais sans doute faire des cauchemars pendant plusieurs semaines.

La sexagénaire, qui avait vécu toute sa vie avec des rêves affreux, préféra ne rien dire. Elle se tourna de nouveau vers le jeune homme :

— C'est une excellente idée, fit-elle avec une allégresse feinte. Cette journée est trop belle pour permettre au passé de l'assombrir, d'autant plus que je soupçonne Betsy de nous avoir préparé un somptueux pique-nique, qu'il serait dommage de gâcher.

Effleurant l'avant-bras du garçon, elle planta son regard dans le sien.

— Mais, d'abord, je souhaite visiter l'église pour y rendre hommage aux défunts.

Comme il hochait la tête, elle s'éloigna des ruines, qu'elle ne reverrait plus, pour se diriger vers Jock, qui reniflait dans sa musette.

L'église de bois et le presbytère ayant disparu, leur souvenir ne vivait plus que dans les murs de pierre croulés du cimetière à l'abandon, perdu au milieu de nulle part, mangé d'herbes hautes et de ronces poussant parmi des touffes de bruyère. Quelques pierres tombales restaient debout, bien que les noms jadis gravés dessus eussent été effacés par les assauts répétés des éléments naturels.

Christy, néanmoins, retrouva l'emplacement où se trouvaient inhumées sa grand-mère et sa petite sœur. Les ronces avaient assailli la sépulture – la sexagénaire eut beau tenter de les arracher, elles tenaient bon, et si elle avait insisté les épines eussent eu raison de ses gants. Jetant des regards autour d'elle, elle crut entendre les plaintes éplorées des femmes, qui, selon la tradition écossaise, n'avaient pas été autorisées à suivre les hommes lorsqu'ils avaient porté les défunts en terre. Incapable de résister, la fillette qu'elle était alors s'était éclipsée pour se cacher derrière un affleurement rocheux, d'où elle avait observé les hommes et les garçons, cramponnés les uns aux autres, tandis que le prêtre, dont chacun se défiait, allait de tombe en tombe pour y dire des prières.

— Nous étions persuadés que le prêtre nous protégerait, exposa-t-elle quand Kathryn, Anne et Gregor l'eurent rejointe. Il nous avait affirmé que lors d'un entretien avec le propriétaire et ses sbires il leur avait arraché la promesse qu'il ne nous serait fait aucun mal, du moment que nous acquittions notre loyer et obéissions à leurs ordres.

— En sa qualité d'homme d'Église, c'était le moins qu'il puisse faire, déclara Anne.

Sa mère secoua la tête.

— Il nous répétait qu'il tenait auprès du « laird », autrement dit le propriétaire foncier, un rôle de médiateur, afin que nous puissions rester chez nous malgré l'avis d'expulsion que son factotum avait cloué sur la porte de l'église. Aucune date n'étant mentionnée sur cet avis, nous avons fait confiance au prêtre.

Elle prit une profonde inspiration.

— Il en savait beaucoup plus que nous, car le jour de la tragédie ni lui ni sa famille ne se trouvaient dans les parages. Nous avons découvert plus tard qu'il s'était rangé du côté des MacDonald pour assurer sa propre sécurité. Une fois notre hameau vidé de ses habitants, on lui a confié les rênes d'une paroisse plus riche, sur le continent.

Kathryn fronça les sourcils.

— Mais pourquoi le propriétaire est-il revenu sur sa promesse de vous laisser tranquilles ?

Sa grand-mère haussa les épaules.

— Mon père m'a expliqué que personne n'était en mesure d'assurer qu'il avait un jour fait une telle promesse. D'ailleurs, peut-être n'en avait-il pas les moyens. Car, vois-tu, le laird était ruiné, de sorte que des fiduciaires ont fait main basse sur ses propriétés. Des gens déterminés à éponger ses dettes en favorisant l'élevage de moutons sur ces terres, en y plantant des arbres et en encourageant les habitants du sud du pays à venir y chasser le cerf.

Christy serra les dents.

— Pour réaliser un tel projet, il fallait d'abord se débarrasser de nous.

Elle se tut quelques instants avant de poursuivre :

— Notre propriétaire a toutefois tenu l'une de ses promesses, celle de nous céder des lopins de terre qui lui appartenaient au Canada si nous quittions les lieux de notre plein gré.

— Pourquoi ton père n'a-t-il pas sauté sur l'occasion ? s'étonna Kathryn. Cela aurait mieux valu que de rester sur cette île. J'ai lu des livres consacrés à cette période de votre histoire : les habitants des îles écossaises ont continué à craindre les déplacements forcés pendant encore de nombreuses années après le drame que tu as vécu.

— Mon père était un homme fier, dont l'arbre généalogique remontait aux Vikings qui s'étaient autrefois installés sur l'île de Skye. Personne n'aurait pu l'obliger à partir.

— Il a bien dû finir par changer d'avis, intervint Anne. Sinon, comment aurais-tu atterri en Tasmanie ? Mais pourquoi en Tasmanie, justement, si le laird vous avait proposé de vous rendre au Canada ?

— Je vous raconterai cette histoire un autre jour.

Elle effleura la pierre tombale, adressa une prière silencieuse aux deux défuntes à jamais couchées dessous, puis retourna à la voiture.

*

Kathryn, qui regardait la frêle silhouette de Christy quitter le cimetière, se sentit submergée par une admiration sans borne pour sa grand-mère, pour la force de caractère dont elle avait fait preuve, et sa détermination à se bâtir une existence heureuse en dépit des drames de son enfance. D'ailleurs, peut-être devait-elle sa résistance à ces épreuves. Peut-être ces dernières l'avaient-elles finalement éperonnée, et ainsi était-elle devenue la femme indépendante et fortunée que l'adolescente connaissait. À n'en pas douter, sa réussite avait été pour elle une façon de prouver à ceux qui l'avaient trahie et contrainte à l'exil qu'ils ne l'avaient nullement vaincue. Qu'elle valait bien davantage que leurs troupeaux de moutons, et que n'importe où elle était capable de s'épanouir.

Kathryn contempla la vallée. Le soleil à son zénith jetait une lumière crue sur les arêtes rocheuses, sur les plissements du terrain, et un vent léger murmurait dans l'herbe. Le récit de sa grand-mère l'avait profondément touchée. Les scènes qu'elle avait décrites demeuraient gravées dans son esprit, rejoignant celles évoquées dans les comptes rendus livrés par d'autres Écossais venus s'installer en Australie. Comme les Aborigènes ou les Indiens d'Amérique, les petits fermiers de l'île de Skye avaient été victimes d'une terrible injustice qu'on avait si bien passée sous silence que jamais les générations à venir ne connaîtraient la vérité. Elle frissonna en entendant s'élever le chant des courlis.

Elle se détourna enfin, pour découvrir que sa mère avait déjà rejoint la voiture, mais que Gregor se tenait là, tout près d'elle, l'œil vague et embué de tristesse.

— Puis-je vous poser une question ? se hasarda-t-elle.

Elle l'avait tiré de ses songes.

— Allez-y, poulette, mais je me réserve le droit de ne pas vous répondre.

— Lorsque mamie a évoqué pour nous son enfance, il m'a semblé que vous saviez parfaitement de quoi elle parlait. Votre famille a-t-elle subi le même sort que la sienne ?

Le garçon demeura silencieux un long moment, au point que l'adolescente s'apprêtait à lui présenter des excuses, lorsqu'il poussa enfin un lourd soupir et baissa le regard vers elle :

— En effet. Sauf qu'après la destruction de ses récoltes et la mort de plusieurs membres de sa famille, mon grand-père a accepté l'offre du laird. Il a refait sa vie au Canada.

— Il a continué à exercer son métier d'agriculteur ?

Gregor haussa les épaules.

— Il aurait pu, comme tous ceux qui ont pris le bateau en même temps que lui. Mais il a réclamé un lopin dont personne ne voulait, situé tout en haut des collines, plein d'arbres et de buissons. Par-dessus le marché, une rivière coulait en plein milieu, qui sortait de son lit à la moindre occasion.

— Il ne pouvait donc rien en tirer ?

Le garçon lui adressa un sourire en coin.

— Détrompez-vous, mademoiselle Ross. Car mon grand-père n'avait rien d'un imbécile. C'était un visionnaire.

Comme l'adolescente fronçait les sourcils, il enchaîna.

— À l'époque, la population canadienne augmentait à vitesse grand V, les villes de pionniers se développaient depuis la côte. Mon grand-père a pigé que ses arbres pourraient servir à construire des bâtiments. Il en poussait dans tous les coins. Il a utilisé la rivière pour transporter les troncs jusqu'à Chesterfield, dans la baie d'Hudson, où il a installé une scierie et un comptoir de fourrures.

— Bonté divine, souffla Kathryn. Quel homme brillant.

— Pour sûr. C'est d'ailleurs ce que mon père m'a toujours dit. Petit à petit, il a acheté d'autres terrains, vendu davantage de bois et de fourrures, construit de nouvelles scieries. Il est devenu très riche. Tout le monde le respectait. Malheureusement, je n'ai jamais eu l'occasion de le connaître.

— Pourquoi donc ? Que lui est-il arrivé ?

Gregor gloussa.

— C'est un vieux monsieur de plus de quatre-vingt-dix ans maintenant, qui vit en Alberta avec sa troisième épouse. Beaucoup plus jeune que lui.

L'adolescente sourit.

— Et vous ? Comment se fait-il que vous n'habitiez pas au Canada ?

— Mon père a fait ce que votre grand-mère est en train de faire. Il est revenu ici pour voir les endroits dont lui avaient parlé ses parents. Résultat, il a rencontré une belle poupée écossaise à Inverness, et ils se sont mariés. Après une courte visite au Canada, il s'est installé ici pour de bon.

Il sourit d'une oreille à l'autre.

— Voilà pourquoi je me retrouve sur l'île de Skye, où tout a commencé.

— Votre grand-père a dû être déçu que son fils ne reprenne pas l'affaire familiale.

— Mon père a cinq frères, autant dire que l'empire ne manquait pas d'héritiers. Lui n'a jamais eu envie de s'en occuper. À force de voir des bûcherons victimes d'accidents du travail, il a préféré suivre des études de médecine. Il exerce à Portree et, quand il n'est pas à son cabinet, il joue au golf. Bref, il est autrement plus heureux que s'il lui fallait patauger dans plusieurs mètres de neige pour rendre visite à ses patients. Sans compter qu'au Canada il devrait aussi protéger ses animaux contre les ours bruns et les loups.

— Mais vous, Gregor… Quelles ambitions nourrissez-vous ?

Il pouffa en passant une main dans sa tignasse chahutée par le vent.

— L'existence que je mène me convient tout à fait. J'ai un toit au-dessus de ma tête, assez de nourriture pour n'avoir jamais faim, et de la compagnie chaque fois que l'envie me prend d'en avoir.

— Mais… Il vous faut des revenus dignes de ce nom.

Elle avait parlé trop vite. Le rouge aussitôt lui monta au front, et elle évita le regard amusé de son interlocuteur.

— Veuillez m'excuser, murmura-t-elle, je viens de me montrer affreusement grossière.

— Vous frappez pas, va.

Il se tourna vers la voiture, à côté de laquelle Anne, perdant patience, leur adressait de grands gestes.

— Mes revenus me suffisent, souffla-t-il. Mais nous reprendrons cette conversation plus tard. Je crois que votre mère vous attend.

Soulagée d'échapper à cette situation embarrassante, Kathryn se hâta en direction de la voiture, le visage toujours empourpré.

— À quel petit jeu es-tu en train de jouer ? siffla Anne en lorgnant Gregor, qui s'approchait à pas lents.

— Nous discutions, rien de plus.

— Je juge inconvenant ce genre de promiscuité avec un homme dont nous avons loué les services. Il ne s'agit que d'un jeune ouvrier, et ton comportement risque de l'induire en erreur.

Kathryn exhala un soupir, avant de grimper à bord de la voiture, où sa grand-mère l'accueillit d'un sourire entendu et d'une tape réconfortante sur l'épaule. Dieu bénisse ma grand-mère, songea l'adolescente, qui rendit à celle-ci son sourire. Sans elle, les réflexions désagréables de maman deviendraient insupportables.

6

Australie

Harold s'était rendu au bureau du télégraphe aussitôt après le départ de Baker. Il lui fallait se montrer prudent dans son message à ses beaux-frères, car, d'abord traduit en morse, il serait, en fin de ligne, transmis à ses destinataires par radio.

Ces ondes ouvertes à tous représentaient, pour celles et ceux qui vivaient loin de tout, un lien vital, mais elles fournissaient aussi une source intarissable de potins pour les amateurs du genre. Harold s'était donc contenté de quelques mots pour indiquer à Hamish et James que les voyageuses étaient arrivées à bon port mais qu'il lui fallait s'entretenir d'urgence avec eux, raison pour laquelle il leur proposait de les rencontrer à Yarrabinda.

Il avait d'abord songé à se rendre en train à Adélaïde, d'où il aurait ensuite fait route vers la vallée de la Barossa. Cependant, le chemin de fer manquait de fiabilité et constituait un moyen de transport d'une lenteur exaspérante. Car, en dépit des efforts de l'État pour harmoniser l'ensemble du réseau, la plupart des lignes entre Melbourne et Adélaïde demeuraient aux mains de compagnies privées, l'écartement des rails variant de l'une à l'autre.

Harold avait opté pour le cheval. Il avait demandé aux grooms de lui préparer sa monture la plus robuste et la plus sûre, car le voyage promettait d'être long. Il chevauchait à présent un hongre marron qui trottait parmi les arbres bordant les pâtures immenses où de gras bovins à la robe luisante paissaient une herbe riche qui leur arrivait au genou.

Il avait rabattu le bord de son chapeau sur ses yeux pour se protéger de la pluie dégouttant sur son long manteau imperméable de conducteur de bétail, tandis que son cheval pataugeait dans la boue. Il voyageait depuis deux jours, s'accordant de fréquentes haltes pour laisser souffler sa monture, se nourrir et dormir un peu. Le lendemain après-midi, il commencerait d'apercevoir la ville de Tanunda et la vaste vallée verdoyante où s'alignaient, cernant Yarrabinda, des rangs de vigne à perte de vue.

Les yeux lui piquaient à cause du manque de sommeil, et son manteau, ainsi que ses bottes, était maculé de boue. Toutefois, malgré le froid et l'humidité, malgré un dos douloureux et une nuque raide, sa résolution ne flanchait en rien et il gardait les idées claires. Les documents se trouvaient à l'abri dans une poche de poitrine, sous son manteau. Il devait à tout prix protéger celles et ceux qu'il chérissait. À l'heure qu'il était, il ne pouvait guère que prier pour qu'Hamish eût reçu son message et se dirigeât de son côté vers Yarrabinda, afin que, bientôt, les trois hommes pussent résoudre cette affaire le plus vite possible.

Il mit son cheval au pas. Comme le cavalier et sa monture entamaient leur longue ascension dans les collines, le premier laissa vagabonder ses pensées. Il savait pouvoir compter sur Baker, qui possédait d'innombrables contacts dans toute l'Australie, parmi lesquels plusieurs détectives privés. Si l'homme qu'il connaissait à Adélaïde parvenait à prouver que les avocats étaient véreux et que la plaignante ne cherchait qu'à faire chanter l'une des familles les plus fortunées d'Australie, ce voyage ne servirait plus à rien.

Harold espérait de tout son cœur qu'il en irait ainsi, conscient néanmoins qu'il pouvait ne s'agir que d'un vœu pieux, aussi se préparait-il au pire. Comment cette femme avait-elle réussi à amasser autant d'informations concernant ce secret de famille ? Un secret fort bien gardé de surcroît, que son détenteur n'aurait jamais révélé par peur des conséquences.

Les bribes de conversation qu'Harold avait saisies huit ans plus tôt se chargeaient de sens à la lumière des récents événements. De quoi expliquer aussi ce qui s'était passé ensuite. Quelqu'un d'autre avait appris la vérité, et ce quelqu'un menaçait à présent d'en user pour les détruire tous.

Sans que son cavalier eût à lui indiquer le chemin, le cheval se dirigea spontanément vers la vallée dévorée de buissons. Lorsqu'ils eurent atteint la limite des arbres, Harold s'efforça de relâcher la tension qui lui raidissait les épaules. Rien ne se délierait tant qu'il n'aurait pas reçu de nouvelles de Baker ni discuté avec ses beaux-frères. Le soir tombait. L'homme décida de dresser son campement et de prendre du repos.

Ayant mené son cheval sous des arbres dont l'épais feuillage les protégerait tous deux de la pluie, il mit pied à terre. Il frotta son dos las et ses hanches douloureuses, émit un sourire désabusé. À seulement quarante-deux ans, il s'estimait encore dans la fleur de l'âge, mais le long périple qu'il venait d'accomplir l'avait rompu – à force de mener une existence un peu trop confortable, il s'était amolli.

Soupirant avec regret sur le temps qui passe trop vite et sur le constat qu'il n'était plus aussi jeune ni aussi fringant que son esprit le lui avait laissé supposer, il dessella sa monture avant de la bouchonner au moyen d'une couverture. Il l'entrava ensuite pour la laisser brouter à son aise un carré d'herbe tout proche.

Il dénoua le cordonnet de son sac en toile huilée contenant ses affaires, déploya la plus grande des deux bâches sur des branches basses, afin de confectionner un abri de fortune, étala la plus petite à même le sol. Après avoir ramassé du petit bois, il creusa un trou, s'assit sur une bûche en attendant que le feu prît. Il fit bouillir de l'eau.

La pluie se calma pendant qu'il se nourrissait de pain et de viande de mouton froide, arrosés d'un thé très puissant tel qu'on en consommait dans le bush, agrémenté d'une feuille d'eucalyptus. Repu, recru de fatigue, l'homme s'enveloppa dans son long manteau, posa la tête sur la selle de son cheval, avant de tirer la couverture jusque sous son menton.

Levant les yeux au ciel, il constata que celui-ci s'était éclairci, où se mettaient peu à peu à briller des étoiles. Bientôt, elles scintilleraient en nombre parmi les frondaisons enténébrées, et au cœur du grand silence de la nuit des créatures se mouvraient dans la lumière argentée, sur un territoire demeuré inchangé depuis l'origine du monde.

Harold poussa un soupir de satisfaction, puis s'abandonna au sommeil. En dépit de l'impérieuse raison qui l'avait mené jusqu'ici, il éprouvait pour cette terre un attachement viscéral, cette existence était la sienne – marcher dans les pas de ses ancêtres, vivre comme son père avant lui avait vécu, dormir sur un tapis de feuilles d'eucalyptus, sous une couverture de selle, cependant que le feu de camp jetait ses dernières lueurs.

Il fut réveillé par les rires des martins-chasseurs géants au-dessus de sa tête, et les cris rauques des perruches de Pennant aux couleurs vives, qui venaient de quitter, dans un tonnerre de battements d'ailes, un buisson non loin. Harold se sentait courbatu, et il aurait volontiers dormi quelques heures de plus, mais puisqu'il ne pouvait se permettre un tel luxe il s'obligea à se remettre sur ses pieds, avant de frotter son visage de ses deux mains, avec vigueur, comme pour en chasser la fatigue.

Ayant ranimé le feu, il mangea le reste de viande et de pain pendant que sa bouilloire chauffait. Il avala du thé, rangea ses affaires dans son sac, jeta de la terre sur les flammes pour les étouffer définitivement, puis sella son cheval. L'aube poignait, il était temps pour lui de reprendre la route.

Le soleil à son zénith brûlait dans un ciel sans nuage lorsqu'il atteignit le sommet de Mengler Hill, d'où il contempla la vallée où s'étaient installés, dans la première moitié du XIXe siècle, des Bavarois ayant fui les persécutions religieuses dont ils étaient victimes dans leur pays natal. « Tanunda », en langue aborigène, signifiait « trou d'eau », et la ville à présent se trouvait entourée de vignes innombrables, jouissant d'une terre bien irriguée, ainsi que du climat clément de l'Australie-Méridionale.

Après avoir laissé sa monture brouter l'herbe haute pendant quelques minutes encore, Harold lui pressa les flancs avec douceur. Le cheval descendit la colline, en direction des toits et des silos de Yarrabinda que le voyageur distinguait au loin.

Parvenu devant le mur de pierre blanchi à la chaux et les grandes grilles en fer forgé, il eut un hochement de tête appréciateur. James, à l'évidence, savait impressionner ses visiteurs. À l'arrière de la demeure s'étiraient les rangs de vigne, prenant d'assaut les pentes douces des collines. Le pressoir et les réservoirs se situaient derrière un boqueteau de faux-poivriers odorants, les hangars à matériel, la forge et les granges se voyant, pour leur part, rassemblés loin de la maison.

Les grilles étaient ouvertes. Harold s'engagea dans la longue allée cendrée que bordaient des pelouses très vertes à l'aspect velouté et des parterres de fleurs éclatants de couleurs, entretenus par plusieurs jardiniers. Une fontaine chargée d'ornements trônait devant l'habitation, cernée par l'allée. Emprisonnant les rayons du soleil, les jets d'eau produisaient des arcs-en-ciel en miniature, et le son des éclaboussures sur le marbre blanc de la vasque était doux aux oreilles du voyageur accablé de chaleur.

La demeure elle-même avait été édifiée en 1842 par l'un des premiers colons bavarois, qui avait apporté dans ses bagages quelques précieux pieds de vigne avec l'intention d'entamer une existence neuve au cœur de la vallée de la Barossa. Bien des années plus tard, Christy et son époux avaient acheté la bâtisse, une belle maison à deux étages construite en pierre très lisse et coiffée d'un toit de tuiles rouges. On avait peint en vert foncé les multiples volets, aux fins qu'ils pussent se fondre mieux dans le décor végétal alentour. Le large portique, au-dessus de la lourde porte d'entrée en chêne, offrait une ombre bienfaisante à des géraniums rouge vif repiqués dans des jardinières.

Sur un côté de la demeure, et en partie dissimulées derrière un mur de pierre, étaient les écuries, robustes constructions en briques, la sellerie et la grange à fourrage, toutes donnant sur une cour pavée. Harold n'y ayant découvert aucun cheval, il supposa qu'on les avait emmenés se détendre dans le paddock.

Comme il mettait pied à terre, il comprit qu'on avait remarqué son arrivée, car un garçon accourait vers lui. Harold récupéra son bagage, avant de tendre les rênes à l'adolescent, auquel il ordonna de nourrir sa monture et de lui donner à boire, puis de la brosser.

— Tu m'as l'air d'avoir autant besoin d'une bonne toilette et d'un repas copieux que ton cheval, observa James, vêtu, comme à l'accoutumée, d'une chemise blanche, d'un jodhpur et de bottes de cuir cirées avec soin. Entre donc, Harold.

Les beaux-frères se serrèrent la main, après quoi le visiteur emboîta le pas à son hôte. Ils pénétrèrent dans le grand hall préservé de la chaleur, où une domestique attendait qu'Harold lui confiât son chapeau et son manteau.

— Hamish est-il déjà arrivé ?

— Il m'a appelé par radio aussitôt après avoir reçu ton message. Ensuite, il a quitté Wallangarra. De quoi s'agit-il, Harold ? Et pour quelle raison fallait-il se dépêcher à ce point ? J'espère qu'au moins cela ne concerne pas maman ?

— Aux dernières nouvelles, elle se portait comme un charme. Anne et Kathryn de même.

Il jeta un coup d'œil vers l'extrémité du hall.

— Où est Clarice ?

— Je l'ai envoyée se reposer chez sa mère. Ainsi, nous ne la dérangerons pas. Dans son état, la moindre agitation ne pourrait que lui nuire.

Harold sourit, referma une main sur l'épaule de son beau-frère :

— Toutes mes félicitations, mon vieux. Tu t'es montré drôlement discret, dis donc.

— Il est un peu tôt pour crier la nouvelle sur tous les toits.

Il se balançait maintenant d'un pied sur l'autre.

— Eh bien… Vas-tu me dire enfin ce qui se passe, ou vais-je être obligé de deviner moi-même ?

— Je m'étonne qu'on n'ait pas déjà pris contact avec toi, mais je crois qu'il est préférable d'attendre Hamish.

James écarquilla de grands yeux.

— Allons, Harold. Il se passera peut-être plusieurs heures avant qu'il nous rejoigne. Le suspense est insoutenable. Ne me fais pas croire qu'il s'agit d'une affaire d'une gravité telle qu'elle impose tous ces mystères ?

— C'est grave, James. Très grave.

Tandis qu'il s'efforçait de détendre son dos meurtri, il ne put réprimer un bâillement, puis fit surgir de sa poche de poitrine l'enveloppe en papier kraft, qu'il remit à son frère.

— Lis donc ceci pendant que je prends un bain. Une fois lavé, avec le ventre plein, je me sentirai plus en forme pour discuter de cette affaire avec toi.

James considéra l'enveloppe, qu'il tourna plusieurs fois entre ses mains, avant de froncer les sourcils.

— Tu sais où se trouvent les chambres d'amis, murmura-t-il distraitement. J'irai te chercher tout à l'heure.

Harold gravit le grand escalier, traversa le vaste palier jusqu'aux chambres situées dans l'aile ouest – il était venu à Yarrabinda à de nombreuses reprises pour y parler affaires avec James. Il guigna le lit confortable avec envie, car il allait probablement se passer de longues heures avant qu'il pût enfin se laisser tomber sur le matelas moelleux pour y dormir.

— Qu'est-ce que c'est que cette histoire ?

Harold rouvrit les yeux pour découvrir, penché au-dessus de lui, le visage rubicond d'Hamish, agitant sous son nez les documents prélevés dans l'enveloppe.

Le dormeur cligna des paupières pour tenter d'en chasser la lourdeur et s'éclaircir un peu les idées. Il s'aperçut que l'eau, dans la baignoire, avait froidi pendant qu'il somnolait.

— Ne compte pas sur moi pour discuter alors que je me trouve cul nu dans de l'eau glacée, se fâcha-t-il. Sors d'ici, Hamish, et attends-moi au rez-de-chaussée.

— Dans ce cas, remue-toi ! rugit son beau-frère. Tu as un paquet d'explications à nous fournir, mon vieux.

Et Hamish de quitter les lieux d'un pas lourd, avant de claquer violemment la porte derrière lui.

Harold soupira, sortit de la baignoire et empoigna une serviette. Son beau-frère était un sanguin, prompt à s'emporter, et dès lors qu'il était sorti de ses gonds on peinait à l'apaiser dans l'espoir de discuter à tête reposée. Cette fois, Hamish avait toutes les raisons du monde d'écumer ainsi, mais Harold aurait aimé qu'il manifestât moins bruyamment son courroux – ses hurlements l'empêchaient de réfléchir.

Une demi-heure plus tard, il descendait l'escalier pour gagner le vaste salon donnant sur les vignes et les paddocks. Lorsqu'il pénétra dans la pièce, ses deux beaux-frères bondirent sur leurs pieds pour se mettre à parler en même temps.

Harold leva les deux mains :

— S'il vous plaît. Je sais que vous êtes en colère et que vous êtes inquiets, mais j'ai besoin de manger avant toute autre chose.

— Tu as de quoi te restaurer sous cette cloche, lui indiqua James entre ses dents. Nous discuterons pendant ton repas.

Comme il soulevait la cloche, Harold exhala un soupir ravi : un délicieux fumet de poulet rôti et de purée de pommes de terre lui chatouillait les narines et lui mettait l'eau à la bouche. Il se mit à manger, sans se soucier d'abord de la tension qu'il percevait dans la pièce, mais une fois rassasié il releva le nez de son assiette.

Hamish tournait dans le salon, pareil à un fauve en cage, toujours coiffé de son chapeau de bush, les mains dans les poches de son pantalon poussiéreux, et de ses bottes crottées abandonnant des traces sur le parquet ciré. Quant à James, il paraissait calme, mais un petit muscle tressaillait au niveau de sa mâchoire, qui disait sa crispation.

— James… Tu as eu plus de temps qu'Hamish pour accuser le coup. Si tu nous donnais ton avis ?

— Ces affirmations relèvent de la pure calomnie, indéniablement. Quelqu'un est en train de nous mordiller les jarrets avec l'espoir que nous finirons par cracher au bassinet.

— Des escrocs ! tonna son aîné. Je ne leur donnerai pas un sou, croyez-moi sur parole. Nous devrions traîner ces ordures en justice.

— Ce serait imprudent, plaida James. Une fois au tribunal, cette femme aurait tout loisir de répandre publiquement ses mensonges et ses insinuations. Nous aurions beau nier avec la plus belle énergie, cela nous nuirait forcément. Nous ne pouvons pas nous permettre de laisser libre cours à notre impulsivité en cette matière.

Hamish lâcha un grognement chargé d'impatience, puis se jeta dans un fauteuil.

— S'il ne tenait qu'à moi, je traquerais cette affreuse bonne femme et je l'abattrais comme un chien.

— Réjouissons-nous au moins que maman ne soit pas là, enchaîna James. Nous devons à tout prix résoudre cette affaire avant son retour.

Comme les deux frères s'abîmaient dans un silence soucieux, Harold acheva son déjeuner tardif, vida son verre de vin, bourra sa pipe et l'alluma. Il leur parla ensuite, sur un ton posé, du détective de Baker.

— Tout dépend de ce qu'il va trouver, poursuivit-il. Mais, quoi qu'il en soit, il n'est pas question de prendre cette histoire à la légère. Car, escrocs ou non, ces gens ne plaisantent pas.

— Bien sûr que ce sont des escrocs, s'agaça Hamish. S'il ne tenait qu'à moi, je les ferais pendre haut et court.

— Je comprends, répliqua James avec sécheresse, mais si l'on te pendait à ton tour pour meurtre cela ne résoudrait rien.

Il se mit à faire les cent pas, plongé dans ses pensées.

— Nous devons prouver que ces allégations sont mensongères et sans le moindre fondement. Cela ne devrait pas poser de difficultés particulières. Tous les documents relatifs à Yarrabinda se trouvent dans un coffre-fort, à Adélaïde, et Baker en possède les copies.

— Ceux qui concernent Wallangarra, en revanche, sont Dieu sait où, maugréa Hamish. Vous vous rappelez l'incendie, il y a trois ans ? Beaucoup de choses sont parties en fumée. Pour le reste, Beryl a toujours eu l'intention de fouiller dans les meubles et les cochonneries diverses qui nous sont restées sur les bras, mais entre les gosses et le bétail elle n'a pas encore eu le temps de s'y coller.

Harold et James le considérèrent avec effarement.

— Mais il est capital de pouvoir prouver que tu en es bel et bien le propriétaire, glapit le cadet. Pourquoi diable n'avais-tu pas confié ces documents à notre homme de loi ? Tu aurais pu également les entreposer à la banque…

Hamish s'empourpra.

— J'étais trop occupé à lutter contre la sécheresse, à me battre pour éviter que toutes mes bêtes crèvent les unes après les autres… Crois-tu que j'aie eu le loisir, alors, de fourrer mon nez dans la paperasse ? La dernière fois que je les ai vus, ces documents se trouvaient dans une vieille malle en fer-blanc, mais quand le feu s'est déclaré nous nous sommes contentés de sortir de la maison autant de trucs que possible pour les coller ensuite dans la grange à fourrage, avec l'espoir que la tôle ondulée les protégerait des flammes.

— Et… ? s'enquit Harold.

Son beau-frère haussa les épaules.

— Les meubles en avaient pris un coup à cause de la chaleur, mais ils s'en sont plutôt bien tirés. Pour le reste… Tout est en vrac. Il faudrait faire du tri.

James prit une profonde inspiration et serra les poings.

— Dans ce cas, je te suggère d'appeler Beryl dès ce soir par radio, pour lui demander de chercher cette fameuse malle. Après quoi il ne nous restera plus qu'à prier pour qu'elle mette la main dessus. Et, si elle la déniche, pour que les papiers soient encore en bon état. Parce que, sans ces documents, tu n'auras pas la moindre chance face à un juge.

— Je n'ai pas l'intention de laisser les choses aller jusque-là, grommela Hamish. Par ailleurs, c'est Yarrabinda qui se trouve dans la ligne de mire, pas mon ranch.

— Tu auras lu trop vite les documents que j'ai apportés, intervint Harold avec humeur. Sinon, tu saurais que non seulement les deux propriétés sont sur la sellette, mais que c'est Wallangarra que cette femme convoite en premier. Yarrabinda semble l'intéresser nettement moins.

— Pour mettre la main sur mon ranch, il faudra d'abord qu'elle me passe sur le corps.

— Ce que je ne comprends pas, fit James, les traits affectés par le tourment, c'est la raison pour laquelle cette Thomasina Brown, qui qu'elle puisse être, se réveille brusquement, au bout de tant d'années.

— C'est étrange, en effet, approuva Harold. J'ai eu beau me creuser les méninges et consulter mes vieux agendas professionnels, son nom ne me dit strictement rien.

— Pareil pour moi, renchérit Hamish. Mais au fil des années nous nous sommes tous fait des ennemis. Il s'agit d'un fléau auquel aucun homme d'affaires n'échappe.

Il considéra les deux autres de sous ses épais sourcils.

— Mais si quelqu'un cherche uniquement à se venger à cause d'un contrat perdu ou de je ne sais quoi d'autre, pourquoi revendiquer, en plus, la propriété de mon ranch ou du domaine de James ? Ça n'a pas le moindre sens.

— Peut-être ont-ils pensé que cela donnerait plus de poids à leurs revendications, hasarda James.

Harold se tortillait sur sa chaise et jouait avec sa pipe. Il avait une question à poser à ses beaux-frères, mais en la posant il jetterait de l'huile sur le feu.

— À quoi penses-tu ? l'interrogea James. Y aurait-il, par hasard, une chose que tu ne nous aurais pas encore révélée ?

Harold prit quelques minutes supplémentaires pour choisir ses mots avec soin :

— Avez-vous envisagé la possibilité qu'il se glisse ne fût-ce qu'une once de vérité dans ces allégations ?

— C'est inadmissible ! rugit Hamish. Retire ça tout de suite, Harold, ou, Dieu m'en est témoin, je te démonte le portrait.

Considérant son beau-frère, plus grand, plus large et plus costaud qu'il ne le serait jamais, Harold resta assis, réticent à affronter le colosse. Il n'aimait pas se battre, et il aurait été mal venu de s'étriper avec un homme déjà enflammé de colère.

— Me frapper ne changera rien à la situation, fit-il remarquer sur un ton aussi pondéré que possible. Pardon si je t'ai blessé, mais il fallait que cette question soit posée.

— Tout est faux, cela va de soi, déclara James, blême de rage. Comment oses-tu seulement émettre cette hypothèse ? Surtout dans ta position.

Harold s'arc-bouta pour garder son calme.

— C'est précisément du fait de ma position que je m'interroge sur l'authenticité de ces affirmations. Et si vous consentez à m'écouter, vous comprendrez peut-être pourquoi.

— Je n'écouterai pas un mot de ce que tu pourras dire, maugréa Hamish, qui s'empara de la carafe de whisky. Je te croyais un homme honorable, Harold, et ta déloyauté me sidère.

Incapable de contenir plus longtemps son courroux, son beau-frère bondit sur ses pieds.

— Je ne suis pas déloyal. Jamais je ne l'ai été. Cette famille représente pour moi plus que tu peux l'imaginer, et je me sens aussi en colère, aussi secoué et aussi contrarié que toi. Mais tu vas m'écouter, maintenant. Je l'exige !

Hamish haussa un sourcil et fusilla Harold du regard.

— Il n'est pas encore né, celui qui me donnera des ordres, gronda-t-il.

Il but son verre d'un trait avant de le poser avec violence sur le manteau de la cheminée.

— Souhaites-tu résoudre cette affaire ? insista Harold sans le lâcher des yeux.

— Bien sûr que oui.

— Alors tais-toi et laisse-moi parler !

Hamish se laissa tomber dans un fauteuil, où il croisa ses bras robustes sur sa poitrine.

— Vas-y. Mais je te préviens que si ce que j'entends me défrise, je te démolis.

Harold n'en doutait pas, mais il fallait à tout prix qu'il obtînt l'attention des deux frères.

— Qui que soit cette Thomasina Brown, elle sait beaucoup trop de choses concernant cette famille, ainsi que nos affaires. Elle a même produit des documents pour étayer ses allégations les plus meurtrières. C'est de celles-là que nous devons parler. Calmement. Et la tête froide.

— Ces documents sont probablement des faux, répliqua Hamish, tu le sais aussi bien que moi. C'est de la pure calomnie, contre laquelle je m'élèverai jusqu'à mon dernier souffle.

Harold se tourna vers James, qui, calé dans le fond d'un fauteuil, réfléchissait avec ardeur.

— Et toi, James, qu'en penses-tu ? Pourrait-il s'agir de faux ?

— Je l'espère pour nous tous, mais tous ces noms qu'elle cite, toutes ces dates… Cela m'inquiète beaucoup.

Il se mit à ronger l'ongle de son pouce, cependant que son frère continuait à froncer les sourcils, bien que sa colère eût perdu de sa vigueur.

— Je suis d'accord, fit Harold. D'autant plus qu'il y a quelques années, j'ai surpris une conversation… Je me demande maintenant…

Hamish se pencha en avant, les mains sous les cuisses :

— Tu te demandes quoi ? s'énerva-t-il. Crache ta pastille avant que je perde patience.

Harold se versa un autre verre de vin, dont il but une copieuse gorgée avant de révéler à ses beaux-frères ce qu'il avait entendu à Bellerive. Un silence pesant succéda à ses propos.

Hamish finit par se remettre debout et, les mains dans les poches de son pantalon, s'en fut regarder par la fenêtre.

— Bon sang de bonsoir, souffla-t-il. Je n'y pige absolument rien…

— Es-tu sûr d'avoir bien entendu ? s'enquit James, très droit sur son siège, le corps tendu à rompre – et de son œil brun il implorait presque son beau-frère d'avoir mal compris.

Hélas, ce dernier hocha la tête. Il était navré de faire endurer une pareille épreuve à ces deux garçons qui, au fil des ans, étaient devenus des amis, des frères aussi, mais les effets sur le reste de la famille risquaient de se révéler plus dévastateurs encore.

Hamish demeura un moment à la fenêtre, puis soudain il ploya la nuque et ses épaules s'affaissèrent :

— Je te dois des excuses, Harold, fit-il en se retournant.

— Inutile, voyons. Vu la gravité de la situation, il y a largement de quoi perdre son sang-froid.

Le colosse emplit à nouveau son verre de whisky, qu'à nouveau il vida d'un trait avant d'allumer un cigare :

— Ce que tu nous as dit, Harold, m'a rappelé une chose étrange qui s'est passée voilà bien des années, quand je n'étais encore qu'un môme. À l'époque, j'ai cru avoir rêvé, mais depuis tout à l'heure je n'en suis plus si sûr.

Ses compagnons se raidirent, tout ouïe, attendant la suite, mais redoutant déjà ce qu'ils s'apprêtaient à entendre.

Hamish tira sur son cigare, l'œil fixe.

— C'était le moment le plus chaud de la journée, et je me trouvais sur la véranda à l'arrière de la maison, à Wallangarra, pour y faire ma sieste. J'étais un peu contrarié, parce que je voulais aller me promener avec Anne et les autres mouflets, mais papa avait refusé.

— Quel âge avais-tu ? l'interrogea son frère.

— Quatre ou cinq ans, je pense. C'était il y a longtemps, et j'avais oublié cet épisode, mais après ce qu'Harold nous a raconté tout m'est revenu en mémoire, au point que j'ai presque l'impression que les faits se sont déroulés hier.

Il mâchouilla un moment son cigare, avant de l'écraser dans un cendrier, puis, ayant pris une profonde inspiration, il rapporta l'épisode aux deux autres.

Ce fut James qui, de longues minutes plus tard, brisa le silence :

— Bonté divine… Cela semble confirmer l'authenticité des déclarations de cette femme.

Il se passa les mains sur le visage, après quoi son regard courut de l'un à l'autre de ses deux compagnons – une lueur de détermination brillait à présent au fond de son regard :

— De toute évidence, un terrible combat nous attend. J'espère que vous vous sentez de taille à le livrer.

Hamish et Harold acquiescèrent d'un signe de tête, conscients du fait que ce combat, ils ne pouvaient se permettre de le perdre s'ils tenaient à préserver leur fortune et leur réputation. Toutefois, ils ne donnaient pas bien cher de leur peau au vu des circonstances, d'autant plus qu'ils ignoraient par où commencer leur contre-attaque.

7

Île de Skye

Les trois femmes avaient passé les trois derniers jours à explorer la campagne environnante, ainsi que la péninsule de Duirinish où bondissaient d'impétueux cours d'eau, où se dressaient de hautes falaises de pierre du haut desquelles des cascades se jetaient dans des baies solitaires, où l'on pouvait admirer des montagnes à sommet plat. Où les légendes évoquaient de puissants combats avec des géants.

Cette fois, il faisait beau, un soleil radieux brillait dans un ciel clair, de sorte que les voyageuses avaient pique-niqué à plusieurs reprises dans de petites criques abritées du vent. Christy expliqua à Anne et Kathryn qu'avec sa mère elle avait jadis, pour gagner un peu d'argent, récolté du varech, qu'on brûlait ensuite afin d'en isoler l'alcali, dont l'industrie cosmétique avait besoin pour confectionner du savon et d'autres produits. Tout le monde, sur l'île, se livrait alors à cette activité. Hélas, les usines, bientôt mises en péril par l'augmentation de leurs impôts, s'étaient tournées vers l'Espagne, dont l'alcali coûtait moins cher. À cela il fallait ajouter, plusieurs années durant, de mauvaises récoltes de pommes de terre. En fin de compte, des hameaux entiers mouraient de faim et s'enfonçaient dans une pauvreté chaque jour plus préoccupante.

Christy, qui tenait à ce que ses compagnes se fissent une idée précise de l'existence qu'elle avait menée sur l'île de Skye, leur avait également décrit comment on prélevait la tourbe dans les tourbières, une tâche harassante, après quoi il fallait encore la rapporter chez soi dans des paniers en jonc fixés sur le dos. Ensuite, on disposait, avec beaucoup de soin, la tourbe en tas afin qu'elle pût sécher. Dès lors, elle servait de combustible pour les feux. La sexagénaire évoqua encore l'époque où son père et ses oncles, au péril de leur vie, escaladaient les falaises abruptes, pour y capturer des oiseaux et ramasser leurs œufs afin de les manger. À leur retour, on les fêtait comme ils le méritaient, puis on faisait bombance, car on tenait alors la chair des oiseaux pour le mets le plus nourrissant et le plus goûteux qu'on pût se procurer.

Gregor avait, quant à lui, emmené les trois femmes découvrir les vieilles croix celtiques ornées d'étranges motifs et dispersées aux quatre coins de l'île. Il leur fit aussi visiter les ruines d'églises édifiées plusieurs siècles plus tôt par saint Colomba. Et, tandis que Jock broutait paisiblement, son maître conduisit les voyageuses au sommet de falaises où se dressaient les vestiges d'un bastion, tout chargés de mystère.

Au terme de leurs pique-niques, le garçon leur narrait les légendes attachées aux Vikings qui avaient exporté dans ces îles septentrionales leurs savoir-faire et leur drôle de langue. Les trois femmes écoutaient de toutes leurs oreilles, subjuguées – Christy tout particulièrement, car il lui semblait alors redevenir une enfant, cette enfant que son père serrait tendrement entre ses bras en lui contant ces récits.

Le quatrième jour, elles participèrent à une grande fête qu'on donnait à l'hôtel, et au cours de laquelle on leur présenta de nombreux parents éloignés, dont les parents de Gregor et d'autres membres de son immense famille. Durant le somptueux dîner, les conversations allèrent bon train, puis on dansa et l'on chanta, à grand renfort de whisky. Christy et Kathryn s'amusèrent beaucoup. Anne elle-même se laissa peu à peu gagner par l'allégresse générale, au point de danser plusieurs quadrilles écossais avec le père de Gregor.

À l'aube du cinquième jour, les trois femmes firent leurs adieux à Mungo et Betsy – bien que Christy s'affligeât de quitter des êtres aussi chaleureux, il lui tardait d'entreprendre la prochaine étape de son périple. Gregor attacha solidement leurs bagages à la voiture et, en raison de leur poids et de la distance à parcourir, il attela Hector, son second cheval, à côté de Jock.

Hector se révéla une vieille carne butée, tirant toujours d'un côté, cessant régulièrement de suivre le rythme imprimé par Jock, que par surcroît il mordillait de loin en loin pour exprimer son déplaisir de se trouver ainsi entravé entre les limonières. Il n'était pas sans rappeler à Christy son fils Hamish, toujours récriminant contre une chose ou une autre.

Comme le soleil montait dans le ciel et que la voiture allait à vive allure sur la large voie qui les mènerait, vers l'ouest, à travers les collines, jusqu'au hameau de Gilleasbuig, la sexagénaire s'installa plus confortablement sur la banquette pour contempler le paysage. Jamais, après aujourd'hui, elle ne reverrait ces lieux, mais elle éprouvait un intense sentiment de satisfaction. Depuis toujours elle leur appartenait, et le temps n'avait pas démenti ce profond attachement. Quant aux choses terribles qu'elle y avait vécues, il lui semblait, à présent que les années et l'éloignement avaient fait leur œuvre, que quelqu'un d'autre avait vécu ces drames – une autre Christy, dans une autre époque, dans une autre existence.

Elle songea aux lettres qu'elle avait déjà écrites à ses fils, dans lesquelles elle décrivait les endroits qu'elles avaient visités et résumait les récits qu'elle avait livrés à sa fille et sa petite-fille, afin qu'ils pussent comprendre pourquoi elle avait éprouvé cet impérieux besoin de revenir sur l'île. Elle ignorait dans quelle mesure ces histoires les toucheraient, mais du moins espérait-elle qu'elles leur seraient une leçon, qu'ils saisiraient dès lors que quelles que fussent les épreuves à traverser, et si lourdes fussent-elles, seule la force d'âme permettait de les surmonter.

Cette flamme brûlait en elle depuis son plus jeune âge, et même si durant sa longue et tumultueuse vie cette flamme avait de temps à autre vacillé et menacé de s'éteindre, chaque fois qu'elle en avait eu besoin elle avait repris de la vigueur. La mort de son époux l'avait frappée rudement, car elle avait été brutale, au point qu'elle continuait à s'attendre certains jours à le voir paraître sur le seuil de la pièce où elle se trouvait, quand elle n'espérait pas qu'il reposât à ses côtés lorsqu'elle se réveillait la nuit. Son chagrin demeurait vif. Elle aurait tant aimé qu'il se tînt à ses côtés. Oh, le voir. Le voir et lui parler encore une fois.

Christy se trouva arrachée à son rêve par sa fille, qui boudait depuis que, le matin très tôt, elle était descendue pour prendre son petit déjeuner.

— Je ne vois vraiment pas pourquoi il nous faut agir de cette façon, déclara-t-elle sur un ton acerbe. Pourquoi ne nous rendons-nous pas directement à Portree pour y prendre le premier ferry, qui nous ramènerait à la civilisation ?

— Parce que je ne souhaite pas aller à Portree, répondit sa mère avec fermeté. Nous avons déjà eu cette conversation, Anne, je suis lasse de t'entendre sur ce sujet…

— Et moi, je suis lasse de parcourir en tous sens cette fichue contrée. Je me suis entretenue avec Gregor, qui m'a assuré qu'il n'y avait rien à voir là où nous allons. Dans ce cas, pour quelle raison nous y entraînes-tu ?

— Parce que j'ai besoin de me rendre là-bas, j'ai besoin de voir cet endroit de mes propres yeux.

— Tu aurais dû nous laisser à l'hôtel, Kathryn et moi, et entreprendre seule cette petite virée. Gregor serait ensuite revenu nous chercher, après quoi nous aurions fait route vers Portree, sans nous voir imposer ce détour inutile.

— Oh, maman…, soupira Kathryn. Tu sais bien que ça aurait tout gâché. Il fallait que mamie nous emmène, pour pouvoir continuer à nous raconter son histoire. Et moi, je tiens plus que tout à entendre ce qui s'est passé.

Elle prit la main de sa mère.

— La fête d'hier soir t'aura sans doute fatiguée, et tu n'as pas assez dormi, mais fais au moins l'effort de te mettre à notre diapason.

Anne se passa une main sur le front, comme pour mieux souligner son malaise.

— Je ferai de mon mieux, fit-elle d'une voix tremblante, mais j'espère que les récits de maman ne seront pas trop déprimants, je me sens déjà assez mal comme cela.

Christy et sa petite-fille, qui savaient qu'Anne devait son mal de tête au whisky qu'elle avait ingurgité la veille au soir, échangèrent un regard, tandis que la malheureuse se tamponnait la nuque et les poignets au moyen d'un mouchoir imbibé d'eau de Cologne, avant d'exhaler un soupir de martyre.

Sa mère fouilla dans le panier de pique-nique préparé par Betsy, en fit surgir un thermos contenant du café fort, qu'elle versa avec précaution dans de grandes tasses en faïence.

— Bois ça, dit-elle à Anne, et essaie de te détendre. Je sais que c'est difficile, mais tu peux compter sur le paysage pour te rendre ce voyage agréable.

— Je ne vois pas comment il me serait possible de trouver quoi que ce soit agréable. Le sol est si irrégulier que même les ressorts de la voiture demeurent impuissants à nous éviter les cahots, et cela me donne mal au cœur.

Christy songea à l'interminable périple qu'il lui avait fallu accomplir ici même à de nombreuses années de là.

— Réjouis-toi plutôt de voyager dans de telles conditions, murmura-t-elle. Lorsque nous avons quitté Inverness Bay, nous n'avions pas les moyens de nous offrir une voiture, ni même la possibilité de grimper à bord d'un chariot de passage. Nous avons dû aller à pied.

Anne posa sur elle un regard horrifié.

— À pied ?

Elle jeta un coup d'œil par la vitre, vers le terrain accidenté et l'infinie succession de collines. Elle fit soudain une moue dédaigneuse :

— Cela dit, tu étais jeune à l'époque, robuste en diable et sans doute habituée à marcher sur de très longues distances.

— J'étais jeune, en effet, mais nous mourions tous de faim, ce qui nous affaiblissait beaucoup, répondit sa mère sur le ton du constat. Pendant tout le temps où nous étions restés dans notre grotte, nous nous étions nourris de coquillages et d'un bouillon d'algues affreusement clairet. À peine de quoi soutenir le corps. Et ne parlons pas de l'esprit.

— Mais ton père avait un bateau. Il devait quand même bien s'en servir pour aller pêcher ?

Christy secoua la tête.

— Le jour où le factotum du propriétaire et ses sbires nous ont attaqués, papa a fait si vite pour voler au secours de ma mère et de ma grand-mère qu'il a mal amarré son bateau. Quand la mer s'est agitée, elle l'a aussitôt emporté. Il s'est échoué sur les récifs. Mon père et mon grand frère ont nagé jusqu'à lui pour voir s'ils pouvaient le sauver, mais les dégâts étaient irréparables.

— Mais…, murmura Kathryn. Et ta pauvre maman ? Comment a-t-elle fait, elle qui venait de perdre son bébé ? Sans compter que les soldats l'avaient frappée au visage…

— Elle avait repris assez de poil de la bête pour accomplir cette longue marche, mais elle avançait lentement, et par la suite elle n'a jamais retrouvé toute l'énergie qu'elle possédait autrefois. Quant à sa mâchoire brisée, elle lui posait de sérieux problèmes. L'os s'est ressoudé de travers, si bien qu'elle ne pouvait plus manger ni parler normalement, et elle souffrait en permanence.

La sexagénaire avala sa salive, résolue à ne pas laisser ces souvenirs douloureux la submerger, tandis que la voiture brimbalait et que les collines qu'elle traversait leur dissimulaient le soleil – la voyageuse avait froid.

— Nous sommes partis pour Gilleasbuig à la fin du mois de septembre, avec l'espoir que le temps resterait au beau jusqu'à notre arrivée. Malheureusement, l'hiver est venu tôt cette année-là, accompagné par un vent du nord qui apportait une pluie glacée. Bientôt, nous étions trempés jusqu'aux os, et frigorifiés, ce qui aiguisait notre faim et nous faisait tourner la tête.

Des larmes se mirent à briller dans les yeux de Kathryn, dont Christy saisit la main :

— Mais nous, membres du clan MacInnes, sommes faits d'un bois très dur. Nous avons trouvé la force de poursuivre notre voyage.

— Vous avez tous fait preuve d'un courage exceptionnel, souffla Kathryn.

— Ce n'est pas le courage qui nous animait, mais notre détermination à ne pas nous avouer vaincus. Si nous étions morts en chemin, cela aurait signifié que les vilains avaient remporté la victoire. Il n'était pas question pour nous d'échouer.

— Je sais maintenant de qui Hamish tient son entêtement, fit Anne entre ses dents.

La remarque fit sourire sa mère, car Anne avait hérité du même tempérament opiniâtre.

— En effet, il ressemble beaucoup à mon père. Physiquement aussi, d'ailleurs. À ceci près que mon père était un doux géant, qui ne se mettait que très rarement en colère et ne se querellait avec personne. Sauf lorsque notre famille se trouvait menacée.

Le silence se fit dans la voiture, dont les ressorts gémissaient. Le soleil ne tarda pas à reparaître.

— Nous n'étions pas très chargés, finit par enchaîner Christy. Nos maigres affaires tenaient dans les quelques sacs en toile de jute sur lesquels nous avions dormi. Pour le reste, nous avions démonté avec soin le métier à tisser de ma grand-mère, dont mon père transportait les pièces sur son dos. Ma mère et moi avions fourré l'une et l'autre notre sac dans notre panier en jonc.

La sexagénaire gardait un souvenir précis de son expédition parmi les bruyères qui peu à peu noircissaient. On franchissait de nombreux petits cours d'eau, on baissait la tête pour se protéger de la pluie et du vent. Au fil des kilomètres, les pieds nus de la fillette et de Jamie s'engourdissaient, enflaient terriblement.

— Finlay et notre père se relayaient pour prendre Callum sur leurs épaules – son pied atrophié ne lui aurait pas permis de tenir notre cadence. Jamie portait son ballot en bandoulière, ses traits empreints d'une formidable ténacité.

Elle eut un sourire triste.

— Il n'avait alors que huit ans, mais il était probablement le plus coriace d'entre nous, parce que c'était la colère qui le faisait avancer. Une terrible rage contre ceux qui l'avaient contraint à quitter sa maison. Cette rage a continué de brûler en lui pendant de nombreuses années.

— Je t'ai entendue citer son nom de temps à autre quand tu évoquais pour nous les premiers jours que tu as passés en Tasmanie, observa Anne. Il t'est aussi arrivé de mentionner Finlay. Comment se fait-il que nous n'ayons jamais fait leur connaissance ?

— Ni celle de ce pauvre petit Callum, compléta Kathryn dans un souffle. Que lui est-il arrivé ?

— Il s'agit d'une autre histoire, répondit Christy d'une voix pleine de chagrin. Je vous la raconterai bientôt mais, pour le moment, je me contenterai de vous dire que nous avons tous survécu à cet interminable périple. Et que cela tient du miracle.

Sa voix faiblit au souvenir de ces nuits polaires succédant à des journées glaciales, à la faim qui les tenaillait en permanence.

— Nous n'avions rien à manger, rien non plus pour nous abriter décemment. Quant à nos vêtements, ils n'étaient plus que d'affreux haillons. Lorsque nous passions devant un champ récolté, nous grattions de-ci de-là pour récupérer ce qui pouvait encore l'être. Le soir, nous nous glissions sous des affleurements rocheux, sous des branches. Les jours où la chance nous souriait, nous dénichions une fermette en ruine, ou alors une grange. Mais cela restait rare.

— Combien de temps avez-vous mis en tout ?

— Par beau temps, et bien nourris, nous aurions dû parcourir cette distance en deux jours, mais vu les conditions climatiques et la faim qui nous torturait, il nous a fallu un peu plus d'une semaine.

Comme les chevaux ralentissaient et que la voiture s'engageait sur un sol plus uniforme, les voyageuses découvrirent à travers la vitre un large vallon où miroitait un plan d'eau.

Christy lâcha un petit cri, puis se pencha dangereusement par la fenêtre pour interpeller Gregor :

— Arrêtez la voiture, s'il vous plaît. Tout de suite.

À peine le garçon s'était-il exécuté que la passagère ouvrit la portière et sauta… pour atterrir brutalement sur son derrière. Kathryn se rua vers elle, bientôt rejointe par Gregor.

— Est-ce que tu vas bien ? Tu t'es fait mal ?

Assise dans l'herbe, la jupe et les jupons en bataille, Christy se mit à rire :

— J'oublie tout le temps que je ne suis plus une jeune fille, fit-elle en rabattant ses vêtements sur ses jambes, avant de rajuster son chapeau. J'ai eu de la chance, mais je dois avoir l'air ridicule.

— C'est le moins qu'on puisse dire, la cingla sa fille demeurée dans la voiture. Pour l'amour du Ciel, maman, quand vas-tu cesser tes pitreries ?

D'un haussement d'épaules, l'intéressée se débarrassa de cette remarque acide, cependant que Kathryn et Gregor l'aidaient à se remettre debout. Le choc avait été rude, de sorte que c'est d'une main tremblante qu'elle lissa sa jupe. Réticente à avouer son émoi, elle sourit de toutes ses dents :

— Tout va bien. Je m'en tirerai avec une ecchymose au postérieur et un ego quelque peu meurtri.

Une lueur amusée brilla dans l'œil du cocher, et Kathryn pouffa. Anne, en revanche, se carra dans le fond de la voiture pour s'éloigner le plus possible de cette mère insortable.

— Inutile de te cacher, observa celle-ci. Nous allons marcher un peu avant le déjeuner.

Anne consulta la petite montre épinglée au revers de sa veste.

— L'heure du déjeuner est passée depuis belle lurette. Et comme nous avons dû prendre notre petit déjeuner aux aurores, je propose que nous mangions avant d'aller nous promener.

— Nous n'en aurons pas pour longtemps, lui promit sa mère, muselant son exaspération. Ensuite, tu auras tout loisir d'assouvir ta faim.

Anne se tourna vers le vaste paysage, où ne se distinguait qu'un troupeau de moutons.

— Où as-tu prévu de nous emmener ?

— Là-bas, répondit Christy.

De l'index, elle désignait la longue piste sinuant à flanc de colline en direction du loch scintillant au loin.

— Je n'ai pas la tenue qu'il faut pour marcher, plaida sa fille en produisant un pied délicatement botté de chevreau.

— Ne t'en fais pas, la rassura la sexagénaire, qui se mit à fouiller sous la banquette. Hier soir, j'ai demandé à la domestique chargée de préparer ta malle de laisser sorties tes chaussures de marche.

Elle les fit surgir, la mine triomphante, les tenant par leurs lacets.

— Dépêche-toi de les mettre. Tu verras, l'air frais conjugué à un brin d'exercice te fera le plus grand bien. Et le temps passe, figure-toi.

Anne fusilla ses compagnons du regard, avant de se résoudre de mauvaise grâce à enfiler les croquenots.

— Ça fait un bout pour quelqu'un qui n'est pas habitué à marcher, souffla Gregor à l'intention de Christy. Vous ne préférez pas que je la voiture jusqu'au loch ?

— C'est très gentil à vous, Gregor, mais j'ai besoin que ma fille marche à mes côtés, comme j'ai marché jadis, ici même, aux côtés de ma mère.

Anne se décida à descendre de la voiture, dont elle s'éloigna de quelques pas pour balayer le décor d'un regard réprobateur.

— Il va nous falloir une éternité pour…

Elle n'alla pas plus loin, car Hector, qui s'était pris de passion pour le chapeau de sa passagère, referma ses grandes dents jaunes sur le bord de l'objet pour tenter de le voler à sa propriétaire.

— Mon chapeau ! glapit cette dernière, d'une main le cramponnant et de l'autre s'efforçant de repousser l'assaillant.

Avant que quiconque eût eu le temps d'intervenir, il se livrait entre la femme et l'animal un terrible combat. Qu'Anne ne tarda pas à perdre : Hector lui avait arraché son bien.

— Mon chapeau ! gémit-elle. Mon beau chapeau hors de prix…

Et le cheval de mâcher avec délectation la paille et les rubans, tellement heureux qu'il battait des cils.

— Sale bête ! s'écria Anne, et elle lui assena sur le museau une gifle retentissante.

Hector ayant aussitôt lâché le chapeau, il considéra sa tourmenteuse d'un œil noir.

Celle-ci commit alors l'erreur de se pencher pour ramasser son chapeau déchiqueté. Avec un regard mauvais, le cheval lui mordit la fesse.

Anne poussa un hurlement, lâcha à son tour le chapeau pour agripper son postérieur.

Hector hennit de joie, récupéra une bonne fois pour toutes l'objet de sa convoitise, et se mit à danser sur ses longues jambes.

Christy, Kathryn et Gregor gloussèrent, vers lesquels leur compagne se tourna avec fureur :

— Ce n'est pas drôle, brailla-t-elle, dévorée par la colère et l'embarras. Cet animal est pourri de vice, et mériterait qu'on l'abatte sur-le-champ.

— Pardon, madame Ross, intervint Gregor en ravalant un sourire amusé, tandis qu'il éloignait celle-ci de son cheval, mais Hector n'apprécie pas trop qu'on le frappe.

— Et moi, tempêta Anne, je n'apprécie pas trop qu'on me morde.

Avisant Kathryn et Christy au bord du fou rire, elle frappa le sol du pied.

— Cela m'a coûté une fortune, se plaignit-elle, et je souffre horriblement. Comment osez-vous vous moquer de moi ?

— Je te présente toutes mes excuses, commenta sa mère, mais Gregor a raison. Il ne faut jamais s'en prendre à un cheval courroucé, surtout un cheval aussi susceptible qu'Hector. Quant à se pencher devant lui, quand on sait le plaisir qu'il prend à mordiller son compère…

Elle pouffa de plus belle.

Kathryn prit sa mère par le bras, les muscles du visage douloureux à force d'efforts pour garder son sérieux.

— Tu as très mal ? parvint-elle à articuler.

Une lueur facétieuse brilla soudain dans l'œil de la victime. Les coins de sa bouche se relevaient imperceptiblement tandis qu'elle hochait la tête en se frottant la fesse.

— Il a de très grandes dents, et le choc…

Elle gloussa à son tour.

— Oh, mon Dieu. Voilà un épisode que je ne suis pas près d'oublier.

— Et moi qui me suis cabossée en tombant de la voiture, intervint Christy. M'est avis que nous serons deux ce soir à maudire la position assise.

Les trois femmes se laissèrent tomber sur le sol en riant à gorge déployée et, comme Gregor posait sur elles un regard incrédule, elles se mirent à rire de plus belle. Des larmes roulaient sur leurs joues.

Le garçon secoua la tête.

— Je ne pigerai jamais rien aux bonnes femmes, murmura-t-il à Hector, qui se donnait beaucoup de mal pour venir à bout du chapeau.

Son maître poussa un lourd soupir.

— C'est plus facile de comprendre les chevaux. Eux, au moins, ils ont du bon sens.

Jock retroussa sa lèvre supérieure en un large sourire équin révélant ses formidables dents jaunes, et l'œil d'Hector frisait pendant qu'il continuait de mâcher le savoureux couvre-chef.

Les voyageuses résolurent, une fois remises de leurs émotions, de manger au sommet de la colline avant de descendre sans hâte en direction du loch.

— Je suis drôlement contente de vous entendre rire à nouveau de si bon cœur toutes les deux, mamie et toi, fit Kathryn. Je ne me rappelle même pas la dernière fois que je vous ai entendues rire comme cela.

Déjà, le délicieux pique-nique préparé par Betsy touchait à sa fin, les trois femmes n'en avaient fait qu'une bouchée.

Anne sourit en remettant de l'ordre à ses cheveux dont les épingles avaient sauté lors de son différend avec Hector, en sorte qu'ils dégringolaient à présent sur ses épaules.

— C'était tellement comique… Mais tu as raison, cela faisait des lustres que je n'avais pas ri de cette façon.

Elle jeta un coup d'œil vers sa mère, pour détourner immédiatement le regard.

— Quand nous serons rentrées chez nous, et que je partirai pour Sydney, papa et toi devriez vous offrir un long voyage. Je vous trouve tellement tristes depuis quelque temps. Quitter Melbourne vous ferait sans doute beaucoup de bien.

Anne considéra sa fille avec âpreté.

— Ton père est bien trop occupé à mener ses affaires pour prendre de longues vacances, et pour ma part j'aurai fort à faire, à notre retour, pour préparer la saison d'été.

— Les affaires de papa marchent toutes seules, voyons, et votre vie sociale ne revêt pas une importance capitale. Je veux que papa et toi profitiez de bons moments ensemble, et que vous éprouviez du plaisir à passer du temps tous les deux.

Anne songea à Harold, à la joie que sa compagnie lui apportait jadis. Puis elle songea à la veille au soir – comme il lui avait plu de danser ces quadrilles écossais avec le père de Gregor. Cela lui avait rappelé les bals country auxquels elle avait assisté autrefois avec Harold, lorsqu'ils étaient encore jeunes mariés… Elle se dépêcha de chasser de son esprit ces pensées troublantes.

— J'ignore de quoi tu parles, Kathryn. Nous fréquentons beaucoup de monde et nous nous amusons beaucoup tous les deux.

— Vraiment ?

Le regard inquisiteur de l'adolescente, qui ne cillait pas, mettait sa mère mal à l'aise.

— Dans ce cas, pour quelle raison êtes-vous aussi malheureux ?

— Tu te trompes. Nous sommes très satisfaits de l'existence que nous menons. Franchement, Kathryn, tu es en train de gâcher cette journée. Je te demande d'arrêter.

— Je ne suis pas aveugle, maman. Je vois à quel point tu te montres distante envers lui. Et de son côté, il préfère mille fois aller au bureau ou arpenter le bush plutôt que de rester à la maison.

Des larmes lui montèrent aux yeux.

— Tu l'aimes encore, n'est-ce pas ?

— Bien sûr que oui, se hâta de répondre sa mère, sur la défensive.

— Alors, pourquoi es-tu toujours en colère ? Et pourquoi papa et toi ne riez plus jamais comme cela vous arrivait autrefois ?

— Ainsi que je viens de te le dire, nous sommes très occupés tous les deux, et avec une maison à faire tourner, à quoi je dois ajouter les fréquents déplacements professionnels de ton père, je me rends compte que je suis exténuée. L'existence n'est pas facile, Kathryn, même si ton père nous permet, grâce à son travail, de vivre dans le luxe. Par ailleurs, tu t'apprêtes à t'installer à Sydney. Avoue que j'ai de bonnes raisons de me sentir à cran.

— C'est également pour cette raison que mamie et toi êtes à couteaux tirés ?

Anne s'empourpra sans oser se tourner vers sa mère.

— Pas du tout, répondit-elle en se remettant debout.

Elle enfila son gilet, rassembla sa chevelure en un chignon haut très approximatif.

— Et je refuse de poursuivre cette conversation.

— Mais…

— Allons plutôt nous promener, la coupa Anne. Cela ne pourra que nous être bénéfique après ce que nous venons d'ingurgiter.

— Tu as raison, commenta Christy avant que sa petite-fille fût revenue à la charge. En revanche, ma chérie, enchaîna-t-elle à l'intention d'Anne, tu devrais aller chercher un autre chapeau. Le soleil est encore chaud, je n'ai pas envie que tu t'abîmes la peau.

Pendant que sa fille demandait à Gregor de lui descendre l'un des nombreux cartons à chapeau ligotés sur le toit de la voiture, Christy prit le bras de Kathryn pour l'éloigner un peu.

— Je suis navrée si tu as l'impression que tes parents s'entendent moins bien qu'avant, mais ils sont mariés depuis longtemps, tu sais. Alors fais-leur confiance pour surmonter cette mauvaise passe.

— Tu crois ?

Une lueur d'espoir brillait maintenant dans l'œil vert de l'adolescente.

— Oui. Il arrive qu'une union batte un peu de l'aile, mais je suis prête à parier qu'à l'heure qu'il est tes parents se languissent l'un de l'autre. Autant te dire qu'à notre retour à Melbourne ils prendront un nouveau départ et renoueront avec leur joie de vivre.

Elle tapota la joue de sa petite-fille.

— Ne te tracasse pas davantage pour moi. Je suis assez grande pour gérer les tensions qui ont pu se faire jour entre ta mère et moi.

— À quoi sont-elles dues, ces tensions ? Que s'est-il passé ?

— Disons que ta mère s'est mis quelque chose en tête et que, pour l'heure, elle n'en démord pas.

Je te conseille d'ailleurs de ne pas chercher à lui tirer les vers du nez. Tu ne ferais qu'empirer nos affaires. Je te promets que nous allons régler ces désaccords.

— Ce n'est tout de même pas parce que je me suis inscrite à l'université ? Je sais que vous n'étiez pas du même avis toutes les deux. Je serais effondrée d'apprendre que c'est à cause de moi que vous êtes brouillées.

Christy l'étreignit.

— Cela n'a rien à voir avec toi. Ta mère s'est faite à l'idée de te voir poursuivre tes études à Sydney, et elle éprouve une immense fierté à ton égard. Même si elle ne te le montre pas.

Elle lui piqua un baiser sur la joue.

— Allons nous promener maintenant, et profitons de cette belle journée au lieu de nous mettre la rate au court-bouillon.

Anne, qui marchait vers elles en tenant à la main un autre chapeau de paille, leur coula un regard suspicieux en les voyant se prendre dans les bras l'une de l'autre – et que dire de la jalousie qu'elle éprouvait à découvrir que c'était auprès de sa grand-mère que Kathryn avait cherché du réconfort ?

Son plus profond regret, néanmoins, tenait au fait que sa fille eût deviné que le mariage de ses parents se portait mal. Des larmes lui piquèrent les yeux. Elle était une ratée. Son union avec Harold relevait à présent de l'imposture, les relations qu'elle entretenait avec Kathryn n'avaient pas grand-chose de satisfaisant. Pour couronner le tout, sa mère et elle s'éloignaient chaque jour davantage. Son univers était en train de crouler autour d'elle, sans qu'elle eût la moindre idée de ce qu'il lui fallait faire pour réparer les dégâts.

— Quel joli chapeau, fit Christy avec allégresse. Mais surtout, ne t'approche pas d'Hector. Il risquerait d'en faire son dessert.

Elle finit de ranger leurs affaires dans le panier à pique-nique, qu'elle glissa sous le siège de la voiture, avant de se tourner vers Gregor :

— Nous vous retrouverons tout à l'heure au bord du loch.

Anne s'obligea à chasser ses idées noires. C'était un jour splendide, tout résonnant du chant des alouettes, et le soleil brillait.

Elles marchaient depuis une dizaine de minutes lorsque Kathryn se mit à courir au-devant de ses compagnes pour examiner ce qu'elle croyait être un nid d'oiseau. Anne, plongée dans ses pensées, eut la surprise, tout à coup, de sentir sa mère lui prendre la main.

— Je suis navrée, Anne. Navrée que tu aies eu à entendre ce que ta fille avait besoin de te dire. Navrée que tu n'aies pas trouvé la force de t'ouvrir à moi de tes problèmes conjugaux. Mais je suis là pour toi, tu sais, je serai toujours là pour toi.

Sa voix possédait l'accent de la sincérité, et dans son regard se lisait beaucoup de compréhension. Anne, d'abord, laissa sa main dans celle de sa mère, émue jusqu'à l'âme par cette étreinte familière, et qui lui avait si longtemps manqué, sans que sa colère ni son orgueil ne lui permissent de la quémander.

Le silence tomba, et les deux femmes se firent face, les yeux dans les yeux, et l'on entendait presque les mots qu'elles ne se disaient pas. Mais soudain Anne se rappela la facilité avec laquelle Christy lui avait menti, l'aisance avec laquelle elle l'avait trompée. Elle retira sa main avec un geste brusque et hâta le pas pour rejoindre Kathryn, impuissante à oublier ou à accorder son pardon.

8

Meurtrie jusqu'à l'âme, Christy suivit ses compagnes, aveuglée par ses larmes et le pas anormalement chancelant.

Elle s'immobilisa. La gorge nouée, elle tremblait de tous ses membres. Il devait exister un moyen de regagner le cœur de sa fille, de la convaincre que, s'il lui avait fallu la dessiller, c'était uniquement pour son bien. Pour lui faire entendre que ce qui comptait pour elle se trouvait toujours là. Que rien n'avait changé.

Kathryn et sa mère l'attendaient à côté des ruines de l'église. À mi-pente, la sexagénaire leur adressa un signe de la main, puis se remit en route, absorbée par ses pensées.

L'amertume qui consumait Anne détruisait sa vie peu à peu, elle l'éloignait de sa famille, menaçait son mariage. Si sa mère échouait à lui venir en aide, elle ne tarderait pas à se couper de tout, et de tous.

Elle songea ensuite à Harold, qu'elle avait au fil des ans appris à beaucoup apprécier, à admirer vivement. C'était un homme énergique et charmant, qui, petit à petit, s'était éteint durant ces dernières années, passant maintenant de longues heures loin de la demeure familiale et de cette épouse qui paraissait ne plus l'aimer. Ne plus éprouver pour lui le moindre respect. Il l'avait cependant défiée lorsqu'il s'était agi pour Kathryn de s'installer à Sydney ou, d'abord, d'accompagner sa grand-mère à l'étranger. Mais ce goût de l'affrontement qui en ces deux occasions s'était manifesté, jusqu'où risquait-il de le conduire ?

La longue séparation des deux époux induite par ce voyage en Écosse signerait-elle l'arrêt de mort de leur union ? Ou bien, au contraire, allait-elle finalement les rapprocher ? Christy l'espérait de tout cœur, car elle était persuadée qu'il demeurait entre eux des sentiments, même si l'engouement des débuts avait horriblement tari.

— Tu as l'air très triste, mamie, observa Kathryn, qui lui prit le bras. Les souvenirs attachés à cet endroit te font-ils beaucoup souffrir ?

La sexagénaire se ressaisit, considéra les vestiges de l'église. En effet, il s'agissait de douloureux souvenirs, mais il n'était pas question pour Christy de les partager maintenant avec ses compagnes de voyage. Pas alors que sa propre fille venait de la rejeter une fois encore.

— Quand nous sommes arrivés ici, nous étions exténués, se contenta-t-elle de dire doucement. Mais la vue de cette église et du loch nous a redonné courage. Nous touchions au but.

Son regard s'attarda sur l'église en ruine, sur le carré mangé d'herbe qui, jadis, avait été un cimetière. Des tombes, il ne restait plus rien – pas le moindre souvenir de ceux et celles qui avaient un jour vécu ici, qui s'y étaient éteints. Elle se souvint de la tragédie survenue au moment de son quinzième anniversaire, dont, pour l'heure, elle ne pouvait parler.

— Tous les dimanches matin, nous venions nous asseoir sur les bancs de bois de cette église pour écouter le prêtre nous réprimander, puis ramasser nos maigres offrandes avant de déguerpir à bord de son buggy pour regagner sa belle maison, située dans la crique voisine.

Elle soupira.

— Ce n'était pas un homme agréable. Il ressemblait à ces prédicateurs faussement exaltés qui officiaient en Australie auprès des mineurs, et qui tendaient leur chapeau afin qu'on y dépose de l'argent, dont ils se servaient ensuite pour acheter des femmes et du whisky.

— C'est vrai ? s'émut Kathryn, les yeux exorbités.

— On ne peut plus vrai. Il n'est pas de pire pécheur qu'un prêcheur corrompu. À l'époque, j'en ai croisé un certain nombre, tu peux me croire.

Christy émit un sourire amer. Elle avait aimé s'échiner dans les champs aurifères, mais haï ces prétendus hommes de Dieu. Bras dessus bras dessous, elle s'engagea avec sa petite-fille sur l'étroit sentier que plusieurs générations d'habitants de Gilleasbuig avaient foulé pour se rendre à l'église, mais qui, aujourd'hui, disparaissait presque parmi les hautes herbes et les pieds de bruyère.

— Il faisait très beau le jour où nous avons entraperçu pour la première fois notre nouvelle maison, mais il soufflait un vent froid et vif, qui faisait lever les eaux du loch en vagues écumantes. Il s'agit d'eau de mer, même si, d'où nous nous trouvons, on la croirait entièrement cernée par les collines. Le loch est donc soumis aux marées. Il se révèle aussi très profond. Et poissonneux.

Christy et Kathryn continuèrent à cheminer, en silence maintenant, Anne les suivant à bonne distance. Sa mère ne lui suggéra pas de les rejoindre, craignant d'essuyer une autre rebuffade. Elle se contenta de jouir du paysage, comme elle l'avait fait à son arrivée ici, bien des années plus tôt.

Le vallon verdoyant, à la terre fertile, se trouvait orienté plein est, cependant que les collines environnantes s'abaissaient peu à peu jusqu'à une large plage de sable noir aux grains inégaux, semée de rochers, où, dans les flaques peu profondes, pêchaient, comme à l'époque, des pluviers et des huîtriers. Jadis, on découvrait là le bateau de son oncle Robert, dont les filets, soigneusement éployés dans l'herbe non loin, séchaient au soleil. Depuis, l'embarcation et les filets avaient disparu, et, dans la partie basse des collines où il y avait alors plusieurs lopins de terre, on ne distinguait plus que des moutons en train de brouter, dont l'épaisse toison blanche leur conférait des allures de petits nuages se mouvant avec lenteur contre le vert profond de l'herbe.

Christy considéra d'un œil chagrin les demeures et les granges en ruine. C'était tout ce qui restait du hameau prospère où elle avait vécu.

— À notre arrivée, on recensait vingt et une charmantes maisonnettes, et plus d'une centaine d'habitants. Des fermiers pour la plupart, ainsi que des ouvriers agricoles, mais le hameau comptait également deux tisserandes, auprès desquelles j'ai appris à me servir du métier à tisser de ma grand-mère.

Elle caressa le châle en tartan qu'elle n'avait pas quitté depuis son arrivée sur l'île de Skye. Elle se dirigea vers la rive du loch. Dans l'eau bleue se reflétait le ciel, et à présent que le soleil commençait à baisser, les cheminées et les murs en partie croulés des demeures jetaient de longues ombres très noires sur les terres à l'abandon, où les pierres qui autrefois les délimitaient se perdaient peu à peu dans l'herbe haute.

— Nous avons emménagé chez mon oncle Robert, qui habitait là-bas.

Du doigt, elle désigna une cheminée affaissée qui paraissait veiller sur les lieux.

— Robert et Morag MacInnes étaient de bonnes gens. Ils nous ont accueillis à bras ouverts. Néanmoins, leur logis était tout petit, et ils avaient déjà quatre enfants. Autant dire que nous y vivions serrés comme des sardines.

Elle sourit, revoyant en songe les membres de la maisonnée assis les uns contre les autres devant la cheminée, ou alignés pour la nuit sur le sol en terre battue.

— Mais il y faisait chaud et sec, et l'on ne manquait jamais de nourriture car, à part les pommes de terre gâtées par le mildiou, tout le reste poussait formidablement bien, et il y avait presque toujours du poisson.

Christy se remit en route, suivit un moment le bord de l'eau avant de grimper sans effort jusqu'au mur effondré de l'une des demeures à l'abandon. Juchée sur la pierre chaude, elle attendit que Kathryn et Anne l'eussent rejointe. Entre-temps, elle vit que Gregor, qui avait dételé ses chevaux pour leur permettre de brouter, se dirigeait vers elle. Lorsque ses trois auditeurs se furent assis autour d'elle, elle reprit son récit.

— Pendant le premier hiver que nous avons passé ici, mon père, avec l'aide d'autres villageois, nous a construit une chaumière.

Elle tapota la vieille pierre.

— Cinq années durant, elle fut notre maison.

— Vous y viviez heureux ? s'enquit sa petite-fille.

— Oh oui. Nous étions entourés d'amis et de membres de notre famille, nous mangions chaque jour à notre faim et nous avions un toit au-dessus de nos têtes. À nous, les enfants, on faisait même l'école. C'est ainsi que nous avons appris à lire et à écrire. Nous suivions les cours un peu plus loin, là, dans la demeure de Mlle Fleming. Elle n'était pas toujours commode, mais en la matière elle n'arrivait pas à la cheville du prêtre, qui nous infligeait des coups de canne si nous gigotions ou si nous bavardions pendant ses cours de catéchisme.

— MacInnes Bay ne te manquait donc pas ?

— Si, parfois. Bien sûr. Mais à l'époque, j'avais d'autres préoccupations en tête.

Elle eut un rire bref, et son regard se fit rêveur.

— Je grandissais, vois-tu, et il y avait ce garçon…

— Comment s'appelait-il ? Et de quelle façon vous êtes-vous rencontrés ?

— Il s'appelait Fraser, et il travaillait à bord du bateau de pêche de mon oncle. N'oublie pas que nous étions alors très jeunes, et que cela se passait il y a longtemps. Il n'y avait rien entre nous que de tout à fait innocent.

Elle se rappela avec tendresse l'adolescent aux cheveux blonds, aux yeux d'un bleu vif, au sourire charmeur.

— Je m'asseyais pour le regarder aider mon oncle Robert à réparer ses filets, et mon cœur cognait dans ma poitrine chaque fois que je le voyais. Si jamais il posait les yeux sur moi, je rougissais jusqu'à la racine des cheveux.

Kathryn se mit à rire.

— Quand j'avais treize ans, j'éprouvais la même chose pour Paul Simmons. J'étais persuadée que nulle part ailleurs au monde il n'existait de garçon plus beau ni plus intelligent que lui. Je rêvais de Paul toutes les nuits.

Anne lui adressa un regard réprobateur :

— Tu ne m'en as jamais parlé.

— Il s'agissait de mon grand amour secret. Je n'ai rien dit à personne, et j'ai eu le cœur brisé quand il a quitté Melbourne avec ses parents pour s'installer à Adélaïde.

Elle se tourna de nouveau vers sa grand-mère :

— Que s'est-il passé entre Fraser et toi ?

— Trois familles, dont la sienne, ont décidé de partir pour l'Australie avec l'aide d'une association caritative baptisée Highland and Island Emigration Society, en quête d'une nouvelle vie – ils étaient tous convaincus qu'un jour ou l'autre les habitants de notre paisible hameau seraient à leur tour victimes de déplacements forcés.

Elle baissa la tête.

— Ils n'ont pas eu de chance. À bord du navire sur lequel ils avaient embarqué, une épidémie s'est déclarée. La plupart des passagers étaient morts avant que le bateau atteigne l'Irlande. Y compris le pauvre Fraser.

— Oh non, souffla Kathryn. Quelle tragédie…

— En effet, soupira sa grand-mère. Après ce drame, aucune autre famille ne s'est risquée à entreprendre ce voyage. Des rumeurs ont circulé, on prétendait que ces navires n'étaient même pas assez confortables pour transporter du bétail, alors que dire des hommes, des femmes et des enfants ?... L'association caritative n'a pas tardé à plier boutique.

— Vous êtes donc restés, malgré le déplacement forcé qui vous pendait au nez ?

Christy opina du chef.

— Nous n'avions nulle part où aller, et pour mon père il était hors de question de partir pour l'étranger. Nous étions naïfs, persuadés, autant que nous étions, qu'on nous oublierait, sous prétexte que nous payions nos loyers et que certains d'entre nous exploitaient les terres du propriétaire de la contrée.

La sexagénaire se tourna vers le vallon paisible et silencieux, vers les eaux immobiles du loch. Elle resserra le châle de sa mère autour de ses épaules et frissonna.

— Tout a changé du jour au lendemain, enchaîna-t-elle dans un murmure. Ce jour-là, nous nous apprêtions à fêter mon quinzième anniversaire. Un jour qui reste à jamais gravé dans ma mémoire.

Dans un silence presque religieux, elle entreprit de décrire les scènes qu'elle revivait dans son cœur et son esprit depuis un demi-siècle.

Christy se trouvait devant la maison pour y jouir du soleil matinal. Penchée sur le métier à tisser de sa grand-mère, elle confectionnait une couverture avec de la laine de mouton qu'elle avait cueillie dans les pâturages durant l'hiver qui venait de s'écouler, et dont elle avait fait des écheveaux. Ces brins sans valeur, elle les avait trouvés parmi les ronces ou la bruyère, ou bien encore dans des façons de niches pratiquées dans les murs, où les moutons du laird aimaient à s'abriter du mauvais temps. Son factotum, s'il l'avait vue faire, l'aurait accusée de vol, mais l'adolescente n'y voyait pas malice – pour quelle raison lui aurait-on reproché de faire main basse sur ces morceaux infimes dont les fabriques d'Inverness ne voulaient pas, qui n'acceptaient que des toisons entières pour leurs métiers à tisser gigantesques ?

L'été touchait à sa fin, le jour était chargé de promesses. Une lumière splendide, une brise tiède venue de la mer. Des échassiers trouaient à coups de bec la surface des flaques peu profondes du loch, cependant que les cormorans, perchés sur des rochers, écartaient leurs ailes et tendaient le cou pour sécher plus vite. L'oncle Robert, à bord de son bateau de pêche, avait levé l'ancre à l'aube. Il ne reparaîtrait que deux jours plus tard, avec, du moins à terre l'espérait-on, de beaux poissons dans ses filets. Les autres femmes travaillaient dans leurs potagers ou lavaient leur linge dans la cuve communale installée sur la plage, au-dessus d'un feu de tourbe et d'algues dont les flammes rugissaient.

La mère de Christy s'était rendue à l'église pour y récurer le sol avant d'en nettoyer les vitres – c'était de cette façon qu'elle obtenait son salaire hebdomadaire. Jamie, âgé maintenant de treize ans, avait rejoint Joseph MacInnes, qui l'employait en qualité d'apprenti menuisier. À cette heure précise, il réparait les fenêtres de la demeure du prêtre située au fond de la crique voisine.

Comme elle laissait aller et venir ses mains sur le métier à tisser, Christy se demanda, l'espace d'un instant, où se trouvait Callum. Il avait alors dix ans et restait trop petit pour son âge, malingre, et ses poumons fragiles ne lui laissaient pas de répit pendant les longs hivers humides et froids.

On se faisait d'autant plus de souci pour l'enfant qu'il lui arrivait fréquemment de s'évanouir dans la nature. Aujourd'hui, il était censé, avec tante Morag, aller chercher de l'eau à la source jaillissant à flanc de colline. Comme il ne reparaissait pas, sa grande sœur le soupçonna d'être allé se promener du côté des flaques laissées par la marée descendante entre les rochers. Il pouvait en effet y passer de nombreuses heures à observer les créatures minuscules qui les peuplaient.

Christy n'ignorait pas que le petit garçon souffrait de se voir affublé d'un pied atrophié, mais il possédait assez de volonté pour participer aux tâches les plus simples de la maison, et pour ne jamais se départir de sa bonne humeur. L'adolescente sourit en songeant à son sourire espiègle, à son regard vif et interrogateur. C'était un sacripant, mais tout le monde ici l'adorait.

Elle retourna à son tissage, ses pensées, à présent, se dirigeant vers son père et vers Finlay. À dix-sept ans, ce dernier se révélait un garçon séduisant et solidement charpenté, auquel les jeunes filles lançaient des regards admiratifs. Quelques semaines plus tôt, il s'était, avec son père et d'autres villageois, rendu sur le continent, pour y participer aux récoltes et gagner de quoi régler leur loyer pendant tout l'hiver. On ne les attendait pas avant encore deux ou trois semaines.

Elle exhala un lourd soupir, car son père lui manquait, et leur maisonnette, sans lui, semblait n'être plus tout à fait la même. La mère de Christy souffrait aussi de son absence – elle dissimulait son désarroi en s'affairant du matin au soir.

La jeune fille ayant frotté son dos douloureux, elle se leva de son tabouret et s'étira. De la position du soleil dans le ciel, elle déduisit qu'il était plus de midi. À cette heure, sa mère, en règle générale, était déjà redescendue de l'église. Peut-être s'était-elle arrêtée en chemin pour bavarder avec d'autres villageoises, à moins qu'elle ne se fût rendue dans la crique pour s'y baigner. Il s'agissait d'un lieu secret, qu'elle fréquentait avec Christy les jours de grosse chaleur – elles s'y mettaient alors nues, puis s'immergeaient dans l'eau fraîche, loin des regards.

Songeant au contact soyeux du liquide sur sa peau, il lui prit l'envie de se baigner. Après tout, c'était son anniversaire, elle se ferait là un joli cadeau. D'autant plus que l'hiver viendrait vite, et qu'il était rare de jouir encore, à la fin de l'été, de journées aussi radieuses que celle-ci…

Elle recouvrit d'un morceau de toile à sac le métier à tisser, ainsi que la couverture qu'elle était en train de confectionner, pour les protéger des déjections des mouettes, pénétra à l'intérieur de la maison, où elle enferma dans un linge un morceau de pain et des harengs fumés. Sa mère devait avoir faim. Elles déjeuneraient ensemble sur la plage après avoir nagé.

Elle grimpa d'un pas alerte en direction de l'église, pressée de passer un peu de temps avec Anne. Elle ne croisa personne sur le chemin, et nulle part elle ne vit sa mère en train de descendre le sentier escarpé menant à la crique, aussi en conclut-elle qu'elle travaillait encore. Christy l'aiderait à venir à bout de son ménage.

Elle n'entendit pas davantage Anne chanter, ce qui l'étonna, car celle-ci aimait à entendre résonner le son de sa propre voix dans l'édifice religieux au sol dallé de pierre, aux poutres apparentes. Elle estimait en outre que chanter permettait de travailler plus vite.

L'adolescente poussa la porte de l'église.

— Maman ? Comment se fait-il que tu n'aies pas encore terminé ?

Elle s'engagea dans la travée centrale.

— Je me suis dit que nous…

Les mots moururent sur ses lèvres.

Anne gisait sur le sol. L'échelle dont elle avait chuté était tombée sur elle, son seau d'eau s'était renversé à ses pieds. Il y avait du sang. Beaucoup de sang, qui formait sous la tête de la malheureuse une flaque très sombre.

— Maman !

Christy repoussa l'échelle, avant de s'agenouiller auprès de sa mère, dont elle prit doucement le visage de cire entre ses mains.

— Maman ? murmura-t-elle. Tout va bien. Je suis là.

Mais les yeux grands ouverts ne cillèrent pas, et la poitrine étroite d'Anne ne se soulevait ni ne s'abaissait plus. Aucun souffle ne passait plus la barrière de ses lèvres entrouvertes.

— Maman ! Maman !

L'adolescente prit dans ses bras le corps amolli, qu'elle se mit à bercer, cependant que des larmes ruisselaient à présent sur ses joues. Elle avait le cœur brisé.

— Tu ne peux pas nous abandonner, maman, sanglota-t-elle. Tu n'as pas le droit de nous abandonner.

Mais Anne MacInnes s'en était allée vers un autre monde, et son regard très bleu fixait un horizon lointain, à mille lieues de cette église, du vallon, de celles et ceux qui la chérissaient.

Christy pleurait sans cesser de bercer le corps sans vie de sa mère. Elle finit par glisser les mains de la défunte sous le châle dont elle ne se séparait plus depuis le décès de mamie MacInnes, puis baisa sa joue douce et froide.

— Je t'aime très fort, maman, souffla-t-elle. Très, très fort.

Comme ses larmes séchaient peu à peu, et que la fraîcheur des dalles sous elle commençait à la glacer, elle songea qu'il lui fallait aller trouver Morag pour la mettre au courant. Mais il n'était pas question qu'elle laissât ainsi sa pauvre mère sur le sol.

Attirant cette dernière contre son cœur, elle se remit debout tant bien que mal, surprise que le corps d'une femme aussi petite et mince se révélât si lourd. Incapable de la porter jusque chez eux, elle la coucha sur un banc tout proche, dans la lumière qui se déversait par la vitre qu'elle était en train de laver avant de mourir.

L'adolescente rabattit tendrement la jupe de la défunte sur ses jambes, elle lui ferma les yeux comme elle avait vu faire à tante Morag le jour où le vieux M. Campbell s'était éteint, puis elle déposa un baiser sur sa joue. Ayant caressé ses cheveux collés de sang, elle arrangea le châle sur ses mains croisées, l'embrassa encore puis quitta l'église en courant, ivre de sanglots.

Elle se trouvait à mi-pente lorsqu'elle entendit crier dans son dos. Elle se retourna, mit une main en visière au-dessus de ses yeux rougis pour se protéger du soleil et découvrit Joseph MacInnes, le menuisier, que son frère Jamie accompagnait. Ils couraient de toutes leurs jambes en battant des bras et poussant des clameurs. À l'évidence, ils la mettaient en garde, et leur terreur se devinait à leurs gestes, mais Christy ne comprenait pas ce qu'ils lui criaient.

La voix retentissante de Joseph finit cependant par lui parvenir :

— Ils arrivent ! Ils arrivent ! Cours, Christy ! Va prévenir les autres !

Elle hésita – devait-elle lui obéir ou demeurer auprès de sa mère ? Mais déjà, elle entendait aboyer les chiens, et un tonnerre de sabots s'éleva. Elle finit de dévaler la pente en hurlant en direction des femmes, et elle appelait aussi Callum à pleins poumons.

Joseph et Jamie se trouvaient à présent sur ses talons, mais le souffle lui manquait pour leur dire quoi que ce fût. L'effroi la glaçait.

Parvenue devant leur maisonnette, elle constata que Callum ne s'y trouvait pas. Une peur panique s'était emparée des villageois, qui couraient de droite et de gauche pour récupérer leurs affaires et rassembler leurs enfants. Christy, quant à elle, priait pour que son petit frère se trouvât encore parmi les rochers, où il échapperait peut-être aux regards aiguisés des soudards.

Elle ne respirait plus que dans un long sanglot. Dans la hâte, elle s'empara de casseroles, de linge de lit et de vêtements, qu'elle sortit de la maison. Elle fit ensuite main basse sur le sac contenant les légumes qu'elle avait récoltés la veille au soir, ainsi que sur un sac empli d'avoine, qu'elle emporta loin de la demeure, avant de récupérer le métier à tisser, auquel pendait encore la couverture en cours de fabrication, puis de se remettre à courir, cette fois en direction de la plage.

Les soudards paraissaient au sommet de la colline. Autour de l'adolescente régnait un terrible chaos. Les femmes criaient, les enfants pleuraient, tous étaient en train de vider leurs logis ou d'extraire de leurs lits les vieillards et les malades. À part Joseph, il ne se trouvait plus que deux hommes d'un certain âge et une poignée d'adolescents pour les aider à se défendre – les hommes encore jeunes et valides, en cet instant même, travaillaient sur les terres du laird, pêchaient à bord de leurs bateaux ou s'étaient rendus sur le continent pour participer aux récoltes.

Christy se rua chez Morag pour l'aider à rassembler ses bambins et vider de son contenu sa fermette. Callum demeurait introuvable.

Hors d'haleine, Jamie se matérialisa pour déposer, auprès des biens familiaux réunis en tas, un ballot contenant ses outils de menuisier.

— On les a vus arriver dans la crique à côté, souffla-t-il en volant au secours de Morag et de Christy, en train de transporter jusqu'à la plage un lourd tonneau de poissons salés. Ils y ont déjà incendié plusieurs maisons.

Il regarda autour de lui.

— Où sont maman et Callum ?

Sa sœur n'avait pas le temps de lui répondre. Les hommes et les chevaux avaient atteint le vallon, et les chiens tiraient avec frénésie sur leurs laisses. Les soudards jetaient des brandons à l'intérieur des chaumières, et, à coups de bâton, frappaient en pleine tête ceux qui osaient protester ou ne couraient pas assez vite, cependant que les chevaux menaçaient de piétiner les petits enfants.

Les envahisseurs se rendirent à la chaumière de la vieille Mme Kinross, qu'ils tirèrent sans ménagement de son lit, repoussant sa fille, qui s'était mise à crier. Ils jetèrent la vieillarde sur le sol comme s'il s'était agi d'un sac rempli de paille. Puis, comme sa fille s'efforçait de la mettre à l'abri des coups, une étincelle échappée de l'incendie qui dévorait leur maison embrasa la jupe de Mme Kinross, et les soudards se tenaient les côtes à force de rire.

Sans plus cesser de hurler, sa fille se hâta d'étouffer les flammes à l'aide de son châle. Une autre femme courut vers elle, afin qu'ensemble elles pussent traîner la malheureuse jusqu'au rivage pour y baigner ses jambes brûlées.

Christy passa un bras autour des épaules de Jamie, dont elle devinait la rage, qui lui faisait l'œil sec, tandis qu'il contemplait le vallon devenu tout entier la proie du feu, car il n'était rien qu'il pût faire, il le savait, pour mettre fin à cette tragédie. Sa sœur se cramponnait à lui, craignant qu'il ne finît par commettre l'irréparable, ce qui lui aurait valu un passage à tabac, voire la prison.

L'air saturé de fumée résonnait des aboiements des chiens, des cris des femmes ou des enfants, et des voix rugueuses des soudards.

Une fois détruit l'ensemble des chaumières, le factotum du propriétaire éperonna son cheval en direction des villageois réfugiés sur la plage. Originaire des basses terres, c'était un homme sournois dont la cruauté était devenue légendaire.

Assis très droit sur sa selle, tandis que sa monture, épouvantée, roulait des yeux et s'agitait, il déroula un parchemin, avant de pousser un grand cri pour obtenir le silence.

— Sur ordre des fiduciaires du laird, brailla-t-il alors, vous devez quitter ce vallon sur-le-champ. Quiconque y sera découvert à partir de demain se verra jeté en prison. Y compris les femmes.

Il considéra son auditoire d'un œil étréci, après quoi, satisfait, il fit faire volte-face à son cheval, ordonnant à ses hommes de gravir la colline et de s'éloigner.

Jamie tremblait de colère à côté de sa sœur. Morag versait des larmes, serrant contre elle ses rejetons. À ses pleurs navrants faisaient écho, dans tout le vallon, ceux des autres villageoises. La fumée s'épaississait et, sous l'effet de la chaleur dégagée par les incendies, les murs de pierre commencèrent à crouler.

Émergeant de ses souvenirs, Christy eut la surprise de constater que le soleil brillait encore et que nulle part ne se distinguait la moindre fumée, bien qu'il lui semblât que la brise continuât de lui en apporter l'odeur. Pour un peu, elle aurait de même entendu encore les cris déchirants des femmes effrayées.

— Callum avait tout entendu, tout vu de sa cachette, là-bas, dans ces rochers.

Elle désigna, à l'ouest, un affleurement.

— Lorsque Jamie l'a enfin débusqué, il tremblait si fort que son frère a dû le porter jusque chez nous.

Ses larmes à présent aveuglaient la sexagénaire, et, tandis qu'elle se revoyait en train d'annoncer à ses frères le décès de leur mère, sa voix se brisa.

— Ils éprouvaient autant de chagrin que moi, parvint-elle à articuler. Ils voulaient aller jusqu'à l'église pour la voir, mais notre tante Morag m'a déconseillé de céder à leur demande.

— Ils étaient trop jeunes pour voir une chose pareille, commenta Anne, bouleversée par le récit que venait de leur livrer Christy.

— Oh… Ils avaient vu bien pire, tu sais. Non, ce n'est pas pour cette raison que nous ne les avons pas emmenés. Tous les vallons qui bordaient le loch étaient maintenant la proie des flammes, et nous ignorions si l'église n'avait pas subi le même sort. La voir peut-être brûler alors qu'ils savaient que le corps de notre mère se trouvait à l'intérieur aurait représenté plus qu'ils n'en auraient pu supporter.

La sexagénaire cramponna son châle d'une main tremblante.

— L'église était intacte. Morag et moi sommes allées chercher de l'eau pour laver le visage et les cheveux de ma mère, après quoi nous avons nettoyé le sang sur les dalles. Nous l'avons ensuite enveloppée dans son châle, et Morag est redescendue pour m'envoyer les garçons.

Elle prit une brève inspiration.

— Nous l'avons veillée toute la nuit. Au matin, le prêtre s'est présenté.

— Je suppose qu'il était resté terré pendant l'intervention des soudards, fit Gregor sur un ton bourru. C'est ce qu'ils faisaient tous.

— En effet. Mais il avait au moins fait l'effort de revenir ensuite pour nous aider à enterrer nos morts. La vieille Mme Kinross avait succombé à ses brûlures durant la nuit, et une fillette avait été piétinée par un cheval.

Caressant son vieux châle, elle demeura longuement silencieuse, le temps pour elle de museler un peu les émotions qui l'assaillaient.

— J'ai gardé le châle et les chaussures de ma mère. Je ne possédais rien d'autre pour me souvenir d'elle. D'elle et de ma grand-mère. À ma mort, ce châle te reviendra, Anne, dont Kathryn héritera ensuite.

— Oh, mamie… J'espère qu'il se passera encore de longues années avant que cette pièce de tissu entre en ma possession, mais le jour où cela arrivera j'éprouverai beaucoup de fierté.

— Pour ma part, renchérit Anne, je te promets d'en prendre grand soin. Je suis navrée de l'avoir si souvent dénigré, je ne me rendais pas compte que…

— Tu ne savais pas, voilà tout, lui sourit sa mère.

— Où êtes-vous allés ensuite ? s'enquit Gregor.

— Nous ne pouvions pas nous éloigner beaucoup, car nous devions attendre le retour de notre père et de Finlay. Nous vivions donc dans une peur permanente, la peur de voir reparaître le factotum et ses séides. Nous avons rassemblé nos affaires pour nous cacher dans les collines en compagnie de Morag et de ses enfants.

— Pourquoi ne vous êtes-vous pas réfugiés dans l'église ? s'étonna le cocher.

Christy secoua la tête.

— À peine les obsèques ont-elles été terminées que le prêtre a cadenassé la porte de l'église et cloué des planches sur les fenêtres.

— Qu'est-il advenu des autres villageois ? demanda Kathryn.

— Certains ont loué des parcelles cultivables dans des villages éloignés, d'autres se sont rendus à Portree pour embarquer à bord de navires en partance pour le Canada ou l'Australie. D'autres encore sont partis travailler dans les usines et les fermes d'Inverness. Lorsque notre oncle Robert est rentré de ses deux journées en mer, il a insisté pour que nous montions dans son bateau avec sa famille afin de nous installer tous dans un village de pêcheurs situé sur le continent. Mais je ne pouvais pas m'en aller. Sinon, papa et Finlay ne nous auraient jamais retrouvés.

— Combien de temps avez-vous attendu leur retour ?

— Presque un mois. L'automne s'était déjà solidement installé. Nous ne mourions pas de faim parce que nous allions en catimini récupérer de temps à autre des légumes dans les potagers, mais en revanche nous avions froid, surtout ce pauvre petit Callum, qui n'avait jamais été bien costaud. En désespoir de cause, j'ai emmené un jour mes frères dans la crique où je me baignais avec ma mère, et nous avons découvert une grotte dont nous avons fait notre logis.

— À leur retour, observa Anne en contemplant le peu qui demeurait des maisonnettes, ton père et ton frère ont dû éprouver un terrible choc.

La sexagénaire opina d'un mouvement de tête.

— Nous étions en train de gratter la terre d'un champ pour en extraire les légumes lorsque nous les avons entendus crier nos prénoms. Ils se tenaient devant les ruines de notre chaumière, et leurs appels étaient chargés d'angoisse. J'ai attrapé Callum pour le caler sur ma hanche et je me suis mise à courir vers eux avec Jamie. Nous nous sommes jetés dans leurs bras. Papa a tout de suite exigé de savoir où se trouvait notre mère. Nous leur avons tout raconté, après quoi ils sont demeurés longuement silencieux, figés, sonnés, tandis que des larmes ruisselaient sur leurs joues. C'est la seule fois où je les ai vus pleurer.

Christy passa une main sur les pierres qui, jadis, avaient été sa maison, puis elle se remit debout.

— Je vous raconterai la suite demain.

9

Vallée de la Barossa

Harold se trouvait à Yarrabinda depuis deux jours et, bien qu'il eût dormi tout son saoul, il se sentait mentalement exténué par l'inquiétude, par les querelles avec ses beaux-frères et leur commune incapacité à envisager une solution à leurs problèmes. Le doute les taraudait sans cesse. Et si Hamish avait pour de bon rêvé l'épisode survenu dans son enfance et dont il s'était ouvert le premier jour à ses deux compagnons ? Et si lui-même, Harold, avait interprété de travers ce fragment de conversation surpris tant d'années plus tôt ?... Tout était possible, et les trois garçons n'étaient plus sûrs de rien. Leur désarroi croissait d'heure en heure.

Hamish, qui depuis son arrivée ne décolérait pas, avait passé le plus clair de son temps à déambuler dans la vaste demeure, jusqu'à ce qu'il se résolût à écouter Harold et James, qui lui conseillaient d'effectuer une longue promenade à cheval pour s'apaiser un peu. James, pour sa part, était sorti dans l'intention d'examiner ses pieds de vigne et ses cuves de fermentation. Demeuré seul, Harold à son tour se faisait l'effet d'un fauve en cage, la cervelle en ébullition, rendu fou par leur impuissance à tous.

Ayant enfoncé ses mains dans les poches de son pantalon, il contempla, par la fenêtre, les vignes et les collines au loin. Si seulement Baker se manifestait… Hélas, il n'avait reçu aucune nouvelle, ignorant s'il fallait s'en réjouir ou s'en inquiéter. Incapable de se concentrer, il finit par gagner le hall, où il saisit son chapeau avant de quitter la maison. Il allait suivre l'exemple d'Hamish.

Harold était en train de seller sa monture lorsqu'une domestique arriva au triple galop dans la cour des écuries.

— Quelqu'un vous appelle par radio, monsieur. Un certain M. Baker, de Melbourne.

Harold se rua vers la maison, puis dans le bureau de James, où le poste trônait à côté de la table de travail. Il s'assit, puis se mit à pédaler avec ardeur pour faire fonctionner l'engin. Il coiffa les écouteurs et s'empara du micro.

— Ici Harold Ross, à Yarrabinda. À vous.

La voix de Baker se perdait parmi les parasites. Son interlocuteur dut tendre l'oreille.

— J'ai eu des nouvelles de mon contact à Adélaïde. L'entreprise à propos de laquelle vous désiriez obtenir des renseignements est un cabinet tout ce qu'il y a de plus sérieux, respectable et respecté.

— N'oubliez pas que nous utilisons une ligne publique, le mit en garde Harold, que cette révélation accablait. Et leur cliente ? À vous.

— Dans l'état actuel de nos investigations, elle paraît irréprochable.

Harold jura entre ses dents.

— Avez-vous mis la main sur les copies de tous les titres de propriété ? À vous.

— Suite aux actions de l'un des propriétaires, je n'ai pas pu me les procurer toutes, répondit Baker avec circonspection. Mais je connais une certaine personne, à Hobart, qui conserve soigneusement toutes sortes de documents, et il se peut qu'elle l'ait persuadé d'utiliser son coffre-fort à elle. À vous.

Hamish et son intolérable méfiance envers les hommes de loi, s'exaspéra Harold…

— Je lui poserai la question dès qu'il rentrera. S'il me répond par l'affirmative, pourrez-vous avoir accès à Hobart ?

— Pas sans disposer d'une permission écrite de la propriétaire.

Baker semblait de plus en plus mal à l'aise.

— Et cela, bien entendu, est impossible au vu des circonstances. Mais le coffre a été vidé et tous les documents ont été envoyés chez un expert pour authentification. Les titres dont nous parlons ne se trouvaient pas parmi eux. Sans doute sont-ils entre les mains du propriétaire ?

— Il semblerait qu'il les ait égarés.

— Quoi ? glapit son interlocuteur. Mais ils sont indispensables si… Enfin, vous savez…

— En effet. Je ne le sais que trop.

— Et concernant l'autre affaire…, hasarda Baker en se raclant la gorge. Si vous êtes parvenu à prouver que cette histoire a été inventée de toutes pièces, je peux y mettre un terme dès aujourd'hui.

— Nous ne sommes hélas pas en mesure de fournir les preuves de sa mauvaise foi. Une seule personne détient probablement toutes les réponses, mais elle se trouve à l'étranger.

— Quand est-elle censée rentrer ?

— Pas avant la fin du mois d'août.

— Dois-je lui envoyer un télégramme pour lui demander de prendre contact avec vous ?

— Non, répondit sèchement Harold. Sauf en cas d'extrême nécessité. Nous allons découvrir le fin mot de cette affaire, Baker, et la régler d'une manière ou d'une autre.

— Dans ce cas, il vous faut faire vite. La partie adverse a déjà proposé une date, au début du mois d'août.

— Alors arrangez-vous pour gagner du temps. Expliquez-leur qu'il nous faut un délai, et que, par ailleurs, cette histoire doit… je dis bien « doit »… Que cette histoire doit continuer à n'être connue que des deux parties concernées. Il est hors de question qu'elle soit rendue publique. Me suis-je bien fait comprendre, Baker ?

— Bien sûr, répondit ce dernier, blessé dans son orgueil. Avez-vous l'intention de prolonger encore votre séjour là où vous vous trouvez actuellement ?

Harold réfléchit à toute vitesse.

— Ici, je ne sers à rien. Je vais plutôt regagner Melbourne, puis me rendre à Hobart. Avez-vous les clés de ce fameux coffre ?

— Eh bien… Oui, mais je ne crois pas…

— Il s'agit d'une urgence, le coupa son interlocuteur. Et si les réponses à nos questions dorment dans ce coffre-fort, il faut absolument aller les chercher. Elle serait d'accord avec moi, je vous l'assure.

— Qu'adviendra-t-il si vous découvrez des documents qui avèrent les affirmations de la partie adverse ?

— Nous devrons mettre au point une autre stratégie. Je vous verrai à mon retour. Terminé.

Il jeta les écouteurs à côté de la radio, qui s'endormit peu à peu tandis qu'il quittait le bureau en hâte, puis gravissait l'escalier quatre à quatre pour préparer son bagage.

— Il n'est pas question que tu fouines dans ce coffre sans la permission de notre mère ! tonna Hamish.

Les trois hommes se trouvaient réunis sur la véranda située à l'arrière de la demeure pour y prendre le déjeuner.

— Elle peut y avoir rangé des tas d'affaires personnelles qu'elle n'a sans doute pas envie que tu voies.

— C'est justement ce que j'espère, figure-toi. Nous devons à tout prix démêler cette affaire, Hamish. Autant dire que l'heure n'est plus à la délicatesse. Si nous découvrons à Hobart la preuve que ces allégations ne sont que des mensonges éhontés, nous pourrons en finir avec ce cauchemar avant même le retour de ta mère.

— Que se passera-t-il si, au contraire, tu tombes sur quelque chose d'accablant ? s'enquit James. Que ferons-nous ?

— Je ferai disparaître les éléments compromettants et je fournirai à cette sale bonne femme l'argent qu'elle réclame.

— Si on leur donne satisfaction, les maîtres chanteurs reviennent toujours à la charge, observa James en fronçant les sourcils. Comment peux-tu être certain qu'il sera mis un terme définitif à l'affaire ?

— Baker lui fera signer un document par lequel elle s'engagera, une fois la somme reçue, à s'en tenir là pour toujours.

Hamish eut un petit rire chargé de mépris :

— Jamais je ne ferai confiance à cette sorcière. Et les papiers ne signifient rien. Elle ou les membres de sa famille pourront toujours tout déballer à la presse et récolter davantage d'argent en rendant public notre linge sale.

Harold était las de se disputer avec son beau-frère, mais il lui donnait raison sur ce point :

— Dans ce cas, Baker exigera d'elle et de ses proches une discrétion absolue. Mais nous nous emballons, s'agaça-t-il en se levant de table. Si ça se trouve, je ne découvrirai strictement rien à Hobart. Quant à toi, ajouta-t-il en se tournant vers Hamish, tu as plutôt intérêt à remettre la main sur tes titres de propriété. Une fois que tu les auras trouvés, dépose-les chez un homme de loi de confiance, ou alors mets-les dans un coffre à la banque.

L'homme darda sur lui un regard féroce. Il détestait qu'on lui dît quoi faire, mais il était dans son tort. Il ne répliqua rien.

Harold vida son verre de bière.

— Je vais y aller. Plus vite je m'en irai, plus vite j'arriverai à Hobart.

— Dans combien de temps pouvons-nous espérer de tes nouvelles ? l'interrogea James, tandis que les trois hommes quittaient la véranda pour se diriger vers les écuries.

— Il va me falloir trois bonnes journées pour regagner Melbourne, où je passerai un jour entier pour rencontrer Baker et m'assurer que mes directeurs font correctement leur travail. J'aurai besoin d'une autre journée pour traverser le détroit de Bass. Ensuite, il me restera à filer jusqu'à Hobart.

Il suspendit son sac au pommeau de sa selle, prit les rênes des doigts du jeune lad, avant de serrer la main de James et de sauter sur sa monture.

— Disons une semaine. D'ici là, je devrais y voir plus clair.

— Tu as bien conscience que ce fichu coffre ne contient peut-être rien d'intéressant ? maugréa Hamish. Auquel cas nous serons coincés.

— Ce sera notre parole contre celle de Mme Brown, répondit Harold. Et c'est à elle qu'on demandera d'apporter des preuves irréfutables de sa bonne foi.

Il se pencha sur sa selle pour serrer la main d'Hamish avant d'abaisser sur ses yeux le bord de son chapeau.

— Occupe-toi de tes titres de propriété. Ils sont d'une importance capitale.

*

Île de Skye

Comme les chevaux peinaient à gravir la colline en tirant derrière eux la voiture surchargée, Anne faisait silence, la tête pleine des images que le récit de sa mère y avait fait naître. Une part d'elle-même ne désirait plus que de prendre Christy dans ses bras et de l'y serrer fort pour soulager un peu la souffrance que, manifestement, elle continuait à éprouver.

Elle regarda par la fenêtre, tiraillée entre ce besoin de réconciliation et l'insidieuse petite voix qui, dans un coin de son crâne, lui rappelait qu'elle ne pouvait plus lui faire confiance. Son histoire, néanmoins, elle ne l'avait pas inventée, de cela Anne avait la conviction.

Se tournant vers l'intérieur de la voiture, elle constata que Kathryn tenait la main de sa grand-mère. Anne aussitôt revint à l'observation du paysage. Pour quelle raison ne parvenait-elle pas à pardonner ? Quelle était cette anomalie en elle qui la contraignait à se tenir à distance, quand, tout au fond de son cœur, elle ne souhaitait que faire la paix ? Et pourquoi était-elle incapable de s'abandonner à ses sentiments, alors que, pour les autres, cela paraissait si facile ?

Ces questions la hantaient depuis le début de leur voyage, et force lui était à présent d'admettre qu'elle n'aimait pas la femme qu'elle était devenue. Elle n'appréciait pas davantage la manière dont elle traitait sa mère. Dont elle traitait son époux. Eux qui, pourtant, ne désiraient que son amour, son pardon et sa compréhension.

Mais quelque chose en elle se fermait et l'obligeait à battre en retraite, excluant tout espoir de raccommodement. Il s'agissait probablement, songeait-elle, d'un mécanisme de défense qui se mettait à fonctionner dès qu'elle redoutait qu'on la rejetât ou qu'on lui fît du mal. Car on lui avait fait du mal. Sa mère, certes, mais aussi Harold.

Sa longue absence sonnerait peut-être le glas de leur union, elle ne l'ignorait pas. Il y avait eu Florence Hardwick, cette jeune veuve, pour laquelle son époux avait incontestablement éprouvé de l'intérêt, et, bien qu'il lui eût affirmé que jamais il ne s'était mal conduit, Anne n'était pas tout à fait convaincue. Elle avait jugé trop véhément le ton adopté par Harold, sans compter que Florence, désormais, ne manquait plus aucune des réceptions où se rendait le couple. Anne avait également vu cette façon qu'ils avaient de se tourner autour avec l'air de ne pas y toucher. Les sourires charmeurs que son époux adressait à la jeune femme, et la lueur dans son œil, elle les avait vus aussi.

Elle ne possédait aucune preuve de l'infidélité d'Harold, mais elle en avait l'intuition. Cela tombait si bien : leur mariage battait de l'aile à cause de ses longues absences à lui, pour raisons professionnelles. Et parce que, de son côté, elle demeurait impuissante à digérer la révélation maternelle. Pour couronner le tout, son cher papa était mort, la laissant inconsolable.

Anne exhala un soupir tremblant et cligna des yeux pour en chasser les larmes. Jamais elle ne s'était sentie aussi seule que depuis le décès de son père, mais son orgueil lui avait interdit de se tourner vers Harold ou vers sa mère en quête de consolation. Elle avait enfoui sa souffrance, qui, peu à peu, s'était changée en amertume.

— Est-ce que tout va bien ? s'inquiéta sa mère en se penchant pour lui effleurer la main.

— Je pensais à papa. J'aurais tellement voulu le voir une dernière fois avant que…

— Moi aussi, murmura Christy, qui venait de s'asseoir auprès d'elle. Mais tout est allé si vite qu'aucun d'entre nous n'a eu l'occasion de lui faire ses adieux. Ce qui me réconforte un peu, c'est la certitude qu'il nous aimait, qu'il était un homme bon, et qu'il a trouvé la mort en faisant quelque chose qu'il aimait, dans un endroit qu'il adorait.

Anne, à son tour, serra entre les siens les doigts de sa mère. Elle revoyait cet homme grand et beau, aux cheveux argentés, au regard bleu pétillant d'allégresse. Elle le voyait en train de s'occuper de l'un de ses pur-sang dans le paddock situé derrière la maison, en paix avec le monde. Christy lui avait expliqué qu'on l'avait découvert les bras en croix sur le sol, et son cheval, perplexe, lui donnait de petits coups de museau. Par cette chaude journée d'été, une crise cardiaque l'avait en un instant ravi à ses proches, qui devaient, depuis, pactiser tant bien que mal avec ce vide en eux.

— J'admire ton immense courage, fit-elle à Christy. Comment fais-tu pour tenir le coup en dépit des épreuves ?

— Je résiste parce que j'ai une famille. Je suis aimée. On a besoin de moi. C'est dans cette double certitude que je puise ma force. C'est aussi pour cette raison que nous nous trouvons ici, sur l'île de Skye. Mon histoire ne diffère pas beaucoup de celle de milliers d'autres, et je ne te la raconte pas pour que tu t'apitoies sur mon sort. Je désire vous montrer, à toutes les deux, que c'est l'amour unissant les membres d'une même famille qui vous pousse à continuer votre chemin, envers et contre tout.

Elle posa doucement sa paume sur la joue de sa fille.

— Perdre des êtres chers fait partie de la vie, mais si rien ne s'efface des récits familiaux, alors leur souvenir perdure, de génération en génération. Ce voyage a également pour but de vous faire comprendre l'importance de la parole. Il faut dire les choses. Dire à celles et ceux qu'on aime ce qu'on éprouve pour eux. Parce qu'une fois qu'ils nous ont quittés, il est trop tard.

— Je comprends tout cela, mais il arrive qu'une famille en vienne à meurtrir terriblement l'un de ses membres. Ces blessures sont difficiles à oublier. Difficiles à pardonner.

— Je sais, ma chérie. Je prie pour qu'au terme de notre périple tu t'aperçoives que le pardon possède des vertus curatives. Le pardon soulage de son fardeau celui ou celle qui l'accorde, et il lui dessille les yeux.

Anne baissa le regard sur leurs doigts entrelacés, puis hocha la tête.

— J'y arriverai peut-être, souffla-t-elle avant de lâcher la main de sa mère pour se tourner à nouveau vers la vitre.

Comme le silence brusquement tombé se faisait de plus en plus lourd, Kathryn perdit patience.

— Je ne sais pas ce qui se passe entre vous. Mais cette chose qui vous éloigne l'une de l'autre, j'aimerais que vous la preniez par les cornes une bonne fois pour toutes. Cela allégerait considérablement l'atmosphère. Aucun d'entre nous n'a eu la possibilité de parler une dernière fois à papi avant sa mort. Alors, maman, songe un peu au mal que tu te feras si jamais tu ne règles pas ton différend avec mamie avant qu'il ne soit trop tard.

— Ce qui s'est passé entre ta grand-mère et moi ne te regarde nullement.

— Oh ! que si. Mamie vient de parler d'amour, de sincérité et de famille. Mais tout ce que je vois, moi, ce sont deux femmes qui se déchirent et que cette querelle rend malheureuses. Il faut absolument que vous régliez vos affaires.

— Ça suffit, la moucha Anne. Ta grand-mère et moi n'avons pas besoin que tu joues les médiatrices. Et je n'apprécie pas cette intrusion.

— Il ne s'agit pas d'intrusion, murmura Christy. Kathryn essaie tout bonnement de nous réconcilier. Elle a raison. Notre mésentente affecte le reste de notre famille, et cela dure depuis trop longtemps.

Anne prit une profonde inspiration, puis soupira.

— Je n'y suis pour rien. Je ne t'ai jamais demandé de détruire, à force de mensonges, tout ce en quoi je croyais. Si tu souhaites que je te pardonne, il te faudra bien davantage qu'une poignée de récits du temps jadis, assortis d'un cours magistral sur la loyauté familiale.

Elle considéra sa mère avec froideur :

— Je trouve d'ailleurs assez savoureux que tu oses même employer ce mot, alors que tu en connais à peine la signification.

Christy soutint le regard de sa fille.

— Je sais très exactement ce que ce mot veut dire. Et ce que j'ai fait, je puis te l'assurer, je l'ai fait par amour pour toi. D'ailleurs, je n'ai pas pris seule cette décision. Ton père m'a soutenue à chaque pas.

Anne ne répondit rien, et Kathryn se laissa aller contre le dos de la banquette – la réconciliation n'était pas pour aujourd'hui. Ni pour demain, d'ailleurs. L'adolescente ressentait une profonde tristesse.

Elle se tourna vers la vitre, par laquelle elle découvrit, édifiée sur un vaste terrain s'éployant jusqu'aux rives d'un loch, une superbe bâtisse ancienne. Une forêt non loin jetait des ombres sur le toit de tuiles rouges et les pelouses soigneusement entretenues. Cela ressemblait à un pavillon de chasse, car il se trouvait, sur le côté, des écuries et des granges. Kathryn eut l'impression d'entendre aboyer des chiens.

— Nous sommes à Glen Bernisdale, indiqua Christy, et c'est dans ce relais de chasse que mon père est venu demander du travail. Bien sûr, il n'y avait pas d'emploi disponible. Les gens faisaient la queue dans l'espoir de dénicher quelque chose, des gens atterris là après avoir été, eux aussi, chassés de chez eux. Mais la gouvernante a eu pitié de nous, elle nous a donné à manger et nous a autorisés à passer la nuit dans une grange vide. Cela nous a fait du bien d'être au sec, pour une fois, et d'avoir chaud.

— Pourquoi ton père a-t-il décidé d'aller à Portree ? s'enquit Kathryn.

— Il s'est dit que, comme c'était une ville importante, il y décrocherait peut-être une place. Il espérait également obtenir des nouvelles de Robert et Morag. Hélas, Robert ne m'avait pas donné le nom du village de pêcheurs où il avait l'intention de s'installer, et comme mon père ne connaissait pas les membres de sa famille vivant sur le continent, nous n'avons pas réussi à retrouver leur trace.

La voiture à présent traversait Skeabost, où l'on avait construit des maisonnettes en pierre à flanc de colline, d'où elles dominaient les nombreux cours d'eau issus du loch. Puis vint Carbost, enfin la route principale menant à Portree. La dernière fois que Christy l'avait empruntée, elle cheminait pieds nus, elle avait faim et froid, avec, au cœur, l'espoir de dénicher, à la fin du parcours, un travail et un abri.

— Il y a bien plus de moutons qu'à mon époque, constata la sexagénaire, même si, alors, on commençait déjà à les introduire dans la région. Nous ne connaissions rien à leur élevage, mais comme nous étions au bout de notre rouleau nous proposions nos services dans toutes les fermes devant lesquelles nous passions. Pour gagner au moins notre prochain repas.

Sa voix se brisa sous le coup de l'émotion.

— Lorsqu'on a faim, on ravale son orgueil. Le moral de mon père devait être de plus en plus bas à mesure qu'on refusait ses services, mais jamais il ne l'a laissé paraître. Au contraire, il nous soutenait en nous racontant des histoires de Vikings, ainsi que les légendes que son grand-père lui avait relatées quand il était enfant.

— Il ne pouvait pas retourner sur le continent pour y travailler à la ferme où il avait participé aux récoltes ?

Christy secoua la tête.

— Une fois les récoltes terminées, le fermier n'avait plus besoin de personne. Ses ouvriers à l'année lui suffisaient amplement.

Reconnaissant les faubourgs de Portree, la sexagénaire sentit un frisson lui parcourir l'échine.

— Nous sommes arrivés ici en fin d'après-midi. C'était l'hiver, mais plusieurs centaines de personnes campaient dans les champs, sous les ponts, partout où ils pouvaient s'abriter. Ils étaient comme nous : perdus, affamés. On les avait, eux aussi, chassés de chez eux. Nous avons bavardé avec certains d'entre eux, et, même si on nous affirmait qu'il n'y avait pas de travail, mon père a continué d'avancer, avec Callum sur ses épaules. Une fois en ville, nous avons découvert des mendiants, des enfants en haillons et des femmes qui serraient dans leurs bras des bébés quasiment morts de faim. Nous n'avons pas tardé à comprendre qu'auprès des habitants de Portree nous n'étions pas les bienvenus. Auprès des policiers non plus : dès que nous trouvions un abri, ils nous en délogeaient.

Christy se pencha à la fenêtre, héla Gregor.

— Veuillez vous arrêter, s'il vous plaît.

Le cocher s'exécuta, avant de sauter à bas de son siège pour venir ouvrir l'une des portières de la voiture.

— Vous n'avez pas l'intention d'arpenter Portree pieds nus, n'est-ce pas ? fit-il, l'œil malicieux.

La sexagénaire lui décocha un large sourire :

— Je n'y avais pas songé, mais maintenant que vous en parlez...

Elle gloussa.

— En réalité, je crois que j'ai passé l'âge.

Le garçon l'aida à descendre. Lorsque Kathryn et Anne se retrouvèrent à leur tour sur le trottoir, il se tourna vers Christy :

— Vos souvenirs sont-ils vraiment très douloureux ?

Christy hocha la tête, dirigea ses regards vers le loch au loin, où des bateaux mouillaient à quai. Un ferry à vapeur se dirigeait vers le continent. Les maisons qui bordaient le quai exhibaient des façades aux tons pastel, et des voiliers glissaient sur l'eau, tandis que des pêcheurs remontaient leurs filets. Des touristes rentraient de leur promenade.

— C'est devenu très chic, observa-t-elle. Je me rappelle de vieux entrepôts en bois, et l'hôtel miteux résonnant des voix rauques de ces hommes ivres qui travaillaient beaucoup et buvaient encore plus. Quant aux petites maisons, elles n'arboraient pas de si jolies couleurs. Les voiliers, les bateaux de touristes… Il n'y en avait pas un seul, à l'époque. Cela me réjouit, d'ailleurs. Il faut bien que Portree vive avec son temps.

Elle se détourna du port pour se diriger vers la grand-place.

— À notre arrivée, cet endroit était bondé. Ce bâtiment, là-bas, appartenait à l'une des associations qui proposaient des places sur les navires en partance pour l'Australie ou l'Amérique. Autant dire que devant la façade la file d'attente était interminable.

Elle baissa la tête.

— De notre côté, nous avions la chance que mon père et Finlay aient gagné une somme rondelette en participant aux récoltes sur le continent. Cela nous a permis de trouver un toit, même modeste. Nous habitions par là, ajouta-t-elle en montrant du doigt une rue débouchant sur la grand-place. L'endroit était infesté de bestioles, et nous devions y partager une pièce avec une autre famille qui attendait qu'on l'autorise à embarquer pour le Canada.

Christy se souvenait à la perfection de ce galetas sordide où le raffut ne cessait pas, où régnait une odeur nauséabonde. Où les puces vous dévoraient continuellement. Pour se laver, on se rendait chacun son tour à la pompe à eau située derrière la mairie.

— Nous étions douze familles à utiliser les toilettes. Et quelles toilettes…

Elle frissonna en se rappelant la puanteur et les rats.

— Tous les matins, papa emmenait avec lui Finlay et Jamie pour chercher du travail, pendant que je m'occupais de notre pauvre petit Callum, qui n'allait pas bien du tout. Il avait du mal à respirer, son corps était couvert de piqûres de puce. Il avait beaucoup de fièvre, et les médicaments ont eu bientôt raison de nos économies. Comme l'état de santé de mon frère continuait à se dégrader, papa l'a emmené à l'hôpital.

Sa voix perdait en assurance.

— Le médecin nous a annoncé qu'en plus de son asthme, Callum était atteint de pneumonie. Comme il souffrait aussi de malnutrition, il nous a prévenus qu'il ne passerait probablement pas la nuit.

Et des larmes de ruisseler sur les joues de la sexagénaire.

— On nous a permis de rester auprès de lui. Juste avant le lever du jour, il a ouvert les yeux, il nous a souri… Puis il s'en est allé.

Kathryn passa un bras autour des épaules de sa grand-mère.

— La mort de Callum a dévasté notre père. Il savait à présent que rien de bon ne nous arriverait si nous demeurions sur l'île de Skye. Le jour où on a enterré mon frère dans une fosse commune, papa est allé faire la queue pour réserver quatre places sur un navire. Je pense qu'il se moquait de sa destination, l'essentiel était pour lui que ses enfants se trouvent en sécurité.

Elle ploya la nuque.

— Il ne pouvait pas prévoir qu'une fois sur le bateau nous aurions à supporter des conditions épouvantables, ni qu'avant notre arrivée en Tasmanie notre famille aurait subi une autre perte.

— Oh non…, souffla Kathryn. Qui ça ?

Christy secoua la tête.

— Je ne peux pas en parler pour le moment. Je suis désolée.

Elle se tut longuement, puis se tourna vers Gregor :

— Nous allons passer la nuit à l'auberge des Îles. Si vous étiez assez aimable pour y déposer nos bagages… Par ailleurs, j'ai pris la liberté de vous réserver aussi une chambre. Je suppose néanmoins que vous préférerez sans doute dormir chez vos parents, puisque nous sommes tout près de chez eux.

Il opina.

— Je ne les vois pas assez souvent. Alors, si vous n'y voyez pas d'inconvénient…

— Aucun, soyez tranquille. J'espère en revanche que vous vous joindrez à nous pour le dîner. C'est la dernière soirée que nous passons ici, et après toutes les misères dont je vous ai accablés tous les trois, il me semble qu'un brin de réconfort ne sera pas de trop.

— Ce sera un honneur pour moi de partager votre table. Qui plus est, presque tous les soirs, les patrons de l'hôtel organisent un bal.

Il sourit de toutes ses dents :

— Les touristes adorent ça.

— Je vous crois sur parole, murmura-t-elle, puis, comme Kathryn s'éloignait pour rejoindre sa mère, qui guignait les vitrines, elle attira le garçon à elle. Demain matin, j'aurai besoin de vous pour quelque chose. Mais vous devez d'abord me promettre de ne rien dire à ma fille ni à ma petite-fille.

— Vous avez ma parole. De quoi s'agit-il ?

— Il me faut discuter avec le directeur de la banque locale, ainsi qu'avec d'autres personnes, avant notre départ demain soir. J'apprécierais beaucoup que vous acceptiez de m'accompagner dans ces démarches.

Il haussa un sourcil.

— C'est un peu vague…

— Il s'agit de quelque chose que je dois faire pour Callum. Nous nous verrons ce soir à 20 heures, pour le dîner.

10

Puisque Gregor ne dormirait pas à l'hôtel, Kathryn s'installa dans la chambre que Christy lui avait réservée. Elle se sentait soulagée, car, depuis leur conversation houleuse dans la voiture, ses relations avec sa mère s'étaient tendues.

Située au premier étage de l'hôtel, la chambrette dominait la grand-place. De lourdes poutres y soutenaient un plafond bas, et l'on avait en partie panneauté les murs d'un bois sombre tout pareil à celui dont étaient faits les meubles trapus. Le plancher grinçait à chaque pas. Le lit était garni d'un drap blanc et d'une couverture en tartan vert foncé. Une lumière très chiche pénétrait par les petites vitres diamantées, mais, depuis qu'on avait allumé les lampes et fait du feu dans la cheminée, l'adolescente jugeait l'endroit douillet.

Après avoir remercié la domestique de lui avoir apporté un broc d'eau chaude, elle sortit de sa malle ses vêtements de nuit, puis choisit une robe pour le soir, ainsi qu'une tenue adaptée au trajet que les trois femmes effectueraient le lendemain à bord d'un ferry. Ayant ensuite accroché le tout dans la grande armoire qui occupait presque un mur entier, elle se déshabilla pour ne garder que ses sous-vêtements, versa l'eau chaude dans une bassine en porcelaine et se débarbouilla.

Plus tard, assise devant la coiffeuse, elle brossa ses cheveux avant de les attacher en chignon. Le soleil et le grand air lui avaient rosi les joues, et le vert de sa robe rehaussait celui de ses yeux. Elle orna chacune de ses oreilles d'un clou d'or, passa à son cou la chaîne et le médaillon que son père lui avait offerts juste avant qu'elle ne quittât Melbourne avec Anne. Elle s'arrêta là – cela suffisait amplement pour une soirée dans un petit hôtel.

Elle sourit, se demanda, l'espace d'un instant, si Gregor remarquerait le soin qu'elle avait pris à sa toilette. Elle chassa ces considérations d'un revers de main. Le garçon et elle appartenaient à des univers différents, et, bien qu'il se fût révélé un guide hors pair, ainsi qu'un exquis compagnon de voyage, quoiqu'elle eût goûté le petit flirt sans conséquence auquel ils s'étaient tous deux livrés, elle quitterait l'île le lendemain pour regagner l'Australie, où elle ne tarderait pas à entamer une nouvelle et palpitante existence à Sydney.

Il lui restait une heure avant le dîner, aussi ouvrit-elle son journal après s'être emparée d'un stylo. Mais par où commencer ? Son amour pour l'histoire l'avait poussée à passer de longues heures dans les bibliothèques, mais les livres qu'elle y avait consultés n'étaient rien au regard des récits de sa grand-mère.

À leur souvenir, elle sentit les larmes lui monter aux yeux. Elle avait une chance folle de n'avoir jamais manqué de rien, et ce voyage lui avait permis de découvrir un autre monde, une autre époque.

Comme elle songeait à présent à sa grand-mère, à la ténacité dont elle avait fait preuve, elle s'avisa que son grand-père, lui, n'avait que rarement évoqué son enfance. Des bribes recueillies par l'adolescente, il ressortait que cette enfance avait été pauvre, et que le garçon qu'il était alors avait failli mourir durant son voyage vers l'Australie. Mais, comme sa future épouse, il avait survécu, pour se bâtir ensuite une vie heureuse et prospère.

Les pensées de Kathryn se tournèrent vers Harold. Après avoir perdu très tôt sa mère, il s'était vu entraîner par son père dans les mines d'opale, où un garçon n'avait d'autre choix que d'apprendre et de grandir vite. Trop vite. Ces années continuaient de vivre en lui, mais, bien qu'il se fût agi d'une période âpre, il en parlait toujours avec affection et fierté. Harold lui manquait, et elle savait qu'elle lui manquait aussi. Mais… Anne lui manquait-elle ?

L'adolescente ravala un soupir. Elle n'était plus, et depuis longtemps, la gamine naïve que sa mère s'obstinait à voir toujours en elle. Elle avait entendu leurs querelles à travers la porte de leur chambre, et, comme Anne, elle nourrissait de lourds soupçons à l'égard de Florence, la jeune veuve, trop jolie, trop pétulante pour ne pas piquer l'intérêt de n'importe quel homme au sang chaud.

Elle repoussa son journal, qu'elle troqua contre une petite boîte en cuir contenant du papier à lettres et des enveloppes. Elle allait écrire à son père, lui expliquer que sa mère se languissait de lui, qu'il lui tardait de rentrer chez eux. Certes, elle prenait certaines libertés, mais il lui fallait à tout prix tenter quelque chose pour que pussent peut-être s'améliorer les rapports entre les deux époux.

*

La vie, songeait Christy, se révélait décidément imprévisible. Ainsi, la sexagénaire retrouvait aujourd'hui l'auberge des Îles, où jadis elle avait officié en qualité de domestique de très bas étage. Au sortir de la baignoire sabot, elle s'enveloppa dans une serviette de toilette épaisse et duveteuse. Le patron des lieux n'avait pas dissimulé sa surprise lorsqu'elle lui avait demandé la permission de visiter avec lui les cuisines, et surpris, il l'avait été plus encore après qu'elle lui avait expliqué que, dans sa jeunesse, elle avait travaillé ici même. Dans l'arrière-cuisine, avait-elle précisé. Tandis qu'il l'escortait, louvoyant entre les employés qui s'affairaient aux fourneaux, l'homme, de son côté, lui avait exposé ses projets. Le tourisme se développait à grande vitesse, et il tenait à surfer sur la vague.

Christy était ensuite retournée dans sa chambre, hantée par de douloureux souvenirs que sa visite avait ranimés. Et dire qu'à présent elle circulait dans l'auberge en grande dame, presque en propriétaire.

Avec un soupir, elle épingla un camée en broche sur la collerette de sa robe noire. Ce camée, son défunt mari le lui avait offert pour son dernier anniversaire et, comme elle l'effleurait, elle se rappela le doux sourire et le baiser qui avaient ce jour-là accompagné le présent. Son époux lui manquait terriblement, qu'elle ne reverrait hélas que lorsque son heure, à son tour, serait venue de quitter ce bas monde.

La ville, l'auberge et son passé lointain la rendaient mélancolique. Saisissant son livre, elle s'installa dans un fauteuil pour y lire au coin du feu. Il restait une heure avant le dîner, et, si elle tenait à en profiter pleinement, il lui fallait entre-temps retrouver sa bonne humeur.

*

Anne aurait désiré prendre un peu de repos pendant une heure, mais son esprit troublé l'en empêchait. Elle quitta donc son lit, se prépara pour le dîner – elle choisit une jupe sobre et un chemisier de dentelle, à quoi elle ajouta ses plus belles bottines à boutons, pourvues de talons très hauts, ainsi qu'un châle en soie bleue acheté sur le navire. Après s'être coiffée, après avoir mis ses perles, elle s'empara de son sac de soirée, puis se dirigea vers la chambre de sa mère – il était temps de mettre les pendules à l'heure.

Christy portait son châle de tartan sur une robe noire d'une grande sobriété, au col de laquelle elle avait épinglé un camée, et sa fille s'alarma de la juger soudain si vieille et si fatiguée.

Relevant le nez de son livre, la sexagénaire accueillit Anne d'un sourire.

— Bonsoir, ma chérie. Quelle délicieuse surprise.

— Il faut que nous parlions, fit la visiteuse avec raideur.

Christy posa son livre, tapota le fauteuil trônant de l'autre côté de l'âtre, afin que sa fille s'y installât.

— Alors, parlons, murmura-t-elle.

Anne s'assit, lissa sa jupe, choisit ses mots avec soin :

— D'abord, je souhaite que tu essaies de comprendre pour quelle raison je me suis montrée si fâchée et si dure avec toi pendant toute la durée de ce voyage. Je n'ai pas une nature agressive, mais j'ai eu vraiment beaucoup de mal à accepter ce que papa et toi avez fait. Je crois m'être, ensuite, affreusement mal comportée. J'admets à présent que tu as en effet agi avec les meilleures intentions du monde, même si, pour finir, cela s'est révélé catastrophique.

Elle croisa les mains dans son giron, évitant le regard de sa mère, dont elle attendait la réaction le cœur battant.

— Bien sûr que je comprends. Tu ne pouvais que souffrir, et cette souffrance t'a conduite à distribuer des coups de griffe de tous côtés. C'est un comportement on ne peut plus normal en de telles circonstances. J'aimerais de tout mon cœur n'avoir pas eu à t'infliger ce chagrin, mais je te sais gré d'avoir accepté la raison qui nous a amenées à user d'un subterfuge.

Anne hocha la tête, serrant ses doigts entrelacés jusqu'à en blanchir les jointures.

— Ce voyage m'a beaucoup appris, dit-elle d'une voix tremblante. Sur toi, bien entendu, mais aussi sur moi. Je n'aime pas la femme que je suis devenue.

Elle enchaîna avant que sa mère eût émis le moindre commentaire.

— Tout ce que tu as dit à propos de la famille, de son importance… Tout cela était frappé au coin du bon sens… Hélas, de mon côté, j'ai laissé la situation se dégrader jusqu'à en perdre le contrôle et, maintenant, je ne sais plus quoi faire pour la rétablir.

Enfin, elle se tourna vers Christy :

— Acceptes-tu de me pardonner ? murmura-t-elle à travers ses larmes.

Sa mère se leva pour refermer ses bras sur elle.

— Il n'y a rien à pardonner, mon enfant adorée. C'est moi qui devrais endosser l'entière responsabilité de ce qui s'est passé entre nous.

Elle fit un pas en arrière, saisit le visage de sa fille entre ses mains et lui baisa le front.

— Peut-être qu'à nous deux nous pouvons rattraper le mal que nous nous sommes fait...

— Oh ! maman, sanglota Anne. Je me suis montrée tellement sotte. Kathryn préfère son père à moi, c'est flagrant, et pour ma part j'ai passé mon temps à repousser Harold, à l'ignorer. Que deviendrai-je s'il ne se trouve pas à la maison le jour où nous rentrerons à Melbourne ? Que m'arrivera-t-il s'il décide de me quitter ?

— Allons, allons, tâcha de l'apaiser sa mère. Harold est un garçon loyal, et je suis convaincue qu'il t'aime toujours et qu'il sera fou de joie. Quant à Kathryn, elle t'adore, voyons. Elle vous aime tous les deux, et ne souhaite que de vous voir à nouveau heureux ensemble. Si vous y parveniez, cela la délesterait d'un lourd fardeau le jour où elle partira pour Sydney.

Anne se cabra, piquée, une fois de plus, par le terrible aiguillon de la jalousie.

— Je suppose qu'elle t'a fait des confidences, comme d'habitude.

— Pas du tout. Mais je connais ma petite-fille, en sorte que quand elle se tourmente pour ses parents, je m'en aperçois aussitôt.

Elle serra dans les siennes les deux mains de sa fille.

— Kathryn n'est plus une enfant, ma chérie. Elle est devenue une jeune femme intelligente, à laquelle n'a pas échappé le fossé qui se creuse jour après jour entre Harold et toi. Cette situation lui fait du mal.

— Que dois-je faire ?

— Explique-lui à cœur ouvert où tu en es avec son père. Je suis prête à parier que cela vous rapprochera.

— Je ne peux tout de même pas évoquer les détails les plus intimes de mon mariage devant Kathryn ! glapit Anne. Ce serait inconvenant.

Christy, qui venait de lui tendre un mouchoir, attendit qu'elle se fût un peu ressaisie :

— Ce n'est pas ce que je sous-entendais. Ouvre-toi à elle de tes sentiments, dis-lui ce qui t'agace chez Harold – il y a toujours un moment où les hommes deviennent pénibles. Je le sais, car cela arrivait même à ton père. Raconte-lui pour quelle raison tu es tombée amoureuse de lui. Soit dit en passant, cela t'obligerait à t'en souvenir. Car je pense qu'au fil des ans vous avez fini, Harold et toi, par oublier ce que vous éprouviez l'un pour l'autre durant les premières années de votre union.

Anne semblait réfléchir.

— Explique à ta fille ce que tu as ressenti lorsque ton mari s'est mis à consacrer tout son temps à bâtir son empire, sans plus se soucier de savoir ce que tu faisais de ces longues semaines où il sillonnait l'Australie de long en large pour ses affaires. Dis-lui également combien elle compte pour toi, combien tu es fière de ce qu'elle fait. Propose-lui de faire les magasins avec toi avant son départ pour Sydney. Mais, surtout… Surtout, montre-lui à quel point tu l'aimes, et à quel point tu désires que ton mariage se porte mieux.

— J'espère seulement qu'il n'est pas trop tard, fit Anne, songeant que Christy avait raison de bout en bout.

— Entre une mère et sa fille, il n'est jamais trop tard. Leurs liens peuvent certes se distendre, mais jamais ils ne se rompent. Fais confiance à Kathryn, et fais-toi confiance. Tu ne tarderas pas à t'apercevoir que ta vieille mère avait vu juste.

— Mais... Et mon mariage? Là, pour le coup, je crains vraiment que nous soyons allés trop loin. Sans compter ma longue absence...

— C'est entre Harold et toi que tout se joue, bien sûr, mais à ta place je lui écrirais pour lui avouer combien il me manque. Je lui confierais aussi mon espoir de voir notre union prendre un nouveau départ à mon retour.

— Oui... Je vais le faire.

Elle plongea son regard dans celui de Christy:

— Je suis navrée, maman, tellement navrée de t'avoir fait souffrir, alors que tu ne le méritais en rien.

— La souffrance, cela se soigne et se guérit. Quant aux liens qui nous unissent, ils se consolideront encore si nous nous faisons mutuellement confiance. C'en est fini des secrets, Anne. Je te le promets.

*

Kathryn frappa à la porte de la chambre de sa mère. Comme celle-ci ne répondait pas, elle jeta un coup d'œil dans la pièce déserte: Anne était déjà descendue. L'adolescente traversa l'étroit palier d'un pas vif, pressée de se joindre aux réjouissances – des voix nombreuses montaient vers elle, ainsi que les sons discordants produits par les musiciens en train d'accorder leurs instruments.

Soudain, la porte de la chambre de sa grand-mère s'ouvrit, sur le seuil de laquelle elle découvrit, les yeux écarquillés, les deux femmes tout sourire. Sa surprise eut tôt fait de se muer en joie pure lorsqu'elles lui tendirent la main pour la serrer contre leur cœur.

— Vous avez réussi, souffla-t-elle, aux anges.

Son regard, étincelant de bonheur, courait de l'une à l'autre.

— En effet, commenta Christy, passant un bras autour de la taille si fine de son enfant. Je vous propose de descendre immédiatement et de commander du champagne. Vu ce que j'entends, la soirée promet d'être animée, et pour ma part je meurs d'envie de faire la fête.

Anne accueillit ces paroles avec un doux sourire, dont Kathryn songea qu'il la rajeunissait merveilleusement.

— Nous allons commander deux bouteilles, renchérit Anne, dont l'œil à présent brillait d'une lueur malicieuse. Allons-y, et plus vite que ça.

Parvenues au rez-de-chaussée, les voyageuses poussèrent la porte menant à la salle de réception. Le concert avait commencé sur un rythme entraînant. Kathryn, qui rayonnait, aperçut Gregor, tourné vers elles, et elle en éprouva un léger frisson de plaisir. Il avait pris le temps de se préparer pour sa dernière soirée en compagnie des trois femmes, car il s'était coiffé et rasé avec soin. Il portait un kilt, une chemise blanche sous une veste, et son *sporran*, petite sacoche traditionnelle, pendait à sa taille mince. Il avait attaché l'étole de tartan qu'il portait sur l'épaule avec un quartz jaune monté en broche, serti dans un filigrane d'or. Il arborait encore les grandes chaussettes de laine typiques, dont la droite laissait deviner la présence d'un petit poignard. Il était chaussé de brogues impeccablement cirées.

Mais il n'était pas seul : lorsqu'il s'avança vers ses amies, ce fut avec une jeune femme à son bras. Une très jolie jeune femme à la chevelure noire, aux yeux bleus. Elle adressa aux voyageuses un chaleureux sourire, et, même si Kathryn était surprise qu'il fût venu accompagné pour leur dernière soirée ensemble, elle se réjouissait de le deviner si heureux.

— Bonsoir, lança-t-il. Je vous présente Freya, mon épouse.

— Eh bien ! se mit à rire Christy en serrant la main de celle-ci avant de faire les présentations. Voilà un secret fort bien gardé. Depuis quand êtes-vous mariée à ce gredin ?

— Un an. Pardon de m'imposer de cette façon, mais, justement, nous fêtons aujourd'hui notre premier anniversaire de mariage. C'est pour cela que je suis venue passer le week-end avec Gregor.

— Parfait. Cela nous donne une raison supplémentaire de boire du champagne ! s'enthousiasma la sexagénaire. Sur ce, rejoignons notre table.

En Australie, Anne et sa fille n'eussent pas osé fréquenter ce genre de lieu, où ne se réunissaient que des hommes, et des hommes passablement rustauds, mais ici des représentants des deux sexes se côtoyaient en bonne intelligence, de tous âges et de toutes conditions. Comme le repas commençait, les musiciens se mirent à interpréter des morceaux plus doux. La nourriture était exquise, et l'on ne tarda pas à déboucher la première bouteille de champagne.

Se rappelant sa conversation avec Gregor à côté du cimetière, Kathryn rougit de honte en apprenant qu'il avait rencontré sa future épouse alors qu'il suivait des études d'histoire ancienne à l'université de Dundee, où Freya venait pour sa part de décrocher son diplôme d'institutrice. Une fois mariés, les jeunes gens s'étaient installés à Inverness. Gregor y occupait un poste de maître de conférences à l'université, cependant que sa femme enseignait à l'école maternelle.

— Vous êtes plein de surprises, le taquina l'adolescente pour dissimuler son embarras. Mais comment diable en êtes-vous venu à conduire une voiture à cheval sur l'île de Skye ?

— Je m'offre une longue pause. Et lorsque j'ai appris que votre grand-mère avait besoin d'un guide, j'ai sauté sur l'occasion. C'est Mungo qui m'a prévenu après qu'elle lui eut écrit pour réserver des chambres dans son hôtel.

— Mais… Et votre épouse ? Elle doit s'ennuyer ferme pendant que vous vadrouillez ?

Gregor se mit à rire.

— Je n'appellerais pas cela vadrouiller. C'est une tâche extrêmement difficile que la mienne, figurez-vous : certaines de mes clientes vont jusqu'à marcher pieds nus, d'autres se font mordre par un cheval à un endroit de leur anatomie que la pudeur m'interdit de nommer, d'autres encore exigent de moi l'impossible…

— Oh ! mon Dieu, soupira Kathryn. Nous sommes-nous si mal comportées ?

Le garçon secoua la tête en pouffant.

— Je me suis beaucoup amusé, et grâce à votre grand-mère j'ai appris énormément de choses. C'est une femme remarquable, pour laquelle j'éprouve une immense admiration.

Il prit la main de Freya, qu'il baisa.

— Quant à mon épouse, après la fin de l'école elle reviendra ici, où nous passerons une partie de l'été, puis nous rendrons visite à sa famille, qui habite Aberdeen.

Un serveur vint ouvrir une deuxième bouteille de champagne, avant de remplir les flûtes.

— Ma mère et ma grand-mère se sont enfin réconciliées, souffla Kathryn à Gregor.

Celui-ci lorgna du côté d'Anne, qui bavardait avec Christy.

— Je vois ça, commenta-t-il. Et cela me fait plaisir pour elles. Ces derniers jours ne les ont pas épargnées.

Repoussant sa chaise, il se mit debout, leva son verre :

— Je souhaite porter un toast à ma superbe épouse, ainsi qu'à mes nouvelles amies. Il est un vieux proverbe écossais qui, me semble-t-il, convient parfaitement à la situation : « Que le meilleur d'hier soit le pire de demain. »

Un tonnerre d'applaudissements se fit entendre dans toute la salle, et le garçon se rassit, un peu mal à l'aise.

Mais déjà les musiciens reprenaient les rênes de la soirée et l'on ne tarda pas à repousser les tables contre les murs, à ranger les chaises dans un coin, afin qu'on pût danser. Au champagne succéda le whisky, et la musique se faisait à chaque instant plus forte, et son rythme à chaque seconde plus endiablé. À la fin de la soirée, seuls les plus jeunes et les plus robustes tenaient encore le coup.

Quand 23 heures sonnèrent à la pendule accrochée derrière le bar, le propriétaire des lieux agita sa clochette. On sortit quelques instants, pour prendre l'air et faire ses adieux à Gregor et Freya. Après que ces derniers eurent disparu au loin à bord de leur buggy, les trois voyageuses demeurèrent un moment dehors, le nez levé vers les millions d'étoiles flottant contre le ciel nocturne.

— Ça me rappelle les nuits dans l'outback, observa Christy. À mon retour, je me rendrai peut-être à Wallangarra pour y voir mes petits-fils. Je les emmènerai camper et je leur raconterai les légendes aborigènes consacrées à la naissance des étoiles. Je leur apprendrai aussi la raison pour laquelle le soleil et la lune ne se rencontrent jamais.

— Je doute fort qu'Hamish te donne son accord ! se mit à rire Anne. Tu sais bien comment il réagit chaque fois que tu lui proposes quelque chose de soi-disant dangereux.

— Parce qu'il s'inquiète pour ses enfants, murmura sa mère. Je devrais peut-être lui suggérer de se joindre à nous. Cela fait une éternité que nous n'avons pas campé ensemble dans le bush.

— Allons nous coucher, proposa Anne avec tendresse. Une longue journée nous attend demain, et je ne sais pas ce qu'il en est pour vous, mais moi, j'ai très mal aux pieds à force d'avoir dansé.

— Quelle merveilleuse soirée, sourit sa mère en lui prenant le bras, de l'autre crochant celui de Kathryn. Je m'en souviendrai jusqu'à la fin de mes jours.

L'adolescente parut dans la salle à manger au moment où sa grand-mère terminait son petit déjeuner.

— Maman a demandé qu'on lui monte un plateau dans sa chambre, indiqua l'adolescente en s'asseyant. Les réjouissances d'hier soir l'ont épuisée.

— Je ne me sens pas particulièrement en forme non plus, répondit Christy. Je suis trop vieille pour ce genre de folies.

— Il n'empêche que tu t'es amusée comme une gamine, la taquina sa petite-fille. Et je parie qu'il t'en faudrait très peu pour que tu sois prête à recommencer.

— Il me reste plusieurs choses à faire avant de quitter Portree, fit la sexagénaire, sautant sans façon du coq à l'âne. D'ici dix minutes, Gregor sera là pour me présenter au directeur de la banque, après quoi je ferai quelques emplettes, puis je louerai un buggy.

— Un buggy ? Mais pourquoi ? Gregor nous conduira en voiture jusqu'au ferry, non ?

— Je souhaite vous emmener dans un certain endroit en fin de matinée, et le buggy conviendra mieux aux circonstances.

Elle consulta sa montre.

— Je devrais être rentrée pour 11 heures. Surtout, ne quitte pas l'hôtel, et demande à ta mère de se préparer d'ici là.

— C'est dans deux heures, s'étonna Kathryn. Et moi qui croyais que tu allais te contenter d'un bref entretien avec le banquier. J'ai plutôt l'impression que tu vas lui acheter sa banque.

Christy pouffa.

— Quel formidable coup de tonnerre ce serait, n'est-pas ?

Elle se leva, saisit son châle et son sac à main.

— À plus tard, murmura-t-elle avant de décamper sans permettre à sa petite-fille de lui poser d'autres questions.

Cette dernière s'amusait des espiègleries de sa grand-mère, qui, elle en était convaincue, allait seulement passer à la banque pour y retirer de quoi régler la note d'hôtel, après quoi elle achèterait des souvenirs pour ses petits-enfants. Kathryn se demanda, l'espace d'un instant, ce qu'ils pourraient bien faire d'un kilt ou d'un *sporran*.

11 h 30. Anne et sa fille commençaient à se tourmenter.

— Elle ne peut pas être bien loin, tenta de se rassurer la première. Portree n'est pas ce qu'on peut appeler une grande ville. Nous ne devrions avoir aucun mal à lui mettre la main dessus. Crois-tu que nous devrions y aller ?

Kathryn secoua la tête.

— Elle a bien insisté pour que nous patientions ici, et si nous quittons l'hôtel maintenant nous risquons de la manquer.

Anne soupira.

— Elle ne changera donc jamais. Je parie qu'elle est en train de papoter et qu'elle nous a complètement oubliées.

Comme les regards de la mère et de la fille se croisaient, la première se radoucit dans un sourire.

— Bah… Le ferry ne lève l'ancre qu'à 17 heures, et c'est sa dernière journée sur l'île de Skye…

Quinze minutes plus tard, Christy se matérialisa enfin, traînant dans son sillage un Gregor qui croulait presque sous les paquets.

— Pardon de vous avoir fait attendre, fit-elle, le souffle court, mais j'ai bavardé avec un passionnant tailleur de pierre, après quoi je me suis laissée distraire par une jolie jeune femme qui tissait son propre tartan. Le temps a passé comme un songe.

Elle se tourna vers Gregor, un sourire éblouissant aux lèvres :

— Ce pauvre garçon est une perle : il a tenté de me presser à plusieurs reprises, et, sans son aide, jamais je n'aurais pu rapporter ici ces paquets. Vous n'imaginez pas tout ce qu'on peut acheter dans une ville aussi petite. Et si vous voyiez un peu ce que j'ai choisi pour les garçons, pour Harold et…

Hors d'haleine, elle dut s'interrompre, et ses trois compagnons éclatèrent de rire.

— Eh bien…, fit Anne avec douceur. Tu es drôlement plus fraîche que moi. Veux-tu que je te commande une tasse de café, le temps que tu te reprennes un peu ?

Sa mère secoua la tête.

— Je n'ai pas le temps. Le buggy nous attend déjà devant l'hôtel.

Elle se tourna de nouveau vers Gregor.

— Soyez assez gentil pour demander au patron de ranger ces cadeaux avec nos malles et nos sacs, s'il vous plaît. Je ne tiens pas à les promener avec moi.

Le garçon quitta la pièce, tandis que Christy se laissait tomber dans un fauteuil.

— Je ne suis pas habituée à marcher sur des pavés, dit-elle en pliant et dépliant ses orteils. Je me demande bien comment je faisais jadis. Et pieds nus, par-dessus le marché.

— Où as-tu prévu de nous emmener, maman ?

— Dans un endroit très particulier, dont je viens de m'assurer qu'on ne l'avait pas laissé complètement à l'abandon.

Elle étira ses jambes, puis se remit debout en voyant revenir Gregor.

— Allons-y.

En façon de salut, le cocher se contenta d'un hochement de tête à peine perceptible. Il laissa en outre à Gregor le soin d'aider ces dames à grimper à bord de son buggy. Bien qu'un franc soleil brillât, il faisait très froid. Les passagers se réjouirent de trouver d'épaisses couvertures à l'intérieur de la voiture.

— M. McLeod est un taiseux, exposa Christy à ses compagnes, tandis que le McLeod en question faisait claquer son fouet.

Le buggy se mit à rouler.

— Et les rares fois où il lui arrive d'ouvrir la bouche, je ne comprends à peu près rien.

Elle se pencha en avant, baissa la voix, l'œil rieur :

— Il est originaire de Glasgow, c'est à se demander si ces gens-là parlent vraiment la même langue que nous.

Quelques minutes plus tard, Kathryn surprit Gregor et sa grand-mère en train d'échanger un regard entendu.

— Comment s'est passé ton entretien avec le directeur de la banque ? s'enquit-elle dans l'espoir d'en apprendre davantage sur leurs petits secrets.

— Fort bien, je te remercie. Il m'a été d'une aide précieuse.

Christy laissa échapper un rire bref :

— Ne t'inquiète pas, je ne vais plus tarder à lever le suspense. Dès que nous aurons atteint notre destination, je vous raconterai tout.

Elle rajusta son châle autour de ses épaules, puis se tourna vers la vitre, une expression indéchiffrable sur le visage.

Une demi-heure plus tard, le buggy entreprit de gravir une courte colline, passant devant une ferme flanquée de plusieurs granges, poursuivit jusqu'à un échalier. Le périple s'arrêtait là.

— Nous y voilà, déclara Christy. Il ne nous reste plus qu'à marcher un peu, et vous serez fixées.

— Heureusement que j'ai mis mes grosses chaussures, commenta Anne, que Gregor aidait à descendre.

Elle lorgnait le terrain accidenté par-delà l'échalier.

— Ce n'est pas de ce côté que nous allons, lui indiqua sa mère. Suis-moi.

Elle se dirigea d'un pas vif vers une haie de ronces, dans laquelle elle désigna à ses compagnes un étroit passage.

— Allons-y.

Anne et Kathryn s'y engagèrent avec mille précautions, pour découvrir, de l'autre côté, une vaste étendue au beau milieu de laquelle on avait, depuis peu, corseté, au moyen d'une jolie palissade, un carré mangé d'herbes folles. Au-dessus de la grille d'entrée, pareille à une tonnelle, s'inclinait un saule, dont quelqu'un avait entremêlé les branches les plus hautes à un crucifix.

— C'est ici que Callum est enterré, souffla Christy en ouvrant la grille. Il repose auprès de ceux qui, comme lui, n'ont pas vécu assez longtemps pour s'embarquer avec leurs proches sur les navires en partance pour l'étranger. J'avais d'abord eu l'intention de faire transférer son cercueil dans le cimetière municipal, puis j'ai compris que c'était dans cet endroit paisible qu'il se trouvait chez lui, loin des regards indiscrets, avec ses compagnons d'infortune.

Elle contempla, au-delà des tombes érodées, le vallon silencieux parcouru de ruisseaux empressés qui couraient vers la mer.

— Il y a peu de monuments funéraires à proprement parler, car tous ces défunts étaient issus de familles pauvres. Renseignements pris, les pierres tombales ont été ajoutées par la suite à la demande de gens comme moi, qui les ont bien sûr payées, des gens venus parfois de l'autre bout du monde pour rendre hommage à celles et ceux à qui la chance n'a pas été donnée d'entamer ailleurs une nouvelle existence.

On entendit soudain cliqueter les roues d'une charrette, et le pas lourd d'un cheval de trait de l'autre côté de la haie. Christy se retourna, sourit à l'homme trapu qui se fraya un passage dans la haie de ronces quelques minutes plus tard, chargé d'un volumineux fardeau.

— Il s'agit de M. Cameron, exposa-t-elle à ses compagnes, tailleur de pierre de son état. Et graveur. Il travaille à ma commande depuis que Mungo m'a donné son adresse, et ce matin j'ai enfin pu lui régler ce que je lui devais.

Gregor s'était avancé pour aider l'artisan à transporter la lourde dalle de marbre que, sur un signe de tête de Christy, ils posèrent verticalement sur le sol, juste à côté de la grille, dans une étroite tranchée que ni Kathryn ni sa mère n'avaient encore remarquée.

Après avoir achevé leur tâche, à grands renforts d'ahans, les deux hommes s'écartèrent de la pierre tombale, afin que les trois femmes pussent enfin l'admirer.

> À la mémoire de Callum MacInnes, 1844-1854.
> Ce monument a été érigé en hommage aux victimes des déplacements forcés.
> On ignore certes leurs noms, mais leur histoire court de vallon en vallon, sur les ailes du vent. Nous ne les oublierons jamais.
> Qu'ils reposent en paix.

— C'est magnifique, murmura Kathryn. Mais… Comment les familles des défunts sauront-elles que ce monument existe ?

— Celles et ceux qui ont perdu un être cher le devineront, répondit sa grand-mère.

Elle considéra le petit cimetière, les traits apaisés.

— Je me suis arrangée avec le banquier pour que, chaque année, une somme soit allouée à l'entretien de cet endroit, et, bientôt, quelqu'un viendra faucher l'herbe, tailler la haie et agrandir le passage. On plantera également une pancarte à l'entrée du chemin, afin que les visiteurs sachent quelle direction suivre. Enfin, une couronne mortuaire sera déposée une fois par an, au mois de novembre, en mémoire de nos chers disparus.

— Je comprends mieux pourquoi tu t'es absentée si longtemps ce matin, observa Anne.

— Il m'a fallu signer une montagne de documents à la banque, après quoi j'ai dû rendre visite au chef du conseil municipal, puis au prêtre. Mais cela en valait la peine, n'est-ce pas ?

— Oh, que oui, souffla sa petite-fille.

Le tailleur de pierre, qui s'était éclipsé, reparut alors, les bras chargés d'une couronne de fleurs, qu'il déposa respectueusement au pied de la dalle de pierre qu'il venait d'ériger. Il ôta ensuite sa casquette et se tint là, debout, tête baissée, cependant que Christy récitait le Notre Père.

— Repose en paix, mon Callum adoré, murmura-t-elle. Et sache que je ne t'oublierai jamais.

Bientôt, on reprenait le chemin de Portree dans un silence empreint de gravité.

Quitter l'île se révéla pour Christy infiniment plus douloureux qu'elle ne l'avait imaginé, et, tandis qu'elle regardait, depuis le quai, leurs bagages qu'on faisait disparaître un à un dans les cales du navire, elle éprouvait toutes les difficultés du monde à ne pas craquer.

Ce jour ne ressemblait en rien à celui de son départ pour l'Australie, bien des années plus tôt. Une pluie cinglait alors le rivage, apportée par un vent glacial qui faisait courir au ciel une multitude de nuages, et il semblait qu'une menace planât au-dessus des têtes de tous ces gens en train de patienter, de ces êtres vaincus par le destin. Aujourd'hui, à l'inverse, l'air était doux, la brise légère, et le soleil étincelait sur l'eau – Christy se plaisait à penser que l'île, au moment des adieux, tenait à lui laisser de plus beaux souvenirs.

À Gregor, qui saluait Anne et Kathryn, la sexagénaire avait fait promettre de lui donner de ses nouvelles, et de l'informer de la naissance de son premier enfant – après tout, il était, bien que de façon lointaine, l'un des membres de sa famille.

— Je suis vraiment ravi d'avoir fait votre connaissance, Christy, fit le garçon en lui serrant la main. Je n'oublierai rien des récits que vous nous avez livrés, vous pouvez me croire. D'ailleurs, j'aurais bien aimé entendre la suite.

— Peut-être finirai-je un jour par coucher ces histoires sur le papier. Auquel cas je vous en enverrai une copie.

— Ce serait épatant.

Elle fit surgir de la poche de sa veste une enveloppe, qu'elle remit à Gregor.

— Voici la somme que je vous dois. Vous nous avez été d'une aide précieuse, et si l'envie vous prend un jour de vous rendre en Australie, sachez que vous y serez accueilli à bras ouverts.

Sans examiner son contenu, le garçon glissa l'enveloppe dans son *sporran* en cuir.

— Jamais je ne m'en irai si loin, répondit-il doucement. Cette île coule dans mon sang. Faites bien attention à vous, jeune fille.

Il adressa à son interlocutrice un large sourire :

— Et surtout, n'ôtez plus vos souliers.

— Vous pouvez compter sur moi !

Elle se mit sur la pointe des pieds pour lui piquer un baiser léger sur la joue, puis elle lui tourna le dos, gagna la passerelle, qu'elle gravit.

Lorsque le capitaine, par deux fois, actionna le sifflet à vapeur et que les matelots ramenèrent à eux les cordages enroulés autour des cabestans, Christy se tenait sur le pont du navire. Ayant jeté sur ses épaules le châle de sa mère, elle regarda s'éloigner le rivage et la chaîne du Cuillin. Elle cligna des yeux pour en chasser les larmes en adressant, dans le silence de son âme, un dernier adieu à cette île qu'elle chérissait tant. Jamais elle ne la reverrait, mais elle la garderait dans son cœur jusqu'à son dernier souffle.

*

Gregor attendit un moment, puis regagna la voiture d'un pas lent. Jock avait plongé le museau dans l'herbe haute, cependant qu'Hector secouait la tête avec impatience. Le garçon caressa l'encolure du premier :

— Des comme elle, lui murmura-t-il à l'oreille, on n'en reverra pas de sitôt, mon vieux. Une sacrée bonne femme, c'est moi qui te le dis.

Jock releva sa grande tête, frappa le sol de son sabot, ébouriffa du museau la tignasse de son maître.

Celui-ci grimpa sur son siège, avant de faire claquer doucement les rênes sur le dos de ses bêtes, qui se mirent en route vers la demeure familiale située aux abords de la ville.

Les chevaux connaissant le chemin par cœur, Gregor abandonna les rênes sur l'un de ses genoux pour ouvrir l'enveloppe que Christy lui avait remise. Il souhaitait faire un cadeau à Freya, et il avait repéré ce matin, dans la vitrine du bijoutier, une jolie croix celtique en argent et sa chaîne, qui feraient parfaitement l'affaire.

Lorsqu'il ouvrit l'enveloppe, il constata avec surprise qu'il s'y trouvait une somme bien supérieure à celle qu'il avait demandée à la voyageuse pour ses services. Il compta les billets… Plus de cinquante livres ! De quoi acheter une maison, et peut-être même la meubler…

Il tira sur les rênes pour que Josh et Hector fissent une halte. Presque aveuglé par ses larmes, il se mit debout et se retourna pour tenter d'apercevoir une dernière fois la silhouette minuscule sur le pont du ferry. Mais ce dernier s'apprêtait à disparaître à sa vue. Il était trop tard.

Le jeune homme remercia sa bienfaitrice en silence, se rassit, récupéra les rênes et, pour de bon cette fois, se dirigea vers la maison, le cœur empli de joie.

11

Melbourne

Harold était arrivé chez lui à l'aube du troisième jour suivant son départ de Yarrabinda. Il avait pris un bain avant d'enfiler des vêtements propres, puis d'engloutir un petit déjeuner roboratif, composé d'un steak et de plusieurs œufs, au cours duquel il consulta le courrier qui s'était accumulé durant son absence. Peu après, il quittait la maison de nouveau, chevauchant une autre monture.

Comme il pénétrait dans la ville grouillant d'activité, il se sentit, lui qui plusieurs jours durant avait connu la paix du bush, agressé par le bruit, par l'odeur des voitures à essence dont les Melbourniens s'étaient récemment entichés. Une fois à son bureau, il examina les diverses propositions d'achat pour les entrepôts qu'il venait de faire construire dans la baie de Port Phillip, après quoi eut lieu une réunion, qui dura plus longtemps que prévu – il chargea sa secrétaire de lui réserver une place à bord du dernier ferry de la soirée.

Sa visite dans les locaux de Baker, dominant les eaux brunâtres du Yarra, s'éternisa aussi, car en dépit de la conversation qu'ils avaient eue par radio à quelques jours de là, l'homme refusa d'abord de lui remettre les clés du coffre de Christy. Harold insista, ils se querellèrent. Finalement, Baker quitta son bureau après avoir déposé les clés sur sa table de travail en évoquant à mi-voix le risque qu'il courait de se voir licencier par Christy si elle venait à apprendre ce qu'il avait fait.

La clé en poche et son sac de voyage suspendu au pommeau de sa selle, Harold grimpait à présent, à califourchon sur sa monture, la rampe menant à la vaste cale du *Cygne noir*. Le bateau à vapeur, hélas, ne se rendait pas à Hobart, mais à Port Dalrymple, sur la côte septentrionale de la Tasmanie.

Une fois le cheval convenablement installé dans un box individuel à l'intérieur de la cale où se côtoyaient des moutons, le fret habituel et de nombreux bagages, l'homme se rendit sur le pont pour y chercher sa cabine, où il se laissa tomber sur la couchette dure. Mais, bien qu'il se sentît rompu d'avoir si peu dormi au cours des derniers jours, il ne tarda pas à s'apercevoir que sa cervelle en ébullition lui interdisait de prendre du repos.

Il ouvrit son sac, dont il fit surgir les lettres d'Anne et de Kathryn, qu'il s'était contenté de parcourir au petit déjeuner. Il avait maintenant tout loisir de les lire en détail.

Les voyageuses appréciaient leur périple, au point qu'il fut surpris par l'enthousiasme avec lequel son épouse décrivait les ports où les trois femmes avaient fait escale, ainsi que l'architecture londonienne, qui l'avait enchantée, les boutiques, les musées, les galeries d'art et les théâtres. Harold se réjouit qu'elle passât de si bons moments, mais nulle part elle ne lui signalait qu'il lui manquait, ce qui l'attrista. Elle ne s'était pas même donné la peine de prendre de ses nouvelles ni de lui demander à quoi il s'occupait durant son absence.

Il se navra aussi qu'elle n'évoquât pas ses relations avec sa mère, réduites, depuis plusieurs années, à leur plus simple expression, ce qui laissait supposer qu'aucune amélioration ne s'était produite. Il espérait que sa petite Kathryn ne se trouvait pas, en cet instant même, prise entre deux feux, peut-être sommée de prendre parti. Car, si Christy lui semblait incapable d'en arriver à de telles extrémités, il savait combien Anne pouvait parfois se montrer impérieuse, et elle n'aurait, en pareil cas, aucun scrupule à exiger de sa fille qu'elle se rangeât de son côté. Pourvu, songea-t-il, que celle-ci eût suivi les conseils de son père, qui avant son départ lui avait suggéré de rester neutre, quelles que fussent les circonstances.

C'est donc avec une certaine fébrilité qu'il avait ensuite entamé la lecture des missives de l'adolescente. Elle ne faisait aucune allusion aux rapports entre sa mère et sa grand-mère, ce dont Harold se félicita. Il se délecta à la lecture du compte rendu euphorique que Kathryn livrait de ses péripéties. Comme il relisait les missives, il sourit – pour un peu, il aurait entendu sa voix, ce ton ardent, ce souffle court quand elle s'animait.

Enfin, il replia les lettres, les rangea dans leurs enveloppes, qui regagnèrent immédiatement le fond de son sac. Où se trouvaient-elles maintenant ? Elles avaient quitté l'Australie depuis presque douze semaines. Elles devaient avoir bouclé leur périple sur l'île de Skye, se dirigeant probablement vers Londres pour y reprendre le bateau.

Harold exhala un soupir. Il était pressé de les revoir, mais redoutait qu'elles eussent regagné Melbourne avant qu'il eût résolu l'affaire qui l'occupait actuellement. Auquel cas il s'agirait d'un retour douloureux, car à coup sûr les liens entre Christy et Anne se distendraient encore, et Kathryn, que son père le voulût ou non, se retrouverait elle aussi jetée au cœur du maelström.

Le sifflet à vapeur du bateau retentit: on s'écartait du quai pour se diriger vers le détroit de Bass. L'homme consulta sa montre. Il n'était que 20 heures, et comme il doutait de réussir à dormir il enfila son manteau, coiffa son chapeau et sortit sur le pont.

La mer était calme, le ciel noir piqué d'étoiles. Harold commença de se détendre en regardant, à tribord, s'évanouir peu à peu les lumières de Werribee et de Geelong. Bientôt, il distinguerait le faisceau du phare de Sorrento, signalant la présence de rochers immergés et d'eaux plus agitées qu'ailleurs.

L'homme demeura sur le pont longtemps après que le navire eut atteint les flots tumultueux et que les autres passagers eurent regagné l'intérieur du bateau dans l'intention d'y prendre leur dîner. Car, malmené par un vent froid, au point qu'il devait se cramponner au bastingage, tandis que le ferry roulait et tanguait parmi les vagues noires et luisantes, il éprouvait un sentiment de liberté pareil à celui qui le saisissait lorsqu'il arpentait l'outback. Il n'était plus la moindre lumière autour d'eux pour ternir l'éclat des étoiles, plus le moindre son, hors celui des moteurs, mêlé au grondement des vagues qui se jetaient contre la proue. L'air était salé, pur et revigorant.

Harold finit par se résoudre à rentrer – le froid régnant au-dehors lui avait ouvert l'appétit, d'autant plus qu'il n'avait rien avalé depuis le petit déjeuner. Une heure plus tard, il descendit dans la cale pour s'assurer que son cheval se portait bien, remonta, alluma sa pipe et s'offrit une dernière promenade sur le pont avant de regagner sa cabine. Il y sombra bientôt dans un profond sommeil, bercé par la vibration des turbines à vapeur et le roulis du bateau.

*

Vêtu longtemps avant que les portes de la salle à manger fussent ouvertes, Harold rangea ses affaires, puis rendit visite à son cheval, auprès duquel il passa un moment à bavarder avec le groom, jusqu'à ce que le gong retentît, annonçant le petit déjeuner.

Lorsqu'il eut avalé son content d'œufs et de bacon, arrosés d'une pleine cafetière de café fort, il alla sur le pont, où, accoudé au bastingage, il regarda l'île se matérialiser doucement sur l'horizon. Il avait toujours aimé la Tasmanie, parce qu'il s'agissait d'un territoire verdoyant et peu peuplé, jouissant d'un climat plus doux que celui du continent. Un homme en mal de solitude pouvait y errer à son aise. On y trouvait des fermes et des pommeraies, d'immenses lacs où pêcher, des montagnes à escalader, des collines faites pour le randonneur, de vastes étendues de bush à explorer, de longues plages de sable blanc, la plupart du temps désertes, ainsi que des baies minuscules où les vagues s'écrasaient contre d'imposantes falaises noires, quand elles ne jaillissaient pas à la verticale au niveau d'un geyser maritime.

Ce magnifique endroit possédait cependant une terrible histoire: prisonniers soumis à la torture et enfermés dans les taudis de Port Arthur, de Puer Island ou de Sarah Island, Aborigènes massacrés ou exilés, loin de leur terre natale, sur des îles dont les ressources naturelles demeuraient impuissantes à assurer leur survie… Histoires de naufrages, de piraterie, de détenus à ce point désireux de s'enfuir qu'ils risquaient leur vie en tentant de traverser les eaux déchaînées du Gordon, pour s'aventurer ensuite dans le bush immense et encore inabordé s'éployant dans l'ouest de l'île.

Harold s'estimait chanceux. Il n'avait certes pas eu la vie facile au cours de ses jeunes années, mais jamais il n'avait eu à sentir la morsure du fouet sur son dos, jamais il n'avait été redevable de rien à quiconque, et jamais il ne s'était retrouvé derrière les barreaux – quoiqu'il eût à plusieurs reprises frôlé la prison, parce qu'à l'époque il buvait un peu trop, et que l'alcool lui donnait l'illusion de pouvoir se battre contre le monde entier.

Il sourit, alluma sa pipe. Il était alors un garnement, mais le flic local l'avait un jour saisi par l'oreille pour le ramener chez son père, qui l'avait rossé. De quoi le détourner de la bouteille et lui apprendre à se comporter mieux.

L'île se distinguait de mieux en mieux, telle une vapeur d'un vert très tendre au cœur d'un brouillard matinal. Bientôt parurent les falaises noires, les criques sableuses et bordées d'arbres, ainsi que de petites villes blotties les unes contre les autres sur fond de champs verdoyants et de douces collines. Depuis qu'on avait cessé d'exiler ici des détenus, un demi-siècle plus tôt, la Tasmanie était devenue un lieu paisible, dont les habitants, qui jamais ne ménageaient leur peine, tenaient à laisser derrière eux ce terrible passé pour tirer le meilleur de la terre fertile et du climat tempéré.

— Harold ? Harold Ross !

Il sursauta, fit volte-face pour se retrouver nez à nez avec un visage qu'il ne connaissait que trop bien.

— Florence ! s'écria-t-il. Que diable faites-vous donc ici ?

Florence Hardwick fit une moue exquise en battant des cils.

— Inutile de me gronder ainsi. Je pourrais en prendre ombrage, figurez-vous.

Elle sourit, et deux petites fossettes se creusèrent dans ses joues veloutées.

— Je vais rendre visite à ma grand-mère, qui vit à Hobart. Et vous ?

— Je suis en déplacement professionnel, répondit-il en s'empourprant.

Florence était une jeune femme extrêmement séduisante, qui, en outre, n'avait pas sa pareille pour déstabiliser un homme avec ses agaceries. Et que dire de ce regard très bleu, dont il avait l'impression qu'il le transperçait jusqu'à l'âme ? De cette bouche parfaite…

Il se ressaisit.

— Je suppose que vous ne voyagez pas seule ?

Elle émit un sourire effronté.

— Avec ma mère. Autant dire que je ne m'amuse pas beaucoup. Vous rendez-vous à Hobart ?

— En effet.

— Anne se trouve-t-elle avec vous ?

Elle balaya le pont du regard.

— Pas cette fois.

— Quel dommage…

Les fossettes reparurent et une lueur espiègle brilla dans son œil.

— Nous allons passer la nuit à Patersonia, à l'auberge de l'Océan. Peut-être accepteriez-vous de déjeuner avec nous ? Ou de dîner, si cela vous arrange mieux…

Harold s'éclaircit la voix, évitant le regard de son interlocutrice.

— Je suis navré, Florence, mais il me faut partir pour Hobart dès que le ferry aura accosté.

Une pointe de déception se devina sur les traits de la jeune femme, mais, déjà, elle redevenait flirteuse.

— Eh bien, eh bien, Harold… Je vais finir par croire que vous cherchez à m'éviter.

— Pas du tout. Mais une affaire urgente requiert ma présence à Hobart. Le temps presse.

— Bonté divine. Avez-vous le projet d'étendre encore votre empire ?

Plutôt l'espoir de sauver celui de Christy, songea Harold.

— Quelque chose dans ce goût-là, répond-il sur un ton évasif.

— Promettez-moi de passer me voir au Star Hotel pendant que vous vous trouverez à Hobart. Ma mère s'accorde une sieste tous les après-midi, et elle se couche en général vers 21 heures, alors…

Les fossettes. Une fois de plus. Un pas en direction de son interlocuteur.

— Même si vous êtes très occupé, vous serez bien obligé de vous sustenter. Les fruits de mer qu'on déguste en Tasmanie sont réputés pour être les meilleurs du monde.

— Je ne peux vraiment rien vous promettre, fit Harold en reculant d'un pas. Je suis navré, Florence, mais nous nous apprêtons à accoster et je dois descendre auprès de mon cheval.

*

En le regardant s'éloigner, la veuve sentit un léger frisson la parcourir. Harold était un homme charmant, hélas apparié à une vilaine bonne femme qui ne le méritait pas, et Florence possédait une expérience suffisante en matière de mâles pour deviner qu'il la jugeait attirante – un rien aurait suffi à le faire tomber dans ses filets. À condition, toutefois, que l'occasion se présentât. Jusqu'à ce jour, l'affreuse épouse s'était toujours trouvée dans les parages, jetant des regards noirs à l'arrière-plan, au point que jamais Florence n'était parvenue à entraîner Harold loin d'elle.

Tandis que le bateau se rapprochait du quai avec lenteur, elle réprima un gloussement. Si quelque chose l'enthousiasmait, c'était bien le début d'une liaison. Ce jeu du chat et de la souris rendu, cette fois, plus exaltant encore par les réticences affichées d'Harold et la présence menaçante de sa femme dans le décor. Mais cette fois, pas d'épouse. Et puis on était si loin de Melbourne…

Eût-elle été une chatte, Florence aurait ronronné. Car cette visite assommante qu'elle allait rendre à sa grand-mère – harpie fielleuse au mieux, au pire vieille sorcière sournoise – était en train de se métamorphoser en un captivant périple.

*

Harold se sentait flatté par l'intérêt que Florence lui portait – quel homme, à sa place, n'en aurait pas tiré fierté ? Mais il devait l'éviter à n'importe quel prix. Elle était trop séduisante, trop entreprenante. Beaucoup trop dangereuse. Anne, qui avait repéré leur attirance réciproque, avait accusé son époux d'infidélité – il ne l'avait pourtant pas trompée, malgré les nombreuses tentations autour de lui et la froideur de son épouse.

À Melbourne, il avait aisément résisté à la jeune veuve en veillant à ne la fréquenter qu'en présence d'un nombre considérable de personnes, et jamais il ne demeurait seul auprès d'elle dans la même pièce. Néanmoins, Florence faisait preuve d'une ténacité à toute épreuve s'agissant des hommes qu'elle jugeait à son goût – aux dires des gentlemen qu'Harold coudoyait à son club, il y en avait eu beaucoup. Elle les ferrait, les gardant ensuite au bout de sa ligne à coups de promesses informulées mais tacites. Elle tenait à l'évidence Harold pour son prochain poisson.

S'il se laissait faire, il jouirait à n'en pas douter de délices raffinées, mais il recherchait autre chose que la satisfaction sexuelle à l'occasion d'une brève aventure qui risquerait de détruire ce à quoi il tenait le plus : il n'avait rien désiré d'autre que l'amour de son épouse et la stabilité dont il avait jadis joui auprès d'elle. Lorsqu'il regagnerait Melbourne, il mettrait tout en œuvre pour rallumer la flamme. La dernière chose dont il avait besoin, c'était de voir Florence Hardwick s'immiscer dans son existence. Hélas, il la soupçonnait d'ourdir déjà, dans sa méchante petite cervelle, un plan machiavélique, et cela l'inquiétait.

Il emprunta la passerelle aux côtés de son cheval, dont il tenait les rênes, et à peine furent-ils tous deux sur le quai qu'il se mit en selle. Avisant un peu plus loin Florence et sa mère, il se hâta de détourner le regard, puis d'éperonner sa monture, afin de filer au plus vite dans la direction opposée. Il lui faudrait demeurer sur ses gardes pendant son court séjour à Hobart.

Ayant laissé derrière lui les faubourgs de George Town, il mit le cap au sud. S'il s'arrêtait à intervalles réguliers pour défatiguer son cheval, il atteindrait probablement la maison de Christy avant la nuit tombée.

*

Inverness

Christy avait à peine ouvert la bouche durant le long trajet qu'après la traversée en ferry les trois femmes avaient effectué en direction d'Inverness à bord d'une diligence.

Comme la voiture à cheval se rapprochait de la ville, elle jugea étrange de se sentir à ce point apaisée, bien qu'il lui eût fallu accepter de ne jamais revoir l'île de Skye. Elle s'était attendue à un flot d'émotions, mais en dévoilant son histoire à ses compagnes de voyage, en se rendant sur les lieux qui avaient hanté si longtemps sa mémoire, elle s'était libérée. Un calme l'envahissait à présent, qui la réconciliait avec elle-même.

Descendues au Lodge Hotel, Christy, Anne et Kathryn se retirèrent dans leurs chambres pour y faire leur toilette et se changer, avant de se retrouver pour un dîner tardif. L'établissement, jadis pavillon de chasse sis sur la propriété d'une famille fortunée, s'ornait de tours et de tourelles qui lui conféraient l'allure d'un château en miniature.

Il se situait près d'un bras de mer, et, de ses fenêtres, on distinguait une île au loin, ainsi que les ponts et les lumières d'Inverness. Bordés de bois sur trois côtés, les terrains appartenant à l'hôtel étaient soigneusement entretenus – on y avait installé un parcours de golf, il s'y trouvait aussi des tonnelles ombragées, ainsi qu'une fontaine qu'on entendait glouglouter. Mais ce fut la vue sur le loch depuis la salle à manger qui retint l'attention des voyageuses pendant leur repas, car la lune en train de se lever jetait des lueurs d'or à la surface des eaux et sur les lointaines collines.

Christy jugea la décoration des lieux un peu chargée – tapis et tentures en tartan, portraits immenses de montagnards pleins de fierté, innombrables massacres accrochés aux murs… Mais cela semblait plaire aux touristes, car la sexagénaire surprit autour d'elle des conversations en plusieurs langues.

Se délectant de mets délicats, les trois femmes passèrent plus d'une heure à table, avant d'effectuer une courte promenade, au terme de laquelle Christy entraîna ses compagnes dans un petit salon privé où on leur servit du café.

— Tu es drôlement silencieuse, maman, observa Anne en s'asseyant sur un canapé profond, au coin du feu. Tu es sûre que tu ne te sens pas trop fatiguée pour regagner Londres dès demain ?

Christy secoua la tête.

— Je ne suis pas fatiguée. Méditative, plutôt.

— On le serait à moins. Tu as passé ces derniers jours à affronter tes souvenirs les plus douloureux.

La sexagénaire lui adressa un sourire.

— Ce qui s'est révélé plus facile que je ne l'aurais cru. Même si ces souvenirs continuent de vivre en moi, ils se sont un peu atténués avec la distance et le temps.

Kathryn posa sa tasse et sa soucoupe.

— Puis-je te poser une question, mamie ?

— Tout dépend de la question.

— Eh bien… Je me demandais… Je veux dire… Je suis curieuse de…

Elle prit une profonde inspiration et redressa les épaules.

— Je suis ravie que maman et toi ayez enfin réussi à vous réconcilier, mais j'aimerais savoir ce qui vous avait à ce point éloignées l'une de l'autre.

L'éléphant dans le magasin de porcelaine… Christy échangea un bref regard avec Anne avant de répondre.

— Contentons-nous de nous réjouir, veux-tu, de ce dénouement heureux. Anne et moi n'avons aucune envie de raviver certains souvenirs, que nous préférons laisser derrière nous pour nous tourner ensemble vers un avenir plus riant. Nous n'en dirons pas davantage.

Kathryn les considéra toutes deux, assises face à elle, de l'autre côté de la table basse, hocha la tête et changea de sujet :

— Lorsque tu as quitté l'île de Skye la première fois, as-tu effectué le trajet que nous avons suivi aujourd'hui ?

Sa grand-mère exhala le souffle qu'elle avait longuement retenu avant de remplir à nouveau les tasses.

— Non. Le ferry nous a emmenés à Mallaig, où nous avons embarqué à bord du *Mary Elena.* De là, nous nous sommes engagés dans le Firth of Lorn, puis nous avons laissé derrière nous les îles de Jura et d'Islay pour descendre du bateau à Dublin.

— Pour quelle raison n'avons-nous pas mis nos pas dans les tiens, cette fois ?

— Parce que ce périple-là, je n'avais aucune envie de le refaire.

— Il a été si terrible que cela ? s'enquit l'adolescente, la voix assourdie par l'émoi.

— Nous avons vécu l'enfer.

— Alors, surtout, ne nous raconte rien, se hâta de commenter Kathryn.

— Si, si. J'y tiens. Et j'aime autant vous livrer mon récit pendant que nous nous trouvons encore en Écosse. Une fois sur le navire qui nous ramènera chez nous, je pourrai enchaîner sur mes souvenirs plus heureux de notre arrivée à Port Dalrymple. Je vous parlerai aussi de mes aventures dans les champs aurifères de l'État de Victoria.

— J'ai hâte !

— Je ne pense pas que Kathryn ait besoin d'en savoir davantage sur cette époque de ta vie, intervint Anne avec raideur. Ce n'est pas à proprement parler le genre de souvenirs qu'une grand-mère est censée partager avec sa petite-fille.

Le spectre menaçant de la discorde planait de nouveau.

— Je n'entrerai pas dans les détails, je t'en donne ma parole. Mais Kathryn mérite d'apprendre certaines choses, d'autant plus que son père a sans doute connu des expériences très similaires dans les mines d'opale dont il lui a parlé.

Anne se pinça les lèvres.

— Il est fort peu probable que les souvenirs d'Harold concernant l'outback ressemblent aux tiens. Et si tel était le cas, il ne s'en serait assurément pas vanté auprès de notre fille. Je te saurai gré de peser tes mots à partir de maintenant.

— Oh, maman… Ne te remets pas en colère. Les récits de mamie me passionnent autant que ceux de papa. Je veux tout savoir, et non me contenter des bribes qui échapperont à ta censure.

Christy prit la parole avant que sa fille eût le temps de répliquer :

— Je dois avouer qu'il est plusieurs incidents dont je ne souhaite pas m'ouvrir à toi, Kathryn. Pardonne-moi. Je te promets que cela ne fera pas grande différence.

Elle saisit dans la sienne la main d'Anne, rigide à présent, et dont les doigts ne serrèrent pas ceux de sa mère en retour.

— Tu peux compter sur moi pour ne rien raconter à ta fille qui risquerait de la choquer, murmura-t-elle. Mais, pour l'heure, m'autorises-tu à vous dire ce qui s'est déroulé à Portree ?

Anne hocha la tête. Elle ne retira pas sa main, ce que Christy considéra comme une discrète excuse pour s'être de nouveau emportée.

— Nous portions toujours le deuil de Callum quand mon père nous a déniché des places à bord d'un navire, *via* une œuvre de bienfaisance. Mais, avant de pouvoir partir, il nous a fallu rester à Portree jusqu'au début de l'année suivante. Nous étions en 1855, et je me demande encore comment nous avons survécu à l'hiver particulièrement rigoureux que nous avons subi cette année-là. Une fois la ville recouverte d'un épais manteau de neige, un calme étrange s'est installé, car ceux qui demeuraient là dans l'espoir de décrocher leur passeport pour une vie meilleure, sous des cieux plus cléments, se faisaient de plus en plus rares. Ceux qui n'avaient pas déjà succombé à la fièvre étaient en train de mourir de faim et de froid, au point qu'il n'était pas rare de découvrir un cadavre gelé dans une ruelle ou sur le trottoir.

Kathryn blêmit, et Anne serra plus fort la main de sa mère.

— Nous nous en sommes tirés parce que Jamie, qui s'était obstinément refusé à vendre ses outils de menuisier contre de la nourriture, avait fini par être embauché à l'auberge des Îles pour y effectuer des réparations. Quant à moi, on m'y a engagée en qualité de fille de cuisine. Ce qui signifiait que nous avions droit chacun à un vrai repas par jour. Et comme, par-ci par-là, nous subtilisions l'un et l'autre quelques restes, nous arrivions à nourrir aussi mon père, ainsi que Finlay. Je suis persuadée que la cuisinière était au courant de nos petits larcins, mais elle n'a jamais vendu la mèche. Mieux, il lui arrivait souvent de nous offrir un supplément, que nous cachions dans la caisse à outils de mon frère.

Elle poussa un lourd soupir.

— De son côté, Finlay harcelait sans répit les patrons des dockers pour qu'ils lui fournissent du travail, en sorte qu'il gagnait de loin en loin quelques pennies. Il lui arrivait même de rentrer chez nous avec une tourte à la viande ou un petit morceau de fromage. Notre pauvre père, en revanche, ne trouvait strictement rien. Alors il s'est mis à mendier. Il frappait à toutes les portes, avec l'espoir que quelqu'un aurait pitié de lui. La plupart du temps, il revenait bredouille, et même s'il n'en a jamais soufflé mot je pense qu'il avait honte de devoir compter sur ses enfants pour manger. D'ailleurs, à mesure que l'hiver avançait, il vieillissait à vue d'œil.

Elle se rappelait le doux géant en train de perdre pied, de se rabougrir au fil des jours… Elle chassa de son esprit ces horribles souvenirs pour poursuivre son récit.

— Le froid intense aura quand même eu un avantage : il a fait fuir les puces et autres nuisibles en tout genre.

Elle se rappelait leur chambre dépourvue du moindre meuble, l'âtre où jamais ne brûlait de feu, la mince couverture que, la nuit, ils jetaient sur leurs haillons. Il y avait aussi ce bébé, dans la pièce attenante, qui criait famine… La mort d'un enfant l'accablait au-delà des mots.

— En février, Jamie avait terminé les réparations que le patron de l'auberge lui avait commandées, et il a eu beau sillonner ensuite la ville en quête d'ouvrage, partout il a fait chou blanc. C'est alors qu'on m'a congédiée.

Elle baissa le regard sur ses mains, si douces et si blanches, manucurées avec soin.

— J'avais les doigts à vif, à force de les plonger toute la journée dans l'eau très chaude et d'utiliser du savon à la soude. Résultat, un jour, j'ai laissé tomber une pile d'assiettes qui coûtaient bien davantage que ce que j'aurais pu gagner en un mois. Elles ont volé en éclats sur les dalles de pierre.

Elle ploya la nuque.

— Même la cuisinière n'a pas réussi à convaincre le patron de me garder, mais avant mon départ elle m'a offert du pain et du fromage, que nous avons fait durer pendant plus de deux jours.

Elle se tut longuement.

— Il était hors de question, enchaîna-t-elle, que Jamie vende ses outils ou que je me sépare de mon métier à tisser, car nous savions qu'une fois en Tasmanie ils constitueraient nos plus précieux atouts. Pourtant… La situation empirant de jour en jour, nous avons failli nous rendre chez un prêteur sur gages, lorsque nous avons appris qu'à bord du *Mary Elena* il y aurait de la nourriture, des lits et des couvertures. Quel luxe ! Nous avons donc pris notre mal en patience.

La sexagénaire eut une moue dédaigneuse.

— Le *Mary Elena* était un vieux clipper spécialisé dans le transport de marchandises, et qu'on avait transformé pour pouvoir accueillir des passagers à son bord. Après l'embarquement, on nous a emmenés dans les cales, où nous avons découvert plusieurs centaines de parois en bois faisant office de séparateurs et installées là où, d'ordinaire, on stockait le charbon. Quant aux lits qu'on nous avait promis, ils se résumaient chacun à une étroite planche de bois, si courte que même un enfant aurait eu du mal à s'y coucher de tout son long. Les responsables ont installé les hommes célibataires à un bout de la cale, les femmes seules et les jeunes filles à l'autre extrémité. Les familles se sont vues attribuer la partie centrale.

Il faisait très sombre, l'air continuait à empester la poussière de charbon, qui d'ailleurs recouvrait tout. On avait placé dans un coin un tonneau contenant de l'eau potable, mais rien pour se laver. En guise de toilettes, on nous avait remis des seaux en fer, dont on nous a expliqué que nous devions en jeter le contenu tous les matins par-dessus bord.

— À t'entendre, intervint Anne, cela ressemble à s'y méprendre à un navire de transport de prisonniers.

— Vu ce qu'on m'a raconté au sujet de ces malheureux détenus, je dirais qu'à part le fait que nous n'étions pas enchaînés, les conditions étaient les mêmes, en effet. Nous avons pris la mer. Les hommes d'équipage ont fermé les écoutilles... Nous avons eu l'impression d'être enterrés vivants. Au bout d'un moment, nous avions tous le mal de mer, l'odeur était pestilentielle, mais nous n'avions rien d'autre à faire que d'attendre les rares moments où on nous autorisait à nous rendre sur le pont pour y manger. Je me souviens d'avoir vu un jour Finlay, après avoir aidé mon père à gravir l'échelle, se laisser tomber sur le pont pour aspirer l'air frais à pleines goulées.

— Ce navire devait être devenu un véritable nid à microbes, frissonna Anne.

Sa mère hocha la tête.

— De nombreux passagers, déjà affaiblis par la faim, n'ont pas tardé à attraper la fièvre. Nous venions à peine de quitter l'Irlande quand, un matin, les matelots se sont rendu compte, en ouvrant les écoutilles, qu'il y avait eu plusieurs décès pendant la nuit.

Elle releva le nez, cligna des yeux pour en chasser les larmes.

— La terreur s'est emparée de nous. Parvenus au milieu des flots tumultueux de l'Amérique du Sud, nous avons souffert à nouveau du mal de mer. Les plus défaillants d'entre nous n'ont pas survécu. La situation a encore empiré lorsque nous avons atteint des eaux plus calmes et qu'une chaleur torride s'est mise à régner dans la cale. Nous avons perdu d'autres compagnons d'infortune, des vieillards et des enfants en bas âge, surtout, dont l'équipage a dû jeter les corps à la mer au terme d'une brève cérémonie.

Un frisson lui parcourut l'échine.

— Le capitaine a fini par nous prendre en pitié. Il a autorisé les bien-portants à rester sur le pont, où des matelots nous arrosaient régulièrement avec de l'eau salée. En revanche, dès que l'un d'entre nous paraissait mal en point, on le renvoyait à fond de cale, où il devait demeurer jusqu'à son complet rétablissement. Ou jusqu'à la mort. Jamie est tombé malade le premier, et mon père a refusé que je le soigne. Il m'a ordonné de rester sur le pont, tandis qu'il descendait pour s'occuper de lui. À ce moment-là, nous traversions le Pacifique. La chaleur, même sur le pont, devenait insoutenable. Ne parlons pas de la cale… Finlay et moi étions sur des charbons ardents : nous brûlions d'y descendre à notre tour pour aider mon père, tout en sachant que nous risquions dès lors de tomber malades à notre tour et de ne plus jamais revoir la lumière du jour.

— Dieu du Ciel, souffla Anne. On vous a réservé un traitement inhumain. Quand je pense que l'association chargée de ces transports émanait de l'Église… Je m'étonne que certains d'entre vous en aient réchappé.

— Nous n'avons pas été nombreux… Je suis tombée malade. La cale tenait à présent de la fournaise, au-dessus de laquelle planait en permanence l'ombre de la mort. Je ne me souviens pas de grand-chose, Jamie m'a raconté plus tard que je délirais la plupart du temps. J'étais brûlante de fièvre. Mais, comme lui, je m'en suis sortie. Au moment où nous atteignions la Polynésie, on m'a permis de remonter sur le pont. Mon pauvre père s'est effondré, et j'ai désobéi aux ordres en redescendant pour veiller sur lui. Mais il était trop faible, et mentalement trop éprouvé par les épreuves que nous avions traversées. Il a fini par abandonner le combat… Il est mort dans mes bras deux semaines avant que nous commencions à apercevoir les côtes australiennes.

Christy fit surgir de sa poche un mouchoir, au moyen duquel elle tamponna ses yeux mouillés de larmes.

— Un service funèbre a été organisé, réduit à sa plus simple expression. Le capitaine a récité une prière, l'équipage a salué le corps cousu dans sa couverture, avant de le lester de pierres et de le laisser glisser dans l'eau. La mer, à cet endroit, se révélait si bleue et si claire que nous l'avons vu couler lentement, lentement, jusqu'à ce qu'enfin il disparaisse pour toujours.

Elle essuya de nouvelles larmes.

— Les déplacements forcés avaient eu raison de l'énergie et de la fierté de notre père. La fièvre et la faim lui avaient porté le coup de grâce. La rage, à nouveau, brûlait dans le regard de Jamie, et elle me consumait le cœur. J'ai compris alors qu'il nous faudrait beaucoup de temps pour pardonner aux responsables de cette tragédie, si tant est que nous y parvenions jamais.

— As-tu réussi ? demanda Anne avec douceur.

— J'ai appris à pardonner, parce que je ne voulais pas placer le reste de mon existence sous le signe de la haine. En revanche, je n'oublierai jamais.

12

Bellerive, Tasmanie

Harold avait mis beaucoup plus de temps que prévu, car, son cheval ayant perdu un fer, il avait dû parcourir à ses côtés de nombreux kilomètres avant de dénicher un maréchal-ferrant. Il l'avait trouvé à Richmond et, comme il se faisait tard, il avait décidé d'y passer la nuit. Il lui restait une vingtaine de kilomètres à parcourir et sa monture semblait aussi épuisée que lui.

Il prit une chambre à l'auberge du Pont, installa son cheval dans les écuries situées à l'arrière de l'établissement, puis, après un dîner copieux, il regagna sa chambre, se laissa tomber sur son lit… Quelques minutes plus tard, il dormait à poings fermés.

Selon son habitude, Harold s'éveilla à l'aube, prit un petit déjeuner sur le pouce, avant de seller sa monture. La journée promettait d'être belle, il lui tardait surtout d'arriver chez Christy, d'y faire ce qu'il avait à y faire, puis de parvenir peut-être, avec un peu de chance, à sauter dans un ferry au départ d'Hobart. Cela signifierait un périple plus long, car le bateau ferait escale à Sydney avant de rejoindre Melbourne, mais cela lui permettrait de s'éloigner de Florence dans les plus brefs délais.

Comptant parmi les faubourgs les moins peuplés d'Hobart, Bellerive se situait sur la berge orientale de la rivière Derwent, qui se jetait dans la baie de Storm, puis, au-delà, dans la mer de Tasman. Depuis le vieux fort couronnant Kangaroo Bluff, qu'il venait d'atteindre, Harold se trouva récompensé de ses efforts par une vue splendide sur Hobart et son port immense, dominés au loin par le mont Wellington. Il redescendit la colline sur son autre flanc, emprunta la piste étroite qui suivait la rivière. Bientôt, il distinguait au loin le toit de tuiles de Skye House.

La demeure en bois, érigée sur des blocs de béton pour la préserver des termites, s'était agrandie à mesure que la famille de Christy s'élargissait. Elle trônait au beau milieu d'un vaste terrain, et ses murs peints en blanc luisaient au soleil. La balustrade en fer forgé de la véranda qui courait sur trois côtés de la villa, elle aussi peinte en blanc, disparaissait presque à présent sous les clématites et les rosiers grimpants – c'était, au printemps, une véritable explosion de blanc, de rose et de violet. Des tables et des chaises en rotin meublaient la véranda ombragée, agrémentée de jardinières de fougères, ainsi que de pensées.

Une pelouse impeccable, semée de parterres de fleurs et d'arbres rares, descendait en pente douce vers une petite crique privée, de sable blanc et de galets. À l'arrière de la demeure étaient les paddocks, les écuries, de même que le manège sableux où le défunt mari de Christy avait vécu ses derniers instants.

Du bush qu'on devinait aux confins de la propriété parvinrent à Harold les rires des martins-chasseurs géants et le raffut des perruches, au milieu duquel disparaissait presque la note unique et claire des petits carillonneurs huppés. L'homme, qui adorait cet endroit, se demanda brièvement si Christy ne finirait pas par s'en défaire, maintenant qu'elle s'y retrouvait seule. L'âge n'arrangerait rien.

Il mena son cheval dans la cour des écuries, où il le laissa se désaltérer à l'abreuvoir tandis qu'il le bouchonnait, avant de lui permettre de s'ébattre ou de prendre du repos dans l'un des paddocks. S'attardant un peu pour jouir de la beauté de l'endroit, de sa quiétude aussi, il revint en silence à ses pensées. Il avait eu tort : à ses yeux, Christy ne vieillirait jamais, jamais elle ne se départirait du tempérament fougueux qu'il lui connaissait depuis leur première rencontre. Et sans doute ne quitterait-elle jamais Skye House, car même après qu'elle aurait rendu son dernier souffle son âme continuerait de vivre en ces lieux.

Un grincement, puis le claquement d'une porte à moustiquaire indiquèrent à Harold qu'il n'était pas seul. Surpris, il fit volte-face, pour découvrir une femme imposante, la taille ceinte d'un tablier à fleurs, qui le fusillait du regard depuis le seuil de la cuisine.

— Je peux vous aider ? demanda-t-elle en croisant ses gros bras sous sa poitrine opulente.

— Je suis Harold Ross, le beau-fils de Christy, répondit-il, et il effleura de l'index le bord de son chapeau.

Il s'avança vers elle en tendant une main qu'elle ignora.

— Je ne vous ai encore jamais vu. Qu'est-ce que vous voulez ?

Harold s'obligea à sourire.

— Moi non plus, je ne vous avais jamais vue, madame… ?

— Ryan. Edna Ryan.

— Eh bien, madame Ryan, je me trouve ici à la demande de M. Archibald Baker, l'homme de loi de la famille. Il souhaite en effet que je récupère pour lui un document dans le coffre-fort de Christy.

L'œil furibond de la cuisinière lui fit comprendre aussitôt qu'elle ne le croyait pas.

— Si c'était vrai, il aurait fait lui-même le déplacement.

— Il est retenu à Melbourne par des affaires urgentes.

Harold se rapprocha encore, posa une botte sur la marche du seuil.

— De mon côté, j'étais disponible, et puisque mon épouse et ma fille se trouvent actuellement à l'étranger, j'ai proposé à M. Baker de lui rendre ce service.

Soutenant le regard de son interlocutrice, il lui décocha son sourire le plus radieux :

— Il s'agit d'un document de la plus haute importance, madame Ryan, et le temps presse.

— Admettons. Mais moi, j'ai des instructions. Strictes. Je dois m'occuper de cette maison et veiller à ce qu'aucun visiteur indésirable ne pénètre à l'intérieur.

Elle le toisa avec mépris.

— Je ne fais pas partie des « indésirables », insista Harold, qui commençait à perdre patience.

Il tira d'une poche de son gilet une carte de visite professionnelle, au dos de laquelle il griffonna à l'aide d'un chicot de crayon déniché dans sa veste.

— Si vous avez le moindre doute, téléphonez à M. Baker, il vous confirmera le but de ma visite. Voici son numéro.

Ayant déchiffré la carte avec lenteur, elle parut soudain moins sûre d'elle.

— Ces nouveaux machins téléphoniques, ça ne me plaît pas, laissa-t-elle tomber en renâclant. C'est dangereux, voilà ce que j'en pense. Ça n'est pas naturel.

Harold s'efforça dès lors de l'attendrir :

— La route a été longue depuis George Town. J'avoue qu'une tasse de thé ne serait pas de refus…

La femme suçota son dentier, toisa de nouveau son visiteur, puis, enfin, capitula :

— Entrez, fit-elle sur un ton bourru. Mais retirez d'abord vos bottes. Je viens de passer la serpillière.

Harold s'exécuta avant de suivre son hôtesse. Il flottait dans la cuisine une exquise odeur de pain frais. Sur la table en bois se trouvaient une tasse de café à moitié vide, ainsi que les reliefs d'un petit déjeuner.

— Vous vous êtes installée ici en l'absence de Christy ?

— J'habite un peu plus loin, répondit Mme Ryan en abattant la bouilloire sur la plaque chauffante du fourneau. Mais je viens chaque matin pour vérifier que tout va bien, ramasser le courrier et faire un brin de ménage.

Comme son visiteur lorgnait les restes de son petit déjeuner, la femme, loin d'en éprouver de la gêne, se fâcha :

— Madame m'a dit que je pouvais me servir à ma guise et utiliser son four si le mien faisait des siennes. Alors c'est pas la peine de me guigner de cette façon, jeune homme.

Ce dernier s'assit sans mot dire. Il n'osa pas allumer sa pipe. Edna Ryan avait la tête près du bonnet, or il ne désirait que l'amadouer, voire obtenir son concours s'il peinait à mettre la main sur ce qu'il cherchait.

Elle posa la théière sur la table, qu'elle débarrassa avant d'ouvrir le fourneau pour y récupérer un plateau chargé de petits pains et deux boîtes en fer-blanc contenant une génoise légère à souhait, qu'elle déposa sur une grille, où elle la laissa refroidir. Enfin, elle s'assit lourdement à la table, ouvrit une boîte joliment décorée, révélant des scones.

— Je suppose que, comme la plupart des hommes, vous avez bon appétit. J'ai préparé ces scones au fromage hier. Prenez-en un avant qu'ils soient rassis.

— Ils sont superbes, commenta Harold en se servant.

Il mordit dans le scone, ferma les yeux, conquis.

— Dieu du Ciel, madame Ryan, vous mériteriez de gagner des concours culinaires. Puis-je en reprendre un ?

Les joues de son interlocutrice rosirent un peu.

— J'ai remporté six années de suite le concours de scones organisé pendant la foire d'Hobart, déclara-t-elle avec fierté. Il faudrait que vous goûtiez ceux aux fruits. Et ma génoise à la crème fouettée.

— Ce serait avec un immense plaisir, mais je ne fais que passer.

— Vous allez rester ici pour la nuit, tout de même ?

— Je l'espère.

— Bien sûr que oui. Ça n'aurait aucun sens de repartir pour Port Dalrymple à peine arrivé. Demain matin, je ferai une fournée.

— Je sens que je vais me régaler, murmura Harold.

Il se détendit peu à peu, songeant que Mme Ryan commençait à l'apprécier. Mais il fut mis un terme brutal à ses illusions :

— Qu'est-ce que c'est au juste que vous voulez récupérer dans son coffre ?

Elle le considérait d'un œil soupçonneux.

— Plusieurs documents dont M. Baker a un besoin urgent, répondit Harold, à nouveau sur ses gardes.

— Quel genre de documents ? Le coffre a été vidé après la mort de son mari.

— Je crains de n'avoir pas le droit de vous le dire, madame Ryan.

Il lui adressa un sourire navré.

— Baker a insisté pour que j'agisse avec la plus grande discrétion.

Le regard de son interlocutrice s'étrécit.

— Il n'y a pas de clé ici. Je me demande comment vous comptez vous y prendre pour l'ouvrir, et quand bien même vous auriez une clé, il y a un code secret à composer pour déverrouiller la porte.

Comment diable en savait-elle autant ? Avait-elle vu un jour Christy ouvrir son coffre ? Peut-être avait-elle retenu le code, puis fouillé la demeure dans l'espoir d'y dénicher la clé pour satisfaire sa curiosité ? Pourquoi pas… Harold n'aurait pas été surpris non plus qu'Edna Ryan eût mis son nez dans les tiroirs et les placards… Sa belle-mère avait-elle conscience de l'imprudence qu'elle commettait en laissant ce genre de fureteuse veiller sur sa maison ?

— Baker m'a confié une clé.

Et Harold de produire l'objet qu'il serrait dans l'une de ses poches.

— Quant au code, je le connaissais déjà. Ne vous tourmentez pas.

Un étrange éclat se mit à briller dans l'œil de Mme Ryan, qui se hâta de détourner le regard, s'emparant d'un autre scone.

— Tout va bien, alors. Après notre pause-café, je vous conduirai à son bureau et je vous montrerai où est caché le coffre.

— C'est très gentil à vous, madame Ryan, mais je sais où il se trouve.

Elle haussa les épaules avec une désinvolture feinte, mordit dans un scone. Une sourde angoisse s'insinuait dans l'esprit du visiteur.

Il avala la dernière bouchée de son scone, qui tout à coup lui paraissait moins bon.

— Je resterai ici jusqu'à l'heure du déjeuner, lui indiqua Mme Ryan. Alors, si vous avez besoin de quoi que ce soit, demandez-moi tout de suite. Je sais où se trouve chaque objet.

Tu m'étonnes, songea sombrement Harold, qui cependant se fendit d'un sourire :

— Merci, mais je devrais m'en sortir, n'ayez crainte. D'autant plus que je m'en voudrais de vous distraire de votre tâche.

Elle le considéra longuement, puis se détourna pour commencer la vaisselle.

— Une fois que je serai partie, il faudra vous débrouiller tout seul. Cela dit, le garde-manger est plein à craquer. J'aime autant, au cas où des visiteurs se présenteraient.

Harold doutait qu'à part lui il en apparût d'autres – à moins que la commère ne reçût quelquefois ses amies. Il emporta son sac dans la chambre qu'Anne et lui partageaient chaque fois qu'ils séjournaient à Skye House, puis, après s'être débarbouillé, il gagna le grand salon, à l'avant de la demeure, une pièce lumineuse, pourvue de fauteuils confortables, de tapis aux couleurs vives et de tables basses. Le métier à tisser de la grand-mère de Christy trônait fièrement à côté de la cheminée en marbre.

Debout devant la porte-fenêtre ouvrant sur la véranda, Harold contempla un moment la baie de Storm, où des voiliers profitaient déjà de la brise. Un spectacle magnifique… Mais il perdait du temps.

Abandonnant son poste d'observation, il quitta le salon, traversa la salle à manger d'un pas de grenadier pour se rendre dans le petit bureau, dont il referma la porte derrière lui avant d'en tirer les rideaux. Il balaya les lieux du regard. Dans l'air flottait encore l'odeur des cigares favoris de feu l'époux de Christy, et il restait un fond de whisky dans la carafe en verre taillé posée sur la grande table de travail.

Celle-ci, assortie d'un confortable fauteuil en cuir, avait été placée à côté de la fenêtre. Sur deux des murs de la pièce couraient des étagères chargées des nombreux livres du défunt, consacrés pour la plupart à l'élevage des pur-sang, le troisième ayant été réservé aux dossiers concernant le vignoble, le ranch et les nombreuses propriétés dans lesquelles Christy et son époux avaient investi au fil des ans.

Le coffre se dissimulait sous les étagères, derrière une porte coulissante qu'Harold ouvrit avec un indéniable malaise. Il composa le code, introduisit la clé dans la serrure. Quelle déception… À l'exception de deux boîtes à bijoux, il ne s'y trouvait à peu près rien.

Résolu néanmoins à éplucher tout ce qui pourrait l'être, il s'empara du contenu du coffre, qu'il posa sur le bureau. Il recensa une superbe parure en opale noire, composée d'un collier, de boucles d'oreilles et d'un bracelet ; une bague en diamant, une autre ornée d'une améthyste violette ; un bracelet tout en diamants et rubis.

Comme il s'apprêtait à remettre les bijoux à leur place, il eut l'idée de soulever le capitonnage de velours de l'une des boîtes en cuir. Son flair ne l'avait pas trompé. Christy avait caché là quelque chose… mais il ne s'agissait hélas que d'un vieil anneau difforme et terni, ainsi que d'une clé minuscule.

L'homme mit cette dernière de côté, s'attardant ensuite sur l'anneau bon marché. Pourquoi diable avoir éprouvé le besoin de soustraire aux regards cet objet sans valeur ? Quelle signification revêtait-il ? Car, à l'évidence, il comptait aux yeux de Christy. Mais de quoi s'agissait-il ? Il leva l'anneau dans la lumière en quête d'un poinçon. En vain. Il finit toutefois par apercevoir quelque chose… Quelqu'un avait gravé grossièrement l'intérieur du bijou.

Harold ouvrit le tiroir du bureau, en fit surgir une loupe. Des lettres. Voilà ce qu'on avait gravé. Des lettres majuscules dont le temps avait presque eu raison. Il plissa les yeux, s'approcha de la fenêtre pour tenter de les déchiffrer une à une… Soudain, un mauvais pressentiment s'empara de lui et, déjà, il avait saisi la possible signification de la pacotille, sa terrible signification. Il se laissa tomber dans le fauteuil.

— Que faut-il que j'en fasse ? souffla-t-il pour lui-même. Que faire ?

Il demeura assis un bon moment sans cesser de fixer l'objet, qu'il tenait dans le creux de sa paume. Enfin, il prit une décision. Il rangea l'anneau dans sa cachette, replaça le capitonnage en velours, referma les boîtes, qui bientôt réintégrèrent le coffre-fort. Il aurait préféré n'avoir jamais découvert le bijou, mais, puisque le sort avait voulu qu'il en fût ainsi, il s'agissait maintenant de tout faire pour que personne après lui ne le dénichât à son tour.

Il retourna au fauteuil, vaguement nauséeux. Après s'être un peu ressaisi, il examina les papiers. Un paquet de lettres réunies par un ruban, missives expédiées à Christy par ses soupirants de jadis, qu'Harold se hâta de repousser. Le titre de propriété de Skye House, des titres relatifs à d'autres demeures qu'elle possédait et louait en Tasmanie. Quelques dessins maladroits que ses petits-enfants lui avaient envoyés, des bulletins scolaires, une copie du testament de Christy. Rien, en revanche, concernant Yarrabinda ou Wallangarra. Pas d'actes de naissance ou de décès non plus. Pas d'acte de mariage.

Après que l'ensemble de ces feuillets eut retrouvé le confort du coffre, il en referma la porte à clé, fit tourner le cadran afin de la bloquer, puis coulisser la porte du placard. Retournant à la table de travail, il examina de plus près la clé minuscule. Elle ressemblait à celles des boîtes à bijoux fantaisie d'Anne. Mais, de nouveau, pour quelle raison l'avoir dissimulée ?

La réponse se trouvait-elle dans la chambre de Christy ? Bien qu'il répugnât à jouer ainsi les espions ou les cambrioleurs, il savait qu'il devrait en passer par là s'il faisait chou blanc dans le bureau. Quoi qu'il en fût, il faudrait, pour poursuivre ses investigations, attendre le départ de Mme Ryan.

Après avoir glissé la petite clé dans la poche de son gilet, il porta son attention sur les tiroirs de la table de travail. Ils contenaient surtout des livres de comptes, de vieux relevés de banque, des reçus, des talons de chèques, du papier à lettres et des enveloppes. À chaque instant rendu plus furieux par son insuccès, Harold extirpa les tiroirs de leurs logements respectifs pour s'assurer que rien n'avait été dissimulé dessous. Rien. Parvenu au tiroir inférieur, il s'aperçut qu'il était hermétiquement fermé.

Estimant qu'il s'agissait là d'un signe favorable, il reprit espoir, mais nulle part il ne repéra de clé. Comme il était en train de tirer violemment sur la poignée avec l'intention de forcer ce fichu tiroir, Mme Ryan, qui n'avait pas pris la peine de frapper, se matérialisa non loin de lui.

— Vous n'y arriverez pas. Il n'y a pas de clé.

Harold guigna la serrure pratiquée dans le chêne.

— Il y en a forcément une.

Sa visiteuse secoua la tête.

— C'est un tiroir secret. Du genre qui n'a pas besoin de clé. Et inutile de me demander comment on l'ouvre. Madame ne me l'a jamais dit.

— Quelle plaie…

Mme Ryan émit un sourire narquois.

— Et pour ce qui est de le démolir, n'y songez même pas. Madame éprouve une grande tendresse pour ce meuble, car c'est son frère qui l'a fabriqué.

— Il ne me serait jamais venu à l'idée de faire une chose pareille.

— N'oubliez pas de tout remettre en ordre quand vous aurez terminé, décréta la grosse femme en jetant un bref coup d'œil aux tiroirs abandonnés sur le sol. J'ai déjà bien assez à faire.

Elle opéra un demi-tour.

— À demain matin.

Harold attendit d'avoir entendu claquer la porte à moustiquaire dans le dos de Mme Ryan pour se mettre à quatre pattes afin d'examiner le tiroir secret sous toutes ses coutures.

Une heure plus tard, il n'avait pas progressé d'un pouce. Le tiroir demeurait une insondable énigme, dont, en dépit des mises en garde de Mme Ryan, il songeait maintenant à venir à bout au moyen d'un pied-de-biche. Il s'agissait cependant d'un meuble d'une facture si exceptionnelle qu'il s'en fût voulu de l'endommager. Il sortit la clé minuscule de sa poche de gilet, la fit jouer de guerre lasse à l'intérieur de la serrure, ce qui n'eut pour effet que de tordre la clé, qu'il renfourna en lâchant un chapelet de jurons, avant d'assener au tiroir récalcitrant un coup de talon rageur.

Un clic retentit… et le tiroir s'ouvrit doucement.

Harold y plongea les deux mains avec avidité, pour n'en extraire qu'une autre clé. Plus grande que l'autre, et d'une espèce qu'il lui semblait avoir déjà vue, mais où ? Et quand ? Et pourquoi ? Le souvenir lui glissait impitoyablement entre les mains, en sorte que, lorsqu'il entendit la pendule de l'entrée sonner 13 heures, il fourra la clé dans la poche de son pantalon, puis quitta la pièce pour aller déjeuner.

Si l'on songeait au temps qui s'était écoulé depuis le départ de Christy, le contenu du garde-manger avait de quoi surprendre. La moitié d'une miche de pain, du jambon, des œufs et une généreuse part de fromage. Du beurre. Edna Ryan, qui ne risquait pas de mourir de faim, profitait-elle à l'excès des largesses de Christy ?

En attendant que l'eau bouillît pour le thé, Harold prépara plusieurs sandwichs au fromage et au jambon, puis, désireux de prendre un bol d'air, il déjeuna sur la véranda, où il ne s'attarda guère après sa dernière bouchée, car, bien qu'un soleil radieux brillât, le vent était froid. Il alluma sa pipe, gagna l'arrière de la maison, mieux abrité. Son cheval broutait allégrement, des oiseaux se chamaillaient parmi les branches, le soleil, passant entre les feuilles, déposait des taches de lumière sur l'herbe des paddocks clôturés de blanc, et l'on percevait au loin le murmure du cours d'eau.

Plus calme à présent, l'homme vint déposer sa vaisselle sale dans la cuisine, avant de fermer à clé la porte de derrière, au cas où il prendrait l'envie à Mme Ryan de reparaître avant le lendemain. Enfin, il prit son courage à deux mains et pénétra dans la chambre de Christy.

On en avait fermé les volets pour protéger les meubles cirés des rayons agressifs du soleil. Harold les entrouvrit. Jamais encore il ne s'était rendu dans cette pièce.

Une pièce à l'atmosphère éminemment féminine, équipée d'un grand lit orienté de manière à permettre à la maîtresse de maison d'y jouir d'une vue imprenable sur la baie. Les rideaux, le couvre-lit et le dessus du tabouret situé devant la coiffeuse étaient faits du même chintz à fleurs, cependant que les beaux meubles en chêne luisaient délicatement. On répertoriait encore plusieurs tapis, épais et doux sous les pieds, et des photographies, dans leurs cadres en argent, s'alignaient sur une commode. Aucune trace de boîte à bijoux.

Il s'attarda sur une toile figurant un loch écossais entouré de montagnes, accrochée au-dessus du lit. L'île de Skye, sans doute. Quelle majesté… Quel superbe isolement. Harold s'approcha de la signature, au bas du tableau, constata que l'artiste possédait un nom écossais, mais comme il ne connaissait pas grand-chose à la peinture ce nom ne lui dit rien.

Il se dirigea ensuite vers l'armoire, dont, après quelques secondes d'hésitation, il ouvrit les portes. Vêtements nombreux sur des cintres, souliers disposés dessous avec soin, tiroirs contenant soit des pull-overs, soit des tenues de nuit.

Son malaise allait croissant, au point qu'il jeta un regard par-dessus son épaule avant de se risquer à repousser d'un seul côté les habits suspendus à leurs cintres en quête d'un autre coffre-fort, d'une boîte, de n'importe quel objet susceptible de l'aider à résoudre l'énigme de la clé. Il alla jusqu'à faire pression sur les flancs et le fond du meuble, avec l'espoir de mettre peut-être au jour un compartiment secret.

Il se consacra alors aux tiroirs, à chaque instant plus embarrassé de devoir ainsi farfouiller parmi les pièces les plus intimes de la garde-robe de sa belle-mère, qu'il avait l'impression de trahir. Il les referma un à un avec humeur. Bredouille.

Il s'attaqua cette fois aux cartons à chapeau rangés sur le dessus de l'armoire et qu'il descendit les uns après les autres pour en examiner le contenu, mais la chance ne lui souriait toujours pas, et il dut se résoudre à grimper sur le tabouret de la coiffeuse pour tout remettre en place.

C'est alors qu'il repéra quelque chose contre le mur, dont il ne parvint à se saisir qu'en se mettant sur la pointe des pieds, car non seulement l'armoire était haute, mais elle se révélait aussi d'une profondeur exceptionnelle.

Il descendit prudemment de son perchoir avant de s'asseoir sur le lit. Le cœur battant, il essuya la poussière accumulée sur l'objet. Il s'agissait d'une boîte en palissandre, incrustée d'ivoire et de nacre, pourvue de charnières et d'une serrure en cuivre. Il fit surgir de la poche de sa veste la petite clé et, retenant son souffle, tenta de l'introduire dans la serrure. Hourrah !

Peinant à réfréner son enthousiasme, il souleva le couvercle… Étouffa une exclamation de dépit : la boîte ne renfermait rien d'autre qu'une pépite d'or brut, ainsi qu'un petit sac à cordonnet empli de pièces de monnaie en argent datant des années 1860. Il y avait également un morceau de papier.

Ce dernier ne se révélant ni cassant ni jauni, Harold en déduisit qu'on l'avait glissé là assez récemment, ce qui ne l'empêcha pas de le déplier avec le plus grand soin. On y avait inscrit, à l'encre bleue, quatre chiffres : 4462. L'homme le retourna. C'était tout.

Des deux mains, il se frotta le visage pour tenter de remettre un peu d'ordre dans ses idées. Constatant que ses doigts étaient couverts de poussière, il alla chercher son mouchoir dans le fond de sa poche, effleurant au passage la clé découverte plus tôt dans le tiroir secret du bureau. Tout s'éclaira.

— Ça y est, souffla-t-il.

Il bondit sur ses pieds, courut jusqu'au bureau, où il s'empara de l'un des tiroirs qu'il avait abandonnés sur le sol, pour en vider le contenu sur la table de travail. S'obligeant à s'apaiser un peu pour œuvrer le plus méthodiquement possible, il entreprit d'examiner un par un les feuillets réunis là. L'indice dont il avait besoin se trouvait ici même, il en était convaincu. Il ne lui restait plus qu'à le dénicher.

13

Port de Londres

Christy et Anne se tenaient sur le pont-promenade de la *Croix du Sud*, qui, doucement, s'éloignait du quai. Kathryn était allée explorer le bâtiment en compagnie de Lucy, une adolescente avec laquelle elle s'était liée d'amitié durant leur court séjour à Londres. C'était la première fois, depuis le malaise suscité en Écosse par l'évocation des jeunes années de Christy dans les champs aurifères, que mère et fille se retrouvaient en tête à tête.

On s'était, le matin, réveillé dans un épais brouillard, que les Londoniens surnommaient « purée de pois », et bien que, depuis, il se fût à peu près dissipé, il demeurait dans l'air une brume sépia conférant au décor une morne tristesse. Les entrepôts, les quais du port énorme, se teintaient du même gris que les eaux blafardes, et les bateaux, de tailles et de formes pourtant variées, manquaient tous de couleur.

Christy plissa le nez, indisposée par l'odeur du charbon et de la fumée, à quoi s'en mêlait une autre, inhérente, semblait-il, à l'atmosphère languide. Elle observait les petits remorqueurs s'affairant de droite et de gauche, les grandes barges chargées de bois et de charbon passant, lourdes et lentes, devant d'élégants navires de ligne. Il y avait encore les ferrys, qui, de quai en quai, traînaient après eux une âcre fumée noire.

Son regard s'attarda sur les grues innombrables, ici emplissant des cales, là en délestant d'autres de leur cargaison. Des dockers sortaient des entrepôts en tirant des charrettes qui croulaient sous les marchandises. Christy exhala un soupir, car il s'agissait là d'un bien piètre spectacle.

— C'est dans des moments comme celui-ci qu'Hobart me manque vraiment, fit-elle. Son port est si joli, si propre à côté de cet endroit crasseux.

— Tu ne peux pas comparer ce qui n'est pas comparable, voyons. Le port de Londres est l'un des plus importants au monde. Rien à voir avec celui d'Hobart, que pratiquement personne ne prend la peine de visiter, sauf à s'y trouver pour affaires.

Ce dénigrement d'un lieu qu'elle chérissait blessa Christy, qui cependant préféra se taire : depuis qu'elles avaient quitté l'Écosse, Anne de nouveau lui battait froid, en sorte que sa mère évitait de dire ou de faire quoi que ce fût qui risquât de compromettre leur fragile armistice.

— Je me languis peut-être du bon air et du soleil de Bellerive, tout simplement, murmura-t-elle en levant les yeux vers les nuages jaunâtres que le soleil n'avait pas encore réussi à percer. On a du mal à croire que nous sommes en été.

Anne se tourna vers elle, surprise :

— À ton arrivée sur l'île de Skye, tu chantais une autre chanson.

— Je sais. Mais, vois-tu, maintenant que j'ai accompli là-bas ce que j'avais à accomplir, je m'aperçois qu'après toutes ces années je suis devenue une parfaite étrangère.

Elle fixait le décor sans le voir vraiment.

— L'île de Skye restera pour toujours dans mon cœur, mais c'est en Australie que j'ai passé l'essentiel de ma vie. J'appartiens à ce pays, désormais, et il me tarde de le retrouver.

Anne roula des yeux en secouant la tête.

— Eh bien… Tu auras dépensé beaucoup d'argent pour comprendre enfin où se trouve ton chez-toi. J'espère que tu penses malgré tout que le jeu en valait la chandelle.

Sa mère sourit.

— Oh ! que oui. Par ailleurs, je suis certaine que ce voyage a fait le plus grand bien à Kathryn.

Elle balaya le pont du regard.

— Je me demande où Lucy et elle ont bien pu passer. Voilà une éternité que nous ne les avons pas vues.

— Sans doute ont-elles déniché les boutiques du bord, répondit Anne avec froideur.

— Et moi qui m'imaginais que c'en était fini pour elles des emplettes, s'amusa Christy. À les voir rentrer hier avec tous leurs paquets, je me suis dit que Kathryn avait dû acheter la moitié de Londres.

Elle observa le visage de sa fille, empreint de gravité.

— Et toi, ma chérie ? As-tu apprécié ce voyage ?

— À peu près. Je suis déçue de n'avoir vu aucun membre de la famille royale quand nous sommes passées devant le palais, mais je reste impressionnée par la magnificence des théâtres de Londres et la taille des magasins. Cette ville est chargée d'histoire. Aucun lieu en Australie ne peut soutenir la comparaison, où nos plus anciens édifices ne datent que du début du XIXe siècle. Et encore la plupart d'entre eux tombent-ils en ruine.

— Parce qu'ils sont faits de bois et de tôle ondulée. Mais Melbourne et Sydney peuvent s'enorgueillir de plusieurs superbes bâtiments en pierre.

Elle hésita.

— Et qu'as-tu pensé de l'Écosse ?

Anne se pinça les lèvres.

— Elle ne ressemble à rien de ce que j'avais vu jusqu'ici. Mais les vallons solitaires et les montagnes ne m'intéressent pas plus que cela. Si Gregor et toi n'aviez pas évoqué pour nous l'histoire de ce pays, je me serais ennuyée à mourir.

— Oh…

— Pardon, maman, mais c'est toi qui m'as posé la question.

— Tu m'as l'air passablement déprimée ces jours-ci, ma chérie. La perspective de regagner l'Australie ne te réjouit donc pas ?

Anne, d'abord, garda le silence, puis elle se tourna vers sa mère :

— Je t'avoue que je me sens nerveuse à l'idée de revoir Harold.

— Mais pourquoi ? Il sera probablement ravi.

— Je l'ignore. J'ai suivi tes conseils. Je lui ai envoyé une longue lettre pour lui expliquer combien je souhaitais prendre avec lui un nouveau départ, mais bien sûr, vu les lenteurs du courrier, je n'ai reçu aucune réponse.

— Je parie que, dès qu'il la recevra, il enverra un télégramme à bord de ce navire pour te dire qu'il éprouve la même chose que toi.

À présent qu'on entrait dans des eaux plus agitées, Anne se cramponnait au bastingage. Elle demeura longtemps silencieuse.

— Jamais je n'aurais dû entreprendre ce voyage, laissa-t-elle finalement tomber. Harold est resté seul trop longtemps. Quand on songe à toutes ces femmes, à toutes ces Florence Hardwick qui lui tournent autour…

Sa mère fronça les sourcils.

— Qui est Florence Hardwick ?

— Une croqueuse d'hommes, qui a jeté son dévolu sur mon mari. Harold a eu beau me jurer qu'il ne se passait rien entre eux, j'ai bien vu les regards qu'il lui coulait.

— Oh, Anne… Harold est flatté, sans aucun doute, mais jamais il n'irait voir ailleurs.

— Ce n'est pas un saint, tu sais. Nous nous sommes peu à peu éloignés l'un de l'autre, en grande partie à cause de ce qui s'est passé entre nous, et cette longue séparation risque de me coûter mon mariage.

— Je ne comprends pas de quelle manière notre différend a pu influer sur ton union avec Harold, se récria Christy.

— C'est pourtant le cas, maman. Comme je ne pouvais rien lui raconter, j'ai pris mes distances avec lui. Parce que j'avais honte. Je me sentais trahie. Non seulement par toi, mais également par lui.

— J'assume ma responsabilité dans cette affaire, mais, puisque ton mari a nié t'avoir trompée… ?

— La dénégation constitue une tactique de défense vieille comme le monde. Harold, pareil en cela à tous les autres hommes, en use avec habileté.

— Je suis navrée… Jamais je n'aurais cru que le fossé qui s'était creusé entre nous affecterait ton mariage à ce point.

— Tes révélations ont provoqué en moi un véritable raz-de-marée.

Elle cligna des yeux à plusieurs reprises, sans lâcher du regard les côtes anglaises, qui allaient s'éloignant.

— Ajoute à cela une Florence Hardwick, et c'est le cataclysme assuré.

Pourvu, songea sa mère, qu'Harold se montrât plus fidèle que ne l'imaginait son épouse. Quant à elle, elle devrait porter jusqu'à son dernier jour ce lourd fardeau.

Anne redressa le menton, fit face à Christy :

— Pour être tout à fait honnête, il n'y a pas que l'incertitude dans laquelle je me trouve concernant mon mariage qui m'a rendue morose ces derniers jours. Je m'aperçois aussi que j'ai beaucoup de mal à me sentir à l'aise auprès de toi.

La sexagénaire savait déjà où les mènerait cette conversation, car, comme sa fille, elle éprouvait la pesanteur du sujet qu'elles ne pourraient jamais aborder.

— C'est difficile pour nous deux, dit-elle. Mais, avec le temps, crois-moi, nous parviendrons à surmonter cet obstacle.

— Je n'en suis pas convaincue. Ce que tu m'as raconté continuera pour toujours de flotter entre nous, et même si je veux de toutes mes forces te pardonner pour ce que tu as fait, je n'arrive pas à oublier.

— Je te comprends, répondit Christy, torturée par le chagrin d'avoir si profondément blessé sa fille. C'est ce que j'éprouve à l'égard de ceux qui nous ont jadis obligés à quitter l'Écosse. Mais je ne peux rien changer à ce qui a eu lieu, Anne. Et, même si c'est compliqué, nous ne devons, ni l'une ni l'autre, permettre à mes actes passés de ternir notre relation. Pas maintenant que nous avons réussi à resserrer nos liens.

— Tout le problème est pourtant là, siffla Anne. Chaque fois que tu fais allusion aux champs aurifères, je retiens mon souffle en me demandant quelles énormités tu vas encore sortir.

Christy saisit les deux mains de sa fille dans les siennes.

— Je t'ai déjà promis de ne rien dire qui risquerait de te faire du mal ou de te chambouler. Je t'en prie, Anne, fais-moi confiance.

— Quelque chose pourrait t'échapper malgré tout, répondit cette dernière en retirant ses mains. Tu te laisses souvent emporter par tes propres histoires.

— Si je racontais tout à Kathryn, cela ne jetterait pas sur moi une lumière très flatteuse. D'autres que toi pourraient se voir profondément meurtris si l'affaire était révélée au grand jour.

Comme Anne demeurait silencieuse, sa mère lui posa la question qui la taraudait depuis un certain temps.

— En as-tu parlé à quelqu'un ?

— Bien sûr que non ! Autrement dit, si cela venait à se savoir, je saurais qui remercier.

Mais Christy n'avait pas l'intention d'encaisser ainsi les coups sans répliquer :

— Si cela venait à se savoir, comme tu dis, ce serait uniquement parce que quelqu'un aurait suivi ton exemple et fouillé dans mes affaires personnelles.

Anne s'empourpra et détourna le regard.

— Je te l'ai déjà expliqué, maman : ce jour-là, je cherchais simplement tes opales noires, que je désirais porter lors d'une réception.

— Tu n'avais pas le droit de fourrer ton nez dans ce coffre sans ma permission. Quant à éplucher les documents qu'il contenait… Voilà où nous a menées ta curiosité mal placée. Alors, s'il te plaît, n'essaie pas de te trouver des excuses.

Anne écarquilla de grands yeux.

— Comment oses-tu rejeter la faute sur moi ? C'est toi qui as gardé ces secrets pendant tout ce temps, en ayant, par-dessus le marché, le toupet d'en conserver la preuve dans ton coffre-fort ! Pourquoi n'as-tu pas brûlé les papiers ? Tu devais bien te douter de ce qui se passerait si on venait à mettre la main dessus.

— Je les croyais en sécurité dans mon coffre, figure-toi, où ils étaient censés demeurer à l'abri de tous jusqu'à ma mort.

— À ta mort, la vérité éclatera, et pour ma part il me faudra admettre que j'étais au courant. Il s'agira pour moi d'une terrible humiliation. Tu voudras bien m'excuser, mais jamais une mère aimante n'aurait placé sa fille dans une telle position.

Christy s'efforçait de museler son exaspération.

— J'ai pris certaines précautions, et exigé par testament que ces documents soient détruits au moment de mon décès.

— Tu aurais dû les faire disparaître depuis longtemps, s'acharna Anne.

Sa mère secoua la tête.

— J'avais mes raisons pour n'en rien faire. Et je te préviens, au cas où il te prendrait l'envie de les détruire toi-même, qu'ils ne se trouvent plus dans mon coffre. Ils sont maintenant en un lieu vraiment sûr, un lieu que je suis la seule à connaître.

— Dans ce cas, personne ne sera en mesure de les détruire à ta mort ?

— J'ai laissé à quelqu'un une lettre qui jamais ne sera ouverte de mon vivant.

— Mais pour quelle raison as-tu à ce point besoin de les conserver ? se récria Anne. Dans quel but les as-tu gardés, à part pour le plaisir de m'humilier ?

— Des raisons, j'en ai, répondit sa mère, qui cependant ne pouvait en dire davantage. Et cela, je puis te l'assurer, n'a strictement rien à voir avec toi.

Anne fronça les sourcils.

— Sachant que ces documents constituent une véritable bombe, je ne saisis pas ta logique.

— Peut-être devrais-tu accepter certaines de mes excentricités…

— Qu'il t'arrive de faire preuve d'extravagance, c'est indéniable, mais jamais, jusqu'ici du moins, en ce qui concerne notre famille… Tu me caches des choses, n'est-ce pas ?

Christy songea aux papiers que sa fille n'avait pas trouvés dans le coffre, le jour où elle y avait mis le nez, et de quelle façon ces feuillets, une fois réunis, protégeraient la fortune familiale si le pire devait arriver. De cela, toutefois, elle ne s'ouvrit pas à Anne, car elle désirait à présent qu'il fût mis un terme à cette conversation.

— J'ai toujours tout gardé, fit-elle. Juste au cas où.

Elle sourit, effleura le bras de sa fille :

— Je te serais reconnaissante de bien vouloir te prêter à ce jeu…

— À condition que tu me promettes que ces documents ne reverront jamais la lumière du jour.

— Promis.

— Dans ce cas… Mais je continue à penser que tu devrais jeter tout ça au feu.

— Je tâcherai d'y penser, commenta Christy sans en avoir l'intention.

— Et moi, je tâcherai de ne pas le faire, réagit Anne avec raideur. Mais il faut que tu comprennes combien il m'est difficile aujourd'hui de me sentir aussi proche de toi que je l'étais jadis. J'ai besoin de temps. De ton côté, tu devrais faire preuve à mon égard de beaucoup plus de franchise, si tu veux que je t'accorde à nouveau ma confiance.

Christy se sentait tout près de pleurer, car elle s'était imaginé, en Écosse, que les circonstances avaient enfin scellé leur réconciliation.

— Je suis navrée de l'entendre, murmura-t-elle. Mais arrêtons-nous là pour aujourd'hui, veux-tu, car les filles sont de retour.

Bellerive, Tasmanie

Harold rêvait qu'il se trouvait dans les entrailles d'une mine d'opale, à Lightning Ridge. Il avait creusé un puits carré, dont à présent il distinguait autour de lui les parois – il lui avait fallu plusieurs mois pour le creuser. Tandis qu'il grattait le sol au fond de la cavité, il entendit à la surface des cris, suivis de cognements. Songeant qu'il s'agissait d'une énième bagarre entre mineurs, il se remit à manier sa pioche.

Mais les cris s'intensifièrent et les cognements ne cessaient plus, au point qu'il songea à grimper à son échelle pour voir ce dont il retournait au juste. C'est alors que sa pioche heurta une volumineuse pépite d'or, puis vint un petit sac à cordonnet.

Sans plus se soucier du vacarme là-haut, il s'accroupit, examina la pépite à la lueur de sa lampe à pétrole, avant de la fourrer dans sa poche. Le petit sac contenait pour sa part des pièces de monnaie, qu'il versa dans l'une de ses paumes pour les compter, sans jamais songer à l'étrangeté de pareilles trouvailles au fond d'une mine d'opale.

– Monsieur Ross ! Monsieur Ross ! Si vous n'ouvrez pas cette porte immédiatement, j'appelle la police !

Pourquoi diable Edna Ryan fréquenterait-elle une mine d'opale ? Quant à appeler la police… Il n'avait rien fait de mal… Mais comment expliquer la présence des pièces en argent ?

– Monsieur Ross ! hurla Edna avec colère. Je vous vois ! Réveillez-vous ! Réveillez-vous !

La mine d'opale s'évanouit peu à peu, Harold souleva à contrecœur ses paupières lourdes de sommeil. Il se découvrit affalé sur le bureau, la tête parmi des feuilles éparpillées. Il cligna des yeux, se réinstalla lentement dans le fauteuil. Mme Ryan le fusillait du regard de l'autre côté de la vitre.

– Je vous appelle depuis une demi-heure, brailla-t-elle. Ouvrez cette porte immédiatement !

Harold, dont ce réveil en fanfare avait eu tôt fait de remettre les idées en place, se rua dans la cuisine.

Il n'avait pas encore ôté de sa serrure la clé qu'il venait d'y faire tourner qu'Edna déboula dans la pièce, véritable furie en fichu et tablier à fleurs.

– Comment osez-vous me laisser sur le seuil ? tonna-t-elle. Qu'étiez-vous en train de manigancer ?

— Rien du tout, voyons. Je ferme toujours les portes à clé pour la nuit.

— Ici, nous ne le faisons que si la maison est déserte, ou chaque fois que nous souhaitons faire des petits coups en douce. Et quoi qu'il en soit, jamais nous ne laissons notre clé dans la serrure, histoire que même celui ou celle qui en possède un double ne puisse pas entrer.

Elle bouscula Harold pour se diriger vers le bureau.

Il lui emboîta le pas – il ne souhaitait pas qu'elle découvrît les documents épars sur la table de travail. Mais, lorsqu'il s'introduisit dans la pièce, la commère fonçait droit vers elle. Il la dépassa, lui barrant le passage en se collant le dos à la table.

— Je devine ce que vous pensez, madame Ryan, mais je puis vous assurer qu'il ne s'agit là que de démarches absolument nécessaires.

Elle considéra le bureau encombré, les tiroirs sur le sol, le tiroir secret maintenant grand ouvert. Une lueur brilla dans son œil bleu pâle :

— Comment avez-vous réussi à en venir à bout ? souffla-t-elle.

— Un coup de chance. Et, avant que vous me posiez la question : il n'y avait strictement rien à l'intérieur, ce que j'ai jugé extrêmement décevant.

Elle le guigna, soupçonneuse, avant de faire courir ses doigts dans le tiroir, comme pour s'assurer que rien n'avait échappé à Harold.

— Comment puis-je être certaine que vous ne me racontez pas des bobards ? fit-elle, les bras croisés sur sa poitrine. Madame n'aurait jamais laissé un tiroir secret sans rien à l'intérieur.

Harold haussa les épaules.

— Et pourtant, si.

Le regard de son interlocutrice glissait à présent sur la table, plongeant ensuite vers le sol.

— Je suis navré pour tout ce désordre, mais je n'ai rien trouvé d'intéressant non plus dans le coffre, ce qui m'a conduit à passer en revue le contenu des tiroirs.

— Vous cherchez quoi, au juste ?

L'espace d'un instant, Harold songea à lui répondre, puis il se ravisa. Il ne pouvait décemment se fier à cette femme surgie de nulle part – avant la tombée du jour, toute la région serait au courant de ses explorations nocturnes.

— Ainsi que je vous en ai déjà informée, madame Ryan, je suis en quête d'un document précis que M. Baker m'a demandé de lui rapporter.

— Dans ce cas, fit-elle, réfrénant avec peine sa colère autant que sa curiosité, vous feriez bien de vous y remettre. Et de ranger ce capharnaüm quand vous aurez fini. Madame ne me paie pas pour courir après ses visiteurs.

Elle sortit, traversa la salle à manger pour se rendre dans le salon. Harold, alors, fila dans le hall. Il avait laissé, se rappelait-il soudain, le coffret en palissandre ouvert sur le lit de Christy.

Le temps pour lui de fourrer l'objet sous une pile d'oreillers, avant de se pencher pour ramasser l'un des cartons à chapeau, et Edna se matérialisait sur le seuil.

— Qu'est-ce que… ?

Elle entra en trombe, l'œil menaçant.

— Comment avez-vous osé pénétrer dans cette pièce ? Et que font par terre tous ces cartons ?

— J'espérais découvrir un compartiment secret dans l'armoire.

Il grimpa sur le tabouret.

— Si vous voulez bien me les passer un par un, je vais les ranger.

Elle rajusta un oreiller, lissa la courtepointe… Harold retenait son souffle. Elle lui tendit ensuite un premier carton à chapeau.

— Et vous l'avez trouvé, votre machin secret ? s'enquit-elle, une fois remis à leur place l'ensemble des cartons.

Le tabouret retourna à sa coiffeuse, et l'on ferma les portes de l'armoire.

— Hélas, non.

Harold saisit le bras de la commère pour l'entraîner avec douceur vers la cuisine avant qu'elle ne s'aperçoive qu'un coin du coffret dépassait de sous l'un des oreillers.

— Je vais vous faire du café et nous préparer un bon petit déjeuner, s'efforça-t-il de l'amadouer. C'est le moins que je puisse faire après vous avoir causé tant de soucis.

Elle s'assit à la table.

— Je prendrai volontiers une tasse de thé. Et si vous avez envie de vous décarcasser un peu, il y a du bacon et des œufs dans le garde-manger.

Harold mit la table, avant de s'affairer aux fourneaux. Mme Ryan demeurait silencieuse, remâchant à l'évidence son déplaisir de constater que le visiteur se refusait à lui raconter quoi que ce fût.

— Ça doit être un papier drôlement important pour que vous mettiez comme ça la maison sens dessus dessous dans l'espoir de le récupérer.

— En effet, répondit l'homme en retournant les tranches de bacon qui, déjà, grésillaient au fond de la poêle. Si important que ma belle-mère s'est donné un mal de chien pour le dérober à tous les regards.

Ayant posé la théière sur la table, il utilisa le percolateur pour se faire un café.

— Selon moi, fit Mme Ryan dans sa barbe, il n'y a pas d'autres cachettes ici. Elle a dû déposer ce truc-là à sa banque.

— Peut-être, répondit Harold, qui savait déjà qu'il n'en était rien.

Il plaça devant sa compagne du moment une copieuse assiette de bacon, d'œufs et de pain frit.

— C'est un sacré mystère, hein ! et Mme Ryan d'empoigner ses couverts en lorgnant avec avidité la platée sur laquelle elle se jeta.

Harold apporta sa propre assiette et prit place à son tour. Ils mangèrent en silence – l'homme devinait à la mine d'Edna qu'elle réfléchissait avec ardeur, ce dont il se félicita, car cela signifiait qu'elle devenait moins hostile.

— Que cherchez-vous donc au milieu de toutes ces vieilles factures et de ces vieux reçus ?

— Je suis convaincu qu'il s'y trouve un indice qui devrait me permettre de mettre ensuite la main sur le document qui m'importe. Mais il va me falloir du temps pour tout éplucher… Vous risquez de m'avoir sur les bras plus longtemps que prévu.

Elle sauça son assiette avec du pain, se reversa du thé.

— Si vous saviez précisément ce que vous cherchez, je pourrais vous donner un coup de main, fit-elle sur un ton trop désinvolte au goût de son interlocuteur, qui s'en émut.

— C'est très gentil à vous, mais, comme je viens de vous le dire, j'avance à tâtons. Vous me seriez plus utile, je crois, en me ravitaillant régulièrement en café… et en scones…

Une vive déception se peignit sur les traits de Mme Ryan, qui cependant haussa les épaules.

— D'accord, si c'est ce que vous voulez.

— Merci infiniment, madame Ryan, vous êtes une perle.

Elle s'efforça en vain de feindre la bouderie.

— Sur ce, mieux vaut que je m'active. Si vous voulez des scones, je ne peux pas me permettre de passer la journée à papoter avec vous.

Harold l'abandonna à sa vaisselle pour filer jusqu'au bureau, dont il ferma la porte à clé avant de quitter la maison pour se rendre auprès de son cheval. Lorsqu'il se fut assuré que rien de fâcheux n'était survenu durant la nuit, et que l'animal avait de quoi boire et manger jusqu'au soir, il regagna le bureau, où il reprit son travail de fourmi.

Mme Ryan parut à 11 heures avec des scones et du café frais. L'homme la remercia profusément avant de retourner à sa tâche. Il était parvenu aux relevés bancaires de l'année 1897 quand on frappa à la porte d'entrée. Il ne s'en soucia pas, jusqu'à ce qu'Edna pénétrât dans le bureau :

— Vous avez de la visite.

— Vous a-t-il donné son nom ? s'alarma aussitôt Harold.

— Bonjour, Harold ! J'aurais parié que vous séjourniez ici.

Florence Hardwick. L'homme éprouva une telle surprise qu'il en resta d'abord coi.

— Je vous avais dit d'attendre dehors, fit Mme Ryan avec humeur.

Repoussant la remarque d'un geste désinvolte, elle battit des cils.

— Harold et moi sommes de vieux amis, minauda-t-elle. Jamais il ne m'aurait laissée sur le seuil. N'est-ce pas ?

— Bien sûr que non, balbutia-t-il. Cependant, votre visite ne tombe pas particulièrement bien, Florence… Je suis très occupé.

Elle fit une moue exquise, posa le regard sur le fatras de papier.

— Dieu du Ciel… C'est ce que je constate.

Les fossettes parurent à ses joues.

— Ces monceaux de travail et pas la moindre distraction. Hum… Et notre cher Harold devient maussade, le taquina-t-elle. Que diriez-vous de prendre le café ensemble afin de choisir en bavardant le restaurant où nous dînerons ce soir ?

Edna bouillonnait derrière la visiteuse. Harold, qui s'en était aperçu, souhaitait moins que tout la voir se répandre en rumeurs, affirmant bientôt aux uns et aux autres que M. Ross prenait du bon temps avec une femme sous le toit de sa belle-mère.

— Florence… Je suis vraiment trop débordé pour seulement songer à sortir de cette maison…

La jeune femme, qui s'était rapprochée, débarrassa d'un grain de poussière le revers de son veston.

— Oh… Je refuse de croire que vous n'allez pas trouver un peu de temps pour votre chère vieille amie Florence, ronronna-t-elle. Et si nous nous installions confortablement au salon et demandions à votre domestique de nous concocter un petit quelque chose ?

Edna, qui s'était hérissée, de ses yeux furibonds plantait des poignards dans le dos de la visiteuse.

— Mme Ryan n'est pas une domestique, se hâta de rectifier Harold, et je pense qu'elle se joindra volontiers à nous autour d'une tasse de café et d'une tranche de cake.

— Voilà qui est peu ordinaire, commenta la jeune femme, le sourcil froncé.

— Venez donc au salon avec nous, madame Ryan. Nous avons bien mérité une courte pause avant que Mme Hardwick ne doive nous quitter.

Il prit cette dernière par le bras pour la pousser doucement en direction du salon.

— Bonté divine, souffla Florence, quelle énergie… Traitez-vous l'ensemble de vos visiteurs avec une vigueur égale ?

Elle pouffa, s'assit sur le canapé, où elle lissa sa jupe en lin bleu marine avant d'ôter ses gants de chevreau.

— J'éprouve une admiration sans bornes pour les hommes déterminés.

Elle tapota le canapé à côté d'elle avec un air de défi.

— Venez donc ici pour m'écouter vous exposer les projets que je nourris pour la soirée.

Harold demeura planté non loin de l'âtre et consulta ostensiblement sa montre de gousset.

— Je suis désolé, Florence, déclara-t-il sans une pointe de regret, mais quels que soient vos plans ils ne sauraient me concerner. Je me trouve ici pour une affaire de la plus haute importance, et je n'ai pas le temps…

— Le café, annonça Edna, chargée d'un plateau qu'elle posa avec violence sur la table basse.

Elle se laissa tomber à côté de la visiteuse, qu'elle gratifia d'un regard chargé de courroux et de mépris en lui tendant une tasse et une soucoupe.

— Du lait ?

L'œil bleu de Florence s'était changé en glace.

— Non, merci.

— Vous préférez peut-être de la crème ?

— Noir, c'est très bien, répondit la jeune femme avec raideur.

— Tant mieux, parce que de la crème, on n'en a pas.

Elle se tourna vers Harold pour lui remettre une tasse à son tour – il discerna un éclat dans sa pupille qui ne présageait rien de bon. Il but son café en se creusant désespérément les méninges pour trouver un moyen de se débarrasser de Florence avant que les deux femmes en vinssent à se crêper le chignon.

— Êtes-vous satisfaite de votre séjour à Hobart ? demanda-t-il obligeamment.

La visiteuse posa sur la table basse la tasse à laquelle elle n'avait pas touché et grimaça.

— Je ne fais que mon devoir en rendant visite à ma grand-mère. Rien de particulièrement exaltant.

Edna, auprès d'elle, s'était confortablement installée parmi les coussins, où elle prenait un malin plaisir à aspirer bruyamment des gorgées de café.

— J'ai réservé une table pour ce soir à l'Ocean Child, le restaurant de poisson, enchaîna Florence, ignorant l'importune. Je sais que ma mère serait ravie de vous revoir, et j'aurais moi-même plaisir à jouir d'un peu de compagnie – chez ma grand-mère, je me sens comme en prison.

— Merci pour l'invitation, mais rien à faire, Florence, j'ai d'autres projets pour ce soir.

Ayant vidé sa tasse, il la reposa sur le plateau.

— Y a-t-il autre chose que je puisse faire pour vous ? Sinon, il faut vraiment que je retourne travailler.

Les lèvres de la visiteuse se réduisaient maintenant à une ligne mince, et ses yeux étincelaient de colère.

— Puisque vous m'avez fait clairement comprendre que je n'étais pas la bienvenue dans cette maison, je vais prendre congé, décréta-t-elle avec toute la dignité dont elle était encore capable. Peut-être, lorsque vous regagnerez Melbourne, renouerez-vous avec vos bonnes manières.

Harold lui prit la main pour l'aider à se remettre debout :

— Et peut-être serait-il bon que vous ne vous présentiez pas à ma porte sans vous être d'abord annoncée. Voyez-vous, Florence, je suis un mari comblé, et quoique j'apprécie beaucoup votre présence il vaudrait mieux qu'à partir de maintenant vous ne me rendiez plus visite sans être accompagnée.

La jeune femme le considéra avec froideur en enfilant ses gants.

— Vous avez tort, Harold Ross, de me mettre en colère. Je connais des gens, à Melbourne, qui me manifesteraient un vif intérêt si je leur apprenais que vous vous êtes rendu à Hobart, et que, ce soir, vous aviez mieux à faire que de dîner avec moi.

— Je ne me soucie pas des potins. Et si c'est là, de votre part, une tentative pour me contrarier, je me félicite d'autant plus de n'avoir pas succombé à vos charmes douteux.

Il se dirigea avec résolution vers la porte-fenêtre, qu'il ouvrit :

— Au revoir, madame Hardwick.

— Je vais faire de vous la risée de Melbourne, siffla-t-elle. Et lorsque j'en aurai terminé avec vous, votre vilaine mégère possédera enfin une excellente raison de manifester son amertume.

Comme elle allait s'éloigner, il la retint par le bras.

— Essayez seulement, et vous le regretterez. Et si vous vous avisez encore d'insulter ma femme, je promets de vous cingler l'arrière-train à coups de fouet.

— Vous entendez ? aboya-t-elle à l'adresse d'Edna. Il menace d'user sur moi de violence.

— Je n'ai rien entendu, mais il est grand temps pour vous de récupérer votre hameçon et d'aller vous faire pendre ailleurs.

— Allez-vous lui permettre de me parler sur ce ton sans intervenir ?

— Fichez le camp, Florence, tant qu'il vous reste un dernier lambeau d'honorabilité dans lequel vous draper.

La jeune femme les fusilla tous deux du regard, avant de tourner les talons puis, l'allure théâtrale, de traverser la véranda pour rejoindre sa voiture à cheval, qui patientait dans l'allée.

— Bon débarras, maugréa Mme Ryan. Une vraie saleté, malgré la poudre de riz, la peinture et les beaux habits.

— Vous êtes un peu dure. Mais je vous remercie pour votre soutien. Il aurait été plus qu'inconvenant pour moi de passer la soirée seul avec elle.

Elle haussa un sourcil, le considérant avec curiosité :

— Elle et vous… Vous n'avez jamais… ?

— Grand Dieu, non ! Florence Hardwick n'est qu'une vague connaissance.

— Eh bien... Voilà une drôle de manière de se conduire, pour une « vague connaissance », ricana Mme Ryan. S'amener comme une fleur, sans prévenir, et vous tripoter tant et plus.

— Florence est une jeune veuve qui a déjà provoqué de nombreux scandales. Elle ne saurait être pour moi qu'un poison. Je suis un homme marié, madame Ryan, et heureux en ménage. Je lui ai déjà fait entendre à maintes occasions que je n'avais aucune intention d'entrer dans son jeu.

Edna sourit pour la première fois depuis que l'homme avait fait sa connaissance.

— Aujourd'hui, vous avez enfoncé le clou. Cette femme-là n'est rien qu'une traînée, et vous avez bien fait de vous débarrasser d'elle, si vous voulez mon avis.

Elle replaça les soucoupes et les tasses sur son plateau.

— Mais si j'étais vous, enchaîna-t-elle, je resterais tout de même sur mes gardes. Elle a une langue de vipère, et une femme qu'on a repoussée peut se montrer fichtrement garce.

— Je m'en souviendrai, madame Ryan, fit Harold en lui prenant le plateau des mains. Au fait..., ajouta-t-il, un large sourire aux lèvres. Votre histoire de crème était un coup de génie.

— Cette petite chatte-là est déjà trop bien nourrie.

Lorsqu'il débarrassa le plateau de son contenu dans la cuisine, Harold souriait encore. Florence, aujourd'hui, avait trouvé son maître.

Edna consulta la pendule.

— Il faut que j'y aille, mais je vous ai préparé des sandwichs. Il reste aussi des scones, et vous trouverez deux côtes de porc dans le garde-manger pour votre dîner.

Il y avait au fond de ses yeux une lueur espiègle :

— Je suppose que vous n'êtes pas vraiment pris ce soir, et que vous serez toujours là demain matin ?

— Vous êtes une fine mouche, madame Ryan, et à moins que je ne découvre ce que je cherche dans l'après-midi, il est plus que probable que je passerai demain une autre journée en votre compagnie.

— Très bien. Essayez quand même de dormir dans un lit, cette nuit, et si vous devez partir avant que j'arrive, laissez-moi un mot pour me faire savoir où vous en êtes.

Harold saisit du bout des doigts ceux d'Edna, rugueux à force de travail, et lui fit le baisemain.

— Merci, madame Ryan. J'ignore comment je me serais débrouillé sans vous.

Les joues rebondies d'Edna rosirent.

— Vous alors, protesta-t-elle mollement. Je ne m'étais pas autant amusée depuis une éternité.

— Je suis heureux d'apprendre que mon embarras vous a divertie à ce point, la taquina-t-il.

Elle s'esclaffa.

— Rien ne me réjouit autant que de voir un homme qui ne sait plus où se mettre, monsieur Ross.

Elle lui serra la main, avant de rassembler ses affaires.

— Bonne chance pour vos recherches.

Souriant d'une oreille à l'autre, Harold la regarda s'éloigner en se dandinant. Le vieux dragon crachait certes du feu, mais il dissimulait un cœur d'or. Il était content qu'ils se fussent séparés bons amis.

Il regagna le bureau, lorgna la pile de papiers qui attendait encore d'être examinée. Décida qu'il avait grand besoin d'air pur et d'exercice avant de se replonger dans le travail. Il quitta la maison, alluma sa pipe et, au lieu de seller son cheval, gravit la colline en direction du bush qui s'éployait à l'arrière de la propriété, car il savait pouvoir y jouir d'une paix à nulle autre pareille.

Il était rentré plus d'une heure plus tard pour préparer du café supplémentaire, puis il avait repris le consciencieux épluchage des relevés bancaires.

Comme minuit approchait, il commença d'éprouver une ardeur croissante. Repoussant la côte de porc et la purée en train de refroidir, il revint à l'examen des documents. À partir d'août 1897, une somme, toujours la même, avait été prélevée tous les six mois sur le compte de Christy. Harold consulta les relevés plus récents. Aujourd'hui encore, cette somme continuait à être débitée.

Fébrile, il s'empara des talons de chèques, qu'il vérifia à leur tour. Là… Chèques libellés à l'ordre de Smithson et Fils. Il fouina dans d'autres documents pour connaître l'activité exacte de cette société.

Après avoir résolu l'énigme, il demeura longtemps assis dans la lumière vacillante des lampes à pétrole, songeant à ce qu'il allait devoir faire ensuite. Si Christy avait mis tant de zèle à dissimuler quelque chose, cela signifiait que ce quelque chose revêtait une importance capitale. Mais quelqu'un d'autre qu'elle connaissait forcément le lieu de sa cachette, sinon, qu'adviendrait-il de ce secret après sa mort ?

Il ouvrit le coffre, y préleva la copie de son testament. Il en déplia les feuillets sur la table, les lut en diagonale pour arriver au codicille :

> *À ma mort, et non pas avant, M. Charles Smithson, de chez Smithson et Fils, ou bien l'un de ses héritiers, devra suivre scrupuleusement les instructions que j'ai couchées par écrit dans une lettre déposée par mes soins à son étude. En reconnaissance de quoi je verse cent livres correspondant au reliquat de ma dette contractée auprès de cette société.*

La date, au-dessous de la signature, coïncidait avec celle du premier versement effectué par Christy. La date approximative à laquelle il avait surpris cette étrange conversation entre Anne et sa mère. Le puzzle se mettait peu à peu en place, terrible et sidérant.

Harold replia le testament, le glissa dans son enveloppe, qu'il rangea dans le coffre-fort. Il était très tard, et, bien qu'il se sentît fou de joie d'avoir percé une partie du mystère, il tremblait aussi à la perspective de ce qu'il découvrirait finalement. Les formidables efforts consentis par sa belle-mère pour préserver son secret ne lui disaient rien qui vaille. Si le dénouement se révélait aussi épouvantable qu'il le redoutait, alors les fils de Christy et lui-même se trouveraient face à un terrible dilemme.

Il rapporta à la cuisine l'assiette qu'il n'avait pas touchée, rangea les papiers dont il n'avait plus besoin, remit les tiroirs en place et referma le compartiment secret. Enfin, il réunit dans une grande enveloppe les relevés de compte, les talons de chèques et les reçus, auxquels il ajouta la clé qu'il avait dénichée dans le bureau, ainsi que le morceau de papier récupéré au fond du coffret en palissandre.

Il éteignit les lampes et se rendit dans la chambre de Christy pour replacer la petite boîte sur le dessus de l'armoire. Une fois qu'il eut glissé l'enveloppe dans son sac, il y rangea aussi la clé du coffre, avant d'entreposer ce sac dans le bureau.

Ayant jeté une couverture sur ses épaules, il se carra dans le fauteuil en cuir pour y prendre un peu de repos, durant ce qui demeurait de cette dernière nuit qu'il passerait à Hobart. Dans moins de six heures, le ferry appareillerait. Il n'était pas question pour lui de le manquer.

14

À bord de la Croix du Sud

Le navire avait été mis à quai à Lisbonne. Christy avait choisi de rester à bord, tandis qu'Anne accompagnait Kathryn et d'autres jeunes personnes pour une excursion à terre. Ainsi qu'elle l'avait expliqué à sa petite-fille, tourmentée qu'elle eût renoncé à cette promenade, elle n'éprouvait pas le désir de revoir une seconde fois la capitale portugaise. Elle se sentait plus disposée à s'asseoir sur le pont avec un livre en profitant du soleil, qui à Londres lui avait tant manqué.

En réalité, elle se réjouissait à la perspective de se retrouver seule – les montagnes russes émotionnelles qui s'étaient succédé durant le voyage l'avaient éreintée, et elle avait besoin d'un peu de calme pour s'en remettre. Installée sur le pont de ce bateau à peu près déserté, son livre fermé sur les genoux, elle but du champagne à petites gorgées. Enfin, elle commençait à se détendre.

Elle se renversa dans le transat garni de coussins qu'un steward avait placé pour elle sous un parasol, ferma les paupières. Un mince sourire se peignit sur ses lèvres. Le luxe et le confort dont elle jouissait sur ce navire se trouvaient à mille lieues des conditions dans lesquelles elle s'était pour la première fois rendue en Australie, au point qu'elle peinait à croire tout à fait au chemin qu'elle avait parcouru entre ces deux trajets. La vie vous réserve bien des surprises – lorsqu'elle était descendue du *Mary Elena* à Port Dalrymple, la farouche adolescente en haillons n'imaginait pas que sa chance tournerait, encore moins qu'elle tournerait autant.

Les souvenirs de ce jour si particulier affluèrent à la mémoire de Christy. Elle allait avoir seize ans, et en compagnie de ses frères elle descendait la passerelle, et le chagrin d'avoir perdu leur père était encore très vif dans le cœur de chacun d'entre eux.

— Reste près de moi, souffla Finlay quand ils furent sur le quai.

Les quatre-vingt-douze jours qu'ils venaient de passer en mer ayant momentanément troublé leur équilibre, Christy dut se cramponner au bras de son aîné pour ne pas tomber, tandis que Jamie chancelait – il faillit laisser tomber sa précieuse caisse à outils.

L'aube était fraîche, et l'adolescente frissonna, jetant le châle de sa mère sur ses épaules pour se réchauffer un peu.

— Qu'est-ce qui va nous arriver, maintenant ? s'enquit-elle en gaélique auprès de Finlay.

— Je n'en sais pas plus que toi, mais j'ai l'impression que le type, là-bas, c'est le responsable. Il va peut-être nous fournir des renseignements.

Christy ne lâchait pas le bras de son frère. Ils s'approchèrent de l'homme, qu'entre-temps une grappe de migrants avait déjà assailli. C'était de pauvres gens eux aussi, sales et vêtus de guenilles, noircis de la tête aux pieds par la poussière de charbon, affaiblis par l'épreuve qu'ils venaient de traverser. Les Australiens qui, à l'autre bout du quai, les observaient de loin, devaient, songea soudain l'adolescente, les prendre, tous autant qu'ils étaient, pour la lie de l'humanité.

Considérant les badauds bien nourris et chaudement vêtus, elle se demanda si la curiosité seule les avait poussés jusqu'ici, ou bien s'ils se trouvaient là dans un but précis. Quoi qu'il en fût, elle n'appréciait pas qu'on l'observât comme une bête curieuse.

Elle reporta son attention sur le costaud qui, à présent juché sur une caisse en bois renversée, afin d'être vu et entendu de tous, réclamait le silence.

— Bienvenue en Tasmanie ! tonna-t-il. Je sais que la plupart d'entre vous comprennent l'anglais, c'est donc en anglais que je m'exprimerai à partir de maintenant.

Il attendit que les murmures courant de-ci de-là se fussent éteints avant d'enchaîner :

— Si vous tenez à vous en sortir dans ce pays, vous allez devoir parler anglais vous aussi. Cela ne signifie pas que vous devrez pour autant renoncer au gaélique, car vous ne tarderez pas à découvrir que de nombreux Écossais vivent déjà ici. En revanche, la plupart de vos futurs employeurs ne le comprennent pas, et si un patron ne vous comprend pas, il y a peu de chance qu'il vous embauche.

D'autres murmures s'élevèrent, et Finlay s'était rembruni :

— Il faut donc devenir des Anglais, maugréa-t-il. Rien n'a changé, en somme.

Christy nageait en plein désarroi. Ils venaient de parcourir la moitié du globe pour débarquer dans un pays dirigé par les ennemis que leurs ancêtres avaient combattus lors des rébellions jacobites.

— L'œuvre de bienfaisance à laquelle vous avez adressé votre candidature a financé votre voyage parce que vous remplissez les conditions nécessaires pour appartenir ici à une classe ouvrière supérieure. Autrement dit, vous savez tous lire et écrire, et vous êtes sains de corps et d'esprit. Vous êtes pleins d'enthousiasme et de détermination.

La foule gronda, et des ricanements se firent entendre, que l'homme préféra ignorer, car il était au courant que presque soixante-dix passagers avaient succombé durant le voyage – et que dire de ces survivants affaiblis, dont l'accablement se lisait sur leurs traits ?

— Hélas, enchaîna-t-il, l'association de charité qui vous a soutenus jusqu'ici se révèle dans l'incapacité de vous allouer des lopins de terre, comme cela a pu être fait au Canada.

Il leva une main pour faire taire les protestations.

— Mais sur cette île, ce n'est pas le travail qui manque, en sorte que, joints par l'association, des chefs d'entreprise locaux vont, aujourd'hui même, vous proposer des emplois.

Christy se tourna vers les hommes rassemblés un peu plus loin, dont le nombre allait croissant de minute en minute. Elle reprit espoir.

— Mais d'abord, il y a des procédures à suivre, après quoi ces braves gens, que vous voyez là-bas, viendront vous poser quelques questions. Il vous sera également fourni des vêtements, que de généreux donateurs, parmi les habitants de George Town et de Patersonia, ont mis à votre disposition. Vous pourrez vous laver là-bas, à l'arrière de cet entrepôt.

— Que se passera-t-il si personne ne veut de nous ? brailla Finlay.

— Dans ce cas, nous vous attribuerons un lit dans le foyer de la mission locale, et ce, pendant une semaine. Passé ce délai, c'est à vous que reviendra la tâche de trouver un emploi. Et maintenant, si vous voulez bien me suivre, nous allons commencer.

Il descendit de sa caisse pour se diriger d'un bon pas vers les hangars, bientôt suivi par les immigrants, pareils à des moutons. Comme on se rapprochait des hommes et des femmes assemblés près des bâtiments, on les guigna avec appréhension, car ces gens considéraient les nouveaux arrivants à la manière dont un fermier aurait scruté des bœufs ou des vaches sur un marché aux bestiaux.

— Dépêche-toi, Christy, siffla Finlay. Si on veut multiplier nos chances de décrocher un boulot, il faut qu'on soit parmi les premiers.

L'adolescente, toujours cramponnée au bras de son frère, se mit à jouer des coudes en compagnie de Jamie pour se frayer un chemin dans la foule. Chacun, bien sûr, ayant eu la même idée, ce fut bientôt une bousculade généralisée, mais les trois jeunes gens parvinrent à s'approcher suffisamment pour entendre les questions qu'on posait, ainsi que les instructions distribuées aux uns et aux autres.

On avançait avec une lenteur exaspérante, en traînant les pieds. Ceux qui précédaient Christy passèrent devant une longue rangée de tables à main gauche, avant de quitter les lieux par une porte située au fond du hangar, en direction des installations sanitaires dont on leur avait parlé. C'était là aussi qu'avait lieu la distribution des vêtements. La jeune fille se demanda ce qui lui serait échu. Jamais elle n'avait porté de vêtements qui n'eussent été confectionnés par sa mère, mais il lui tardait de se défaire enfin de ces hardes nauséabondes qu'elle exhibait depuis leur départ d'Écosse. Elle regarda ses pieds, chaussés des bottines maternelles, et, bien qu'elles fussent pour elle un peu trop petites et que le cuir en fût usé, elle était résolue à ne pas s'en séparer, quelles que fussent les chaussures qu'on lui proposerait.

Enfin, elle se trouva devant les tables, face à un homme assis derrière un gros livre et une pile de documents.

Finlay étant l'aîné, Christy et Jamie le laissèrent parler. On inscrivit leurs trois noms dans un registre, à côté desquels on indiqua leurs compétences respectives. Puis vint le moment de signer un document.

Finlay le lut de la première à la dernière ligne, avant de pousser un lourd soupir, puis de signer à contrecœur. Il se tourna vers son frère et sa sœur pour leur fournir quelques explications :

— Ce papier va faire de nous des Australiens. Nous n'avons pas le choix. Dépêchez-vous, j'ai hâte de sortir d'ici.

L'homme derrière la table apposa sa propre signature sur les trois feuillets, y fit couler un peu de cire, qu'il frappa d'un sceau. Puis il les remit aux jeunes gens avec un large sourire :

— Vous êtes à présent des citoyens australiens. Bonne journée à vous, et bonne chance.

Finlay s'empara des documents, ainsi que du métier à tisser de sa sœur, puis ils franchirent ensemble la porte au pas de course, pour découvrir deux hommes en blouse blanche, qui les attendaient. Ces médecins les palpèrent, examinèrent leurs yeux, leurs oreilles et l'intérieur de leurs bouches. Ils se penchèrent sur leurs crânes en quête de poux. Cela fait, on leur confia à chacun un morceau de savon à la soude, avant de les diriger séparément vers une étroite et longue bâtisse.

Christy était pressée de faire enfin sa toilette, et qu'on la débarrassât de ces poux qui lui irritaient le cuir chevelu, ainsi que des puces dont les piqûres la tourmentaient sans répit – elle était tombée si bas... Comme elle pénétrait dans l'édifice côté femmes, elle y fut accueillie par des nuages de vapeur émanant des cabines. Elle découvrit aussi d'énormes tas de vêtements et de chaussures.

L'une des employées la toisa, avant d'extraire de l'amoncellement une robe en laine bleu pâle, des sous-vêtements, des bas épais, ainsi qu'une veste en tweed qui, en dépit de son usure, représentait pour l'adolescente bien plus qu'elle avait jamais possédé. Après lui avoir remis le tout, la femme posa sur ses bottines un regard réprobateur, puis, brassant cette fois le tas de chaussures, elle en fit jaillir une paire à peine plus honorable.

— Si les habits ne sont pas à votre taille, revenez me voir après vous être lavée.

Elle déposa, sur les vêtements que Christy serrait dans ses bras, une serviette de toilette mince.

— Laissez vos affaires dans la caisse que vous trouverez à l'intérieur de la cabine. On les brûlera.

— Je garde le châle et les bottines, répondit la jeune fille avec fermeté. Ils appartenaient à ma mère.

— Dans ce cas, je vous conseille de bien laver le châle, sans quoi les vilaines bestioles se remettront à proliférer.

Morte de honte, Christy pénétra dans une cabine. Le sol de béton était pourvu en son centre d'un trou d'évacuation, tandis qu'à l'une des parois se trouvait fixé un vaste lavabo en métal, contre le robinet duquel était une petite brosse à récurer encore humide des précédents passages. Derrière la porte, plusieurs patères permettaient de suspendre ses vêtements.

L'adolescente se déshabilla, abandonna ses guenilles dans la vieille caisse à thé, suspendit avec précaution, par leurs lacets, ses bottines à une patère, sur laquelle elle posa ensuite le châle. Elle ouvrit le robinet, poussa un soupir de satisfaction : l'eau était chaude, presque trop. Elle se décrassa avec ardeur.

L'action conjuguée de l'eau chaude, du savon à la soude et des poils de la brosse ne tardèrent pas à lui rougir la peau – elle éprouvait à présent des picotements sur tout le corps. Elle se sécha en hâte, avant d'envelopper ses cheveux dans la serviette, puis lava le châle et l'essora.

L'ayant ensuite placé avec soin sur le bord du lavabo afin qu'il séchât, elle passa ses nouveaux vêtements. La robe se révéla trop grande, mais elle lui tenait chaud. Les sous-vêtements lui procurèrent une sensation étrange, car elle n'en avait plus porté depuis longtemps – elle avait jeté les siens, hors d'usage, avant même de prendre le bateau. La veste, en revanche, lui allait si bien qu'on l'aurait dite taillée pour elle.

Elle essaya les chaussures, qu'elle jugea si confortables qu'elle les garda aux pieds, jetant celles de sa mère autour de son cou. Elle était en train de se frictionner les cheveux lorsqu'on frappa à la porte en lui indiquant d'une voix bourrue qu'il était temps pour elle de céder la place.

Elle se dépêcha de plier le châle, récupéra la serviette et le savon, puis souleva le loquet de la porte.

— Vous avez meilleure allure, commenta l'employée, qui pour la première fois lui adressa un sourire. Et les vêtements vous vont bien.

Elle lui reprit des mains le savon et la serviette, avant de lui désigner la porte du fond.

— Sortez par là, jeune fille, on vous attend. Bonne chance.

De l'autre côté de la porte se trouvaient ses deux frères. Finlay la saisit aussitôt par le bras pour l'entraîner vers un petit groupe d'immigrants. Christy dut se mettre à courir pour réussir à le suivre.

— Qu'est-il arrivé à vos cheveux ? parvint-elle à articuler.

— Ils nous ont rasé le crâne à cause des poux, répondit Jamie. Tu as de la veine d'y avoir échappé.

— N'empêche que vous êtes très beaux, fit-elle en détaillant les pantalons de toile, les robustes bottines, les chemises épaisses et les vestes un peu trop grandes, constituées d'un mélange de laine et de lin.

Les deux garçons arboraient chacun un chapeau à large bord, fait d'un matériau sombre et résistant taché ici et là par la sueur de son précédent propriétaire.

— Jamais je n'aurais cru devoir porter un jour les sapes d'un autre bonhomme, lâcha Jamie d'un air lugubre.

— Ces sapes, comme tu dis, valent toujours mieux que nos chiffons, lui fit remarquer son aîné. Allez, souris un peu. Nous devons montrer à tous ces gens que le travail, même pénible, ne nous fait pas peur. Mais que nous possédons encore assez de fierté pour exiger d'être payés en conséquence.

Ouvrant les yeux, Christy regagna le temps présent. Un steward avait rempli sa flûte de champagne et déplacé le parasol en fonction du soleil. Elle quitta son transat pour s'accorder quelques pas sur le pont avant de s'accouder au bastingage.

En contrebas, le quai grouillait d'activité. Au-delà se dressaient de nombreux entrepôts, des hangars, et la ville au loin tremblotait dans une brume de chaleur. La sexagénaire se rappela Port Dalrymple et, plus largement, tous les ports qu'il lui avait été donné depuis de visiter.

Elle se souvint des mots d'une prostituée française avec qui elle s'était autrefois liée d'amitié dans les champs aurifères: « Plus ça change, plus c'est la même chose. »

La jeune femme se prénommait Nadine, et cette phrase à elle seule résumait sa triste vie, car jamais Nadine n'avait eu le désir de vendre ses charmes, mais les circonstances l'avaient contrainte à franchir un jour le pas, un pas qui, finalement, l'avait menée à la mort.

Christy regagna son transat, vida sa flûte de champagne, puis laissa vagabonder à nouveau ses pensées du côté des premières heures qu'elle avait passées en Tasmanie.

Finlay, ce jour-là, débordait d'énergie, au point que l'adolescente d'alors songea qu'il était devenu, pour Jamie comme pour elle, presque un père.

Ce jour-là aussi, elle s'était sentie scrutée, jugée. On lui posa mille questions, sur sa santé, sur sa famille et ses qualifications. Certains hommes, en outre, lui coulaient des regards au fond desquels brillait une lueur suspecte – ceux-là, elle le comprit immédiatement, se moquaient bien de lui fournir un emploi. Elle ne lâcha plus ses deux frères. Et c'est ainsi qu'ils furent embauchés tous trois par un groupe de personnages venus d'Hobart en quête d'ouvriers.

Finlay se trouva engagé par un certain M. Jackson, propriétaire d'un ranch situé aux abords d'Hobart et dans lequel il élevait des moutons. Il annonça au garçon qu'il lui fournirait, en plus d'un salaire, le gîte et le couvert.

Jamie devint apprenti menuisier chez M. Williams, qui possédait une florissante entreprise de construction. Le jeune homme toucherait davantage que son aîné, mais il devrait trouver lui-même où dormir et manger.

Désireuse de s'éloigner le moins possible de ses frères, c'est à contrecœur que Christy accepta un poste de fille de cuisine dans l'hôtel de M. et Mme Keller. Elle gagnerait aussi peu d'argent qu'à Portree pour la même tâche, mais du moins serait-elle, comme Finlay, logée et nourrie. Plus tard, se dit-elle, elle chercherait une autre place, un emploi plus conforme à ses souhaits.

Les trois membres de la famille MacInnes ne furent pas les seuls à décrocher un travail – dans le chariot qui les emmenait vers le sud, ils se retrouvèrent à quinze. Le trajet avait duré longtemps, au cours duquel ils avaient découvert, au cœur de l'île, des paysages très semblables à ceux de l'Écosse. Des montagnes se dressaient au-dessus de landes infinies piquées de fleurs sauvages et de bruyères. Des lacs immenses, trop nombreux pour qu'on les comptât, miroitaient, et de douces collines se penchaient vers des vallons sans mesure parcourus de cours d'eau.

Il leur avait fallu près de deux jours entiers pour atteindre leur destination – ils s'étaient arrêtés pour la nuit dans une auberge, et, si on leur y avait servi un bon repas, on leur avait annoncé ensuite qu'il était impossible de les loger. Ils avaient passé la nuit dans une grange à foin, non loin des écuries. Il y faisait chaud, et les lieux se révélèrent beaucoup plus confortables que les grabats dont ils s'étaient contentés pendant plusieurs mois. Ils dormirent à poings fermés.

À mesure qu'ils se rapprochaient de l'extrême sud de l'île, Christy et ses compagnons distinguèrent des terres fertiles où poussaient des légumes et du blé d'hiver. L'adolescente vit encore des pommeraies, ainsi que de gras pâturages où paissaient des moutons, du bétail et des chevaux à la robe luisante. Ici, bien qu'on fût en mai, c'était toujours l'hiver, mais le ciel était sans nuages, l'air vif et pur. Christy n'aurait pas à consentir beaucoup d'efforts pour se sentir chez elle dans ces contrées.

La sexagénaire sourit, ramassa son livre, auquel elle n'avait pas touché, puis regagna l'intérieur du navire pour aller déjeuner. La jeune fille qu'elle était alors se trouvait à l'aube d'une formidable aventure, au cours de laquelle elle connaîtrait l'amour, le chagrin et la trahison, mais l'histoire finissait bien, et Christy, qui avait au fil des années trouvé sa place en ce monde, en éprouvait de la satisfaction.

Sydney

Ayant embarqué *in extremis*, Harold n'était pas parvenu à obtenir une cabine, ce qui ne le dérangeait pas, car il pouvait s'assoupir n'importe où. Après avoir installé son cheval dans la cale de l'*Impératrice*, il avait déniché un banc situé dans une zone abritée du pont supérieur. Il s'y était allongé, avait rabattu sur ses yeux son chapeau… Avant que le ferry eût quitté Hobart, il dormait déjà.

Il connaissait mal Sydney, où il ne s'était rendu jusqu'alors qu'à quelques reprises, pour des rendez-vous professionnels – ces derniers à peine bouclés, il était reparti. Il allait à présent par les rues de la ville, dans le vacarme des automobiles, des chariots emplis de marchandises et des véhicules de toutes formes et de toutes tailles. Les trottoirs étaient bondés, de flâneurs en train d'admirer les vitrines ou d'hommes et de femmes pressés.

Harold nota encore qu'il se trouvait un hôtel presque à chaque coin de rue, devant la plupart desquels se tenaient des chevaux attachés à des poteaux, non loin d'abreuvoirs en pierre fournis par les services municipaux. L'homme s'arrêta devant l'hôtel Victoria, sur Pitt Street, où il pénétra après avoir quitté sa monture.

La bâtisse ressemblait à presque tous les hôtels d'Australie, construite en briques, pourvue de fenêtres à vitraux et de murs intérieurs panneautés de carreaux décoratifs, chaque étage ouvrant sur un large balcon filant muni d'une rambarde en fer forgé. Il y faisait sombre, mais on avait frotté avec soin le sol de briquettes rouges, épousseté les meubles et brossé récemment le tapis d'escalier, dont les tringles en cuivre rutilaient.

Harold ayant pris une chambre au premier étage, dont le balcon donnait sur la rue, il parvint à convaincre le propriétaire des lieux qu'il n'était pas trop tôt pour une bière fraîche. Après avoir installé son cheval dans les écuries situées à l'arrière de l'établissement, il vérifia la qualité des ressorts du sommier, le confort du matelas et la propreté des draps, puis emporta son verre de bière sur le balcon, où il s'assit dans un fauteuil en raphia pour étudier le plan qu'il avait acheté à bord du ferry.

Tandis que le bruit de la rue montait vers lui, il finit par découvrir sur la carte celle qu'il cherchait. Il consulta sa montre, avala ce qui restait de bière au fond de son verre, sortit l'enveloppe de son sac pour la glisser dans la poche intérieure de son grand manteau de conducteur de bétail. Il saisit son chapeau, puis ferma la porte à clé avant de dévaler l'escalier.

Il dut consulter son plan à plusieurs reprises en marchant, car l'activité de ruche autour de lui le déconcertait. Ayant traversé Hyde Park, il quitta ensuite William Street pour s'engager dans une étroite voie adjacente, du nom de Rum Lane. Les bureaux de Smithson et Fils occupaient les quatre étages d'un bâtiment dont Harold gravit les marches du perron avant de franchir les doubles portes ouvrant sur un petit vestibule carré.

Ayant poussé une autre porte, il pénétra dans un hall étroit et long éclairé par une lanterne à gaz suspendue au plafond. Murs lambrissés, peinture crème et sol parqueté de chêne massif excellemment ciré. Une ouverture carrée, dans le mur de gauche, faisait office de réception. Le visiteur fit tinter la sonnette et attendit.

Un homme qui, à l'évidence, avait depuis longtemps dépassé l'âge de la retraite émergea d'une porte située au fond de la pièce – la pâleur de son visage laissait deviner une vie de reclus. Il portait un costume sombre sur une chemise blanche au col amidonné, agrémenté d'un nœud papillon.

— Bonjour, monsieur. En quoi puis-je vous être utile ?

Il possédait le ton affecté d'un majordome anglais.

Harold tira l'enveloppe de sa poche et déposa le reçu, ainsi que la clé, sur le comptoir.

— Monsieur Charles Smithson ?

— Pour vous servir, monsieur, répondit l'homme en inclinant brièvement la tête.

— Je m'appelle Harold Ross. Je suis le beau-fils de cette dame, dont je souhaiterais ouvrir le coffre-fort.

Les doigts longs et blêmes s'emparèrent du reçu et, après un moment de silence, ce dernier fut repoussé en direction du visiteur.

— Je suis navré, monsieur, mais cette cliente nous a laissé des instructions strictes : à part elle, personne n'est autorisé à ouvrir ce coffre.

— Je ne l'ignore pas, mais elle se trouve actuellement à l'étranger avec mon épouse et ma fille, et elle ne rentrera pas avant un certain temps. Comme il s'agit d'une urgence, je suis certain que vous me permettrez, à titre exceptionnel, d'ouvrir ce coffre.

— Avez-vous une lettre dans laquelle elle vous accorde sa permission ?

Harold avait beau s'exhorter au calme, il sentait l'impatience le tarauder.

— Hélas, non. L'urgence dont je parle s'est fait jour après le départ de ma belle-mère, mais il faut absolument que j'entre en possession des documents conservés dans ce coffre.

De l'affliction continuait à se peindre sur les traits de son interlocuteur, mais Harold décela tout à coup un éclat, au fond de son œil: cet homme se méfiait de lui.

— Je suis désolé, monsieur, mais je ne vous connais pas, et notre cliente a bien insisté pour que jamais nous ne passions outre ses instructions.

Comme il s'apprêtait à se retirer, Harold joua son va-tout.

— Monsieur Smithson. Je souhaite m'ouvrir à vous des problèmes que je rencontre, afin que vous preniez toute la mesure de la gravité de notre situation.

L'homme haussa un sourcil.

— Votre ténacité vous honore, monsieur Ross, et puisque je ne suis pas particulièrement occupé, je serais ravi que vous éclairiez ma lanterne.

— Pas ici. Ce que je m'apprête à vous dire est tout à fait confidentiel.

— Décidément, monsieur Ross, vous m'intriguez, commenta l'homme en ébauchant un sourire. Attendez-moi ici, je vais vous conduire dans l'une de nos salles de consultation.

Smithson ayant paru peu après plus loin dans le couloir, Harold le rejoignit. Ils pénétrèrent ensemble à l'intérieur d'une pièce dont l'atmosphère évoquait un salon funéraire.

L'homme prit place dans l'un des fauteuils de cuir.

— Nous recevons ici les clients qui viennent de perdre un être cher, indiqua-t-il comme s'il venait de lire dans les pensées de son visiteur. J'ai commencé par fonder une étude notariale puis, avec l'aide de mon fils, j'ai étendu mes activités à l'embaumement et aux pompes funèbres.

— Avez-vous déjà rencontré ma belle-mère ?

Un sourire illumina le visage de craie de son interlocuteur.

— Oh, bien sûr. Christy et moi nous connaissons bien. Si ma mémoire ne me trahit pas, il me semble avoir fait sa connaissance voilà plus de quarante ans.

Harold fronça les sourcils.

— C'est pourtant Baker, à Melbourne, qui s'occupe de ses affaires depuis toujours…

Smithson hocha imperceptiblement la tête.

— En effet. Mais on a parfois besoin de prendre conseil auprès d'un ami plus au fait de certaines… circonstances.

— Elle s'est donc confiée à vous ?

— Bien entendu. Comme le font tous mes clients, monsieur Ross. Cela fait partie de mon travail.

— Si vous vivez en Australie depuis plus de quarante ans, d'où tenez-vous votre accent anglais ?

— Comme il paraît rassurer mes clients, j'ai tout fait pour le garder.

— Comment avez-vous fait la connaissance de Christy ?

L'homme alluma un cigare, jeta l'allumette dans un cendrier de verre.

— J'ai quitté l'Angleterre peu après avoir obtenu mon diplôme. Arrivé en Australie, je me suis rendu dans l'État de Victoria. C'est là-bas que nous nous sommes rencontrés. Notre amitié remonte à loin, monsieur Ross, et elle est tout entière fondée sur la confiance. Votre histoire devra donc être particulièrement convaincante pour m'amener à la trahir.

— Avez-vous la moindre idée de ce qui se trouve dans le coffre ?

Smithson, dont l'expression était devenue indéchiffrable, soutint le regard de son interlocuteur.

— Pourquoi ne me dites-vous pas plutôt ce que vous pensez qu'il contient, et la raison pour laquelle il vous faudrait à tout prix mettre la main dessus ?

Comme Harold entamait son récit, l'homme se carra confortablement dans son fauteuil, l'œil étréci dans la fumée de son cigare, puis, lorsque son interlocuteur eut cessé de parler, il se tut longuement, avant d'écraser son cigare avec soin dans le cendrier, sans lâcher Harold du regard.

— Il s'agit en effet d'un terrible dilemme, laissa-t-il tomber enfin. Mais, en conscience, je ne puis vous autoriser l'accès à ce coffre sans la permission de Christy.

— Pouvez-vous m'affirmer, en toute sincérité, que vous ignorez tout de son contenu ?

— Il m'est impossible de vous répondre, sans quoi, là encore, je trahirais mes engagements envers ma cliente.

Puis, plissant à nouveau les yeux :

— S'il vous prenait l'envie de tenter d'y accéder sans permission, sachez que nous disposons ici d'un système d'alarme d'excellente qualité.

Cette idée avait en effet, l'espace d'un instant, effleuré Harold, mais, ne sachant pas où ni comment dénicher un perceur de coffres à Sydney, il l'avait aussitôt chassée. Il se renversa sur son siège, les épaules affaissées.

— Si ses fils et moi perdons ce procès, non seulement des réputations se trouveront à jamais ternies, mais en outre les affaires familiales partiront à vau-l'eau.

Perdu dans ses pensées, Smithson tirait sur sa lèvre inférieure.

— Si nous envoyions un télégramme à bord du navire sur lequel elle se trouve, murmura-t-il, cela l'inquiéterait beaucoup. Il est déjà plus que regrettable que cette crise soit survenue, mais son impuissance liée à la distance achèverait de l'abattre.

Il leva le regard vers son interlocuteur :

— Comment se nomme la requérante ?

Harold le lui ayant révélé, il attendit avec angoisse que Smithson consentît enfin à se montrer plus coopératif.

— Une enquête a-t-elle été menée la concernant ?

— Baker s'en occupe en ce moment même. Au vu des informations qu'il a déjà récoltées, il ne s'agit en rien d'une escroquerie.

Smithson se remit debout.

— Christy a de la chance de vous avoir à ses côtés, et j'aimerais quant à moi pouvoir vous apporter mon aide, mais…

— Vous le pouvez, le coupa sèchement Harold. Ouvrez ce maudit coffre et consultez vous-même les documents qu'il recèle. Si vous y trouvez ce que je crois, vous serez à votre tour en mesure d'aider Christy et sa famille à triompher de l'adversité.

Son interlocuteur exhala un lourd soupir.

— J'admire votre détermination, monsieur Ross. Mais ce que vous me demandez de faire est contraire à tous mes principes.

Il baissa la tête un moment, soupira encore, plongea son regard dans celui de son visiteur.

— Loin de moi l'idée de me croire aussi sage que le roi Salomon, mais je vous promets de peser de mon mieux le pour et le contre d'ici à notre prochaine rencontre.

— Vous voulez dire que vous envisagez à présent la possibilité d'ouvrir vous-même le coffre ?

— Je veux dire que je vais réfléchir longuement avant de prendre une décision.

— Combien de temps cette réflexion vous prendra-t-elle ?

— Autant de temps que nécessaire. Revenez vendredi. J'aurai probablement une réponse à vous fournir.

— Mais c'est dans cinq jours et…

— Vendredi, monsieur Ross.

Ravalant son impatience, ce dernier ramassa la clé et le reçu pour les glisser à nouveau dans l'enveloppe, qui regagna la poche intérieure de son manteau. Il serra la main de Smithson.

— Si d'aventure vous preniez une décision plus tôt que prévu, je suis descendu à l'hôtel Victoria, sur Pitt Street.

*

Charles Smithson le regarda quitter l'immeuble avant de rejoindre son bureau, qui dominait le petit carré de jardin situé à l'arrière du bâtiment. Assis dans son fauteuil de cuir, il regardait par la fenêtre, sans plus rien voir de ce qui se dressait face à lui, à la place de quoi il distinguait maintenant les âpres paysages de l'outback australien, ainsi que la jeune fille qui, bien des années plus tôt, avait volé son cœur. Bien qu'elle ne partageât pas cet amour, une amitié profonde les unissait depuis.

Il s'empara d'une carafe, versa dans un verre deux doigts de whisky, qu'il savoura lentement, ne songeant plus qu'au contenu du coffre. Il en connaissait la nature exacte depuis toujours, et, comme Christy, il avait espéré que jamais l'histoire que ces documents concernaient ne se verrait révélée au grand jour. Il avait à présent une décision à prendre et, quelle qu'elle serait, il redoutait l'issue de cette affaire.

15

À bord de la Croix du Sud

On se dirigeait vers Le Cap. La chaleur s'intensifiait, et une odeur de terre pulvérisée à force de sécheresse se mêlait à celle, âcre et salée, des flots tumultueux de l'Atlantique. Souffrant du mal de mer, de nombreux voyageurs s'étaient réfugiés dans leur cabine, mais Christy, qui jadis avait résisté aux conditions apocalyptiques régnant sur l'horrible voilier, était faite d'un bois plus dur. Pour combattre les températures excessives, elle choisit de passer sur le pont une bonne partie de la nuit, contemplant les étoiles et les lueurs phosphorescentes sur l'eau. En communion avec la paix du monde, elle laissait vagabonder ses pensées.

La *Croix du Sud* avançant à un rythme soutenu, son capitaine espérait battre un record – selon ses pronostics, on commencerait à distinguer les côtes australiennes avant la fin du mois. Serrant entre ses mains une tasse de thé qu'un steward venait de lui apporter, la sexagénaire, une fois encore, leva le nez vers les astres, cherchant Orion. Elle se rappela sa confusion lorsque, peu après son installation en

Australie, elle avait découvert que la disposition des constellations dans le ciel se trouvait inversée par rapport à l'hémisphère nord.

Elle retourna de nouveau à ces premières journées. Elle avait alors tant de choses à apprendre – les tâches pour lesquelles on la payait, certes, mais également les odeurs, les paysages et les sons de son nouveau pays. Elle avait commencé par explorer Hobart, tout en criques et cours d'eau, son port, les rues étroites où se coudoyaient les entrepôts et les habitations. C'était là que, pour la première fois, elle avait entendu chanter les carillonneurs huppés et rire les martins-chasseurs géants. Lorsqu'elle s'aventura dans le bush en compagnie de Jamie, elle huma le parfum de l'eucalyptus, du pin et de l'acacia, qui saturait l'air. Quant à Bellerive, elle l'avait entraperçu lors d'une promenade à bord d'un ferry de touristes.

Aussitôt, elle avait acquis la conviction qu'un jour elle vivrait dans cet endroit, et, à mesure que s'écoulaient les années, elle retournait en songe à ce lieu qu'elle tenait pour un jardin d'Éden. Il lui était arrivé, de loin en loin, de se dire que jamais son rêve ne se réaliserait, car l'existence s'était révélée pour elle plus rude que tout ce qu'elle avait pu imaginer. Ainsi s'était-elle retrouvée parfois à plusieurs milliers de kilomètres de Bellerive, et dans des situations dont elle ne s'était sortie qu'à force de courage. À chaque coup du sort, cependant, son rêve l'aidait à aller de l'avant jusqu'à ce qu'un beau jour il devînt réalité.

Le décès brutal de son époux avait jeté une ombre sur cette félicité, pourtant jamais elle ne s'était sentie seule à Skye House, car l'esprit du défunt continuait d'y vivre dans les moindres recoins de la demeure, et Christy savait qu'il veillait sur elle.

Elle se remémora ensuite ses premières années passées au Tasman Hotel.

Ce dernier se situait dans le centre-ville d'Hobart. Construit en briques rouges, il avait des balcons aux deux étages. À l'époque de sa jeunesse, il y avait aussi un bar, une élégante salle à manger, ainsi qu'un vaste espace aux murs tapissés d'étagères chargées de livres, meublé de fauteuils et de canapés en cuir. Il s'y trouvait maintenant trois bars, et les chambres à l'étage étaient occupées par des matelots, des tondeurs de moutons ou des garçons vachers venus en ville pour y boire leur salaire.

La cuisine se tenait toujours à l'arrière de l'hôtel, dominant un potager au-delà duquel s'étendait la brousse, où tenaient encore debout les cabanes en bois qui, autrefois, faisaient office de logis pour une partie du personnel féminin de l'établissement. Depuis, on les avait transformées en réserves.

Christy passait à l'hôtel de longues heures. Elle y faisait le ménage, apportait du bois et du charbon destinés à alimenter le feu dans les cheminées des clients, elle lavait la vaisselle, épluchait des légumes que la cuisinière accommodait ensuite. En plein cœur de l'été, il régnait en cuisine une chaleur intolérable. L'adolescente étouffait dans sa robe de laine et son lourd tablier. La sueur collait ses cheveux sous sa coiffe blanche qui faisait partie de son uniforme.

Elle disposait de peu de temps pour elle-même. Le soir, elle s'écroulait sur son lit, recrue de fatigue, au point de n'être pas même réveillée par les cris avinés et les chansons jaillissant d'un pub tout proche. En revanche, on la nourrissait bien, elle appréciait ses collègues et la cuisinière était allée jusqu'à lui confier plusieurs de ses recettes, que la jeune fille exécutait de temps à autre, lorsque les jambes gonflées de l'employée la faisaient trop souffrir.

Christy avait fini par renoncer à chercher un autre emploi. Elle se sentait bien au Tasman Hotel, où par surcroît elle apprenait des choses et, même si Mme Keller se révélait une patronne un peu trop exigeante, elle s'était acquis l'affection de ses collègues… et n'avait plus d'yeux que pour Peter Keller, le neveu de ses employeurs.

La sexagénaire sourit. Grand et blond, Peter possédait des yeux d'un bleu sombre, un rire contagieux et le don de se lier d'amitié avec tout le monde. À dix-huit ans, il avait quitté son internat de Sydney pour passer des vacances auprès de ses oncle et tante avant de regagner la grande ville, où il devait entrer à l'université. Entre Christy et lui, ce fut le coup de foudre.

Mme Keller avait beau déplorer que le garçon se fût entiché d'une fille de cuisine, ce dernier parvenait toujours à rejoindre sa bien-aimée, avec laquelle il se glissait ensuite hors de l'hôtel pour se promener dans la douceur du soir. Ils partageaient alors leurs rêves respectifs, évoquaient des heures durant toutes les choses qu'ils feraient le jour où, après qu'ils auraient mis assez d'argent de côté, une occasion se présenterait. L'été passa comme un songe, leur amour s'intensifiait, mais le jour se rapprochait où Peter devrait reprendre le chemin de Sydney.

Christy ferma les yeux. Pour leur dernière soirée ensemble, ils avaient pris le ferry jusqu'à Bellerive, où ils avaient flâné sur le terrain au bord de l'eau dont l'adolescente voulait devenir un jour la propriétaire. Ils échangèrent des baisers, pleurèrent dans les bras l'un de l'autre, se jurèrent de s'épouser, puis de bâtir ici leur maison. Peter s'était aussi engagé à lui écrire chaque semaine, car il ne la reverrait que l'été suivant. De son côté, elle lui avait promis de l'attendre.

Il n'y eut pas de lettres. Force fut alors à la jeune fille d'admettre qu'elle n'avait été pour le garçon qu'une amourette de vacances. Elle en eut le cœur brisé, dès lors éprouvant au plus profond d'elle-même un vide immense et une terrible solitude, car elle avait placé en lui toute sa confiance, elle avait cru dur comme fer qu'ils étaient faits l'un pour l'autre et qu'ensemble ils accompliraient leurs rêves. Mme Keller finit par laisser échapper que Peter venait de se fiancer avec une jeune femme qu'il avait rencontrée à Sydney. Christy avait versé des larmes sur son oreiller en jurant que plus jamais elle ne ferait confiance à un homme. Encore moins qu'elle accepterait une nouvelle fois de tomber amoureuse.

Et pourtant… Bien sûr, le jour venu, elle avait à nouveau accordé sa confiance. Elle avait aimé. Souffert à nouveau. Chaque être humain connaissait ces affres.

Elle était cependant si jeune alors, si désemparée par cette trahison… Elle se réfugia dans le travail, passant le plus clair de son temps libre avec Jamie, qui logeait tout près, dans une pension.

Finlay leur rendait visite une fois par mois pour s'assurer qu'ils se portaient bien et remettre une partie de son salaire à sa sœur, avant de dépenser le reste dans un bar. Depuis son embauche dans un ranch, il avait changé, préférant la compagnie des ivrognes à celle de son frère et de sa sœur. Ces derniers se firent une raison : il s'éloignait peu à peu.

Christy frissonna, songeant à cette soirée de fin d'automne au cours de laquelle Finlay avait surgi à l'improviste, la mine résolue et, sur l'épaule, un lourd sac en tissu. Ils se trouvaient en Tasmanie depuis un peu plus d'un an, et ses récentes visites avaient inquiété sa sœur, qui le jugeait de plus en plus agité.

— Je pars pour les mines d'or, décréta-t-il alors qu'ils se tenaient assis tous trois sur la véranda qui courait devant la pension où habitait Jamie. Les moutons, je n'en peux plus, et ce salopard de Jackson me dégoûte. Il m'a filouté de vilaine façon pour me payer moins cher, j'en suis certain.

— Mais…, protesta Christy. Tu ne peux pas faire une chose pareille. Et nous ?

— Jamie est assez grand, maintenant, pour veiller sur toi. Je ne vais tout de même pas passer ma vie cramponné aux cordons de ton tablier. Il faut que j'aille chercher fortune.

Son visage s'illumina.

— Et ma fortune, c'est sous la terre qu'elle se trouve. Il y a de l'argent à se faire là-bas, beaucoup d'argent, et une fois riche je vous en enverrai, et Jamie te construira cette fameuse maison à Bellerive dont tu nous parles sans arrêt.

Christy et son jeune frère comprirent soudain que la fièvre de l'or s'était emparée de Finlay. Rien de ce qu'ils pourraient dire ou faire ne le ferait changer d'avis.

— Dans ce cas, déclara Jamie, nous allons partir avec toi.

Son aîné secoua la tête.

— Ce n'est pas un endroit pour une fille. Et toi, Jamie, tu as une bonne place. Si papa était encore là, il tiendrait à ce que tu termines ton apprentissage et que tu t'occupes de ta sœur.

Christy et Jamie se cabrèrent : la première se sentait capable à présent de prendre soin d'elle-même, le second se montrait réticent à veiller sur une sœur plus âgée que lui. Cependant, Finlay n'avait pas tort concernant l'emploi de Jamie qui, d'ici quelques années, posséderait assez de compétences pour être mieux payé, peut-être même pour ouvrir son propre atelier.

Mais les projets de Finlay les inquiétaient : ayant perdu leurs parents, une sœur et un frère, ils s'étaient un jour juré de demeurer toujours ensemble. À l'idée qu'il pût partir si loin d'eux, que peut-être ils ne le reverraient pas, ils éprouvèrent un immense désarroi.

On passa le reste de la soirée à discuter, mais Finlay demeura intraitable. Lorsque le premier ferry de la journée s'éloigna de son quai, il se trouvait à bord.

*

En dépit de la forte chaleur, Christy eut froid. Au début, ils avaient reçu quelques lettres consacrées à la description de son voyage à travers l'État de Victoria jusqu'aux mines d'or. Finlay parlait encore des gens qu'il avait rencontrés et de l'enthousiasme qui l'avait saisi le jour où il avait déniché sa première pépite d'or.

Hélas… Dès lors, la fortune ne cessa plus de lui échapper, et les missives se raréfièrent, car il allait désormais de mine en mine, en quête de cette richesse dont il restait convaincu qu'elle se trouvait à portée de main. Sa sœur finit par songer que, peut-être, il ne reviendrait pas.

Celle-ci était devenue entre-temps seconde de cuisine à l'hôtel. À vrai dire, du fait de la mauvaise santé de sa collègue, c'était elle qui se chargeait d'à peu près tout, de la cuisine elle-même aussi bien que des menus et des commandes. Son salaire augmenta en proportion, mais elle travaillait d'autant plus et Mme Keller se montrait plus exigeante encore.

Un peu moins d'un an après le départ de Finlay, Christy reçut une lettre d'un homme de loi du nom de Charles Smithson, installé à Ballarat. Il écrivait de la part de Joseph O'Driscoll, prospecteur et ami de Finlay.

La sexagénaire qu'elle était devenue se souvenait avec précision des émotions diverses qui l'avaient assaillie à la lecture de cette lettre. Finlay avait enfin trouvé de l'or, mais, grièvement blessé dans un accident, il vivait à présent dans la misère, car on lui avait dérobé son butin. Il n'était pas dans ses intentions de faire part de sa situation à sa famille, mais O'Driscoll et Smithson avaient estimé de leur devoir de prévenir tout de même Jamie et Christy.

Cette dernière s'était empressée de rejoindre son frère sur le chantier où il travaillait. Le lendemain, à l'aube, ils regardaient ensemble Hobart s'éloigner au loin depuis le pont du ferry qui se rendait à Melbourne. Ils n'imaginaient ni l'un ni l'autre combien leurs vies allaient s'en trouver radicalement changées.

Au terme de cette nuit emplie de pensées éparses et de rêves désordonnés, Christy, qui s'était réveillée tard, avait demandé qu'on lui servît le petit déjeuner dans sa cabine. Elle se tenait assise à côté de la porte ouverte sur son petit morceau de pont privatif, observant au loin, tandis qu'elle mangeait, les côtes sud-africaines enveloppées de brume, lorsqu'on frappa à sa porte.

Elle fronça les sourcils, mais, comme elle allait se lever pour ouvrir, Anne, la mine furibonde, pénétra dans la pièce en agitant un feuillet qu'elle serrait dans sa main.

— Que se passe-t-il ? s'inquiéta sa mère.

— Bonne question ! tempêta Anne. On vient d'apporter cette saleté dans ma cabine.

Elle abattit le feuillet sur la table, avec une telle violence que la vaisselle cliqueta. Puis, sa poitrine se gonflant et s'abaissant comme un soufflet de forge, elle croisa les bras, hors d'elle.

Christy s'empara du télégramme, car c'en était un, expédié d'Hobart.

> Ravie d'avoir vu Harold à Bellerive. STOP. Skye House admirable. STOP. Bon voyage. STOP. Florence Hardwick.

— As-tu demandé à Harold d'aller chez toi ? exigea de savoir sa fille.

— Pour quelle raison aurais-je fait une chose pareille ? Edna Ryan est parfaitement capable de s'occuper de la maison, et les chevaux se trouvent chez Eric Patterson.

— Dans ce cas, que fait-il à Bellerive ?

— Je n'en ai pas la moindre idée. Peut-être s'y est-il rendu pour affaires, et il aura préféré dormir à Skye House plutôt qu'à l'hôtel. Il sait qu'il y est toujours le bienvenu.

— Il ne travaille que sur le continent, commenta Anne sèchement.

Christy ne l'ignorait pas, mais elle ne pouvait croire que ce télégramme fût autre chose qu'un moyen de semer la zizanie entre les deux époux. Elle tenait Harold pour un garçon honnête, qui aimait sa famille. Jamais, songeait-elle, il ne courrait le risque de tout compromettre pour les beaux yeux d'une Florence Hardwick. Et pourtant…

— Peut-être a-t-il eu envie de changer un peu de décor ? Il sera venu voir si tout allait bien à la maison, et il en aura profité pour s'octroyer quelques jours de vacances.

L'insanité de ses propos lui sautait au visage à mesure qu'elle les tenait.

— De toute façon, tu ne dois pas accorder foi à ce torchon, Anne. À l'évidence, Florence Hardwick est résolue à vous nuire.

Anne, qui serrait les poings, se mit à faire les cent pas dans la cabine.

— Oh, ça, je n'en doute pas le moins du monde, gronda-t-elle. Je doute qu'elle ait jamais entendu parler de Skye House ou de Bellerive avant, mais le fait qu'elle les mentionne me laisse entendre qu'Harold et elle s'y sont retrouvés.

— Assieds-toi, s'il te plaît, essaie de te calmer. Tu me donnes le tournis et je n'arrive plus à réfléchir.

— Me calmer ? écuma sa fille. Comment veux-tu que je me calme, au moment même où mon mari et cette… cette… cette traînée… sont en train de se payer du bon temps ? Et chez toi, par-dessus le marché !

— C'est du moins la version que Florence t'a livrée, observa Christy.

— Si tout était faux, pourquoi se donnerait-elle la peine de m'envoyer un télégramme ?

— Rien ne te permet de penser qu'Harold se trouve à Bellerive. Et d'ailleurs, qu'est-ce qu'une femme comme Florence irait faire en Tasmanie ? Je croyais qu'elle constituait l'un des piliers de la bonne société melbournienne.

— L'une de ses grand-mères habite à Hobart.

Anne se laissa tomber dans un fauteuil, d'où elle adressa un regard noir à l'océan face à elle.

— Tu peux être certaine qu'elle se sera servie d'elle comme prétexte pour aller voir Harold.

— Il est également possible qu'elle ait pour de bon rendu visite à sa grand-mère, puis elle aura appris où je vivais – lorsqu'on se trouve à Hobart, il n'est pas bien difficile d'obtenir cette information. Ensuite, elle a mis au point sa petite vacherie.

— Mais… Si c'était vrai ?

Anne était au bord des larmes.

Sa mère relut le télégramme dans un silence à couper au couteau.

— Je vais en expédier un à Harold, décréta Anne, esquissant le geste de se lever. S'il ne me répond pas dans les vingt-quatre heures, j'aurai l'assurance qu'il ne se trouve pas chez nous.

Christy la saisit par l'avant-bras pour l'arrêter.

— Avant d'en arriver à de telles extrémités, prends le temps, s'il te plaît, de relire attentivement ce message.

— Il me paraît on ne peut plus clair.

— Je comprends, ma chérie, mais écoute-moi, je t'en prie.

Anne fronça les sourcils en considérant sa mère à travers ses larmes.

— Rappelle-toi l'adage… « Une femme humiliée est capable de tout. »

Anne se tut, fixa l'horrible télégramme. Soudain, elle le froissa, puis l'abandonna sur le plateau du petit déjeuner.

— Je vois ce que tu veux dire, maman. Mais si Harold l'a repoussée, il n'a pu le faire que très récemment pour qu'elle m'ait écrit depuis Hobart.

— Alors, c'est peut-être le moment de faire de nouveau confiance à ton mari ? Cette peste ne désire que trois choses : que tu souffres, que tu sois en colère, et qu'un fossé se creuse irrémédiablement entre Harold et toi. Si tu entres dans son jeu, c'est elle qui remportera la victoire.

— Je suis d'accord avec toi concernant les intentions de Florence. Mais, pour la tranquillité de mon esprit, j'ai besoin de savoir précisément où se trouve mon époux.

— Il pourrait fort bien être en déplacement. À moins qu'il n'ait rendu visite à l'un de tes frères. Ne le condamne pas avant d'obtenir une preuve tangible de son infidélité.

— Tu as toujours eu un faible pour Harold, s'exaspéra Anne. Mais je le connais mieux que toi, et j'ai vu la façon dont il regardait Florence.

Elle quitta la cabine en trombe, avant de claquer la porte derrière elle.

Christy poussa un soupir chargé d'angoisse. Il fallait du temps pour qu'un télégramme parvînt à son destinataire quand l'émetteur se trouvait aussi loin. Et, ainsi qu'elle venait de le dire à sa fille pour tenter de la raisonner, le garçon pouvait être n'importe où, entre Wallangarra et Yarrabinda, entre Melbourne et Adélaïde, ou pourquoi pas à Sydney… Son empire s'étendait dans tout le quart sud-est de l'Australie. Plusieurs jours risquaient de s'écouler avant que son épouse entendît parler de lui.

Elle fixait sans les voir les flots gonflés, perdue dans ses pensées en désordre. Il demeurait une possibilité : qu'Harold se fût rendu pour de bon à Bellerive, que peut-être même il y eût croisé Florence Hardwick par le plus grand des hasards… Mais… Pour quelle raison aurait-il eu besoin de se rendre là-bas, sinon, justement, pour y retrouver la jeune femme ? Christy s'était-elle trompée sur son gendre ?

Elle refusait cependant de céder aux doutes qui, à chaque instant, l'assaillaient davantage. Elle se vêtit, avec l'intention d'envoyer un télégramme elle aussi. À Archibald Baker, son homme de loi, qui saurait mieux que quiconque la renseigner sur l'emploi du temps d'Harold.

Les jours qui suivirent se révélèrent pénibles pour les trois voyageuses. Anne ne tenait pas en place, naviguant entre l'espoir et l'affliction la plus profonde, et, à mesure que s'étiraient les heures, sans nouvelles de son époux elle devenait exécrable. De son côté, Kathryn se mit à s'inquiéter pour sa mère. Comme ni cette dernière ni Christy ne pouvaient s'ouvrir à elle des événements en cours, elles décidèrent, d'un commun accord, de tirer prétexte de la chaleur intense et des terribles tempêtes que le navire essuyait au cap de Bonne-Espérance pour expliquer l'étrange comportement d'Anne.

Sans doute l'adolescente ne fut-elle pas pleinement convaincue par ces affirmations farfelues, car dès lors elle demeura plus souvent que d'ordinaire aux côtés de sa mère. Christy, quant à elle, s'étonnait de n'avoir pas non plus de nouvelles de Baker. Essayait-il de localiser d'abord Harold afin de le mettre en garde avant de répondre à sa cliente ?

Les craintes de sa fille se firent contagieuses. La sexagénaire commença de songer à faire parvenir un télégramme à Edna Ryan pour en avoir le cœur net. Elle balaya bien vite cette idée, car Edna, pratiquement illettrée, redoutait par ailleurs d'utiliser le téléphone. Jamais elle n'aurait le cran de se rendre au bureau de poste pour lui répondre.

Comme on se rapprochait de Madagascar, la sexagénaire se sentit à chaque instant plus prisonnière du navire à bord duquel elle se trouvait. Elle ne pouvait rien faire qui fût susceptible de débrouiller ce navrant écheveau – on était bien trop loin de l'Australie. Excédée par sa propre impuissance, elle passait le plus clair de son temps à arpenter les ponts, où il lui arrivait de participer à des parties de palets ou d'anno-tennis. La nuit, elle s'étendait devant sa cabine sans réussir à fermer l'œil.

Trois jours avaient passé lorsque, dans l'après-midi, elle rendit sa visite quotidienne au commissaire de bord pour savoir si elle avait du courrier. Il sourit en lui remettant deux lettres et un télégramme – elle retint son souffle en déchirant l'enveloppe.

> Harold en voyage d'affaires à Sydney. STOP. Bientôt de retour. STOP. Appeler hôtel Victoria Pitt Street si urgence. STOP. Baker.

Elle exhala un soupir de soulagement, remercia le commissaire de bord avant de se mettre en quête de sa fille.

Celle-ci se tenait sur le pont arrière, assise à l'ombre d'un vélum, tandis que Kathryn et ses amies clapotaient dans une grande piscine en tissu enduit.

— Voilà qui devrait enfin te redonner le sourire, fit la sexagénaire en lui tendant le télégramme.

— Dieu soit loué, souffla Anne.

Elle en relut le contenu, puis replia le feuillet pour le ranger dans son enveloppe.

— Je m'inquiétais de plus en plus, tu sais…

— Je comprends, ma chérie, et je dois t'avouer que je commençais moi-même à me demander ce qui se passait. Mais cette fois, le mystère est résolu. Il ne nous reste plus qu'à profiter au mieux de notre voyage.

— Quelle riche idée tu as eue de prendre contact avec M. Baker !

Christy haussa les épaules.

— Harold et lui travaillent souvent main dans la main. Il m'a paru logique de m'adresser à lui.

Elle tapota avec tendresse la main de son enfant.

— Je suis certaine que ton mari te répondra dès son retour chez vous.

— Tu sais quoi ? Nous devrions fêter cela. Il me semble qu'une bouteille de champagne bien frappé devrait faire l'affaire, qu'en dis-tu ?

— Je suis toujours d'accord lorsque j'entends le mot « champagne ». Cela me fait tant de bien de te voir heureuse à nouveau.

Anne gloussa.

— Merci d'avoir continué de faire confiance à Harold, au moment même où je perdais foi en lui.

J'espère qu'il sait quelle merveilleuse belle-mère tu es.

— Je doute qu'il pense souvent à moi, répondit Christy en observant les jeunes filles en tenues de bain bleu foncé assorties de cols marins rayés de bleu et de blanc. Elles m'ont l'air de s'amuser beaucoup, dis donc. J'ai bien envie de me joindre à elles.

Anne ouvrit tout grand la bouche.

— Mais… c'est impossible, voyons. Ce serait inconvenant, et tu es beaucoup trop vieille pour te promener à moitié nue.

— Je vais te montrer laquelle de nous deux est la plus vieille, murmura sa mère sans animosité.

Après avoir adressé à Anne un sourire espiègle, elle se dirigea vers les boutiques du bord dans l'espoir d'y dénicher un costume de bain.

Sydney

Harold commençait d'étouffer au cœur de cette ville qui ne dormait jamais. Smithson avait par deux fois reporté leur rendez-vous. Il se trouvait depuis près d'une semaine à Sydney.

Il avait consacré une partie de ce séjour forcé à inspecter les entrepôts dont il était propriétaire à Darling Harbour, avant de rendre visite à son chargé d'affaires local, en compagnie duquel il avait consulté les livres de comptes et discuté des commandes les plus récentes. Il était devenu depuis peu l'un des principaux exportateurs de laine de mouton, à quoi il fallait ajouter les vignobles des vallées Hunter et de la Barossa, dont les comptes enfin étaient à l'équilibre, ainsi que ses plantations de tabac, qui lui rapportaient d'énormes bénéfices… Ses affaires se révélaient florissantes.

Il lui tardait à présent de regagner Melbourne, mais son départ dépendait tout entier du bon vouloir de Smithson. Que pouvait-il bien manigancer, ce vieux bougre ? Il avait des cas de conscience, certes, mais un jour vient où l'on se doit d'agir au mieux, même si cela implique de faire taire ses scrupules l'espace d'un instant.

Harold remâchait ces sombres pensées devant un verre de bière, au bar de l'hôtel, lorsque le propriétaire des lieux parut, qui se pencha au-dessus du comptoir :

— Un coup de fil pour vous, fit-il. J'espère que c'est enfin le bon.

— Moi aussi.

Il se hâta en direction du hall de réception, s'empara du combiné.

— Allô ? Smithson ?

— Ici Baker.

— Oh, bonjour, mon vieux.

— Vous n'avez toujours pas entendu parler de Smithson ? C'est pour cette raison que vous restez à Sydney ?

— Je vous l'ai déjà dit lors de notre dernier échange. Il hésite à nous donner un coup de main, de sorte que je suis obligé d'attendre qu'il se décide. Avez-vous de plus amples informations concernant notre affaire ? Avez-vous réussi à obtenir un délai ?

— Ils ont refusé, et ils continuent d'affirmer que leur requête est on ne peut plus légitime. Quant à mes contacts, ils ont épluché tous les documents sur lesquels ils ont pu faire main basse. Chou blanc. Tout paraît en règle. Pire : ils ont déterré un certain nombre d'éléments susceptibles d'accréditer la version de nos adversaires.

— Ne me dites rien, le mit en garde son interlocuteur. Je me méfie des conversations téléphoniques.

Il soupira.

— À part cela, avez-vous de bonnes nouvelles à m'annoncer ?

— Hamish est parvenu à dénicher ses titres de propriété, dont une copie a déjà été produite par un office notarial à Dubbo. Les originaux se trouvent dans leur coffre.

— Parlons-en, des coffres, s'agaça Harold. Dire que si ce vieux bonhomme cessait de cogiter nous tiendrions enfin notre chance de reconstituer le puzzle. Il serait mis du même coup un terme définitif à cette histoire.

L'homme de loi se tut longuement, au point que son interlocuteur crut d'abord que la communication avait été interrompue. Puis il entendit Baker s'éclaircir la voix :

— Nous n'avons que peu de temps, Harold. Êtes-vous bien certain que Smithson ne risque pas de prendre langue avec sa cliente pour lui demander conseil ?

— Comme ils se connaissent depuis fort longtemps, je ne peux être sûr de rien. Alors, j'attends. Même si cette attente me tue à petit feu.

— Je comprends, mais il n'est rien d'autre que je puisse vous dire, et à partir de maintenant il va vous falloir agir avec la plus grande circonspection.

— À partir de maintenant ? répéta son interlocuteur. Pourquoi ?

— Rien qui concerne notre affaire, mais, depuis notre dernière conversation téléphonique, j'ai reçu un télégramme d'une certaine personne qui justement se trouve au centre du litige, et qui me demandait où vous vous trouviez actuellement.

— Que lui avez-vous répondu ?

— Que vous étiez à Sydney pour affaires, et que vous regagneriez bientôt Melbourne. Je n'ai pas menti.

Harold commençait de se sentir soulagé lorsque l'homme de loi enchaîna :

— Un autre télégramme est arrivé aussi, envoyé par votre épouse, et qui me paraît autrement plus préoccupant. On l'a déposé à votre domicile voilà une semaine, mais on vient seulement de me le transmettre. Or elle exige dans son message que vous lui répondiez sur-le-champ.

Harold sentit une sourde angoisse monter en lui.

— Que dit-il, ce télégramme ?

— « Rumeur te prétend à Hobart. STOP. Dis où tu es. STOP. »

Harold lâcha un juron en serrant le poing.

— Comment a-t-elle eu vent de mon séjour là-bas ?

— Je n'en ai pas la moindre idée. Vous et moi sommes les seuls à savoir que vous vous êtes rendu à Bellerive. Ainsi que Mme Ryan.

Il se racla la gorge.

— Depuis, sa mère a dû recevoir ma réponse, ce qui devrait apaiser votre épouse, mais vous seriez probablement bien avisé de lui envoyer un message de votre côté. Vous savez comment sont les femmes…

Un frisson parcourut l'échine d'Harold, qui remercia l'homme de loi avant de raccrocher.

Edna était une commère de la plus belle eau, cela ne faisait pas le moindre doute, mais il était impossible que ces potins échangés entre voisines eussent pu se répandre au point de parvenir jusqu'à Anne. Florence Hardwick, en revanche… Il se rappela ses menaces, son intention affirmée de se venger de lui.

– Maudites bonnes femmes, maugréa-t-il en enfonçant son chapeau sur ses yeux avant de quitter l'hôtel d'un pas lourd.

Il avait déjà suffisamment à faire pour que Florence ne vînt pas, pour couronner le tout, s'inviter à la fête.

Il se rendit avec détermination, la mine rageuse, au bureau du télégraphe, dont il gravit quatre à quatre les marches du perron. Il envoya un message à Anne – qui, soit dit en passant, lui coûta les yeux de la tête –, dans lequel il l'assurait de son dévouement, de sa loyauté envers elle et de l'impatience où il se trouvait de la revoir enfin. Cela fait, il regagna l'hôtel Victoria pour s'y enivrer copieusement.

16

À bord de la Croix du Sud

On se ravitaillait en charbon et en provisions diverses dans le vieux port de Fort-Dauphin, à Madagascar, mais en raison d'un soulèvement contre les colons français le capitaine avait déconseillé à ses passagers de débarquer. Dans les rangs de ces derniers s'étaient élevés des murmures réprobateurs, puis certains s'étaient plaints ouvertement, avant que les plus intrépides prissent la décision de désobéir aux ordres et de se rendre à terre.

Christy et ses compagnes, lasses d'être confinées à bord, s'étaient accoudées au bastingage pour contempler avec envie la baie superbe, les eaux turquoise qui en léchaient le sable, et, à l'arrière-plan, la luxuriante forêt pluviale. À l'évidence, nulle part il n'y avait de troubles, car on ne repérait aucune agitation sur les quais. On n'entendait pas non plus de coups de feu.

— Quelle injustice ! se lamenta Kathryn en regardant accoster l'embarcation où se serraient ces messieurs. Pourquoi ce sont toujours les hommes qui ont le droit de s'amuser ?

— Tu devrais aller à la piscine avec Lucy, lui suggéra sa grand-mère, qui suffoquait dans son corset, ses jupons et le corsage trop ajusté de sa robe.

— Il fait beaucoup trop chaud pour faire quoi que ce soit, décréta Anne. Je vais m'allonger dans ma cabine, sous le ventilateur de plafond.

— Excellente idée, l'approuva Christy. Je crois que je vais t'imiter. J'irai nager plus tard, quand la température aura un peu baissé.

— Je vais me baigner avec Lucy, indiqua Kathryn. Si vous changez d'avis, vous saurez où nous trouver.

Sa grand-mère se dirigea vers sa cabine et se débarrassa de la tenue imposée par les convenances à bord d'un paquebot. Elle se fit couler un bain d'eau fraîche, s'y plongea un moment avant d'enfiler une chemise de nuit en mousseline. On avait abaissé les stores, mais laissé ouverte la porte-fenêtre, afin qu'un souffle de brise, s'il s'en présentait un, pénétrât dans la pièce. Les ventilateurs de plafond brassaient l'air. La sexagénaire se servit un verre d'eau glacée. Enfin, elle s'installa sur une chaise longue. Sans doute aurait-il été plaisant d'aller à terre pour explorer l'île, qui, du pont du navire, paraissait exotique, mais, à vrai dire, elle ne se sentait pas la force de se rendre pour l'heure où que ce fût.

— Tu vieillis, murmura-t-elle pour elle-même. Tu deviens vieille et paresseuse.

Elle sourit, vida son verre et revint aussitôt sur ses paroles. Il régnait à Madagascar une chaleur humide, seule responsable de son apathie et pareille, à très peu près, à celle qui sévissait dans le nord du Queensland. En revanche, bien qu'elle vécût depuis longtemps dans la fraîcheur presque écossaise de la Tasmanie, elle continuait de goûter la chaleur intense et sèche dont on faisait l'expérience dans les immenses étendues désertes autour de Wallangarra.

Elle ferma les paupières et reprit, une fois encore, son voyage dans le temps.

La diligence avait quitté Melbourne à 17 heures et, lorsqu'elle se fut enfin pour de bon éloignée de la ville, les six chevaux accélèrent leur allure. Les ressorts gémissaient sous l'effet des cahots – les passagers, fort à l'étroit dans l'habitacle et serrant contre eux leur bagage, se trouvaient projetés les uns contre les autres.

Christy, son ballot sur les genoux, avait eu la chance de dénicher une place à côté de la portière, ce qui lui permettait de regarder par la vitre et de jouir d'un filet d'air – elle oubliait un peu l'odeur des vêtements sales et des corps mal lavés. La chaleur devenait insoutenable, la sueur trempait les cheveux de l'adolescente, ainsi que ses sous-vêtements. Ballarat se situait à plus de cent kilomètres, selon le cocher, qui espérait s'y trouver le lendemain matin à la première heure. Christy priait pour que la température baissât durant la nuit, afin de rendre le périple plus supportable.

Le cuir de la banquette l'indisposait de plus en plus, au point qu'elle se mit à envier les Chinois perchés sur le toit de la diligence. Eux, au moins, étaient à l'air libre. Elle s'efforça de ne plus bouger, mais, au contraire de Jamie, elle se sentait si enthousiasmée par tout ce qu'elle avait découvert à Melbourne qu'elle ne tenait pas en place – à quoi il fallait ajouter sa joie de revoir bientôt Finlay.

Comme les kilomètres s'accumulaient, elle songea à Melbourne, où, depuis le port, son frère et elle avaient gagné le centre-ville à bord d'une charrette tirée par seize bœufs – de quoi leur épargner une marche trop longue ou le prix d'un ticket de tram, bien que les bêtes les eussent menés au train de l'escargot.

Melbourne avait constitué pour la jeune fille une véritable révélation. Elle jugea les habitants si élégamment vêtus qu'elle s'affligea d'abord de sa tenue provinciale et mitée. Mais elle oublia bien vite sa honte, happée par la formidable beauté de cet endroit si populeux.

Jamie et sa sœur avaient aimé les ponts jetés au-dessus du Yarra, le fleuve au bord duquel, sur une herbe très verte et très douce, les Melbourniens pique-niquaient, quand ils ne flânaient pas à l'ombre des eucalyptus, des acacias et des pins. Des fleurs exotiques égayaient les parcs, où des fontaines ornementales se dressaient à la croisée des allées gravelées. Des ibis aux pattes interminables picoraient au beau milieu de pelouses entretenues avec soin ou arpentaient les abords des salons de thé dans l'espoir d'y dérober quelques miettes.

Les deux adolescents avaient également pénétré à l'intérieur de la cathédrale Saint-James, avant de regarder s'affairer les ouvriers sur un chantier dont naîtrait bientôt le siège du Parlement de l'État de Victoria.

Christy guigna son frère, qui s'était endormi, les bras croisés, le menton sur la poitrine, sa caisse à outils et le métier à tisser de sa sœur installés sous ses pieds. Il aurait préféré demeurer à Melbourne, où, à l'évidence, on avait grand besoin de menuisiers, mais

Christy avait hâte d'atteindre Ballarat avant qu'ils eussent dépensé tout leur argent. Car la magnificence de Melbourne avait un prix: tout s'y révélait extrêmement cher. À l'idée de partir, Jamie s'était rembruni, et, l'adolescente ayant échoué à lui rendre sa bonne humeur, elle l'avait laissé bouder tandis qu'elle achetait leurs billets pour la diligence, avant de leur trouver de quoi manger.

L'homme qui lui avait vendu les titres de transport l'avait mise en garde contre les drôles de types qu'elle risquait sous peu de croiser. Lorsqu'elle eut jeté quelques coups d'œil en direction de ses compagnons de voyage, elle comprit ce qu'il avait voulu dire. Il se trouvait là une majorité d'hommes aux cheveux grisonnants, auxquels elle était incapable de donner un âge, des hommes aux mains calleuses, chacun arborant un chapeau à large bord taché de sueur et de crasse. Leurs bottes, couvertes de poussière, exhibaient les mille éraflures des chaussures longtemps portées. Ces garçons se révélèrent taiseux, la saluant à peine d'un frôlement de l'index au bord de leur chapeau. Très vite, ils s'étaient endormis, ronflant et maugréant dans leur sommeil.

La nuit tomba peu à peu, et Christy finit par s'assoupir à son tour, rafraîchie par une brise légère et bercée par le mouvement de la diligence.

Il lui sembla qu'une minute à peine s'était écoulée lorsqu'elle entendit brailler le cocher. Les chevaux se tenaient immobiles, il faisait jour à nouveau et les autres passagers se dépêchaient de descendre. L'adolescente rassembla ses affaires à la hâte pour suivre son frère.

Les Chinois, pour leur part, descendaient un à un du toit, chargés de sacs, de pelles et de pioches, leur longue natte ballottant de sous leur étrange couvre-chef conique. Christy les dévorait des yeux malgré elle, car jamais encore elle n'avait vu de gens de cette espèce – leurs yeux en amande et la peau dorée de leur visage la fascinaient.

Jamie lui expédia sans ménagement un coup de coude dans les côtes.

— Viens, bâilla-t-il. Allons chercher de quoi manger. Je meurs de faim.

Ayant installé plus confortablement son balluchon entre ses bras, l'adolescente considéra avec curiosité la ville que Finlay avait faite sienne. Les deux jeunes gens ne tardèrent pas à faire halte devant un grand hôtel équipé de vérandas qui jetaient leur ombre sur un trottoir en planches courant le long de bâtiments tous à peu près semblables, qui bordaient une rue large et poussiéreuse. De l'autre côté de la chaussée, des auvents ombrageaient un trottoir identique. On découvrait là un curieux fatras de constructions variées, de tailles, de hauteurs et de styles différents.

Le soleil se levait, dans un ciel opalescent, au-dessus des toits de tôle ondulée mangés de rouille, mais, en dépit de l'heure matinale, il faisait déjà chaud et dans la rue circulaient des hommes, des mules, des chevaux et des voitures surchargées. Le forgeron s'affairait dans sa forge. Les boutiques avaient ouvert leurs portes, où l'on vendait à peu près tout, du cure-dent au tamis de prospecteur, cependant qu'à l'extérieur se donnaient à voir des tas de pelles, de pioches, ainsi que des brouettes remplies de sacs de farine, de sucre et de riz.

Christy et son frère poursuivirent leur périple pour se dégourdir les jambes et détendre leurs muscles raidis par le long trajet à bord de la diligence. Ils virent le bureau de poste, l'hôtel de ville, avant de s'arrêter devant l'épicerie générale : sur une porte, juste à côté, on avait apposé une pancarte : *C. Smithson, Commissaire à l'assermentation et notaire*. Cette porte était verrouillée, et un écriteau apprit aux visiteurs que M. Smithson ne commençait sa journée qu'à 9 heures. Ils avaient tout le temps de se repérer un peu et de manger quelque chose.

Un peu plus loin, un homme, penché au-dessus d'un brasero, y faisait cuire de la viande et des épis de maïs, tandis qu'au fond d'une poêle rissolaient des oignons. Jamie acheta deux steaks accompagnés d'oignons, que le commerçant fourra dans un gros morceau de pain, de même qu'un épi de maïs dégoulinant de beurre. Les jeunes gens s'assirent sur un banc pour se restaurer.

Christy n'en finissait plus de s'étonner : elle ne voyait ici aucune femme, aucun enfant, et quant à ces messieurs ils se ressemblaient tous, vêtus de toile grossière, coiffés sans exception de leurs chapeaux à large bord. Ils arboraient des barbes épaisses et emmêlées, dont certaines si longues qu'elles tombaient jusque sur la poitrine de leur propriétaire. Certains exhibaient des bretelles, d'autres comptaient sur un bout de ficelle pour faire tenir leur pantalon. Ils semblaient n'avoir, ni les uns ni les autres, pris de bain depuis de nombreux mois – pour ce qui était de la lessive, peut-être leurs habits n'en avaient-ils jamais vu la couleur.

De nombreux Chinois se hâtaient aussi, en bavardant entre eux dans leur curieux langage. D'autres étrangers, plus exotiques encore aux yeux de Christy, le regard sombre, affublés d'amples robes et de turbans, menaient des dromadaires – l'adolescente n'en avait vu jusqu'alors que dans de vieux livres d'école. Avec placidité, les grandes bêtes déambulaient, chargées d'outils volumineux et de machines, mais il semblait que, de sous leurs couvertures frangées aux couleurs vives, leur pelage se défît par plaques, et ils émettaient de drôles de borborygmes pour, eût-on dit, récriminer contre le poids des charges qu'on les contraignait à porter.

Après avoir fini de manger, elle se lava les mains et le visage dans un abreuvoir à chevaux, brossa prestement ses cheveux, qu'elle rassembla en un chignon haut. Elle reprit son exploration, pendant que Jamie, qui gardait leurs affaires, buvait de la bière au goulot.

La ville se situait dans une grande vallée, entre de douces collines couvertes d'arbres. Partout on devinait que l'or avait amené ici la prospérité, car il n'était pas jusqu'à la plus modeste bâtisse qui ne fût peinte de frais et pourvue de vitres très propres. Les boutiques se révélaient bien approvisionnées, et Christy repéra même un petit parc à la pelouse impeccable piquée d'arbres offrant au promeneur une ombre bienfaisante, avec des bancs et des parterres de fleurs aux coloris éclatants.

Au-delà de la ville s'étendaient d'immenses pâturages verdoyants où poussaient des boqueteaux d'eucalyptus. Plus loin encore se distinguait un village de tentes – c'était là, sans doute, songea l'adolescente, que vivaient les prospecteurs.

Une main en visière pour se protéger du soleil qui, depuis leur arrivée, s'était élevé au-dessus de la plus haute colline, elle se demanda si c'était aussi là-bas que Finlay habitait, ou si on l'avait ramené en ville pour soigner ses blessures. Dans sa lettre, M. Smithson ne fournissait que peu d'informations, en sorte que Christy ne savait pas à quoi s'attendre. Elle espérait que son frère serait suffisamment rétabli pour qu'elle réussît à le convaincre de rentrer avec elle en Tasmanie.

Comme elle retournait auprès de Jamie, elle le trouva en grande conversation avec un costaud au visage tanné, aux bras plus gros que des jambons. Ils ne tardèrent pas à échanger une poignée de main, après quoi l'inconnu franchit les portes battantes du saloon.

— C'est Fred Harris, exposa Jamie à sa sœur. Le propriétaire de cet hôtel. Il m'a demandé d'effectuer quelques travaux chez lui pendant notre séjour.

Il souriait d'une oreille à l'autre.

— Je l'ai prévenu que nous ne resterions pas longtemps, mais il a des fenêtres à réparer et quelques meubles à arranger. Il m'a offert une somme rondelette.

Christy sourit de le voir si enthousiaste.

— C'est merveilleux, commenta-t-elle à l'instant où l'horloge de l'hôtel de ville sonnait 13 heures. Quand commences-tu ?

— Maintenant.

Et Jamie de s'emparer de sa caisse à outils, avant de jeter son sac sur son épaule.

— Tu n'as pas besoin de moi pour aller voir Smithson, n'est-ce pas ? Et autant que je gagne un peu d'argent quand l'occasion se présente.

L'adolescente n'avait pas très envie de rendre visite à l'homme de loi sans lui, mais son frère était si heureux qu'elle n'eut pas le cœur de le lui dire.

— Très bien. Je viendrai te voir quand j'aurai appris où se trouve Finlay, et comment il se porte.

Jamie se hâta en direction du saloon. Christy rajusta sa coiffure, lissa sa robe des deux mains, ramassa son ballot et son métier à tisser. La chaleur ne cessait de s'intensifier, au point que la tête lui tournait un peu, sa robe était trop épaisse, et trop serré son corset, mais tant qu'elle n'aurait pas trouvé Finlay elle ne pouvait rien faire.

Elle poussa la porte, qu'on avait déverrouillée, pour pénétrer dans une petite entrée carrée donnant sur une volée de marches cirées. Elle prit son balluchon entre ses bras, gravit l'escalier lentement en écoutant résonner le bruit de ses pas dans le silence des lieux. Parvenue sur le palier, où d'autres marches menaient à l'étage, elle repéra une porte vitrée sur laquelle était inscrit le nom du notaire. Elle frappa avec hésitation.

Elle s'était imaginé un homme gras et vieux, chauve, mais Smithson devait avoir une trentaine d'années à peine. Il était très grand et très mince. Il possédait un long visage pâle, des yeux bruns et un sourire chaleureux. La jeune fille se sentit aussitôt à son aise.

— Je m'appelle Christy MacInnes. Vous m'avez écrit au sujet de mon frère, Finlay.

— Je suis enchanté de faire votre connaissance, répondit le garçon en lui serrant la main. Je vous en prie, permettez-moi de vous décharger de votre fardeau. Il m'a l'air très lourd.

Discernant l'accent anglais de son hôte, l'adolescente fut derechef sur ses gardes, car, sur l'île de Skye, c'était des Anglais qui les avaient si cruellement chassés de chez eux.

Elle le suivit avec méfiance dans son bureau, où ne se donnaient à voir qu'une table, deux chaises et trois gros meubles de rangement. Le soleil s'insinuait entre les lames des stores partiellement descendus sur la rangée de fenêtres donnant sur la rue. Une lampe à pétrole pendait au centre du plafond.

— Vous avez chaud, mademoiselle MacInnes, et vous devez être assoiffée. Puis-je vous offrir un rafraîchissement ?

De sa main aux longs doigts élégants, il eut un geste pour désigner une cruche emplie d'eau et une bouteille de cordial.

Avant que l'homme se fût installé dans son vieux fauteuil de cuir, Christy avait englouti deux grands verres d'eau. Elle remarqua aux murs, tandis qu'elle buvait, des diplômes dans leurs cadres, une imposante pendule et des étagères sur lesquelles s'alignaient d'épais ouvrages de droit, ainsi qu'un fouillis de documents roulés retenus par un ruban rose. Aucun objet personnel qui aurait pu lui en apprendre davantage sur son hôte.

— Mon frère est-il grièvement blessé ? s'enquit-elle, assise à présent sur la pointe des fesses. Et où se trouve-t-il ? Je dois lui rendre visite.

— On l'a découvert au fond d'un puits de mine, déclara Smithson. L'un des barreaux de son échelle était pourri, il a cédé sous son poids.

Il considéra la jeune fille avec gravité.

— Il souffrait de plusieurs fractures et d'une commotion cérébrale. C'est pour cette raison que Joseph O'Driscoll, son ami, l'a amené en ville dans sa charrette, après quoi il a payé la femme de l'un de nos hôteliers pour qu'elle s'occupe de lui.

— De quel hôtel s'agit-il ?

— Le Ballarat, de l'autre côté de la rue.

— J'y vais.

Christy se mit debout.

— Il ne s'y trouve plus, mademoiselle MacInnes, et personne ne sait où il est allé.

L'adolescente se laissa tomber sur sa chaise.

— Mais… S'il souffrait de blessures graves, il n'a pas pu aller bien loin. Et cette ville n'est pas immense. À vous entendre, on croirait qu'il s'est volatilisé…

— Ici, les gens ne cessent d'aller et venir. Et, selon Mme Harris, la veille de son départ, il se trouvait déjà en voie de guérison, car le soir il avait bu quelques verres dans sa chambre en compagnie de Joe. Il a pu décider tout à coup de se rapprocher d'un autre champ aurifère. Finlay n'appréciait guère de demeurer longtemps au même endroit.

— Vous lui avez pourtant dit que vous m'aviez écrit, n'est-ce pas ?

— Bien entendu. Il m'a ordonné de vous envoyer une autre lettre pour vous dissuader de venir.

Il soupira.

— À l'heure qu'il est, cette missive vous attend probablement en Tasmanie.

Christy fronça les sourcils, la cervelle en ébullition.

— Je ne comprends pas, murmura-t-elle. Il me connaît assez pour savoir que rien ni personne n'aurait pu m'empêcher de me rendre auprès de lui. Alors… Pour quelle raison a-t-il filé ?

Son hôte lui versa un troisième verre d'eau.

— Je suis navré, mademoiselle MacInnes, je ne puis vous être d'aucune aide sur ce point.

Christy se désaltéra.

— Vous m'avez indiqué dans votre lettre qu'on lui avait volé son or. Cela s'est-il passé avant ou après son accident ?

— Son ami Joseph m'a assuré que, le matin du jour où il est tombé de son échelle, l'or se trouvait encore en sa possession. Il avait d'ailleurs prévu de le déposer à la banque quelques heures plus tard.

— Dans ce cas, il ne s'agissait peut-être pas d'un accident. Le barreau d'une échelle qui se brise, un homme qui dégringole au fond d'un puits de mine où il aurait fort bien pu se rompre le cou, une cachette avec de l'or… Si vous voulez mon avis, cela sent le coup monté.

— Cela m'a également traversé l'esprit, avoua Smithson. Ce ne serait d'ailleurs pas le premier « accident » de cette sorte à se produire dans la région. Chez nous, les jalousies et les rivalités sont légion, et si l'on y ajoute quelques excès d'alcool, la situation a tôt fait de dégénérer.

Il soupira de nouveau.

— Mais Joseph m'a affirmé que votre frère était très apprécié parmi les prospecteurs, que jamais il ne se vantait de ses trouvailles ni ne manifestait d'agressivité quand il avait trop bu. D'autres m'ont également appris qu'il leur offrait très volontiers son aide en cas de besoin, s'ils tombaient malades ou se retrouvaient sans le sou.

— À Hobart, monsieur Smithson, j'ai entendu de nombreux récits. L'or rend les hommes avides.

Comme il ne commentait pas, elle enchaîna :

— Il faut que je parle à Joseph O'Driscoll. Où puis-je le trouver ?

— À Eureka Lead, répondit-il à contrecœur. Mais il ne s'agit pas d'un lieu digne d'une jeune demoiselle telle que vous et…

— J'aurai bientôt dix-huit ans. Autrement dit, je ne suis plus une enfant. Joseph et les autres mineurs auront peut-être une idée de l'endroit où s'est rendu mon frère. Je dois leur parler.

— Je vais envoyer un message à Joseph pour lui demander de venir ici.

— Cela prendra trop de temps. À quelle distance de Ballarat ces mines se trouvent-elles ?

— On distingue d'ici les tentes de certains prospecteurs. Mais je vous conseille vivement de ne pas vous y rendre seule.

— Ce ne doit quand même pas être aussi dangereux que vous semblez le penser ?

— Ces hommes sont des rustres. Peu accoutumés, de surcroît, à une présence féminine.

Il la considéra avec bienveillance avant d'exhaler un soupir résigné :

— Mais, puisque vous insistez, je vais vous accompagner.

La sexagénaire ouvrit les paupières – un souffle d'air bienvenu venait de s'insinuer par les portes ouvertes. Le soleil déclinait, le ciel s'assombrissait. Elle entendait le grondement sourd des turbines, sentait le léger roulis du navire. On avait quitté les côtes malgaches. Ses pensées demeuraient cependant tournées vers cette première journée passée à Ballarat.

En dépit du manque d'aménité de l'adolescente qu'elle était alors, Charles Smithson avait redoublé de gentillesse à son égard. Lui ayant posé des questions sur son frère cadet, ainsi que sur l'existence qu'ils menaient tous trois avant de venir en Australie, puis ayant découvert que Jamie et Christy n'avaient nulle part où dormir, il leur avait proposé de s'installer dans les chambres situées au-dessus de son bureau, aussi longtemps qu'ils le souhaiteraient. Il ne demandait qu'une chose en échange : que la jeune fille lui préparât chaque soir son repas. Cette dernière, d'abord méfiante et le soupçonnant de cacher des intentions malhonnêtes, avait découvert des chambres propres et bien meublées, et, se dit-elle, puisque le notaire avait aussi invité son frère à loger là, c'est qu'il devait être en réalité un homme respectable. Elle accepta la proposition.

La sexagénaire quitta sa chaise longue pour aller chercher une robe de chambre, qu'elle enfila par-dessus sa chemise de nuit avant de relever les stores et de se rendre sur le pont.

Son séjour à Ballarat, puis à Bendigo, avait changé sa vie. Elle y avait reçu une âpre leçon sur les caprices de l'amour, elle avait renoué avec les affres de la trahison et, de nouveau, son cœur s'était brisé – comme elle était naïve alors, et sotte.

Jouissant de la brise fraîche, elle soupira : malgré son âge et les mille épreuves qu'elle avait traversées, elle éprouvait toujours les mêmes regrets, le même chagrin. Elle se gronda soudain de s'abandonner ainsi à la sentimentalité. Quelques brasses dans la piscine lui rendraient sa bonne humeur. Comme elle allait regagner l'intérieur de sa cabine pour y passer son costume de bain, on frappa à la porte, et une enveloppe en papier kraft se trouva glissée sous la porte.

Elle se hâta de ramasser le télégramme, s'interrompit quelques secondes avant de l'ouvrir.

> Harold a la clé. STOP. Conseil urgent souhaité. STOP. Smithson.

Christy tituba, manqua de s'affaler dans un fauteuil tout proche. Son cœur battait à rompre, et ses pensées dansaient à présent sous son crâne une terrible sarabande. Elle relut plusieurs fois le message.

Elle ferma les paupières. Son sang battait dans ses oreilles. Harold s'était donc bel et bien rendu à Bellerive, non pour y retrouver Florence en cachette, mais pour mettre le nez dans son plus grand secret. Comment avait-il fait pour dénicher la clé, pour obtenir le code permettant d'ouvrir le coffre ? Puis par quel sortilège avait-il fait le lien avec celui de Charles à Sydney ? C'était impossible…

Elle avait cru ce secret enfoui à jamais grâce aux précautions qu'elle avait prises. Elle s'était trompée. Si lourdement trompée… Et voilà qu'Harold avait placé ce pauvre Charles dans une situation intenable.

Elle tremblait. Quelque chose de grave avait dû se produire pour que son beau-fils eût été réduit à de pareilles extrémités. Baker était-il de mèche ? Le télégramme qu'il lui avait fait parvenir visait-il uniquement à lui cacher la visite d'Harold à Skye House ? Qu'en était-il de James et d'Hamish ? Se trouvaient-ils tous deux, en ce moment même, face à un dilemme dont ils ne pourraient sortir qu'avec le concours de leur beau-frère ?

Du silence obstiné des trois garçons, on pouvait déduire sans peine qu'ils se refusaient à informer Christy de la situation, et, bien qu'elle comprît qu'ils tentaient de la protéger, elle enrageait de devoir ainsi demeurer dans les ténèbres. C'était, de sa part, une réaction irrationnelle, elle ne l'ignorait pas, car, si loin de l'Australie, elle était impuissante. Elle se demandait néanmoins ce qu'Harold, en fouinant comme il venait de le faire, avait trouvé d'autre dans ses papiers.

Elle relut pour la énième fois le télégramme. Combien de temps avait-il fallu à Charles pour se résoudre à prendre contact avec elle ? Il connaissait le contenu du coffre, dont il savait aussi qu'une fois mis au jour il affecterait certes Christy, mais menacerait du même coup la cohésion de la famille tout entière. Le malheureux devait se trouver sur des charbons ardents. Ce qui signifiait qu'elle n'avait d'autre choix que de s'en remettre à lui, en priant pour qu'il prît la bonne décision, quelles que pussent en être les conséquences…

Comme le ciel s'assombrissait encore, elle resserra sa robe de chambre en se rappelant les conseils avisés que le notaire, bien des années plus tôt, lui avait prodigués. C'était lui qui, alors, avait rédigé ces documents dont elle s'était imaginé, jusqu'à ce jour, qu'ils lui permettraient de poursuivre son existence sans encombre et d'assurer la sécurité de ses proches.

Hélas… Ses péchés de jeunesse la mordaient maintenant aux mollets, et, bien qu'elle n'eût pas d'idée précise concernant l'identité de celui ou celle qui se montrait désireux de détruire sa famille, elle songeait à quelqu'un. L'heure avait sonné pour elle d'affronter ses actes passés, et de défendre bec et ongles tout ce qui lui tenait le plus à cœur.

17

Sydney

À bout de patience, Harold pénétra en trombe dans l'immeuble abritant les bureaux de Charles Smithson. À la réception se tenait un homme entre deux âges qui ne pouvait être que le fils du notaire.

— Il faut que je voie Charles Smithson, déclara le visiteur sur un ton impérieux.

— Je suis navré, mais mon père ne se trouve pas ici aujourd'hui, répondit calmement son interlocuteur.

— Où est-il ? Je dois lui parler de toute urgence.

L'homme le toisa.

— Êtes-vous Harold Ross ?

— En effet, et je ne supporte plus de devoir m'encroûter à Sydney en attendant que votre père daigne prendre enfin une décision. Le temps presse, et j'ai déjà perdu deux semaines.

— En dépit de son âge, mon père est un homme extrêmement occupé, mais je suis certain que si votre affaire se révèle aussi urgente que vous semblez le penser, il reprendra contact avec vous dès qu'il le jugera nécessaire.

Résigné à passer au plan B, Harold tira l'épaisse enveloppe de sa poche intérieure.

— Puisque me voilà coincé dans cette ville, je souhaite mettre ceci en sécurité dans l'un de vos coffres.

Il s'était exprimé avec sécheresse.

— Bien sûr, monsieur.

Il fit glisser un formulaire en direction de son visiteur, attendit que ce dernier l'eût rempli.

— Si vous voulez bien me suivre, fit-il après avoir récupéré le feuillet, et il ferma à clé la porte derrière lui.

Harold lui emboîta le pas dans le couloir menant à une volée de marches qu'on descendit pour se retrouver face à une très lourde porte en acier. Le fils de Charles Smithson fit tourner la roue qui en occupait le centre, puis ouvrit la porte au moyen de deux clés. Harold découvrit un sous-sol immense où s'alignaient des coffres-forts, dont les derniers se perdaient dans la pénombre. Impossible pour le visiteur de distinguer les numéros. Impossible de repérer le coffre de Christy.

Son hôte ouvrit la porte d'un coffre tout proche, à l'intérieur duquel Harold glissa la précieuse enveloppe. Son coffre portait le numéro soixante-trois, quand celui de sa belle-mère se situait autour des quatre mille. Il remisa la clé dans la poche de son gilet.

Il quitta la salle à la suite du fils de Charles Smithson, gravit l'escalier, puis, sans un mot, sortit de l'immeuble. La mine sombre, il regagna l'hôtel pour y récupérer son cheval. À l'évidence, le plus talentueux des cambrioleurs échouerait à s'introduire dans la salle des coffres dont il venait d'émerger. Cela lui évitait une escapade dans les quartiers mal famés de la ville, où il avait d'abord eu l'intention de se rendre pour s'y arroger les services d'un malfrat.

Tandis qu'il sellait sa monture, il décida, en l'absence de l'homme de loi, de quitter la ville pour la journée, afin de respirer un peu d'air pur. Les innombrables voitures et les camionnettes de livraison crachaient des fumées dans un vacarme permanent. Harold ne rêvait plus que de silence, loin de l'agitation des foules.

Son cheval, qui pas plus que son maître n'appréciait le raffut, secouait la tête en permanence. Celui-ci, serrant les rênes, tentait de le rassurer à voix basse, l'encourageait de son mieux. On s'éloigna peu à peu du centre-ville, en direction des collines qu'Harold apercevait au loin. La pluie avait cessé. Bientôt, l'air se fit moins vicié ; l'homme respirait mieux.

Le quartier de Surry Hills se composait de rangées de maisons mitoyennes, le long de rues paisibles bordées d'arbres. Le cheval se sentait plus à son aise. Il ne se trouvait pas ici de voitures, et la présence humaine se résumait à l'apparition occasionnelle d'un piéton.

Harold demeurait préoccupé. Ses conversations par radio avec ses deux beaux-frères s'étaient soldées par des querelles, que l'obligation de ne rien révéler de compromettant sur ces lignes ouvertes à tous rendait d'autant plus éprouvantes.

Il avait été finalement mis un terme à ces communications, Hamish et James ayant décrété qu'ils allaient venir à Sydney. L'homme n'était pas particulièrement pressé de les voir.

Le silence de Charles Smithson le mettait à la torture. Pourquoi diable ne se résolvait-il pas à ouvrir le coffre ? Après tout, Harold lui avait tout raconté, et s'il se trouvait bel et bien, là-dedans, les documents escomptés, il était certain que Christy lui donnerait raison de vouloir s'en servir pour tuer le scandale dans l'œuf, avant qu'on allât en justice. Harold éprouvait une immense lassitude : il s'était mis en quatre, mais il lui semblait qu'à présent les membres de cette famille qu'il s'efforçait d'aider le repoussaient de plus en plus. Si ces derniers n'y mettaient pas du leur, il n'arriverait à rien.

Le rugissement d'un moteur l'arracha à ses cogitations : roulant à tombeau ouvert, une voiture se dirigeait vers le sommet de la colline.

Le cheval d'Harold fit un écart, se retrouva au beau milieu de la route malgré les efforts du cavalier pour le ramener à la raison.

Le conducteur du bolide fit hurler ses freins, ses pneus crissèrent sur la chaussée mouillée, le moteur pétarada sans que l'on pût rien faire pour empêcher le véhicule de foncer vers l'homme et sa monture.

Celle-ci se cabra en hennissant d'effroi – elle fouetta l'air de ses sabots.

La voiture fit une embardée, manquant de peu la grande bête, freina encore, freina plus fort pendant qu'Harold essayait de maîtriser en dépit de tout le cheval terrorisé.

Lorsque le bolide s'immobilisa enfin, son conducteur klaxonna en injuriant le cavalier, battant des bras avant de redémarrer, puis de s'éloigner, brûlant à nouveau le pavé dans un impressionnant chapelet de détonations.

Cette fois, le cheval rua, et Harold manqua de passer par-dessus l'encolure. Avant qu'il se fût correctement remis en selle, l'animal renâcla, rua encore. Le cavalier se trouva projeté dans les airs.

Il retomba lourdement sur la chaussée, dans une terrible secousse qui lui coupa le souffle, puis, tandis que s'évanouissaient les hennissements de la monture en fuite, Harold heurta de la tête le bord du trottoir et perdit connaissance.

*

Épuisé par une longue et pénible journée, Charles Smithson se demandait si, à soixante-quinze ans, l'heure n'avait pas sonné pour lui de prendre sa retraite. Le testament de l'une de ses clientes se voyait contesté par une parentèle cupide qu'il avait passé de nombreuses heures à tenter de raisonner. En vain. Les dissensions entre les uns et les autres se révélaient si graves qu'il faudrait, pour régler l'affaire, se résoudre à se présenter devant les tribunaux.

Après cette réunion houleuse, il s'était rendu au cimetière pour y déposer des fleurs sur la tombe de sa défunte épouse, à laquelle il avait parlé, comme il avait eu coutume de le faire de son vivant chaque fois qu'il rencontrait des difficultés. Sa femme, en effet, se révélait pleine de sagesse. Hélas, elle ne pouvait plus, désormais, lui prodiguer ses conseils, mais le seul fait de se confier à elle le rapprochait souvent de la solution, après quoi il se sentait mieux.

Ce jour-là, néanmoins, sa visite n'avait pas fait taire son tourment concernant Christy et le télégramme que sa conscience lui avait commandé d'expédier. Il ne pouvait guère qu'imaginer le désarroi dans lequel son message avait dû la plonger. Il aurait préféré n'en pas arriver là, mais en arrêtant une décision sans son aval il aurait trahi la promesse, qu'il lui avait faite bien des années plus tôt, de ne jamais dévoiler à personne le contenu du coffre. Leur amitié exigeait, de l'un comme de l'autre, une honnêteté absolue.

Il gravit avec lenteur les marches du perron, pénétra dans ses locaux où son fils, installé à la réception, se trouvait plongé dans des livres de comptes.

— Il est plus de 18 heures, John. Rentre chez toi pour y retrouver ton épouse et tes enfants.

— Tu m'as l'air d'avoir vécu une rude journée, répondit John en refermant le livre. Des problèmes avec le testament de Mme Jackson ?

Son père soupira.

— Cette pauvre Mme Jackson doit se retourner dans sa tombe.

Il posa sa serviette sur le comptoir, se frotta le visage de ses deux mains.

— As-tu des nouvelles à me transmettre avant que je monte dans mes appartements ?

— Tu as reçu la visite de M. Ross. Il était hors de lui. Il a ouvert un coffre pour y déposer des documents.

Charles haussa un sourcil, récupéra sa serviette tandis que John baissait le rideau de fer avant de le cadenasser.

— J'ai eu l'impression qu'il en profitait pour jeter un coup d'œil à notre système d'alarme, ajouta-t-il.

Après avoir fermé derrière lui la porte du bureau, il fit disparaître, dans l'une de ses poches, un volumineux trousseau de clés.

— Tu devrais te ménager, papa. Tu as l'air épuisé. Viens donc dîner à la maison. Margaret prépare toujours à manger pour un régiment, et tu sais que tu es le bienvenu chez nous.

Charles lui tapota l'épaule, reconnaissant et fier que son fils se révélât un être aussi attentionné.

— J'ai beau adorer la cuisine de ta femme et la compagnie de mes petits-enfants, ce soir, il me faut du calme pour réfléchir. Mais je te remercie, John. Demain, peut-être.

Celui-ci allait ouvrir la porte principale quand il se ravisa, puis, touchant la poche de sa veste :

— Zut alors, fit-il en manière d'excuse. J'ai failli oublier. Ce matin, tu as reçu un télégramme. S'agit-il de celui que tu attendais ?

Charles le guigna, hocha la tête, souhaita à son fils la bonne nuit et, au lieu de monter chez lui, au troisième étage, il gagna son bureau. Il en alluma les lampes pour en chasser les ténèbres, puis le poêle à gaz au nez de la fraîcheur tombée avec le soir, en cette fin du mois de juillet. Ayant suspendu sa veste et son chapeau, il se versa un grand verre de whisky avant de s'installer dans son fauteuil favori.

Il avala une copieuse gorgée d'alcool, posa, avec précaution, le verre sur une table basse, puis, après quelques secondes d'hésitation, ouvrit le télégramme.

> Si lien avec Ballarat alors ouvrez. STOP. Aidez Harold. STOP. Si non. STOP. Détails supplémentaires d'abord. STOP. Christy.

Charles laissa voleter le feuillet jusque sur la table, et s'abîma dans ses pensées. Émettant de loin en loin de petits bruits secs, le gaz sifflait dans les lampes, dont la flamme vacillait en raison d'un courant d'air qui se glissait sous la porte. Ce qui risquait maintenant d'advenir, Christy et lui le redoutaient depuis de nombreuses années. Et pourtant... À mesure que le temps passait, ils avaient cru l'un et l'autre que la menace allait diminuant, au point de l'oublier presque.

Le choc éprouvé par Charles n'en avait été que plus rude – il osait à peine songer à ce que sa vieille amie ressentait, obligée, par surcroît, de porter seule le poids de ce fardeau sans pouvoir se confier à quiconque autour d'elle. Il regrettait de n'être pas à ses côtés en cet instant même, pour lui offrir son réconfort et lui prodiguer les conseils dont elle avait forcément besoin.

C'était dans des moments comme celui-ci que l'absence de son époux devait la faire tout particulièrement souffrir, songea-t-il avec tristesse. Celui-ci, en effet, était un homme sage, qui aimait sa femme du plus profond de son âme et, puisqu'il se trouvait avec elle lorsqu'elle avait traversé ces terribles épreuves, il aurait tout compris et aussitôt assuré Christy de son soutien inconditionnel.

Quel était son état d'esprit, sachant, en dehors de l'exaspération induite par la distance qui l'empêchait d'obtenir la totalité des informations, qu'elle allait devoir s'ouvrir à sa fille et à sa petite-fille de choses éminemment personnelles, de choses intimes ? Anne connaissait déjà une partie de l'histoire, raison pour laquelle ces documents avaient été ajoutés aux autres huit ans plus tôt, mais Charles n'avait aucune idée de ce que l'aînée de Christy ignorait encore.

À présent que Thomasina Brown lui forçait la main, elle allait devoir préparer les siens au pire en leur révélant tout. Il s'agirait là d'une tâche effroyable, mais, dès l'instant où elle avait pénétré dans son bureau de Ballarat, Charles Smithson avait compris que Christy était une formidable battante, dont rien ni personne ne saurait avoir raison.

Toutefois, il continuait de s'en vouloir. Pourquoi ne l'avait-il pas mise en garde lorsqu'elle s'était rendue à Eureka Lead ? Pourquoi ne l'avait-il pas arrêtée avant qu'il ne fût trop tard ? Il l'avait prise sous son aile, mais au moment précis où elle avait eu le plus besoin de lui, il lui avait fait faux bond.

Il vida son verre de whisky, puis déverrouilla le tiroir de son bureau, dans lequel il avait rangé la clé du coffre après avoir longuement ferraillé avec sa conscience, puis envoyé le télégramme à son amie. Il était temps, à présent, de renouer avec ces documents qui, il l'espérait, mettraient fin à l'action intentée par Thomasina Brown.

Un moment plus tard, il était de retour dans son bureau, où il s'assit lourdement, le corps las, avant d'étaler les papiers sur sa table de travail. Ayant chaussé ses lunettes, il examina chacun d'entre eux avec attention, vérifiant et revérifiant, afin de s'assurer qu'ils suffiraient à démontrer que les revendications de Mme Brown concernant Wallangarra se révélaient infondées, même si cette dernière avait elle-même produit une soi-disant preuve avérant le contraire – et ce document, comment diable était-elle parvenue à se le procurer ? Charles en perdait son latin.

Mais, lorsqu'il eut rangé l'ensemble des papiers dans leur enveloppe, il eut l'intuition d'avoir manqué quelque chose. Quelque chose d'important. Il se creusa les méninges, finit par décréter pour lui-même qu'il se sentait décidément trop fatigué pour se concentrer encore. S'il avait laissé passer un élément clé, il s'en souviendrait forcément au terme d'une bonne nuit de sommeil.

Il glissa l'enveloppe dans le tiroir, dont il remisa la clé dans sa poche. Il ôta ses lunettes, se pinça le nez dans l'espoir d'enrayer un mal de tête naissant, se frotta les yeux. Il se servit un second verre de whisky. Sa réticence à partager avec Harold Ross le contenu des documents s'intensifiait, car il en était le gardien depuis tant d'années qu'ils relevaient aujourd'hui, du moins en avait-il l'impression, de sa responsabilité exclusive.

C'était une boîte de Pandore que Christy lui avait demandé d'ouvrir, et pourtant elle comptait encore sur lui pour que l'affaire n'atteignît pas les tribunaux, pour que son secret ne fût pas livré en pâture à la presse, qui dès lors en ferait ses choux gras. Il n'en restait pas moins qu'à Harold il ne pouvait désormais plus rien cacher – il pria pour que l'homme se montrât à la hauteur de la tâche qui allait lui être échue. Pour qu'il fît preuve de discernement. Et de discrétion.

Il posa une feuille vierge sur son sous-main pour tenter, à plusieurs reprises, de rédiger le brouillon de la réponse qu'il désirait fournir à Christy. Lorsque le résultat le satisfit enfin, il recopia le message, qu'il glissa à l'intérieur de sa poche. Le bureau du télégraphe étant ouvert à toute heure, il allait l'envoyer dès ce soir.

Il titubait presque d'épuisement, et il lui semblait qu'on serrait sa poitrine dans un étau. Il saisit sa veste et son chapeau, quitta l'immeuble pour découvrir qu'il s'était remis à pleuvoir. Rabattant le bord de son chapeau sur ses yeux, il alla par les rues, bondées encore en dépit de l'heure et du temps, mais du moins l'air avait-il fraîchi. Charles Smithson respirait mieux.

Après avoir envoyé son télégramme, il se rendit à l'hôtel Victoria, gravit avec lenteur l'escalier menant au premier étage, où il frappa à la porte de la chambre occupée par Harold. Comme il n'obtenait pas de réponse, il actionna la poignée. La porte était fermée à clé. Il frappa encore. Renonça. D'un côté, il se sentait soulagé, car cette absence signifiait que sa rencontre avec le beau-fils de Christy se trouvait reportée au lendemain. De l'autre, il lui tardait que l'affaire fût résolue, dans laquelle Harold jouait un rôle prépondérant.

Il regagna le rez-de-chaussée, mais, alors qu'il s'apprêtait à regagner son domicile, une idée lui vint. Il bifurqua en direction des écuries, où plusieurs montures montraient leur longue tête pour observer un homme en train de balayer les pavés de la cour.

— Le cheval de M. Ross se trouve-t-il dans son box ?

Deux yeux étroits dans un visage creusé de rides le considérèrent avec attention.

— Non. Désolé, m'sieur, mais il a filé ce matin et il est pas encore rentré.

— Lorsque vous le verrez, pourrez-vous lui remettre ceci ? Dites-lui aussi de venir chez moi. Quelle que soit l'heure.

Charles glissa sa carte de visite, ainsi qu'une pièce de six pence, dans la paume crasseuse de l'homme.

— C'est très important, insista-t-il.

L'homme effleura de l'index la visière de sa casquette usée.

– Compris, mon prince. Vous pouvez compter sur moi.

Charles rentra chez lui. Il n'était rien d'autre qu'il pût faire aujourd'hui, et il ne rêvait plus que de dormir. Cependant, il comprit soudain pour quelle raison il avait continué de se tourmenter après avoir examiné le contenu du coffre. Au lieu de monter l'escalier, il retourna dans son bureau pour s'y replonger dans les documents appartenant à Christy.

Comme il glissait de nouveau ces derniers dans leur enveloppe, qu'il enferma une fois encore dans son tiroir, minuit sonna à la pendule posée sur le manteau de la cheminée. Ses plus funestes craintes venaient de se réaliser, car il manquait un document essentiel. Sans lui, Christy risquait de perdre à la fois Wallangarra et sa réputation.

Charles Smithson avait les doigts gourds, au point qu'il manqua de lâcher la carafe de whisky dont il venait de s'emparer. De l'alcool se répandit sur sa table de travail. Il renonça à boire, songeant que cela ne vaudrait rien à son mal de tête, qui s'intensifiait. Il allait plutôt prendre un médicament, puis se mettre au lit pour réfléchir à tête reposée, dans l'espoir de découvrir ce que Christy avait pu faire de ce précieux feuillet.

Il se leva, éteignit les lampes et le poêle à gaz, ouvrit la porte de son bureau. Au moment de s'engager dans l'escalier, un étourdissement lui fit perdre l'équilibre, et il se cramponna à la rampe. En vain. Ses jambes se dérobèrent sous lui, les ténèbres l'envahirent. Il perdit conscience avant d'avoir touché le sol.

*

Ivre de rage, Harold avançait d'un pas résolu dans les rues sombres et désertes des faubourgs de Sydney, sous une pluie battante. Non seulement on l'avait délesté de son portefeuille et de sa montre de gousset alors qu'il gisait sur la route, mais une douleur lancinante lui taraudait le crâne, il était trempé jusqu'aux os et son cheval lui avait fait faux bond au beau milieu de nulle part. Courbatu de la tête aux pieds, il maudissait en silence le chauffard qui avait provoqué l'accident, se jurant que, s'il croisait de nouveau son chemin, il le rosserait avec une telle violence que ce sale type oublierait jusqu'à son propre nom.

Les talons de ses bottes tintaient par les rues à peine éclairées. Il n'eut pas même un regard pour les prostituées qu'il croisa, guettant en revanche, du coin de l'œil, quiconque aurait vu en lui une proie facile et aurait tenté de le dévaliser pour la seconde fois de la journée. Celui-là, songea-t-il, s'en mordrait les doigts, car il était d'une humeur massacrante.

Dégouttant de son chapeau, la pluie s'insinuait sous le col de sa veste, tandis qu'un vent glacé le transperçait à travers sa chemise détrempée – il tremblait de colère et de froid, sa chute l'avait sonné. L'horloge d'une des églises de Sydney sonna 2 heures du matin lorsqu'il atteignit enfin l'hôtel Victoria. Il se dirigea d'abord vers les écuries, craignant que son cheval n'en eût pas retrouvé le chemin.

Un hennissement l'accueillit. Malgré son courroux, l'homme fut soulagé de revoir son compagnon de voyage.

— Tu n'y es pour rien, lui murmura-t-il en ouvrant la porte du box, avant de passer ses mains sur la robe de sa monture pour s'assurer qu'elle se portait bien.

Le cheval avait perdu un fer, mais, pour le reste, il s'en était tiré sans la moindre égratignure. On ne pouvait en dire autant de son maître.

Après lui avoir caressé le museau, il lui tapota l'encolure et referma la porte de la stalle. Des pas retentirent dans son dos. Harold fit volte-face, prêt à en découdre au besoin. Devant lui se tenait le vieux valet d'écurie.

— Oh, oh..., lança ce dernier en levant les deux mains. Ce n'est que moi.

Harold desserra les poings.

— Je ne m'attendais pas à vous trouver là. Et ce soir, je ne suis pas d'humeur pour les surprises.

— Ça fait deux heures que le canasson est rentré, fit l'homme en guignant la mise débraillée de son interlocuteur. On dirait que vous avez passé une sacrée soirée.

— Mouvementée, disons. Merci de vous être occupé de lui.

Il plongea une main dans sa poche pour y piocher une pièce de six pence, mais les voleurs ne lui avaient rien laissé.

— J'ai un message pour vous, dit le valet d'écurie en lui tendant la carte de visite de Charles Smithson. Il a précisé que c'était urgent et que vous pouviez passer chez lui à toute heure du jour ou de la nuit.

Harold aussitôt reprit du poil de la bête.

— Merci, mon vieux.

Il quitta la cour en claudiquant, pour se diriger, aussi vite que le lui permettait son état, vers l'immeuble du notaire.

Les ténèbres se révélèrent si profondes dans Rum Lane qu'il tâtonna pour dénicher la bonne entrée. Il était maintenant près de 3 heures. Il n'en tambourina pas moins contre la porte en actionnant la sonnette.

Il patienta sous la pluie. Non loin de lui, une gouttière débordait ; l'eau éclaboussait les pavés. Aucune lumière ne brillait aux fenêtres, la lune se cachait derrière les toits. Le noir autour de lui était d'encre. Il dressa l'oreille. En vain. Seul le silence l'environnait.

Cette fois, il cogna la porte de ses deux poings, puis souleva le rabat de la boîte aux lettres pour jeter un coup d'œil à l'intérieur de l'immeuble. Il ne vit rien, n'entendit pas davantage. En désespoir de cause, il secoua la poignée, mais la porte, bien sûr, était fermée à clé. Il appuya sur la sonnette sans plus relâcher sa pression.

Smithson était un vieil homme, raisonna-t-il, auquel il fallait forcément un certain temps pour descendre l'escalier. Toutefois, même un homme plongé dans le plus profond des sommeils aurait déjà dû entendre son raffut.

Comme pour confirmer ses pensées, une fenêtre s'ouvrit de l'autre côté de la rue :

– Arrête ton vacarme et laisse dormir les honnêtes gens, espèce de salopard !

– Je dois absolument voir Charles Smithson, répondit Harold. Il s'agit d'une affaire urgente.

– Il dort sans doute à poings fermés. Ce qui devrait être aussi mon cas.

Harold recula d'un pas, leva le nez vers les fenêtres de l'appartement dans l'espoir d'y repérer de la lumière, mais là comme ailleurs ne régnaient que les ténèbres.

Il s'éloigna. L'homme de loi pouvait bien dormir comme une souche, la sonnerie du téléphone, elle, saurait le réveiller.

La flamme d'une lampe à gaz réglée au plus bas vacillait dans le hall de l'hôtel où Harold pénétra à pas de loup. Seuls les gargouillis dans les canalisations d'eau et le gémissement des poutres troublaient le silence des lieux. L'homme s'empara du combiné téléphonique, demanda à l'opératrice de le mettre en relation avec le domicile de Charles Smithson. Les sonneries se succédèrent pendant plusieurs minutes, jusqu'à ce que l'employée, à l'autre bout du fil, lui indiquât qu'il ne se trouvait manifestement personne pour décrocher.

Harold lui répondit sèchement que son destinataire était chez lui, mais ce fut en vain qu'il s'obstina à laisser sonner l'appareil. L'opératrice avait raison. Le notaire était absent.

Il regagna sa chambre. Sous l'effet d'un menu courant d'air, un télégramme, qu'on avait glissé sous sa porte, voleta jusque sous son lit sans qu'il s'en aperçût. Il ôta avec peine ses vêtements détrempés, grimaça – le moindre mouvement le mettait à la torture. Ayant examiné les ecchymoses sur son torse, il se demanda par quel miracle il ne s'était rien cassé dans sa chute. Puis il se rendit à la salle de bains pour y prendre un bain chaud.

Un peu plus tard, il retourna dans sa chambre, enveloppé dans une grande serviette de toilette, puis se glissa sous les couvertures, toujours tremblant, à cause de la douleur et du choc. Incapable de dormir en dépit de son épuisement, il fixa le plafond, sans comprendre pour quelle raison l'homme de loi, après avoir confié son message au valet d'écurie, avait déserté son appartement.

Sans doute avait-il somnolé un peu, car lorsqu'il rouvrit les paupières il faisait jour. Il était presque 9 heures. L'esquisse d'un mouvement trop rapide lui coupa le souffle, puis il grinça des dents en enfilant ses vêtements, pour s'apercevoir ensuite que descendre l'escalier se révélait plus atroce encore. La démarche raide, il ignora les arômes du café et du bacon pour se rendre directement chez Smithson.

Le fils de ce dernier approchant depuis l'autre côté de la rue, les deux hommes se saluèrent d'un signe de tête.

— Votre père m'a laissé un message me demandant de lui rendre visite au plus vite, déclara Harold tandis que John glissait sa clé dans la serrure. Mais il est absent.

Son compagnon fronça les sourcils :

— Hier soir, il était recru de fatigue. Je doute qu'il soit allé ailleurs que dans son lit.

Harold le suivit dans le petit vestibule, attendit avec impatience qu'il eût déverrouillé la porte intérieure.

— J'aimerais avoir le sommeil aussi lourd, grommela-t-il.

John fit un pas, poussa un cri d'horreur en se ruant au pied de l'escalier, où gisait son père, le visage blême et les traits funestement immobiles.

— Appelez une ambulance, ordonna-t-il au visiteur en lui remettant son trousseau de clés. Le téléphone se trouve dans le bureau.

Harold ferrailla avec les clés, puis, ayant enfin déniché la bonne, ouvrit la porte. Quelques minutes plus tard, il avait appelé les secours. Dans les bras de son fils, le notaire semblait reprendre peu à peu conscience. Il avait toutefois si mauvaise mine qu'Harold redouta le pire.

— Allez lui chercher un verre d'eau, commanda John. Il y a un robinet dans la pièce située à l'arrière.

Le visiteur découvrit là une cuisine minuscule, dont il ressortit presque aussitôt avec un verre plein, à l'instant où le vacarme d'une cloche dont on agitait le battant signalait l'arrivée de l'ambulance. Il ouvrit la porte, s'effaça pour laisser entrer deux hommes empressés munis d'une civière. Un médecin leur avait emboîté le pas. Celui-ci examina le patient, sous le regard anxieux d'Harold et de John.

Le vieil homme était revenu à lui, mais il semblait désorienté et mâchait ses mots. Les ambulanciers se hâtèrent de l'installer sur la civière, qu'ils placèrent avec précaution à l'arrière de leur voiture à cheval.

John poussa Harold hors de l'immeuble, dont il ferma la porte à clé avant de grimper à côté de son père. Le cocher ayant fait claquer son fouet, le cheval s'éloigna au trot, tandis que la cloche tintait de nouveau pour qu'on laissât passer le véhicule.

Harold, quant à lui, retourna chercher sa monture dans les écuries de l'hôtel, et, l'ayant enfourchée, prit la direction de l'hôpital général de Sydney, souffrant mille morts chaque fois que les sabots de l'animal heurtaient les pavés.

John faisait les cent pas devant la salle d'urgence.

— Vous avez des nouvelles ?

L'homme secoua la tête, l'œil vide, dans un visage d'où le sang avait reflué.

— Je lui avais dit de lever le pied, murmura-t-il. Il aura bientôt quatre-vingts ans, et il a le cœur fragile. Tous ces tourments provoqués par les déboires de Christy auront été la goutte qui fait déborder le vase.

Il s'immobilisa pour plonger son regard dans celui du visiteur :

— Au fait, je me prénomme John. Merci pour votre aide, mais ne vous donnez pas la peine de rester ici, à présent. C'est inutile.

— Au contraire. Le message que votre père m'a laissé était clair : il désirait me voir le plus tôt possible. Je veux savoir pourquoi.

— Cela est sans doute en rapport avec le télégramme qu'il a reçu hier.

— Un télégramme ? Quel télégramme ?

— Un télégramme en provenance de la *Croix du Sud*.

La colère s'empara d'Harold : ainsi, ce vieux fou avait ignoré ses recommandations et jeté Christy dans la tourmente ! Pauvre femme…

— En connaissez-vous la teneur ?

— Absolument pas. Je ne l'ai même pas ouvert.

— Il faut que je le consulte. Nous tenons peut-être là notre unique chance de mettre fin à cette déplorable affaire.

— Eh bien… Pour ma part, je ne quitterai pas cet hôpital avant de savoir comment se porte mon père, et il n'est pas question que je vous remette les clés de notre bureau. Vous allez devoir vous armer de patience.

Harold poussa un lourd soupir en s'efforçant de réprimer son exaspération.

— Je fais preuve de patience depuis deux semaines. Et si, dans ce télégramme, ma belle-mère donne à votre père l'autorisation d'ouvrir son coffre, il me faut à tout prix consulter les documents qu'il contient.

— C'est à moi que reviendra la décision finale, répondit John avec gravité. Sur ce, allez-vous-en, monsieur Ross, et laissez-moi me concentrer sur la santé de mon père.

Jurant en silence, Harold se laissa tomber dans un fauteuil non loin, où il croisa les bras sur sa poitrine. Il ne quitterait pas le chevet du notaire tant qu'il ignorerait le contenu de ce message.

18

À bord de la Croix du Sud

Le navire avait fait halte, quelques heures durant, à l'île Maurice, et Christy se réjouissait que sa fille eût enfin reçu un télégramme de son époux. Anne avait retrouvé sa bonne humeur, ainsi que son espoir de voir son mariage prendre bientôt un nouveau départ.

On se dirigeait à présent vers les côtes orientales de l'Australie. La surface de l'océan Indien ressemblait à s'y méprendre à une plaque de verre bleu, la chaleur se manifestait à l'œil sous l'espèce d'une brume aveuglante dansant sur l'horizon.

La sexagénaire se tourmentait. Après avoir expédié un télégramme à Charles, elle en avait envoyé un autre à Harold, ainsi qu'à Baker, son conseiller juridique. Depuis, elle se retranchait aussi souvent que possible dans sa cabine, incapable de se joindre aux conversations des autres passagers – elle ne songeait à rien d'autre qu'à l'effroyable situation dans laquelle elle se trouvait. Le fardeau se faisait à chaque instant plus lourd et, sans réponse à ses télégrammes, elle sentait se rapprocher le moment où il lui faudrait tout dire à Anne. Et ce moment l'épouvantait.

Quelques coups frappés à sa porte la firent sursauter.

— Qui est là ?

— C'est moi, mamie. Est-ce que je peux entrer ?

— Bien sûr, s'obligea-t-elle à répondre.

À peine l'adolescente eut-elle pénétré dans la pièce que son sourire mourut sur ses lèvres. Elle se précipita vers sa grand-mère :

— Que se passe-t-il ? Tu es malade ?

— Oh, ma chérie…, lui sourit faiblement Christy. Ai-je donc à ce point mauvaise mine ?

Accroupie à côté de son fauteuil, sa petite-fille lui prit la main :

— Tu n'as vraiment pas l'air dans ton assiette. Veux-tu que j'aille chercher le médecin du bord ?

— Mais non, voyons. La chaleur m'accable un peu, voilà tout. Je t'en prie, Kathryn, inutile d'en faire toute une histoire.

Celle-ci, balayant la cabine du regard, avisa les vêtements éparpillés, le lit défait, puis, revenant à sa grand-mère, la robe froissée qu'elle avait enfilée le matin sans souci d'élégance.

— Maman et moi sommes très inquiètes, tu sais. Tu nous évites depuis deux jours, et te cacher ici ne te ressemble pas.

Elle posa les yeux sur le plateau, auquel Christy avait à peine touché.

— Tu ne manges pas beaucoup non plus…

— Bien sûr que si. Mais les températures élevées ont toujours eu tendance à me couper l'appétit. Je t'assure que je vais bien.

— Je vais chercher maman.

Sans laisser à la sexagénaire le temps de réagir, elle quitta la cabine.

— Oh ! mon Dieu, gémit celle-ci en se rasseyant dans son fauteuil. Je ne peux pas faire une chose pareille. Je ne peux pas.

Elle ferma les paupières en s'efforçant de convoquer l'image adorée de son défunt mari. Elle brûlait d'entendre sa voix, de suivre les conseils avisés qu'il n'aurait pas manqué de lui prodiguer. Il était son chêne, et elle avait plus que jamais besoin de lui.

Comme elle écoutait le grondement étouffé des turbines, auquel se mêlait le frôlement soyeux de l'eau contre la coque métallique, elle crut entendre murmurer. *Sois forte, Christy. Je suis avec toi.*

Elle sourit. Son pouls ralentit et la peur reflua. Il se tiendrait toujours auprès d'elle pour la guider, ainsi qu'il l'avait fait de son vivant. Cette certitude l'affermit. Elle alla se coiffer, puis passa une robe propre avant l'arrivée de Kathryn et Anne.

Sans s'être annoncées, ces dernières parurent alors que Christy se poudrait le nez.

— Vous voyez, fit-elle sur un ton de défi. À part la chaleur, tout va parfaitement bien.

— Tu as une mine de papier mâché, déclara sa fille. Je vais chercher le médecin.

Christy la retint par le bras.

— Non, Anne. Je n'ai pas besoin de médecin. Ce dont j'ai besoin, c'est que tu arrêtes de te tracasser pour moi.

— Je ne peux pas m'en empêcher. Comptes-tu te cacher dans ta cabine jusqu'à notre arrivée en Australie ?

— Je compte d'abord finir de manger, après quoi je profiterai des avantages de mon ventilateur en contemplant cette superbe mer bleue.

Comme pour souligner ses propos, elle fourra dans sa bouche l'un des minuscules sandwichs au concombre disposés sur une assiette.

— Cela ne te ressemble pas de jouer les ermites, insista Anne. Depuis que nous avons quitté Madagascar, nous t'avons à peine vue. Tu n'es même pas descendue à terre avec nous durant notre escale à l'île Maurice.

— J'ai chaud, et notre long voyage m'a fatiguée. J'ai besoin d'un peu de solitude pour me requinquer.

Elle adressa à sa fille un pâle sourire.

— Tu n'auras qu'à revenir un peu plus tard pour me tenir compagnie, qu'en dis-tu ?

Elle passa la langue sur ses lèvres sèches, saisie soudain par l'angoisse.

— Je souhaite te parler de quelque chose d'assez important avant que nous atteignions Melbourne.

Anne la considéra d'un œil soupçonneux.

— De quoi s'agit-il ? Ne me dis pas que tu es atteinte d'une maladie incurable ?

— Absolument pas. Mais, si c'était le cas, je ne pourrais que déplorer ton manque d'empathie.

Sa fille s'empourpra.

— J'ai parlé trop vite, et je me suis mal exprimée. Le fait est que tu manifestes un comportement pour le moins étrange, et que tu n'as vraiment pas l'air en forme. Sans compter qu'avec ta manie de ne nous tenir au courant de rien… Et puis, tout à coup, tu largues une bombe.

Elle fronça les sourcils :

— On jurerait que ça te fait plaisir.

— Si mon attitude te déconcerte, j'en suis navrée, et je puis t'assurer que je ne me réjouis nullement de te tenir dans l'ignorance. Mais il est des choses que je préfère garder pour moi jusqu'à ce qu'il devienne absolument nécessaire de les dévoiler.

Elle redressa la tête, plongeant le regard dans le regard perplexe de sa fille.

— Cette fois, il faut que je m'entretienne avec toi d'un sujet précis, et il m'importe que nous en discutions aujourd'hui.

— Eh bien, je t'écoute.

— Non, je préfère que nous parlions en tête à tête, après le thé.

— Pourquoi pas maintenant ? s'étonna Kathryn.

— Parce que je ne me sens pas prête. Je dois réfléchir encore.

— Dieu du Ciel. Ça a l'air grave.

— Ça l'est, murmura la sexagénaire.

Elle se dirigea vers la porte de sa cabine, qu'elle ouvrit pour encourager ses visiteuses à décamper.

Kathryn croisa les bras sur sa poitrine.

— Je te connais suffisamment pour comprendre que tu te trouves en très mauvaise posture, mamie. Je pense être en droit d'entendre moi aussi ce que tu as à dire.

— Je suis désolée, Kathryn, mais l'affaire dont je désire discuter avec ta mère ne te concerne en rien, aussi je te serais reconnaissante de bien vouloir l'accepter, afin d'éviter de me rendre les choses encore plus difficiles.

Anne exhala un lourd soupir, avant de saisir sa fille par le bras.

— Viens, Kathryn. Ta grand-mère en fait des tonnes, comme à l'accoutumée. Je reviendrai la voir après le thé, ainsi qu'elle me l'a demandé, pendant que tu prendras ta leçon de danse avec Lucy. Je te rejoindrai dès que nous aurons terminé.

L'adolescente n'avait aucune envie de s'éclipser, mais sa mère la poussa à l'extérieur de la cabine, avant de jeter un coup d'œil inquiet à Christy, puis de refermer la porte derrière elle.

Celle-ci souffla, soulagée de se voir accorder un peu de répit, le temps pour elle de se préparer à un échange qui promettait d'être douloureux. Elle rangea ses vêtements épars, déposa son plateau devant sa porte, puis s'en fut s'accouder au bastingage pour jouir de la brise infime montée des eaux turquoise.

Elle ferma les paupières, leva la tête afin d'offrir son visage aux rayons du soleil. Elle percevait presque sa présence à ses côtés, grand, sincère et fiable – son roc, son meilleur ami : son époux. Il allait l'aider à traverser la tempête qui menaçait. Comme il l'avait déjà fait bien des années plus tôt, dans l'État du Queensland.

*

Sydney

Harold avait passé la matinée auprès de John Smithson, observant l'incessant ballet des infirmières et des médecins, à chaque instant plus soucieux car personne ne venait leur expliquer ce qui était arrivé au vieux notaire.

Il était près de midi lorsqu'un docteur leur annonça enfin que Charles avait été victime d'une légère attaque d'apoplexie. Bien qu'il souffrît de difficultés d'élocution et qu'il eût du mal à reprendre le contrôle de sa main droite, le pronostic était encourageant : le corps médical comptait sur un rétablissement complet.

— Puis-je le voir ? s'enquit John, dévoré par l'inquiétude.

— Pendant quelques minutes seulement, répondit le médecin avec gravité. Il a besoin de repos. Nous le transférerons bientôt dans une autre salle.

Harold, auquel on avait interdit de se rendre au chevet du malade, plongea les mains dans les poches de son pantalon et se mit à faire les cent pas. Il se sentait à bout de patience. Dire que quelque part, dans le bureau de l'homme de loi, se trouvait la réponse à toutes les questions qui le taraudaient…

Le rideau bougea, et John réapparut.

— Il est agité, et bien que j'aie eu du mal à comprendre ce qu'il me disait, je crois qu'il vous réclame.

Harold lui emboîta aussitôt le pas, pour découvrir un Charles Smithson à ce point malingre et vieilli qu'il en fut ébranlé. Son visage, à présent guère plus gros qu'un poing, s'affaissait d'un côté, et sa lèvre supérieure avait bleui.

— Je suis là, monsieur Smithson, fit-il doucement.

— Ross ?

La syllabe avait patiné sur la langue du notaire.

— Oui, monsieur Smithson. Harold Ross.

— Clé, parvint-il à articuler en levant sa main gauche pour désigner la veste suspendue sur le dos d'une chaise.

Lorsque John, après avoir récupéré l'objet, l'eut remis à Harold, celui-ci se pencha de nouveau au-dessus du patient.

— Me donnez-vous la permission de consulter ces documents ?

— Oui…

De la salive coula sur son menton.

— D… dans… bureau.

La main pâle cramponna la manche du visiteur.

— Manque…

De son œil il semblait forer l'âme d'Harold.

— Quel… quelque chose… manque.

Harold et John se penchèrent plus encore.

— De quoi s'agit-il ?

Charles ferma les paupières, s'enfonça dans les oreillers, épuisé par ce bref échange. Il émit un murmure inaudible dont son visiteur ne saisit pas la teneur. Collant presque son oreille à la bouche du vieillard, il n'en perçut que la respiration sifflante où se perdait un mot inconnu de lui. Il se tourna vers John.

— Vous avez compris ?

Il secoua la tête :

— Nous n'avons pas compris, papa. Qu'est-ce qui manque ?

Penchés tous deux au-dessus du lit, ils voyaient Charles Smithson multiplier les efforts, ses lèvres se tordant, cependant que sa langue ne lui obéissait plus que très partiellement.

— Aff…

John fronça les sourcils.

— Un affidavit ? Il manque un affidavit[1] ?

Mais les paupières du vieillard s'étaient fermées. Il avait la bouche grande ouverte et ses mains reposaient, immobiles, sur le drap.

---

1. Déclaration faite sous serment, devant une autorité. (*N.d.T.*)

— Nous n'en obtiendrons pas davantage aujourd'hui, commenta Harold. Le pauvre…

Il se redressa. John lui parut vieilli à son tour par le tourment.

— Je suis navré, mon vieux, mais vous l'avez entendu comme moi m'autoriser à examiner les documents contenus dans le coffre de ma belle-mère, n'est-ce pas ?

John, qui serrait dans la sienne la main de son père, hocha la tête à contrecœur.

— Alors, allons-y. Il n'est rien d'autre que nous puissions faire ici.

— Je reste jusqu'à ce qu'on l'ait transféré dans la salle commune. Je vous retrouverai au bureau une fois que j'aurai informé ma famille de ce qui vient de se passer.

— Combien de temps cela prendra-t-il ?

— Au moins deux heures.

Harold porta une main à sa montre de gousset, se rappela qu'on la lui avait dérobée, ainsi que son portefeuille. Un grognement d'irritation lui échappa.

— Dans ce cas, rendez-vous à 14 heures.

Sans attendre l'éventuelle réaction de son interlocuteur, il tourna les talons et quitta l'hôpital. Il allait retirer de l'argent à la banque, avaler une pleine cafetière de café noir, puis manger un morceau avant d'acheter une nouvelle montre, puis de se préparer psychologiquement à ce qu'il risquait de découvrir dans le coffre de Christy.

Une heure plus tard, il regagna sa chambre d'hôtel, sur le lit de laquelle était le télégramme de sa belle-mère. Il l'ouvrit :

Compte sur vous. STOP. Charles et Baker ont réponses. STOP. Christy.

*

À bord de la Croix du Sud

Christy ouvrit le télégramme de Charles, qu'elle venait de recevoir, et le cœur lui manqua plus encore : elle savait désormais, avec précision, de quoi il retournait. Elle fourra le message dans sa poche et attendit avec nervosité que sa fille revînt auprès d'elle.

Celle-ci se montra une heure plus tard.

— Alors, maman, que se passe-t-il ?

La sexagénaire prit une profonde inspiration, priant pour que ses forces ne la trahissent pas dans l'épreuve, après quoi elle saisit la main d'Anne dans la sienne.

— J'ai grand besoin de ta compréhension et de ton soutien. Il s'est produit quelque chose qui me contraint à reparler avec toi de la promesse que je t'ai faite à Londres.

Anne blêmit.

— Que s'est-il passé ?

— Je suis désolée, ma chérie. Je m'apprête à tout t'expliquer, mais sache d'abord qu'il est possible que les circonstances m'obligent à rompre cette promesse.

Le visage de sa fille, maintenant, était de craie, et elle dut s'agripper à la main de Christy pour ne pas perdre l'équilibre.

— Mais pourquoi ? souffla-t-elle. Qu'est-il arrivé ?

Sa mère l'invita à prendre place sur la chaise longue, elle-même s'installant juste à côté.

— Je crains fort que quelqu'un ait découvert notre secret, et que ce quelqu'un menace notre famille.

Anne secoua la tête, l'œil étincelant de larmes de colère.

— Tu m'avais pourtant affirmé que personne d'autre que toi n'était au courant, sauf papa. Tu m'as aussi assuré que tu avais si bien dissimulé les documents que personne ne serait jamais en mesure de mettre la main dessus.

— J'en étais convaincue. Je puis d'ailleurs te garantir que les papiers que tu as découverts il y a huit ans ne sont pas ceux que le quelqu'un dont je parle utilise aujourd'hui contre nous. Ce quelqu'un a exhumé quelque chose. Un autre document, peut-être, ou bien une lettre, une archive, en tout cas, dont l'existence m'est inconnue.

Anne retira sa main et bondit sur ses pieds.

— Qui est cette personne ?

Elle serrait les poings.

— Et de quel genre de menace parles-tu ?

— J'en sais très peu. Je me borne pour l'heure à des suppositions. Je soupçonne cette personne de mettre en question la propriété de Wallangarra. Voire de Yarrabinda.

Sa fille fronça les sourcils.

— Mais pour quelle raison ? Ces domaines appartiennent à notre famille depuis longtemps.

— Parce que je soupçonne la personne qui cherche à nous nuire d'être un membre éloigné de la famille de ton père.

— Papa ? Mais… Comment est-ce possible ?

— Pas ton papa, rectifia Christy avec douceur. Mais ton père biologique.

— Oh ! mon Dieu…

La sexagénaire se raidit dans l'attente de l'orage qui n'allait pas manquer d'éclater.

— La personne dont tu parles… Qu'a-t-elle à voir avec les biens de notre famille ? Et de quelle manière ont-ils été mis au courant, pour… pour lui et toi ? Tu m'as dit qu'il était mort, et que, par conséquent, ton vilain petit secret était mort avec lui.

Ses traits s'étaient durcis, et elle ne parvenait plus à fixer son regard sur rien.

— À moins qu'il ne se soit agi d'un autre de tes nombreux, de tes très nombreux mensonges ?

Christy secoua la tête.

— Il est mort et enterré depuis longtemps, je peux te le jurer.

— Dans ce cas, comment notre secret a-t-il pu arriver au grand jour ?

La sexagénaire se posait la même question depuis qu'elle avait reçu le télégramme de Charles.

— Je n'en ai pas la moindre idée. Et je refuse de me perdre en conjectures.

— Je suppose que cette personne se sert de cette information pour faire chanter notre famille, marmonna Anne sombrement. Mais je ne comprends toujours pas le rapport avec Wallangarra et Yarrabinda.

— Je ne souhaite pas en parler maintenant, ce serait beaucoup trop compliqué. D'autant plus que je ne sais pas encore de quelle nature est cette menace qu'il nous faut affronter. Quels que soient les faits, mieux vaut nous préparer à ce qui pourrait nous attendre à Melbourne. Pour ce faire, il faudrait que je parle à Kathryn.

— Si tu veux tout lui raconter, tu devras me passer sur le corps. Elle n'a pas besoin de savoir de quelle écœurante façon tu t'es conduite autrefois, et je t'interdis de lui dire quoi que ce soit.

— Anne... Je comprends que tu veuilles protéger Kathryn, et je respecte ton attitude. J'espère de tout mon cœur que nous n'aurons pas besoin de la tenir au courant. Mais s'il se révèle impossible de mettre un terme à l'affaire en cours, un procès aura lieu, et il nous faudra affronter le qu'en-dira-t-on. Mieux vaudrait, si nous en arrivions là, que vous sachiez l'une et l'autre ce qui s'est passé à l'époque.

— Comment ça ? Je croyais que tu m'avais déjà tout avoué.

— Je t'ai raconté ce que tu voulais entendre. Et puisque tu ne semblais pas particulièrement désireuse d'en apprendre davantage sur ton père biologique, ni sur les circonstances entourant ta conception, je ne m'y suis pas attardée.

Anne plissa les yeux.

— Tu ne t'y es pas attardée ? siffla-t-elle avec fureur. Pourquoi ne pas m'avoir tout dit d'un coup pour nous débarrasser une bonne fois de cette mouscaille ?

Christy battit des paupières – jamais sa fille ne s'exprimait de cette façon.

— La vérité est affreuse, Anne, et tu n'étais pas d'humeur à l'entendre.

Anne la considéra avec froideur.

— Pas si affreuse que cela pour toi, à l'évidence, puisque tu as bien su coucher avec lui.

Elle voulait se persuader à tout prix qu'il était quelque chose de bon dans le cœur de son père, songea Christy, qui, pour ne pas achever de la meurtrir, résolut de mettre l'accent sur ses bons côtés, gardant par-devers elle la véritable nature de cet homme.

— J'étais jeune et sotte, je barbotais encore dans un chagrin d'amour. Il m'a éblouie. Lorsqu'il posait les yeux sur moi, il me semblait devenir quelqu'un d'exceptionnel. Il possédait certes de multiples défauts, mais aussi un charme fou. Comment ne pas succomber ?...

Anne, satisfaite, demeura silencieuse un long moment, plongée dans ses pensées.

— Quand as-tu appris que quelqu'un en avait après notre famille ? finit-elle par demander.

— Il y a deux jours. J'ai reçu un télégramme de Sydney, expédié par un homme en qui j'ai une confiance absolue depuis que j'ai atteint l'âge adulte. Son message concernait la clé d'un de ses coffres de dépôt.

Sa fille fronça les sourcils.

— Cela signifie que cet homme connaît lui aussi notre secret.

Elle bondit de nouveau sur ses pieds, les poings serrés, le regard enflammé par le courroux.

— À combien de personnes t'es-tu réellement confessée, maman ?

— Charles se trouvait là à l'époque. Je n'ai aucun secret pour lui.

— Il semble que tu n'aies plus aucun secret du tout, répliqua Anne avec amertume. Je m'étonne que tu n'aies pas encore songé à passer une annonce dans le journal, histoire de mettre au courant l'Australie entière.

Christy garda le silence.

Sa fille enfouit son visage dans ses mains en laissant échapper un cri de désespoir.

— Si cette histoire est rendue publique, nous deviendrons la risée de tout un continent.

Elle releva brusquement la tête, et son œil empli de larmes jetait des éclairs.

— Kathryn verra sa réputation à ce point ternie qu'on lui fermera probablement les portes de l'université, et quant à Harold… Une fois qu'il saura ce que je suis, il ne voudra plus jamais entendre parler de moi… Je te déteste !

La sexagénaire tenta de lui faire entendre qu'Harold était sans doute déjà au courant et que, loin de lui tourner le dos, il se mettait en quatre pour la protéger.

— Je refuse de t'écouter ! hurla Anne. Tu n'es qu'une menteuse, et moi, je regrette d'être née !

Il n'était plus rien que sa mère pût dire ou faire qui fût susceptible de l'apaiser, aussi attendit-elle, dissimulant son impatience, que l'ire et les larmes eussent commencé de refluer.

Dans le même temps, la honte la consumait – ses fredaines de jadis avaient causé à son enfant d'effroyables souffrances, l'avaient contrainte à porter pour toujours le fardeau de l'illégitimité qui, bientôt peut-être, pèserait aussi sur Kathryn. Elle ne pouvait plus guère que prier pour que Charles eût fait diligence après avoir reçu la réponse qu'elle lui avait expédiée, travaillant dès lors main dans la main avec Harold et Baker pour éviter le désastre.

Elle enrageait de se trouver si loin de chez elle. Sur ce navire, elle se voyait réduite à la plus complète impuissance, et ne pouvait que compter sur ses alliés pour lutter à sa place. Néanmoins, posant le regard sur sa fille, en ces instants si hébétée, elle comprit qu'il lui fallait, de son côté, livrer son propre combat.

— Je pense qu'à l'heure qu'il est, hasarda-t-elle quand Anne se fut un peu ressaisie, Harold sait tout.

Et Christy de tendre à sa fille le télégramme envoyé par son époux.

— Il devait être déjà au courant avant de prendre contact avec moi, ce qui ne l'a nullement détourné de toi.

— Tu n'en sais rien. Tu essaies de me rassurer pour que je me tienne tranquille.

— C'est faux. Si tu lis son télégramme, tu découvriras que c'est Harold qui a déniché la clé, que c'est lui encore qui a établi un lien avec mon ami Charles, auquel il a rendu visite.

Anne lut le message, releva le nez.

— Je ne comprends pas. Qu'a-t-elle de si important, cette clé ?

— Il s'agit de la clé du coffre que je possède dans les locaux de Charles depuis quarante ans. Ce coffre contient les documents que j'ai conservés au cas où il se produirait ce qui est précisément en train de se produire actuellement.

— Dans ce cas, pour quelle raison faudrait-il que tu racontes ton histoire à Kathryn ?

Ravalant ses larmes, Anne se tamponna les yeux à l'aide d'un mouchoir déjà trempé.

— S'il suffit à ton ami de produire ces papiers pour éloigner la menace, Kathryn n'aura jamais besoin d'apprendre la faute honteuse que tu as commise autrefois.

— Hélas… Charles demeurera peut-être impuissant à éviter le scandale.

La sexagénaire soupira.

— La personne qui s'en prend à nous peut fort bien nous traîner devant les tribunaux malgré les preuves que nous lui mettrons sous le nez.

— Pour quelle raison cette personne agirait-elle ainsi ?

Christy haussa les épaules.

— Par appât du gain. Tout n'est qu'une question d'argent, Anne, et certaines personnes sont prêtes à tout pour s'enrichir.

Anne s'assit sur la chaise longue, les traits empreints de gravité.

— Si cette personne entreprend une action en justice contre nous, il faut aussi en informer Hamish et James.

Elle tourna vers sa mère son regard rougi dans un visage altéré par le désarroi, avant d'éclater en bruyants sanglots.

— Cette honte m'est intolérable, gémit-elle. Je n'arrive pas à passer outre.

— Reprends-toi, Anne. Cette honte m'appartient, et je m'en accommoderai de mon mieux. Si tu continues, tu vas te rendre malade.

— Jamais je n'ai haï quelqu'un comme je te hais à présent. À cause de toi, je m'apprête à tomber en disgrâce. Je suis certaine que le reste de notre famille partage mon sentiment.

— Je ne puis qu'espérer qu'ils m'aiment assez pour me pardonner une erreur de jeunesse et de jugement. Pour le moment, je place toute ma confiance en ton mari. Il s'est rendu à Hobart pour mettre la main sur cette clé. Il se débat comme un beau diable pour nous protéger tous. C'est pour cette raison qu'il se trouve actuellement à Sydney avec mon ami Charles.

Anne écarquilla de grands yeux.

— Il est donc bel et bien allé à Hobart… Et tu le savais ?

— Pas lorsque Florence a expédié son télégramme. Quoi qu'il en soit, il n'était pas là-bas pour batifoler, mais bien plutôt pour aider notre famille à contre-attaquer.

Elle ébaucha un sourire vague.

— Pour ce qui est de tes frères… Je soupçonne Hamish de rugir à longueur de journée, pendant que James se démène, avec le concours de Charles et de ton époux, pour résoudre cette affaire avant notre retour. Ils ont dû recevoir un terrible choc, mais je veux croire que les liens qui nous unissent se révéleront assez solides pour nous permettre, tous ensemble, de nous tirer de ce très mauvais pas.

— Mais quelle honte pour moi, sanglota Anne. Je ne crois pas que je pourrai jamais les regarder à nouveau dans les yeux.

— Cette honte, nous serons deux à devoir la supporter. Mais, quelle que puisse être l'opinion qu'ils se seront forgée concernant mon comportement, ils ne t'abandonneront pas, j'en ai la conviction. Quant à Harold, il s'agit d'un homme honnête et bon. Jamais il ne te tournerait le dos pour une faute que tu n'as pas commise.

— Les gens autour de nous, eux, me rejetteront, renifla sa fille. Je me verrai à jamais marquée du sceau de l'infamie.

Elles tournaient en rond, songea Christy en lui tendant un mouchoir propre.

— J'attends des nouvelles de Baker et d'Harold, finit-elle par déclarer lorsque les pleurs de sa fille eurent un peu tari. En fonction de leurs réponses à mes nombreuses questions, nous déciderons ensemble s'il nous faut parler ou non à Kathryn. Si oui, tu devras prendre sur toi et garder la tête froide. Je te demanderai aussi de faire taire momentanément tes sentiments, pour soutenir ta fille de ton mieux.

— Elle risque de se retourner contre moi. Il n'est pas question que je prenne la moindre part à cela. D'ailleurs, je te l'ai déjà dit : je t'interdis de lui raconter quoi que ce soit.

— N'as-tu donc tiré aucune leçon de tous les récits que je vous ai livrés au cours des quelques mois qui viennent de s'écouler ? Ce n'est pas de toi personnellement qu'il s'agit. Tout ce qui m'importe est de voir notre famille unie contre celui ou celle qui nous veut du mal. Si, finalement, la vérité saute malgré tout au visage de tout le monde, jamais Kathryn ne nous pardonnera de l'avoir tenue à l'écart.

— Compte sur moi pour m'assurer qu'elle ne découvrira jamais rien, rétorqua Anne avec humeur. Et si tu t'avises de lui dire ne serait-ce qu'un mot qui risquerait de lui mettre la puce à l'oreille, plus jamais je ne t'adresserai la parole.

Christy prit une profonde inspiration, consternée par la sottise dont sa fille pouvait parfois faire preuve.

— Voyons, Anne. Kathryn est intelligente. Tu ne pourras pas lui dissimuler bien longtemps une chose pareille. Surtout maintenant que tes frères connaissent toute la vérité et qu'ils exigeront de plus amples explications à l'instant même où nous poserons le pied sur l'un des quais du port de Melbourne.

— Envoie-leur des télégrammes pour les empêcher de poser des questions à notre arrivée.

— Ne sois pas aussi naïve, Anne, s'agaça Christy. Si, entre-temps, ils n'ont pas réussi à tuer cette affaire dans l'œuf, la presse s'en sera emparée avant notre retour. Le scandale battra déjà son plein.

Elle posa une main bienveillante sur les doigts sans repos que sa fille tordait dans son giron.

— Je te promets de ne rien lui dire tant que je n'aurai pas reçu de réponse à mes messages.

— C'est facile pour toi de faire des promesses que tu n'as aucune intention de tenir. Je refuse que mon enfant se retrouve mêlée à cette histoire sordide. Un point, c'est tout.

— Les événements ne te laisseront peut-être pas le choix. Et si les télégrammes que j'attends confirment mes pires craintes, je me verrai dans l'obligation de parler à Kathryn, sans plus me préoccuper de ce que tu en penses.

— J'aurais dû me douter que tu ferais fi de mes sentiments. Kathryn est ma fille, se récria Anne en serrant son mouchoir en boule dans le creux de sa paume. C'est à moi de décider ce qui lui convient le mieux.

— Je suis assez grande pour prendre mes propres décisions, intervint Kathryn qui, le teint très pâle, venait d'écarter les rideaux légers de la porte-fenêtre pour pénétrer dans la cabine.

Christy eut l'impression qu'elle allait se trouver mal. Le sang avait reflué du visage de sa fille.

— Depuis combien de temps écoutes-tu notre conversation ? réussit-elle à articuler.

— Assez longtemps pour découvrir ce que vous me cachez toutes les deux depuis de nombreuses années.

Elle faisait de son mieux pour museler ses émotions et ne pas fondre en larmes.

— Oh, Kathryn..., se reprit à sangloter Anne. Rien de tout cela n'est ma faute. Ta grand-mère...

Ignorant la main implorante de sa mère, l'adolescente regarda les deux femmes.

— Je suis choquée. Autant par l'une que par l'autre. Mais maintenant, je sais au moins pour quelle raison mamie et toi étiez brouillées.

— Tu n'aurais pas dû écouter aux portes ! s'emporta Anne, au comble du désarroi.

Kathryn s'assit, très raide, sur une chaise non loin, lissa sa jupe pour gagner un peu de temps et reprendre contenance.

— Ce n'est pas bien, je te l'accorde, mais je m'inquiétais pour mamie. Vu son drôle de comportement, je craignais qu'elle soit tombée gravement malade.

Elle haussa crânement le menton.

— J'avais peur également que vous recommenciez à vous disputer. Je voulais être là pour vous séparer le cas échéant.

— Nous n'en sommes jamais venues aux mains, protesta sa mère.

— Vous guerroyez avec des mots depuis des années, et toi, maman, tu passes ton temps à chercher la bagarre. Ne nie pas, s'il te plaît.

— Tu n'imagines pas le genre de torture que j'endure, sanglota Anne pour la énième fois dans son mouchoir.

— Arrête, la cingla sa fille. L'hystérie et les larmes ne servent à rien. Tu ne cesses de faire des reproches à tout le monde, mais il est temps pour toi de songer à la manière dont tu traites les gens en général, et mamie en particulier.

— Comment oses-tu t'adresser à moi sur ce ton ?

— Je l'ose parce que ton égoïsme t'a empêchée de voir combien ton humeur affecte la famille entière.

Elle se dépêcha de cligner des yeux pour en chasser les larmes qui menaçaient de couler.

— Je comprends ton amertume. Mamie s'est rendue coupable d'un acte honteux, et nous sommes deux, maintenant, à devoir porter le fardeau de ton illégitimité.

Elle se tourna vers Christy, qui avait posé sur elle un regard effaré.

— Je t'ai toujours adorée. Toujours admirée. Mais tu n'es pas la femme que je croyais connaître, et j'avoue avoir du mal à admettre que tu aies pu dissimuler ce secret pendant aussi longtemps.

— C'est pour protéger ta mère que je me suis tue. Je ne suis pas quelqu'un de mauvais, Kathryn, et ce que j'ai fait, je l'ai fait par amour.

Elle considéra le visage mouillé de larmes de sa petite-fille.

— Jamais je n'aurais cru possible que quelqu'un découvre le pot aux roses.

— C'est pourtant ce qui s'est passé, commenta Kathryn. Et maintenant, mon père se donne un mal de chien pour remettre de l'ordre dans l'affreux bric-à-brac que tu as abandonné derrière toi.

— Tu es injuste, fit la sexagénaire, la gorge nouée par le chagrin. À bord de ce navire, je me retrouve pieds et poings liés. Et si ta mère n'avait…

Elle fit soudain silence, honteuse d'avoir, l'espace d'un instant, tenté de rejeter la faute sur sa propre fille.

Kathryn posa alors sur Anne un œil glacé.

— N'avait quoi, maman ?

Anne se tortilla sur son siège.

— J'ai découvert certains documents dans son coffre un jour où j'y cherchais ses opales. Je les lui ai mis sous le nez. C'est pour cette raison qu'elle a été obligée de tout me raconter.

Assise maintenant sur la pointe des fesses, il lui tardait de se justifier.

— Essaie de te mettre à ma place. Je venais d'apprendre fortuitement que mon père, que j'adorais, n'était pas mon vrai père… Et, par la même occasion, que ma mère me mentait depuis toujours. Mon univers entier s'est écroulé en une fraction de seconde.

— Après avoir surpris votre conversation aujourd'hui, je n'ai pas la moindre difficulté à me mettre à ta place, figure-toi. D'autant plus que tu as dit vrai : si un scandale éclate, je pourrai dire adieu aux études supérieures, et jamais je ne deviendrai enseignante.

Elle essuya ses larmes, lutta pour se maîtriser.

— Je suis navrée, murmura sa grand-mère.

L'adolescente prit une profonde inspiration.

— Il n'en reste pas moins que je continue à vous aimer toutes les deux. Et mamie a raison : nous devons nous serrer les coudes, et affronter tous ensemble l'adversité. Mais nous n'y parviendrons pas si nous passons notre temps à nous accuser les uns les autres.

Anne, qui éclata, cette fois encore, en sanglots tapageurs, se rua vers son enfant pour la serrer entre ses bras.

Christy, dont le regard venait de croiser celui de sa petite-fille, lui souffla un baiser. Elle avait relevé de nombreux défis au cours de son existence, mais il lui aurait été impossible de relever celui-là, le dernier sans doute, sans l'amour de sa petite-fille et le soutien des autres membres de sa famille.

Bientôt, elle devrait livrer à ses proches l'entièreté de son récit, et, quoi qu'elle eût été alors la malheureuse victime des duperies d'un homme cruel, le poids de sa culpabilité l'accablait.

La nuit tombait, et, peu à peu, le ciel se remplissait d'étoiles. Le calme revint dans la cabine de la sexagénaire. Kathryn aida sa mère à se remettre debout, avant de baiser avec douceur la joue de Christy.

— Je t'aime de tout mon cœur, murmura-t-elle en l'étreignant. Il t'en a fallu, du courage, pour ne pas éventer ton secret.

— Tu acceptes donc de m'accorder ton pardon ?

— Bien sûr que oui.

L'adolescente l'embrassa encore, puis recula d'un pas.

— Mais à partir de maintenant je ne veux plus de cachotteries entre nous. J'aimerais que, demain matin, tu me racontes ton histoire dans son intégralité, et que tu me dises comment il se fait que nous nous retrouvions aujourd'hui dans cette situation difficile. Je ne suis pas naïve. Pas bégueule non plus. Je suis capable de comprendre plus de choses que tu ne le crois.

Comme Kathryn entraînait sa mère, qui chancelait un peu, hors de la cabine, la sexagénaire se rendit sur le pont. Il faisait frais – en se rapprochant de l'Australie, le navire allait rejoindre l'hiver de l'hémisphère sud, qui serait le bienvenu après les fortes chaleurs endurées sous les tropiques.

Christy releva la tête et redressa les épaules… Par quoi allait-elle bien pouvoir commencer ? L'histoire qu'elle devait raconter le lendemain se révélait un enchevêtrement de mensonges, de tromperies et de trahisons, au cœur duquel elle se trouvait piégée depuis l'adolescence.

19

Sydney

Harold descendait l'escalier pour passer un bref appel téléphonique à Baker, lorsque les portes d'entrée de l'hôtel s'ouvrirent. Hamish se précipita à l'intérieur de l'établissement. Crasseux et couvert de poussière, de fort méchante humeur à en juger par sa mine, il fusilla son beau-frère du regard, avant de se diriger vers le bar.

— J'ai besoin d'une bière fraîche, grogna-t-il. Depuis mon départ de Quilpie, j'ai avalé plusieurs tonnes de poussière soulevée par un bon millier de têtes de bétail.

— Tu aurais fait plus vite sans les bovins, non ?

— Évidemment, mais il fallait à tout prix que je les déplace avant qu'ils crèvent tous de soif. Et comme je venais de recevoir une offre alléchante de la part d'un courtier en bétail, je me suis dit que j'allais faire d'une pierre deux coups. Ils se trouvent maintenant dans des enclos, avec mes conducteurs.

Il s'accouda au comptoir, essuya son visage en sueur au moyen d'un mouchoir sale. L'hôtelier actionnait la pompe à bière.

— James est-il arrivé ?

— Non, mais je vous ai réservé deux chambres à l'étage, répondit Harold en lorgnant la pendule au-dessus du bar. J'ai rendez-vous dans une dizaine de minutes pour consulter les papiers de Christy. Dépêche-toi de te désaltérer.

Quelques copieuses gorgées suffirent à Hamish pour engloutir sa bière, après quoi il avala cul sec deux doigts de whisky, paya l'hôtelier, puis les deux hommes quittèrent le bar, Harold ayant indiqué au propriétaire des lieux où ils se rendaient, au cas où James se présenterait durant leur absence.

En chemin, il mit son beau-frère au courant des nouveaux rebondissements de l'affaire.

— Quelle espèce de vieux toqué ! s'étrangla Hamish. Maman doit se faire un sang d'encre. Crois-tu qu'elle va tout raconter à Anne et Kathryn ?

— Elle n'aura probablement pas le choix. Si nous ne réussissons pas à régler cette affaire avant leur retour, il ne restera plus rien à cacher.

— Le jour où elle leur crachera le morceau, j'aimerais être une petite souris dans la pièce. On y verrait enfin plus clair dans cette mélasse.

— Moi, je m'inquiète pour ma femme et ma fille. Si nous avons vu juste, elles vont s'effondrer.

— Maman saura y faire.

Ils traversèrent une rue, puis Harold s'immobilisa, grimaçant sous l'effet d'une vive douleur dans les côtes.

— Ta mère nous a certes toujours donné l'impression de pouvoir faire face à n'importe quelle difficulté, mais, cette fois, elle risque d'avoir du mal à gérer les retombées.

Hamish se pinça les lèvres.

— Tu as raison. Ma sœur a l'art de faire un drame de tout. Je me demande comment tu réussis à la supporter, mon vieux. On devrait te décerner une médaille.

— N'exagérons rien, répondit sèchement son beau-frère, peu désireux d'aborder ce sujet.

Ignorant sa souffrance physique, il se remit en route.

— Espérons que nous trouverons dans ces papiers quelque chose qui nous permettra de préserver la réputation de ta mère et de sauver Wallangarra par la même occasion. As-tu apporté les copies des titres de propriété ?

Hamish frappa l'une des poches de son manteau.

— Tout est là. Beryl les a épinglées à ma doublure pour être sûre que je ne les perdrais pas.

Harold bénit sa belle-sœur en silence.

Parvenus devant l'immeuble de Rum Lane, et constatant que la porte n'était pas fermée à clé, ils pénétrèrent à l'intérieur des bureaux de Charles Smithson.

Face au teint livide de John, Harold s'en voulut, l'espace d'un instant, de l'avoir ainsi contraint à quitter le chevet de son père. Les deux hommes échangèrent une poignée de main.

— Comment se porte Charles ?

— Lorsque je l'ai quitté, il dormait. On lui a administré des sédatifs, aussi ni ma famille ni moi ne sommes plus autorisés à lui rendre visite avant demain.

Il ouvrit la marche en direction du bureau paternel, saisit la clé qu'Harold venait de lui tendre et ouvrit le tiroir.

Le visiteur prit possession de l'épaisse enveloppe, aussitôt dévoré par l'envie de l'ouvrir sur-le-champ. Il se contint cependant.

— Avez-vous une petite idée de l'endroit où pourrait se trouver l'affidavit dont votre père nous a parlé ?

John passa une main lasse sur son front inquiet.

— J'ai inspecté sa table de travail, ainsi que les meubles de rangement. J'ai même passé au crible son appartement. En vain.

Il remit à son interlocuteur une seconde enveloppe en papier kraft.

— Lorsque je suis descendu à la salle des coffres, j'ai pris la liberté d'ouvrir le vôtre, monsieur Ross, ayant supposé qu'à présent vous n'en aurez plus l'usage.

Harold fourra l'enveloppe dans l'une de ses grandes poches en évitant le regard de John.

Ce dernier s'empara d'un dossier posé sur la table de travail, qu'il confia à Hamish.

— Je n'ai pas eu le temps d'en examiner le contenu de près, mais j'ai cru comprendre qu'il s'agissait de la correspondance de mon père avec votre mère. J'y ai ajouté le télégramme qu'elle lui a envoyé.

Hamish ouvrit le dossier, lut le télégramme, avant de considérer son hôte avec perplexité.

— Qu'est-ce que c'est que cette histoire de Ballarat ? Thomasina Brown vit à Adélaïde, et, si les renseignements qu'on m'a transmis sont exacts, c'est aussi là-bas qu'elle est née et qu'elle a grandi.

— Votre mère a fait la connaissance de mon père à Ballarat il y a plus de quarante ans. Je n'en sais pas davantage.

Il passa une main pâle sur son visage altéré par le souci et l'exténuation.

— Je suis navré, mais il faut que je rentre pour être auprès de ma famille.

Harold serra la main de l'homme avec chaleur.

— Merci pour tout, John. Veuillez, s'il vous plaît, saluer pour nous votre père lorsque vous le verrez, et nous formulons des vœux pour qu'il se remette dans les plus brefs délais.

— Le médecin m'a prévenu qu'il pourrait s'agir d'une longue convalescence. C'est un homme âgé, qui a fait passer son travail et ses clients avant sa santé. À sa sortie de l'hôpital, il viendra vivre chez nous.

Il ouvrit la porte, avant de remettre sa carte de visite à Harold.

— Si Christy souhaite me rencontrer à son retour, elle peut prendre contact avec moi à cette adresse.

Ils se serrèrent une dernière fois la main. Leurs chemins se séparèrent au bout de Rum Lane.

— Il m'a l'air plutôt bath, comme garçon, commenta Hamish. Même s'il a une poignée de main aussi molle que celle d'une bonne femme. Quant à son père, ce qui lui arrive ne nous arrange pas, car m'est avis qu'il en sait largement autant que ma mère sur le sujet qui nous intéresse. Il aurait pu nous tirer d'affaire en deux coups de cuiller à pot.

— Ce qui me chagrine, fit Harold, c'est l'affidavit dont on a perdu la trace. Lorsque j'ai tenté de lui parler à l'hôpital, Charles était dans tous ses états, mais trop mal en point pour me fournir des précisions.

— Il est bien quelque part, ce fichu papelard. Si ça se trouve, c'est Baker qui l'a.

— Je m'apprêtais justement à l'appeler quand tu t'es présenté à l'hôtel.

Il consulta sa nouvelle montre de gousset.

— Il est encore tôt. Je vais lui téléphoner tout de suite.

Pendant que son beau-frère se rendait dans les écuries pour y récupérer son sac de voyage, Harold demanda à la réception de l'hôtel qu'on montât de la bière et des casse-croûtes dans sa chambre, puis appela Melbourne. On mit si longtemps à décrocher qu'Harold s'apprêtait à renoncer quand, enfin, une voix retentit à l'autre bout de la ligne.

— Baker ? C'est moi, Harold.

— Veuillez m'excuser, monsieur Ross, mais je suis le clerc de M. Baker. Il est parti voir un client à Echuca. Il ne reviendra que demain. Puis-je prendre un message ?

— Dites-lui de me rappeler dès son retour. C'est urgent.

Il mit un terme à la communication. Hamish, entre-temps, s'était planté à côté de lui.

— Je suppose que tu as suivi notre bref échange ? fit Harold.

Son beau-frère ayant hoché la tête, il enchaîna :

— Allons éplucher ces fameux papiers, pour voir s'il nous est possible d'en tirer quelque chose. La nuit promet d'être longue.

Hamish récupéra sa clé à la réception, avant de suivre Harold dans l'escalier, puis dans sa chambre. Il y laissa tomber son sac dans un coin, lança son chapeau par-dessus et ôta son manteau. Ayant fourgonné dans l'une des poches, il produisit les copies des titres de propriété, qu'il abandonna sur le lit auprès du dossier contenant la correspondance de Charles et de Christy.

— Le moins qu'on puisse dire est que nous avons de la lecture, constata-t-il, l'œil posé maintenant sur la liasse de feuillets que son beau-frère venait d'extraire de l'enveloppe à lui remise par John Smithson, et qu'il ajouta aux documents découverts à Bellerive. Comment souhaites-tu que nous procédions ?

— Tu pourrais peut-être commencer par les lettres ? Je m'en voudrais de fourrer mon nez dans l'intimité de ta mère…

— Tu n'as pourtant pas joué les effarouchés quand il s'est agi de ratisser son coffre-fort à Skye House, ainsi que le bureau de papa. Moi, je veux voir d'abord ce que planquait le vieux Smithson.

Harold allait répondre, lorsque James se présenta avec un tonnelet de bière, ainsi qu'un fourre-tout en cuir, suivi d'une serveuse apportant trois verres et un plateau chargé de sandwichs épais comme des bibles.

Il considéra les documents sur le lit.

— Je vois que tu as fini par convaincre Smithson de t'autoriser à ouvrir le coffre.

Il posa le tonnelet sur la table et son sac sur le sol, avant d'ôter son chapeau, puis son manteau, tandis que la jeune fille posait les verres et les casse-croûtes à côté de la bière.

— Les avez-vous déjà lus ?

— Nous allions nous y mettre, répondit Harold. Content que tu aies pu venir.

— Où étais-tu passé ? ronchonna Hamish.

— J'ai été retenu à Yarrabinda. Il a fallu emmener Clarice aux urgences, car le médecin craignait une fausse couche.

Il remit un pourboire à l'employée, puis referma la porte derrière elle avant de s'affaler dans un fauteuil.

— Dieu merci, il s'agissait d'une fausse alerte, mais elle doit rester à l'hôpital jusqu'à l'accouchement. Je n'avais pas la moindre envie de la quitter, mais elle comprend parfaitement la gravité de notre situation, et sa mère se trouve à deux pas.

— Maintenant que tu es ici, fit son frère avec impatience, dépêchons-nous d'examiner cette paperasse pour tâcher de tirer enfin cette histoire au clair. Plus vite nous agirons, plus vite nous pourrons regagner nos pénates.

La nuit tomba. Au fil des heures, on s'échangea des feuillets, on s'exclama, on discuta – vivement quelquefois. À l'aube, les trois hommes en avaient appris suffisamment sur l'histoire de Christy pour reconstituer en grande partie le puzzle. Ils s'entre-regardèrent. Leurs pires craintes s'étaient réalisées. À moins qu'ils ne missent la main sur le fameux affidavit, la bataille pour sauver Wallangarra et préserver le secret de la sexagénaire était perdue d'avance. Ils ne pouvaient plus guère qu'espérer un miracle.

*

À bord de la Croix du Sud

Christy avait exceptionnellement recouru à un somnifère, mais elle avait fait des rêves nombreux, redoutables de précision, décousus, troublants, en sorte qu'elle s'était réveillée à minuit le cœur battant à rompre, dans un fouillis de draps. Son oreiller était trempé de sueur.

Un document essentiel allait leur manquer lorsqu'ils ouvriraient le coffre. Dans la tourmente des révélations, elle avait oublié cet élément pourtant capital, et cet oubli risquait de les condamner tous.

Après avoir rejeté les draps, puis s'être vêtue, elle quitta sa cabine en hâte pour expédier un autre télégramme à Charles et à Baker, exigeant qu'ils unissent leurs efforts pour mettre la main sur le précieux feuillet.

Vaguement rassurée, elle regagna son lit, où elle s'interrogea longuement. Quelle mouche avait pu la piquer pour qu'il lui vînt l'idée saugrenue de séparer l'affidavit du reste des papiers qu'elle avait fini par ranger dans le coffre de Charles ? À l'époque, elle se trouvait en pleine tourmente, chaque jour il lui fallait lutter pour survivre. Mais au fil des ans elle avait maintes fois songé à dissimuler ailleurs le document, puis cela lui était opportunément sorti de l'esprit – elle ne désirait pas que son existence passée s'en vînt gâter la nouvelle.

Sans doute s'était-elle assoupie car, lorsqu'elle ouvrit les yeux, l'aube poignait. Étendue sur son lit, le crâne comme bourré de coton et les paupières lourdes, elle regarda le ciel s'éclairer, la mer passer du bleu foncé au turquoise. Elle allait devoir s'armer de courage pour affronter aujourd'hui les regards d'Anne et Kathryn. Mais il le fallait, et elle priait pour qu'elles prissent toutes deux la mesure de la situation dans laquelle elle s'était trouvée quarante années plus tôt, car dans le cas contraire elles la jugeraient impitoyablement.

Elle prit le temps de se pomponner plus qu'à l'ordinaire, convaincue qu'ainsi elle se sentirait plus forte. Après s'être vêtue, elle jeta sur ses épaules le châle de sa mère pour achever de se ragaillardir.

Une stewardesse lui ayant apporté son petit déjeuner sur un plateau, elle s'assit à la table, résolue à lui faire honneur afin que son esprit demeurât alerte durant toute la journée.

Elle se délecta d'œufs pochés accompagnés de toasts beurrés, but le thé puissant qu'on lui avait concocté, sans cesser de penser à tout ce qu'elle allait devoir dire à sa fille et à sa petite-fille. Les événements, l'ordre dans lequel ils s'étaient succédé… Tout se trouvait bien sûr gravé dans sa mémoire, au point que certains souvenirs lui tiraient d'horribles frissons. Mais Kathryn avait raison. Il fallait cette fois qu'elle leur livrât toute la vérité, une vérité sans fard, sans rien omettre de ce qui, probablement, allait meurtrir les deux femmes. Sans prendre de libertés avec les faits, dans l'espoir de se montrer à ses compagnes sous un meilleur jour. Si les membres de sa famille se voyaient à présent plongés dans la tourmente, c'était à elle qu'ils le devaient. À elle, par conséquent, de leur fournir toutes les explications susceptibles de les aider à sortir de ce bourbier.

Elle prit une seconde tasse de thé sur le pont du navire. Le vent était frais, avec, dans son haleine, un petit quelque chose de l'hiver australien, malgré la grosse boule de feu qui commençait à paraître sur l'horizon. Christy songea aux hommes qui, en ce moment même, à Sydney, travaillaient pour elle d'arrache-pied, et elle formula des vœux pour que son message leur parvînt à temps.

Lorsque Kathryn et Anne se présentèrent dans sa cabine, elle les accueillit avec empressement. Sa petite-fille semblait exténuée, Anne avait les traits tirés, l'œil hagard et le bord des paupières rougi. Sa démarche manquait d'équilibre.

— As-tu réussi à dormir un peu ? interrogea-t-elle Kathryn en aidant Anne à s'asseoir.

— Pas beaucoup. Maman était bouleversée.

— Je n'ai pas fermé l'œil de la nuit, gémit cette dernière. Toute cette histoire n'a cessé de tourner dans ma tête. J'ai bien cru que j'allais devenir folle.

— Il faut que tu te ressaisisses, commenta sa mère avec fermeté. Tu n'es pas la seule concernée par ces révélations, et en te mettant dans un tel état tu n'aideras personne.

Anne lui adressa un regard venimeux.

— C'est facile pour toi, fit-elle entre ses dents. Tu as des nerfs d'acier.

— Ce qui n'est pas ton cas, je te l'accorde. Mais, ce faisant, tu nuis à ta fille. Alors, secoue-toi, je t'en prie, et arrête de te lamenter sur ton sort.

— J'aurais dû me douter que tu ne me manifesterais aucune compassion.

Elle se moucha, l'œil mauvais.

— Kathryn, fit Christy sans plus se soucier de sa fille. J'espère au moins que tu as pris un copieux petit déjeuner. Mieux vaut affronter les difficultés avec le ventre plein.

— Maman ne se sentait pas capable de descendre à la salle à manger, alors j'ai commandé quelque chose de léger. Mais j'avoue que nous n'avions d'appétit ni l'une ni l'autre.

— Je n'ai rien avalé, se plaignit de nouveau Anne. Quant à affronter le regard des autres passagers… (Elle frissonna.) Ces ébranlements successifs sont en train de me détruire.

— Tu n'es pas sur une scène de théâtre, maman ! s'agaça Kathryn. Je comprends que tu te sentes secouée, mais nous le sommes toutes les trois.

Sans laisser à Anne l'occasion de répondre, Christy reprit la parole :

— Vous m'avez demandé de vous expliquer pourquoi nous nous retrouvons dans une pareille situation. Alors… Allons-y.

Elle prit une profonde inspiration.

— Puisque je vous ai déjà raconté les deux années que mes frères et moi avons passées à Hobart, je vais reprendre mon récit au moment de mon arrivée à Ballarat avec Jamie, pour y chercher Finlay, qui nous avait quittés un an plus tôt pour chercher fortune dans les mines d'or.

Kathryn s'installa sur la chaise longue, cependant que sa mère fixait obstinément ses genoux en se tamponnant les yeux ; elle poussait de petits soupirs à fendre l'âme.

Christy enfouit ses doigts dans les plis de son châle, qu'elle avait resserré autour de ses épaules. Elle parla de la lettre de Charles Smithson, de l'accident dont son aîné avait été victime, puis de sa mystérieuse disparition.

— Ses amis n'étaient pas partis à sa recherche ? s'étonna Kathryn.

— Les prospecteurs n'ont pas vraiment d'amis. En revanche, ils ont des rivaux, et même s'il leur arrive d'unir leurs forces, pour qu'on leur achète leur or à meilleur prix, par exemple, la plupart du temps ils sont seuls. Leurs trouvailles, ils n'en parlent à personne, et veillent jalousement sur leur petite parcelle de terrain.

Christy tenait à planter le décor :

— Lorsqu'un homme était surpris en train de voler, on le traînait devant une parodie de tribunal, qui le condamnait invariablement à être suspendu à une branche d'arbre plusieurs heures durant. Les bagarres étaient fréquentes, à cause d'une entraîneuse dont plusieurs chercheurs d'or se disputaient les faveurs, à cause des prospecteurs chinois qui se faisaient de plus en plus nombreux… Ou alors, il s'agissait de querelles d'ivrognes. C'est que là-bas, les hommes buvaient beaucoup, et il fallait que ces hommes eussent le cuir épais pour supporter leurs conditions d'existence. On ne croisait d'ailleurs dans ces contrées que très peu de femmes, et encore la plupart d'entre elles s'y étaient-elles installées pour pratiquer le plus vieux métier du monde.

Kathryn écarquilla de grands yeux.

— Bonté divine, souffla-t-elle. On jurerait le Far West. Il ne manque plus que les cow-boys et les Indiens.

— Ça y ressemblait, en effet. Mais curieusement, je me sentais bien là-bas, et je comprenais ce qui avait poussé ces garçons à se rendre dans des endroits tels que Ballarat. Comme eux, j'étais pareille aux embruns, je flottais, toujours à la recherche d'un lieu où me poser pour de bon, débarrassée désormais de toute attache, libre d'errer selon mes vœux. Cette liberté nouvelle m'exaltait, je la tenais alors pour mon bien le plus précieux.

— À t'entendre, tu n'étais guère plus qu'une romanichelle, commenta sa fille avec dédain.

La sexagénaire sourit.

— Tu as peut-être raison. Toujours est-il que cette vie me comblait, et même si l'existence que je mène à présent m'apporte d'immenses satisfactions, je continue à aimer découvrir de nouveaux lieux et tenter de nouvelles expériences.

Elle se tut un instant – il ne fallait pas qu'elle se laissât distraire.

— Il est important de comprendre la mentalité de celui ou celle que la fièvre de l'or a saisi. Au tout début de l'histoire de la prospection, il était possible de dénicher des pépites sans même avoir besoin de creuser. C'était par exemple le cas à Castlemaine. La première ruée vers l'or a eu lieu parce qu'on s'imaginait alors que la fortune se trouvait à portée de main. Cette obsession de la richesse poussait ces hommes à demeurer courbés, pendant des journées entières, au bord des cours d'eau, ou bien dans des vasières. D'autres encore s'enfonçaient dans les entrailles de la terre. Mais il s'agissait là d'une besogne exténuante, dans des endroits qui comptent parmi les plus inhospitaliers au monde. La plupart d'entre eux n'ont pas tardé à comprendre qu'ils poursuivaient une chimère. Ceux-là sont rentrés chez eux. Les autres étaient capables de parcourir plusieurs centaines de kilomètres pour tenter leur chance ailleurs, et puis ailleurs encore, un sac dans le dos et leurs outils sur leurs épaules, ou suspendus à la selle de leur cheval. Ils trimaient du matin au soir, et, avec un peu de chance, un jour ils voyaient briller de l'or au fond de leurs tamis. Il ne s'agissait en général que d'une pépite de rien du tout, qu'à peine vendue ils dépensaient en femmes, en tabac, en alcool… Ils s'acharnaient. Après tout, il restait toujours une chance de tomber un jour sur la pépite qui les rendrait riches à jamais. C'était cet espoir insensé qui les faisait tenir. Plus rien ne les intéressait que l'or. Ils ne perdaient plus de temps à se laver, à se raser ni à faire leur lessive. Ils oubliaient leur épouse, leurs enfants, leur logis, leur famille et l'emploi qu'ils avaient abandonné derrière eux. Dans des lieux toujours plus reculés, ils poursuivaient un rêve qui se faisait toujours plus insaisissable au fil des années.

— Quelle tristesse, murmura Kathryn. C'est ce qui est arrivé à Finlay ?

— Il avait été saisi par la fièvre de l'or, lui aussi, cela ne fait aucun doute. Et je suppose que, comme moi, il aimait cette existence de trimardeur, car tous les prospecteurs auxquels j'ai parlé m'ont dit le plaisir immense qu'ils prenaient à sillonner l'outback désert.

Elle avala une gorgée de thé. Il avait froidi, et son amertume lui déplut. Elle sonna la stewardess afin qu'elle apportât du café.

— As-tu fini par le retrouver ?

— C'est lui qui m'a trouvée, répondit-elle tristement. Mais la chance l'avait fui, il se sentait au fond du trou. Quelques heures plus tard, il a pris de nouveau la poudre d'escampette. Je ne l'ai jamais revu.

— Peut-être continue-t-il à aller de mine en mine, hasarda Kathryn. J'espère en tout cas qu'il a fini par remettre la main sur l'or qu'on lui avait volé.

Christy, quant à elle, doutait que son frère fût encore de ce monde, car, lorsqu'elle avait croisé sa route pour la dernière fois, il n'était plus que l'ombre de lui-même, et, bien qu'il ne fût alors âgé que d'une vingtaine d'années, elle l'avait jugé méconnaissable le jour où il s'était présenté à Wallangarra.

Sa barbe embroussaillée allait jusqu'à sa taille, et il avait bourré de papier ses bottes, autour de chacune desquelles il avait noué une ficelle pour les garder en un seul morceau. Ses vêtements se réduisaient à des hardes en lambeaux qui, de-ci de-là, laissaient voir sa peau ulcéreuse. Le soleil avait décoloré sa chevelure et son regard s'était terni, dans un visage aussi rouge et aussi buriné que la terre sous ses pieds. Christy cligna des yeux pour en chasser les larmes. Elle l'avait alors supplié de rester, afin qu'elle pût prendre soin de lui, mais la bougeotte qui ne le quittait plus l'avait contraint durant la nuit à s'éclipser sans un adieu.

— Il a rejoint l'immense cohorte des indigents, des égarés. Toujours mû, cependant, par le désir de poursuivre son rêve. J'espère simplement qu'il a trouvé la paix.

La stewardess apporta le café. Après son départ, Kathryn le servit, puis présenta à ses deux compagnes des assiettes contenant des biscuits et du cake.

— J'ai vu des lithographies représentant Ballarat et Bendigo, ainsi que la palissade d'Eureka, fit l'adolescente en se rasseyant sur la chaise longue. Mais raconte-nous plutôt comment c'était vraiment, mamie.

Le regard de celle-ci se perdit au loin. Elle replongea dans son passé.

Tandis que le chariot roulait sur la terre battue de la rue principale, Charles Smithson désigna de l'index les nouvelles constructions qui ne cessaient plus de pousser un peu partout dans la ville, puis on se dirigea vers une large vallée où le vert le disputait à un rouge profond, cernée par de douces collines, parcourue d'innombrables cours d'eau et criblée de puits de mine.

Le ciel était blanc, et la chaleur déferlait en vagues brûlantes sur le sol rouge – les arbres rares et les tentes au loin semblaient dès lors plantés sur une île gigantesque à l'intérieur des terres. Le cri lugubre d'un corbeau se joignit, l'espace d'un instant, au cliquetis du harnais, ainsi qu'aux grincements des roues du chariot, au-dessus duquel planait un aigle en quête d'une proie.

Christy suffoquait, en dépit du grand parapluie noir que Charles lui avait prêté. La sueur dégoulinait de sous son corset. Si elle survivait à cette journée, cela tiendrait du miracle.

Son compagnon de voyage lui tendit une outre en cuir.

— Je vous suggère de demander conseil à Mme Harris, l'épouse de l'hôtelier, concernant la façon la plus appropriée de vous vêtir sous nos climats, fit-il avec diplomatie. Je suis certain qu'elle vous trouvera quelque chose.

— Je n'ai pas les moyens de m'acheter des vêtements, répondit l'adolescente avec sécheresse, mal à l'aise de devoir soutenir ce genre de conversation avec un garçon dont elle venait à peine de faire la connaissance.

— Elle vous prêtera une tenue, insista ce dernier. Myrtle Harris est une brave femme. Excellente couturière par surcroît. Elle gagne des sommes rondelettes en confectionnant des habits pour les filles du saloon du Coq rouge.

Christy fronça les sourcils.

— Il s'agit d'un établissement spécialisé dans… dans un genre particulier de commerce, lui exposa-t-il en rougissant d'embarras jusqu'à la racine des cheveux.

— Nous ne resterons pas ici assez longtemps pour songer à de nouveaux vêtements, s'immisça Jamie.

Dès que nous aurons retrouvé Finlay, nous retournerons à Melbourne.

Charles haussa les sourcils.

– Oh… Je croyais pourtant avoir compris que vous veniez de dénicher un emploi. Par ailleurs, il pourrait se passer un certain temps avant que nous découvrions l'endroit où votre frère s'est rendu.

– C'est très aimable de votre part de nous permettre de loger chez vous, et il est vrai que je me réjouis d'avoir du travail, mais si nous n'arrivons pas à mettre la main sur Finlay, ma sœur et moi regagnerons Melbourne.

Christy, qui, depuis leur arrivée, avait saisi qu'il se trouvait ici plusieurs moyens de gagner de l'argent, avait en outre succombé à la majesté des lieux, à leur solitude grandiose. La perspective de revoir bientôt les rues bondées et bruyantes de la grande ville ne l'enchantait guère.

– Et si moi, je n'ai pas envie de repartir pour Melbourne ? lança-t-elle sur un ton de défi.

– Dans ce cas, je rentrerai seul.

Le garçon croisa les bras sur sa poitrine en soutenant sans ciller le regard de sa sœur.

Celle-ci, un instant saisie par la terreur de n'avoir plus de compagnie, résolut néanmoins d'ignorer cette menace. Jamie était de mauvaise humeur. Mieux valait s'en tenir là pour le moment. Charles, qui parut comprendre aussi qu'il serait plus avisé de se taire, se concentra sur le dos de son cheval, qu'il menait parmi les souches, les ruisseaux et les puits.

Christy, de son côté, observait la forêt de tentes qui semblait s'éployer à l'infini. À mesure qu'on se rapprochait, elle distingua des cahutes en bois faisant office de boutiques ou de troquets, des abris de fortune à base d'écorce. Le sol était jonché de bidons de pétrole écrasés. Certains de ces abris, des huttes en réalité, se composaient de branches de saule tressées, sur lesquelles, pour protéger l'intérieur des intempéries, on avait disposé des tiges de roseau, de la boue et des morceaux d'écorce. L'adolescente devait apprendre plus tard que ces logis rudimentaires d'origine aborigène portaient le nom de « humpies ».

Une partie des tentes se résumaient à des bâches tendues sur des branches et retenues au sol par des piquets et des cordes, mais d'autres se révélaient de robustes structures, et de bonne taille, mais, comme le reste, couvertes de cette poussière rouge qui courait à travers la vallée en nombreux tourbillons. Les feuilles des rares eucalyptus tremblotaient dans la brise, pareilles à des pièces d'argent.

Christy ne tarda pas à découvrir que ce village de toile se révélait laborieux. Partout on s'affairait, des hommes, armés de batées, cherchaient de l'or dans les cours d'eau, ou remontaient, du fond de leurs puits, de la boue dans de grandes caisses en bois dont ils vidaient ensuite le contenu dans ce que Charles lui affirma être des berceaux, afin de le tamiser, puis de le laver. Personne ne leur prêta la moindre attention. Le notaire en profita pour fournir à ses jeunes passagers d'abondantes précisions d'ordre technique.

— Voici Baker Hill, les informa-t-il soudain, joignant le geste à la parole. C'est là que les mineurs se sont rassemblés, en décembre 1854, pour prêter allégeance au drapeau de la Croix du Sud. Un peu au-delà, vous pouvez voir ce qu'il reste de la palissade d'Eureka, où ils se sont battus contre la police et les troupes gouvernementales. Ceux qui ne sont pas morts dans les affrontements ont été jetés en prison, et on a mis à prix la tête des quelques rebelles ayant réussi à s'enfuir. Mais le courage dont ils ont fait preuve pour s'élever contre un système judiciaire inique a ranimé l'espoir de toute une classe sociale. Ils se sont révoltés pour obtenir le droit de gagner leur vie sans que le prix trop élevé des amendes et des autorisations les étrangle. De nos jours, l'influence des syndicats se fait de plus en plus importante dans l'ensemble de l'Australie.

— Vous connaissez l'histoire de ce pays beaucoup mieux que moi, observa Christy.

— À mon arrivée ici, j'ai mis un point d'honneur à lire tout ce que j'ai pu dénicher sur l'Australie. Si vous le désirez, je vous prêterai mes livres. Ils sont intéressants.

— Qu'est-ce que c'est ? l'interrogea l'adolescente en désignant ce qui ressemblait à une énorme forteresse en bois.

— Les vestiges du camp établi autrefois par les autorités. Certains bâtiments servent encore aux soldats, car il s'agit d'un lieu qui exige une surveillance des plus strictes. Actuellement, c'est le nombre croissant de Chinois qui pose problème, car ils n'apprécient guère de devoir acquitter une somme supplémentaire pour obtenir le droit de prospecter.

Il tira sur les rênes et le cheval s'arrêta.

— Joe devrait se trouver dans les parages, fit-il en aidant la jeune fille à descendre du chariot.

Elle tenta d'épousseter sa robe, y renonça, avant de jeter des regards autour d'elle. Joseph O'Driscoll avait établi, à l'ombre d'un bouquet d'eucalyptus, un campement composé d'une toile déployée entre quatre perches, assortie de morceaux de toile à sac en guise de murs et d'un coupon de mousseline tenant lieu de porte. Il avait tendu entre deux troncs d'arbre une corde où il faisait sécher son linge. Il ne possédait pour tout mobilier qu'un lit-tiroir, une table et une chaise en bois mal équarris, tandis qu'à l'extérieur de l'abri se donnaient à voir des pierres disposées en cercle et cernant les cendres d'un feu où trônait une bouilloire emplie d'un liquide sombre. En s'approchant, Christy constata que des cadavres de mouches et de fourmis flottaient à sa surface. Elle frissonna.

Comme Charles s'en allait chercher leur homme et que les mouches vrombissaient à leurs oreilles, Jamie donna un coup de pied dans les cendres.

— Nous étions mieux lotis sur l'île de Skye, grommela-t-il. Il faut être cinglé pour vivre dans des conditions pareilles.

— C'est la fièvre de l'or qui veut ça, commenta le garçon qui, tout sourire, s'avançait vers eux. Et merci d'avance de bien vouloir éviter de flanquer des cendres dans mon thé.

Christy fit volte-face, happée aussitôt par des yeux d'un bleu sombre au fond desquels étincelaient des lueurs. Ayant ôté son chapeau, révélant une chevelure d'un noir de jais qui luisait au soleil, il essuya son visage aux pommettes saillantes à l'aide d'un mouchoir. Il possédait une barbe, des cils et des sourcils épais et noirs, et quant à ses vêtements, quoique déchirés et crasseux, ils laissaient deviner un corps bien découplé qui conférait à la tenue un étrange soupçon d'élégance.

— Je vous présente Joseph O'Driscoll, déclara Charles.

— Pas de chichis entre nous, fit l'homme en échangeant une poignée de main avec ses deux jeunes visiteurs. Vous n'aurez qu'à m'appeler Joe. Voulez-vous du thé, mademoiselle MacInnes ? Vous m'avez l'air de crever de chaud dans votre accoutrement.

Christy hocha la tête, rendue muette par la présence de Joe, dont les yeux ne lâchaient plus le regard de l'adolescente, tandis que son sourire laissait voir des dents très blanches et parfaitement alignées, ainsi qu'à sa joue l'ombre d'une fossette.

— Du thé tel qu'on en boit dans le bush. Épais, noir et fort, avec une feuille d'eucalyptus et du sucre pour lui donner plus de corps.

Et Joe de s'accroupir pour ratisser les cendres. Ayant jeté un coup d'œil à l'intérieur de la bouilloire, il grimaça.

— Des corps, j'aurais tendance à dire qu'il s'en trouve un peu trop, mais si vous le souhaitez, je peux vous en débarrasser immédiatement.

Christy frissonna de nouveau à l'idée de devoir avaler l'affreux breuvage, mais, trop polie et trop subjuguée, elle n'osa décliner son offre.

— Vous devriez vous asseoir à l'ombre, lui suggéra Charles en la saisissant par le bras pour la mener jusqu'à une chaise installée sous les arbres. Il fait moins chaud ici, et les mouches s'y montrent moins acharnées.

L'adolescente chassa les insectes qui se posaient constamment sur son visage, tournant aussi autour de son chapeau de paille et de son parapluie. Elle avait si chaud qu'il lui semblait qu'elle allait fondre, ses vêtements étaient trempés de sueur à présent, et son corset lui irritait la peau. Et pourtant… Elle n'avait d'yeux que pour Joe.

Elle le regarda bavarder avec Charles et Jamie, embraser du petit bois qu'il venait d'apporter. Il se déplaçait avec la grâce d'un danseur.

Elle se tortilla sur sa chaise, brûlant qu'il la regardât de nouveau, que son sourire se posât sur elle et l'illuminât. Elle peinait à comprendre ce qui lui arrivait, car, récemment encore, elle pleurait dans son oreiller en songeant à Peter.

Il devait s'agir d'un effet de la chaleur intense, décréta-t-elle pour elle-même, et dès lors elle tenta de se concentrer sur la raison qui l'avait amenée ici avec son frère.

— Si mes informations sont exactes, c'est vous qui avez découvert mon frère, monsieur… euh… Joe… ?

— Pour sûr que c'est moi. Et ça m'a fait un sacré choc, parce qu'il était cassé de partout et comme tout contrefait. Le fait est que je me réjouis de l'avoir trouvé avant qu'il soit trop tard. Il était salement amoché.

Il planta son regard dans celui de Christy.

— Heureusement, nous avons un bon médecin, qui l'a remis sur pied en moins de deux. Sans compter que Myrtle Harris fait une excellente infirmière.

Il eut un large sourire qui ébranla son interlocutrice, avant de remuer le thé frémissant au moyen d'une longue brindille, puis d'y prélever les cadavres d'insectes avec une cuiller en fer-blanc.

— Avez-vous la moindre idée de l'endroit où il a pu se rendre ? fit Christy, dont une mystérieuse émotion nouait la gorge.

Joe s'assit sur ses talons et bourra sa pipe en terre.

— Il peut se trouver n'importe où, voilà ce que je pense, répondit-il, après quoi il gratta une allumette contre la semelle de sa botte pour enflammer le tabac. De l'or, on peut en dénicher partout dans ce merveilleux pays, et Finlay avait la ferme intention de s'octroyer sa part du gâteau.

— Cette part, il l'avait déjà obtenue, répliqua l'adolescente. On la lui a volée le jour du prétendu accident.

L'étincelle s'éteignit soudain dans les yeux bleus de son hôte, dont les sourcils très noirs se froncèrent.

— Est-ce que, par hasard, vous douteriez de ma bonne foi, jeune fille ?

— Pas le moins du monde, se hâta de le rassurer celle-ci. Mais je juge un peu curieux que le barreau de son échelle se soit justement brisé ce jour-là, et que, pendant qu'il gisait inanimé au fond du puits, quelqu'un en ait profité pour lui dérober son pactole.

— Je me suis dit la même chose, commenta l'homme en hochant la tête avec gravité. Charles et moi avons d'ailleurs abordé la question, mais, sans la moindre preuve à nous mettre sous la dent, nous ne pouvons rien faire.

— Qu'est-il advenu de sa concession ? Il avait dû acheter un permis, et si le sous-sol de sa parcelle contient de l'or, elle doit valoir une bonne somme.

— Il m'a donné son permis. Charles se trouvait avec nous lorsqu'il me l'a cédé. C'est que… Vous comprenez… Finlay était persuadé qu'il ne passerait pas la nuit…

— Mais il a survécu. Pourquoi ne le lui avez-vous pas rendu ?

— Quand j'ai réussi à retourner en ville, il avait déjà fichu le camp. S'il avait vraiment voulu récupérer son papelard, il aurait su où me trouver. C'était mon pote. Il n'aurait eu qu'à demander.

Christy fronça les sourcils à son tour – jamais son frère n'aurait renoncé à son carré de terre alors qu'il en avait compris la valeur.

— Avez-vous découvert de l'or depuis son départ ? hasarda-t-elle timidement.

— Il y en a un peu là-dessous, en effet, mais pas des masses.

Il fit surgir de sa poche une petite pépite, qu'il leva dans la lumière du soleil pour qu'elle se mît à briller.

— Accepteriez-vous que je vous l'offre en guise de cadeau de bienvenue à Ballarat, mademoiselle MacInnes ?

Elle ne savait que dire, mais, avant qu'elle fût parvenue à lui répondre, il avait lancé la pépite sur ses genoux.

— M… merci, balbutia-t-elle. Mais vous n'aviez pas besoin de…

— Bah… Finlay en aurait fait autant.

Il versa le thé visqueux dans des quarts en fer-blanc, qu'il distribua à ses visiteurs.

— Attention, fit-il en remettant le sien à Christy. C'est chaud. Vous risquez de vous brûler les doigts.

Comme il la dévisageait, elle s'empourpra, retint son souffle jusqu'à ce qu'enfin il se fût détourné. Ne parlait-il vraiment que du thé, ou s'agissait-il d'une menace voilée, au cas où elle s'aviserait de continuer à fouiner ? Elle se sentait troublée, incapable de décider si elle pouvait ou non lui faire confiance.

— J'ai demandé partout autour de moi si quelqu'un était au courant de quelque chose, exposa-t-il à Charles, mais vous savez comment sont ces bonshommes. Motus et bouche cousue, quelles que soient les circonstances. S'il se sentait assez en forme pour décamper, il a pu déjà en abattre, des kilomètres.

— C'est également ce que j'ai indiqué à Christy, répondit le notaire en soufflant sur son thé avant de faire une première tentative – il se brûla la lèvre. Cependant, il sait que j'ai écrit à sa sœur, voilà pourquoi nous espérons tous qu'il va reparaître bientôt pour la voir.

— Ce serait épatant, pour sûr, mais je parierais pas un *cent* là-dessus. Finlay m'a clairement fait comprendre qu'il ne voulait pas que sa famille lui rende visite ici.

Il se tourna vers l'adolescente :

— Je suis désolé, parole, mademoiselle MacInnes. Mais mieux vaut dire les choses telles qu'elles sont, voilà ma philosophie.

Laissant la jeune femme à ses doutes et à ses interrogations, il porta cette fois son attention sur Jamie.

— Et toi, mon garçon ? Ça te dirait-il de chercher de l'or ?

Jamie secoua la tête et s'assit sur le sol pour y boire son thé.

— La prospection, c'est pas pour moi. Moi, je suis menuisier, alors c'est à Melbourne que j'ai l'intention de faire fortune.

Joe s'esclaffa, assenant à son interlocuteur une tape sur l'épaule.

— Ah... La grande ville, hein ? Pour sûr qu'il y a de quoi gagner du pognon là-bas. Je les ai vues, les jolies bonnes femmes, avec leurs beaux vêtements et toute leur quincaillerie… Et les types… Des voitures à ne pas croire, tirées par des pur-sang, excusez du peu. À ceux-là, l'or a fait gagner tellement d'argent qu'ils n'arrivent même plus à aller assez vite pour tout dépenser.

— Vous en avez trouvé ?

— Pour sûr, chuchota-t-il. Mais mieux vaut ne pas parler trop fort… Les arbres ici ont des oreilles.

Il vida sa tasse de thé, dont il jeta le marc dans les flammes, qui se mirent à siffler.

— Sur ce, je vous souhaite bon courage, fit-il, mais le temps passe et il faut que je retourne creuser. Transmettez donc mes amitiés à Melbourne, jeune fille, et toi, Jamie, embrasse pour moi quelques-unes de ces jolies poupées qui vivent là-bas.

Christy, qui se retint de laisser échapper qu'elle habitait pour l'heure à Ballarat, après une vague révérence, se hâta d'emboîter le pas à Charles et à son frère, qui se dirigeaient vers le chariot.

Revenue du passé, elle s'aperçut que son café était froid et que ses compagnes de voyage avaient fait un sort au cake et aux biscuits. Comme il était presque midi, elle sonna de nouveau pour qu'on leur apportât le déjeuner une heure plus tard.

— Charles m'a l'air de quelqu'un de bien, commenta Kathryn. Tu as beaucoup de chance d'avoir trouvé un ami en qui tu pouvais placer toute ta confiance. Joe, en revanche, me fait l'effet d'une fripouille.

— C'est ce qu'il était, en effet. Et figure-toi que j'ai toujours en ma possession la pépite dont il m'a fait cadeau ce jour-là. Je n'ai jamais voulu m'en servir, parce que ce n'était pas Finlay qui me l'avait donnée. J'aurais trouvé cela injuste. Je l'ai rangée dans une boîte, avec d'autres souvenirs de cette époque.

Elle songea au petit sac en toile de jute contenant trente pièces en argent, se dépêcha de le chasser de son esprit.

— Et Jamie ? intervint Anne. A-t-il fini par te planter là pour regagner Melbourne ?

— Il est parti, oui, mais avant qu'il s'en aille je lui ai demandé de m'aider à monter ma petite affaire.

Anne lui adressa un regard suspicieux.

— De quoi s'agissait-il ? J'espère que tu ne vas pas nous annoncer que tu es devenue entraîneuse dans un bar. Je te préviens que je ne le supporterai pas.

— Accorde-moi un peu de crédit, répliqua sa mère avec humeur. Non que je méprise ces filles, d'ailleurs. Elles travaillaient dur et devaient souvent affronter le pire pour gagner leur vie. J'admirais leur façon si simple de consentir à leur sort, de réussir à conserver leur bonne humeur envers et contre tout.

— Tu n'es pas difficile…, se récria Anne.

— Détrompe-toi. Je me suis liée d'amitié avec chacune de ces jeunes femmes. Je me rappelle surtout une Française prénommée Nadine. Elle n'avait que deux ans de plus que moi, mais comme son mari la battait elle s'était enfuie de chez elle. Nellie Simpson l'avait prise sous son aile. C'est ainsi qu'elle s'était mise à travailler pour elle au Coq rouge.

Elle soupira.

— Après sa mort, elle m'a terriblement manqué, car elle était devenue une excellente amie, qui possédait un sens de l'humour à toute épreuve.

— De quoi est-elle morte ? s'enquit Kathryn.

— L'un des clients de Nellie était une brute épaisse, qu'elle confiait en général aux bons soins de Big Sadie, qui savait par quel bout le prendre. Mais la veille au soir, Sadie avait déménagé à la cloche de bois et, les autres filles se trouvant occupées, c'est Nadine qui a récupéré l'animal. Il l'a frappée à mort.

Sa voix se brisa sous le coup de l'émotion.

— Pauvre Nadine… Elle avait échappé à une bête féroce pour finir sous les poings d'une autre. Je continue de penser à elle avec beaucoup d'affection, même après toutes ces années.

— Dieu du Ciel, fit Anne dans un frisson. Dire que tu fréquentais cette faune… Je n'en crois pas mes oreilles.

Christy haussa les épaules.

— Des amies, figure-toi, on s'en fait où on en trouve, et dans les mines d'or il y avait très peu de femmes, ne l'oublie pas. Les gens ne sont pas tous mauvais. Et ceux qui l'étaient, j'ai appris à les éviter. D'autre part, Charles et Joe veillaient sur moi. Je me sentais en sécurité.

— Et si tu nous disais, mamie, comment tu as fait fortune ? la pressa Kathryn.

— Dès mon arrivée sur les champs aurifères, je me suis sentie comme aimantée par la possibilité de réussir à y tirer mon épingle du jeu, comme essayaient de le faire les mineurs. Mais je n'avais pas l'intention de creuser la terre en quête d'or, ni d'accorder foi aux rumeurs qui prétendaient que, de l'or, il s'en trouvait quelque part en grandes quantités, au beau milieu du désert. Non. Moi, je voulais être payée en or.

Elle sourit.

— Je suis parvenue à convaincre Jamie de rester assez longtemps pour me construire une cabane à la lisière des champs d'Eureka, puis de la meubler succinctement. C'est lui qui a payé mon premier permis, pour une durée d'un an, avec ce qu'il avait gagné en travaillant à l'hôtel. J'ai ouvert une cantine et une blanchisserie.

— Une blanchisserie ? glapit sa fille.

— Il s'agit d'une façon on ne peut plus honnête de subvenir à ses besoins, et je contribuais au bien-être des mineurs en leur permettant d'avoir des vêtements propres et de manger correctement.

Elle sourit au souvenir de sa bicoque, à l'arrière de laquelle elle avait installé son logis, avec un énorme verrou à la porte et des barreaux aux fenêtres. Elle y passait ses journées devant ses fourneaux, ou penchée sur de vastes cuves emplies d'une eau bouillante qu'elle avait fait chauffer sur un feu situé à l'extérieur. Derrière la maisonnette, elle avait tendu des cordes à linge entre les arbres – les jours de grand vent, elle se ruait vers elles pour en décrocher le linge propre avant qu'il ne fût couvert de poussière rouge.

Lorsqu'elle comprit que l'ouvrage devenait trop considérable pour elle seule, elle convainquit la fille d'une des entraîneuses de se charger du repassage. Vu la chaleur suffocante, il s'agissait d'une tâche ingrate, mais cela valait mieux que de mettre les pas dans ceux de sa mère. Le jour où Christy avait quitté Ballarat, elle avait vendu son affaire à son amie contre une somme dérisoire. À son retour, bien des années plus tard, la cabane s'était muée en un hôtel superbe, et l'adolescente en une propriétaire respectable, avec quatre fils robustes et un époux membre du conseil municipal.

— Charles me rendait visite deux fois par semaine et Joe passait presque tous les soirs. De mon côté, tout allait bien. La plupart des paiements s'effectuaient en or, et Nellie Simpson m'avait conseillé d'acheter une balance pour peser les pépites, ainsi qu'une toute petite pique pour les tailler au juste prix. De quoi m'éviter ensuite d'être accusée de malhonnêteté par mes clients. Au terme de la première année, mon compte bancaire était bien garni. J'ai utilisé une partie de l'argent pour faire agrandir mon commerce, afin de proposer des logements décents à ceux qui ne souhaitaient pas s'établir dans le campement. Pour un shilling et neuf pence la nuit, ou pour une demi-once d'or, ils avaient droit à un lit propre, au repas du soir et au petit déjeuner.

— Le fait de partager ta maison avec des hommes plutôt rustres ne te faisait pas peur ? l'interrogea Kathryn.

— Ainsi que je vous l'ai déjà indiqué à toutes les deux, ma porte était équipée d'un verrou, et mes fenêtres de barreaux. Pour tout dire, je me sentais un peu comme en prison, d'autant plus que la plupart de ces garçons me témoignaient du respect, sachant que je ne me prostituais pas et qu'on les aurait jetés dehors sans autre forme de procès s'ils avaient fait du grabuge. Quant à la présence régulière de Joe, elle se révélait dissuasive.

— Tu es tombée amoureuse de lui, n'est-ce pas ? enchaîna sa petite-fille.

— N'importe qui, à ma place, aurait succombé à son charme.

Elle exhala un lourd soupir.

— Il me racontait de merveilleux récits à propos de l'Irlande, il me faisait rire…

— Je suis désolée, mamie, mais il faut que je te pose cette question : Joe était-il mon grand-père ?

Christy jeta un coup d'œil en direction de sa fille avant de répondre.

— En effet. Et j'ai été assez sotte pour m'imaginer à l'époque que nous passerions ensemble le reste de nos jours.

— Pour quelle raison cela ne s'est-il pas produit ? s'enquit Anne, tendue à rompre et les joues rosies.

— Joe avait des secrets. Et, lorsqu'ils m'ont été dévoilés, il était déjà trop tard pour revenir en arrière.

Comme sa fille allait l'interroger encore, elle leva une main.

— Le déjeuner va arriver d'ici une minute ou deux, et mon histoire est trop longue et trop compliquée pour que je la bâcle. Par ailleurs, j'ai besoin d'une pause. Ces incursions dans les profondeurs de mon passé se révèlent éreintantes.

20

Sydney

Hamish et James s'étaient retirés dans leurs chambres pour y dormir un peu après la longue nuit passée à éplucher les papiers les plus personnels de leur mère, qui, hélas, loin de leur venir en aide, semblaient confirmer l'appartenance de Thomasina Brown à leur famille et, par voie de conséquence, son droit de posséder Wallangarra pour partie.

Harold, quant à lui, gisait sur son lit, les bras en croix. Il avait ouvert la porte-fenêtre donnant sur le balcon, afin de débarrasser sa chambre de la puanteur du tabac et de l'odeur âcre de la bière renversée. Un vent froid pénétrait dans la pièce, et le bruit qui montait de la rue l'empêchait de s'endormir pour de bon, mais il était trop exténué, trop courbaturé pour bouger – il tira sur lui la couverture et enfouit son visage sous un oreiller.

Il somnolait enfin lorsqu'on frappa à la porte de sa chambre.

— Allez-vous-en ! brailla-t-il.

— On vous demande au téléphone, répondit, d'une voix de stentor, le propriétaire des lieux.

— J'arrive.

Harold jura entre ses dents, s'extirpa du lit, se vêtit à la hâte, avant de sortir sur le palier. Il dévala l'escalier jusqu'à frôler la chute, passa devant le comptoir de la réception sans un regard pour le patron de l'hôtel... Il décrocha.

— Allô ? Qui est à l'appareil ?

— Baker. Vous m'avez demandé de vous appeler en cas d'urgence.

Harold s'accorda quelques instants pour se ressaisir et tenter de dissiper la brume dont l'éreintement et la bière s'obstinaient à envahir son crâne douloureux.

— Avez-vous des informations concernant un affidavit que Christy aurait pu vous confier ?

— Des déclarations solennelles, elle en a rédigé plusieurs au fil des années. À laquelle faites-vous référence ?

Harold cramponna le combiné – Baker pouvait parfois se montrer d'une imbécillité abyssale...

— À celle qui entretient un rapport avec l'affaire qui nous occupe actuellement, répondit-il, les dents serrées.

— Je n'ai rien qui soit relatif à cette époque, lui apprit l'homme de loi au milieu des parasites. Je suppose que cet affidavit se trouve en possession de Charles Smithson. C'est lui qui s'occupait de ses affaires à ce moment-là.

Harold lui rapporta brièvement ce qui était arrivé au vieillard.

— Autant dire qu'il est hors course. Et son fils, qui n'est pas notaire, ne sait absolument rien. Mais c'est vital, Baker. Nous devons à tout prix mettre la main sur ce document.

— Eh bien… Je ne l'ai pas, et elle ne l'avait pas rangé non plus dans son coffre. Quelle est au juste la portée de cette déclaration ? Vous devez bien avoir de quoi réfuter les allégations de la partie adverse, maintenant que vous avez eu accès au contenu du coffre chez Smithson ?

— Ce que nous avons récupéré là-bas ne se révèle pour nous d'aucune utilité.

Harold s'exprimait avec circonspection – le propriétaire des lieux, sous prétexte de balayer le hall, tendait l'oreille pour s'efforcer de surprendre sa conversation.

— C'est même tout le contraire. J'ignore la teneur de cet affidavit, mais Charles avait l'air de penser qu'il s'agissait d'une pièce indispensable à notre dossier.

— Je suis désolé. Je voudrais vous aider, mais je ne crois pas être en mesure de le faire. Je vais me replonger dans ses papiers, par acquit de conscience, mais ne vous faites aucune illusion.

Il se tut un moment. Lorsqu'il reprit la parole, il s'était insinué dans sa voix une vive inquiétude.

— Elle m'a envoyé un télégramme contenant de nombreuses questions, auxquelles il m'a fallu répondre. À l'heure où nous parlons, elle sait tout. Qui, pourquoi et quand. Je ne puis qu'espérer à présent qu'elle va nous transmettre un élément susceptible de nous tirer du pétrin.

— De mon côté, je vais lui expédier un pneumatique ce matin même, au sujet du document qui nous manque. Elle devrait avoir le temps de nous répondre avant qu'il ne soit trop tard.

— Ses fils se trouvent-ils avec vous ?

— Oui.

— Quand avez-vous prévu de quitter Sydney ? L'audience aura lieu dans une semaine. Nous devons être à Adélaïde avant cette date.

— J'en ai parfaitement conscience, répondit Harold avec fermeté. Mais si nous ne débusquons pas ce maudit papier, nous sommes fichus. Ne vous est-il vraiment pas possible d'obtenir un délai des avocats de Thomasina Brown ?

— Malheureusement, non. Ils nous ont acculés dans les cordes, et ils le savent. Ils ne bougeront pas d'un poil.

Harold émit un soupir d'exaspération.

— Très bien. Dans ce cas, il va falloir bluffer, parce que, dans l'état actuel des choses, nous glissons sur une très mauvaise pente. Mettez-vous en quête de cet affidavit, Baker, et moi, j'envoie le télégramme.

À peine eut-il raccroché qu'il grimpa l'escalier quatre à quatre pour aller chercher son couvre-chef et son manteau. Inutile de réveiller ses beaux-frères : il n'avait rien à leur apprendre.

Après s'être rendu au bureau du télégraphe, il regagna l'hôtel, où il se laissa tomber sur son lit. Il venait d'abandonner Christy à son sort. Quel échec… Mais il n'était rien d'autre qu'il pût faire à présent, sinon, peut-être, dissimuler tout ce qu'il avait découvert avec Hamish et James, et offrir à Thomasina Brown une somme assez importante pour acheter son silence et se débarrasser d'elle à jamais… Cette perspective lui donnait la nausée.

*

À bord de la Croix du Sud

On avait à peine touché aux mets exquis disposés sur le plateau pour le déjeuner. Assises en silence, les trois femmes regardèrent la stewardess leur apporter du café frais avant de disparaître avec le plateau.

Christy, qui avait besoin de se dégourdir les jambes, laissa Kathryn et Anne avec leurs tasses pour se rendre brièvement sur le pont. Elle allait leur livrer la part la plus douloureuse de son récit, celle qui, à n'en pas douter, meurtrirait profondément Anne, car celle-ci verrait dès lors s'envoler les illusions dont elle pouvait encore se bercer à propos de son géniteur. Elle s'accouda au bastingage, l'œil rivé sur la mer, réticente à regagner sa cabine.

Joseph O'Driscoll l'avait envoûtée, indubitablement, mais finalement il lui avait brisé le cœur. Elle avait payé le prix fort. Après avoir poussé un lourd soupir, elle s'apprêta à rejoindre ses compagnes de voyage. D'ici quelques jours, le navire atteindrait Melbourne – elle ne pouvait que prier pour que ses télégrammes parvinssent à temps à leurs destinataires.

— Veuillez m'excuser, madame, ceci vient d'arriver pour vous.

Brusquement tirée de ses songes, elle prit le pneumatique des mains du jeune officier qui le lui tendait, le remercia à voix basse, avant de lire le message. Baker lui exposait les revendications de Thomasina Brown, l'informant en outre de la date de l'audience, qui se tiendrait deux jours après leur arrivée à Adélaïde. Nulle part il ne faisait mention de l'affidavit. Excédée, elle froissa le feuillet. L'homme de loi devait pourtant avoir reçu ses instructions le concernant ?…

Au lieu de regagner sa cabine, elle rendit visite au commissaire de bord pour savoir s'il lui était possible de téléphoner à Archibald Baker. L'homme se montra aussi poli que ferme : c'était non. Elle se rabattit sur un télégramme laconique, puis s'en fut retrouver Anne et Kathryn, assaillie par une peur panique.

Ces dernières, qui bavardaient à voix basse, levèrent vers elle un œil empli d'espoir. Christy fonça droit vers une bouteille de brandy, dont elle se servit une dose copieuse, que deux gorgées lui suffirent à avaler.

— Bonté divine, souffla Anne. Que se passe-t-il encore ?

Sa mère leur exposa les détails contenus dans le télégramme expédié par l'homme de loi.

— Et, avant que vous me posiez la question : non, je n'ai jamais rencontré Thomasina Brown, et j'ignore ce qui lui laisse à penser qu'elle possède des droits sur Wallangarra. Mais, si Baker suit mes instructions, il devrait réussir à venir à bout de cette affaire.

Elle se laissa tomber dans un fauteuil, abandonna sur la table le télégramme chiffonné.

— Pourvu qu'il fasse diligence et me réponde au plus vite. Cette incertitude me tue.

— Si j'ai bien compris, résuma Kathryn, sans le papier dont tu viens de nous parler, il faudra se rendre à l'audience et, dès lors, toute l'histoire sera rendue publique…

Elle soupira :

— Notre beau voyage se trouve irrémédiablement gâché, mais ce qui m'inquiète le plus, ce sont les répercussions de ce cataclysme sur ta santé et sur celle de maman. J'aimerais pouvoir faire quelque chose… n'importe quoi… pour vous aider.

— Tu es adorable, ma chérie, mais personne ne peut plus rien changer, et puisque c'est à cause de moi que notre famille subit aujourd'hui cette terrible épreuve, je suis la seule à devoir essuyer vos reproches.

Après avoir indiqué à ses compagnes la raison pour laquelle l'affidavit ne se trouvait pas avec le reste des documents, elle se servit une tasse de café noir et puissant, sur lequel elle comptait pour contrecarrer les effets du brandy. Il fallait en effet qu'elle eût les idées claires pour poursuivre son récit.

Anne, de nouveau, était au bord des larmes, et Kathryn prit sa main dans la sienne pour la serrer très fort.

— C'est un cauchemar… Je n'arrive même pas à imaginer ce qui nous attend une fois de retour en Australie.

— Nous allons faire front tous ensemble, maman. Nous sommes une famille.

Christy, qui aurait souhaité que sa fille se reprît un peu et cessât enfin ses jérémiades, s'abstint toutefois du moindre commentaire, se contentant de lui remettre un mouchoir propre avant de se lancer.

— Dans les champs aurifères, on ne travaillait pas vingt-quatre heures sur vingt-quatre. On savait aussi se distraire. On y organisait des bals, des courses de chevaux. On y improvisait des concerts. Nous nous amusions aussi beaucoup chaque fois qu'un prêcheur itinérant se présentait, que nous écoutions pour mieux le chahuter ensuite. Je me demande encore où nous puisions l'énergie qui nous permettait de danser après une longue journée de labeur. Je ne sais pas… Bah… Nous étions jeunes, et sans doute avions-nous grand besoin de décompresser. Lorsque Jamie est reparti pour Melbourne, Charles a pris sur lui de devenir mon protecteur. Au fil des mois, il s'est mis à me rendre des visites de plus en plus fréquentes. Et, chaque fois, il m'apportait un petit cadeau. Des friandises, un ruban pour attacher mes cheveux, une plume pour orner mon chapeau du dimanche…

Elle eut un petit sourire.

— Cela ne plaisait pas à Joe, bien entendu. Les deux garçons étaient comme le jour et la nuit et, à cause de moi, ils avaient bien du mal à se supporter. Leur unique lien, c'était Finlay. J'essayais de calmer le jeu en répétant à Joe que Charles était mon ami, et que pour cette raison il se montrait prévenant. Joe, de son côté, se moquait de ma naïveté, affirmant que Charles me faisait la cour et tentait de me ravir à lui. Nous avons eu tous les deux de terribles disputes à ce sujet.

— Il avait raison, n'est-ce pas ? intervint Kathryn. Charles te voulait pour lui tout seul ?

Sa grand-mère hocha la tête.

— J'en avais parfaitement conscience, et comme leur rivalité ne faisait que s'aggraver j'ai fini par prendre Charles à part pour lui expliquer, avec tout le tact dont j'étais capable, que je n'étais pas amoureuse de lui. Cela n'a pas été tâche facile, il s'agissait d'un garçon adorable, attentionné… Il avait le cœur sur la main. Mais hélas je ne partageais pas ses sentiments.

La main de Christy tremblait. La tasse cliqueta contre sa soucoupe.

— Il s'est senti profondément meurtri. Il m'a dit qu'il fallait vraiment que je sois sotte pour m'enticher d'un homme comme Joe, ajoutant que c'était un vaurien dont il finissait par se demander s'il n'avait pas quelque chose à voir avec l'accident de Finlay. Du moins pensait-il qu'il lui avait peut-être volé son or. J'ai refusé de le croire, mettant ces vilaines remarques sur le compte de sa déception. Je lui ai dit de nous laisser tranquilles une bonne fois pour toutes.

Les larmes aux yeux, elle se rappelait le regard affligé du jeune homme, sa mine triste. Elle le revoyait s'éloigner la tête basse, les épaules affaissées et le pas traînant.

— Lorsque j'ai mesuré la portée de mes paroles, j'ai eu envie de courir vers lui pour lui présenter mes excuses et lui répéter combien sa présence amicale m'importait. Mais Joe est arrivé, il m'a prise dans ses bras pour m'embrasser. Quand j'ai tourné la tête, Charles avait disparu.

Au comble de l'émotion, la sexagénaire s'éclaircit la voix, résolue à poursuivre son récit sans craquer.

— Dès lors, Charles m'a soigneusement évitée et, moins d'un mois plus tard, il avait plié boutique et quitté la ville. J'ai appris, beaucoup plus tard, qu'il s'était installé à Adélaïde. Il ne m'avait même pas fait ses adieux, sans doute pour me punir des souffrances que je lui avais infligées. Sa compagnie me manquait, et c'en était fini des confidences que j'avais l'habitude de lui faire. Résultat, je me suis de plus en plus reposée sur Joe. Je m'aperçois, avec le recul, que c'est à ce moment précis que les choses ont commencé de m'échapper.

Elle se rappela cette douce nuit d'été, quelques semaines après le départ de Charles Smithson. D'innombrables étoiles brillaient au ciel, si proches, semblait-il, qu'il aurait suffi de tendre les doigts pour les cueillir. Il s'en trouvait aussi dans les yeux de la jeune femme, cependant qu'avec Joe elle dansait au son d'une musique romantique échappée d'un logis dont on venait d'achever la construction le jour même. Lorsque le garçon avait passé à son doigt le petit anneau de pacotille en lui demandant si elle acceptait de devenir son épouse, elle s'était sentie comblée.

— J'ai accepté. Cet anneau, qu'il avait façonné à partir d'une bande de fer-blanc, il m'a promis de le troquer contre un autre, un vrai de vrai, d'ici à notre mariage. Il m'a également parlé d'un domaine, dont il avait entendu dire que son propriétaire le mettait en vente pour une bouchée de pain, non loin de Quilpie. « Nous pourrions nous y installer, a-t-il ajouté, pour y élever du bétail et regarder grandir nos enfants. » Je n'avais pas songé, jusqu'alors, à quitter Ballarat ni à renoncer à mon petit commerce florissant, mais la perspective d'entamer une nouvelle existence à ses côtés ne m'a pas déplu. À mesure qu'il m'exposait avec fougue les mille projets qu'il avait en tête pour nous deux, j'ai senti que j'étais en train de me laisser convaincre. Bientôt, je partageais pleinement son enthousiasme.

Christy fit silence. Avec des paroles de sucre et de miel, il l'avait poussée à vendre son entreprise, puis il lui avait montré l'or qu'il avait récemment découvert. Ce pactole, lui avait-il assuré, constituerait sa part dans l'achat de leur propriété et des têtes de bétail destinées à agrandir leur troupeau.

— Je ne connaissais strictement rien à l'élevage des bovins, mais Joe m'a affirmé qu'avant la ruée vers l'or il avait travaillé dans un ranch. Il en savait donc assez pour nous permettre de démarrer, après quoi nous embaucherions des garçons plus expérimentés que lui pour faire prospérer notre affaire. J'ai honte de me l'avouer aujourd'hui, mais il m'éblouissait tellement que je n'avais plus tout à fait les yeux en face des trous. Lorsque, quelques jours plus tard, il m'a annoncé qu'il avait envoyé un télégramme aux propriétaires des lieux pour leur faire une offre, et qu'ils l'avaient acceptée, je me suis sentie aussi surexcitée que lui. J'ai réglé les derniers détails de la vente de mon commerce. Il avait tellement hâte que nous nous mariions, puis que nous nous installions à Wallangarra, qu'il a obtenu d'un prêtre itinérant tout juste arrivé en ville qu'il officialise notre union.

Anne haussa les sourcils.

— Il manifestait beaucoup trop d'empressement pour être honnête, et il a fallu que tu fasses preuve d'une incroyable sottise pour lui permettre de te brusquer de cette façon.

— Je ne le sais que trop, figure-toi, et je n'ai nul besoin qu'on me prodigue des conseils après coup. D'ailleurs, même si Charles en personne était demeuré à Ballarat, je crois que je ne l'aurais pas écouté non plus.

— Bref, tu as couché avec lui, assena sa fille abruptement. Et je suppose que, peu de temps après, il a disparu de la circulation.

— J'ai couché avec lui, en effet, s'empourpra la sexagénaire, mais il ne m'a pas quittée, et la cérémonie du mariage a eu lieu.

— Tu l'as épousé ? glapit Anne. Mais je croyais… Tu m'as dit…

— Je sais ce que je t'ai dit, et je ne te mentais pas. Écoute-moi sans m'interrompre continuellement, ma chérie. Tu ne vas pas tarder à comprendre.

C'était une chaude journée d'été, et l'on avait dressé la tente où officierait le prêtre aux abords de Ballarat. La ville entière était en liesse, car les femmes y vivaient en nombre si restreint que l'on y célébrait rarement des mariages. Il semblait à Christy que la population au grand complet s'était déplacée pour l'occasion – y compris une poignée de Chinois.

Nellie et ses entraîneuses avaient fourni à la jeune fille un cheval, ainsi qu'une voiture à bord de laquelle elle allait paraître, et elles avaient orné le véhicule de fleurs en papier, de clochettes et de rubans. Myrtle Harris, quant à elle, avait accompli des miracles en confectionnant, à la vitesse de l'éclair, une robe à partir d'un rouleau de mousseline jaune que Christy avait acheté à un marchand ambulant. L'hôtelière l'avait doublée de coton blanc afin qu'en plein soleil on ne distinguât pas les formes de l'adolescente à travers l'étoffe.

C'était elle encore qui avait coiffé la future mariée, entrelaçant ses boucles de rubans et de fleurs, avant de l'aider à se préparer pour le grand jour. Serrant entre ses mains un bouquet de fleurs de pattes de kangourou, de rince-bouteilles et d'hibiscus, Christy sortit avec fébrilité sur le trottoir, où l'accueillirent des vivats, puis, au terme d'un bref trajet en voiture à cheval en compagnie de Fred, le mari de Myrtle, elle arriva devant la grande tente, qu'on avait décorée de fanions et de guirlandes de Noël.

— Êtes-vous bien certaine de votre décision, jeune fille ? s'enquit Fred.

— Oh ! que oui, souffla-t-elle. Jamais je ne me suis sentie plus sûre de moi qu'aujourd'hui. Je regrette seulement l'absence de Charles et de mes frères.

— C'est bien vrai qu'ils loupent un sacré spectacle. Vous êtes superbe, ma petite chérie. Ce vieux Joe a une veine de pendu.

Comme ils pénétraient tous deux sous la tente, Nellie plaqua un accord tintamarresque sur le clavier d'un piano désaccordé qu'elle avait fait venir de son saloon. Les invités se tournèrent vers l'adolescente, qui à présent avançait dans l'allée centrale ménagée entre des bancs de bois. Elle reconnut le prêtre, qui se présentait fréquemment à Ballarat. Il ne cessait de promettre à ses ouailles terrorisées la damnation et les feux de l'enfer et, pour le reste, chacun savait ici qu'il comptait parmi les meilleurs clients de Nellie. Mais la jeune femme n'avait d'yeux que pour Joe, superbe dans un costume qu'on lui avait prêté, et qui attendait sa promise à côté d'une table faisant office d'autel.

Le prêtre, ravi d'un pareil auditoire, se laissa emporter par son propre sermon, au cours duquel il exhorta les uns et les autres à confesser qu'ils n'étaient que d'indignes pécheurs, des suppôts de Satan qui, sans le moindre doute possible, brûleraient en enfer pour l'éternité.

Au bout de plusieurs longues minutes de ce discours ardent, Joe se pencha vers lui.

— C'est un mariage, mon gars. Pas la fin du monde. Si vous pouviez baisser d'un ton et abréger…

L'homme s'exécuta et, une fois que les jeunes mariés eurent échangé leurs consentements, et après qu'ils se furent embrassés, il s'empressa d'envoyer l'un de ses acolytes, armé d'un seau, faire la quête parmi les nombreux invités.

Christy et Joe signèrent le registre. On leur remit un certificat attestant qu'ils étaient maintenant mari et femme. Nellie effectua, quoiqu'avec maladresse, un numéro de music-hall, pendant que les jeunes mariés quittaient la tente sous les hourras de la foule et les applaudissements. Déjà, on se ruait vers l'hôtel, où la réception allait se tenir, au point que l'on manqua de piétiner les deux héros du jour. C'est qu'une noce vous donnait soif, surtout lorsque la température atteignait presque quarante degrés…

Christy riait de bonheur, cramponnant son époux, ne le lâchant plus du regard. Elle osait à peine croire qu'un garçon aussi séduisant eût éprouvé l'envie de la prendre pour femme.

Après l'avoir embrassée, il la prit dans ses bras.

— Tu fais une mariée sublime, murmura-t-il contre sa joue, et j'ai bien l'intention de t'exhiber devant la ville entière pour faire l'intéressant !

Ainsi descendirent-ils la rue principale, et autour d'eux on sifflait, on battait des mains et on se réjouissait, les mineurs se révélant les plus tapageurs de tous, qui s'étaient déjà amplement rincé le gosier avec un alcool qu'ils distillaient eux-mêmes, dans un alambic caché quelque part dans le bush.

Les jeunes époux atteignirent enfin le perron du Ballarat Hotel, sur lequel Joe déposa Christy avant que ses amis vinssent le pousser jusqu'au bar. L'adolescente, de son côté, se trouvait cernée par les entraîneuses de Nellie, qui jacassaient comme des perruches, enthousiasmées par le mariage et ravies de se voir accorder, à titre exceptionnel, une journée de repos.

La sexagénaire se tut. Elle se rappela l'excitation des filles, et leurs façons d'admirer sa robe en ne cessant plus de la toucher, et combien elles lui répétaient qu'elle avait une chance folle de s'être trouvé un mari tel que Joe… Et soudain, sur le trottoir bondé, il lui avait semblé reconnaître un visage familier, tandis que les entraîneuses continuaient à échanger des grivoiseries au sujet de la nuit de noces…

Dressée sur la pointe des pieds, elle avait scruté la foule avec fièvre, en quête de ce visage aimé qu'elle avait cru jusqu'alors ne plus revoir jamais. En vain. Elle s'était donc trompée. Quelle déception… Mais, à bien y réfléchir, elle avait été sotte de s'imaginer qu'il pût être venu à Ballarat, quand il avait clairement fait comprendre qu'il ne voulait plus entretenir avec elle le moindre rapport.

Anne et Kathryn l'observaient avec perplexité. Sans leur permettre de lui poser de questions, elle enchaîna.

— Nous avons passé la nuit dans la pension dont j'avais été la propriétaire. Le lendemain matin, après un copieux petit déjeuner, nous sommes allés chercher les chevaux, et nous avons chargé le chariot de Joe. Il nous a fallu plus d'une semaine pour atteindre Quilpie, puis encore une demi-journée avant d'arriver à Wallangarra. Comme nous avions passé les nuits à la belle étoile, il me tardait de pouvoir enfin prendre un bain et me coucher dans un lit digne de ce nom.

— La propriété ressemblait-elle à ce qu'elle est aujourd'hui ? s'enquit sa petite-fille.

— Oh, que non… L'endroit appartenait à un vieux couple devenu incapable de s'en occuper. La maison se résumait à une série de cabanes en bois retenues ensemble par une véranda qui les ceinturait, une véranda à ce point corrompue par la pourriture qu'elle menaçait ruine. Les moustiquaires déchirées ne servaient plus à rien, et cela devait faire de nombreuses années qu'on n'avait pas appliqué la moindre rustine sur le toit de tôle ondulée, rongé par la rouille.

Elle soupira.

— Les meubles étaient compris dans la vente, mais les termites les avaient à demi dévorés. Ils n'étaient bons qu'à mettre au feu. Le vieux couple ayant vendu son bétail, il avait ensuite abandonné les outils agricoles dans des abris délabrés à l'intérieur desquels ils s'abîmaient peu à peu. Quant à l'éolienne, elle se révéla si vieille qu'elle était inutilisable.

— Comment as-tu pu donner ton accord pour un achat aussi désastreux ? fit Kathryn, éberluée.

— Je n'ai jamais donné mon accord à proprement parler. D'ailleurs, pendant que nous faisions le tour du propriétaire, Joe et moi nous sommes âprement disputés. Il allait falloir déployer des moyens énormes pour remettre sur pied cette épave, sans compter que, comme je vous l'ai déjà dit, je ne connaissais rien à l'élevage, rien à l'agriculture. Je me retrouvais face à plusieurs montagnes que j'allais devoir déplacer avant même d'entamer notre nouvelle vie d'éleveurs.

— Dans ce cas, pourquoi l'avez-vous achetée, cette propriété ? s'étonna Anne.

— Nous n'avions nulle part où aller, et je ne souhaitais pas retourner dans les champs aurifères.

J'ai été témoin de ce qui arrivait fréquemment aux hommes victimes de la fièvre de l'or. Il n'était pas question que Joe et moi tombions aussi bas. D'autant plus que j'étais à peu près certaine, à ce moment-là, d'attendre un bébé.

Elle jeta un coup d'œil à sa fille avant de poursuivre.

— Joe est parvenu à faire baisser considérablement le prix de vente, en persuadant le vieux couple que jamais personne d'autre, à part nous, ne leur ferait une offre aussi alléchante. J'étais navrée pour eux, mais je savais, par ailleurs, que nous avions besoin de préserver l'essentiel de nos économies pour rénover les bâtiments et acheter du bétail. Le couple a fini par accepter, et nous nous sommes rendus à Charleville pour signer les papiers.

Christy avait la bouche sèche. Elle emplit un verre d'eau d'une main qui demeurait frémissante.

— Ce n'est qu'une fois nos deux signatures apposées au bas des documents que Joe m'a avoué qu'il ne possédait pas autant d'argent qu'il me l'avait laissé croire. Il m'a suggéré d'acheter seule Wallangarra, tandis que lui s'engageait à dépenser jusqu'à son dernier penny pour se procurer du bétail et assurer notre survie jusqu'à ce que nous soyons en mesure de démarrer notre affaire.

Elle prit une courte inspiration.

— J'étais abasourdie, car j'avais vu, de mes yeux vu, l'or qu'il avait découvert, mais il a réussi à me convaincre qu'il en avait dépensé beaucoup pour organiser notre mariage, puis pour nous fournir un chariot, des chevaux et des vivres pour un mois. Je me retrouvais coincée à l'intérieur de ce bureau en compagnie des titres de propriété que nous venions de signer tous les deux, d'un notaire suspicieux et de deux vieillards attendant qu'on les paie. Je ne disposais d'aucune échappatoire. Alors, je suis allée à la banque, escortée par l'homme de loi, et, après avoir attendu pendant une éternité que nous parvienne le télégramme émanant de la succursale d'Eureka, j'ai remis la somme prévue aux anciens propriétaires de Wallangarra.

— Joe a-t-il tenu sa promesse en achetant du bétail ?

— Il fallait d'abord rendre cette vieille bicoque habitable. Nous nous sommes exténués à réparer, à bâtir, à chasser les araignées, les serpents et les scorpions. Par bonheur, nous disposions, avec le bush qui cernait la propriété, d'une réserve inépuisable de bois de construction. Les outils laissés par le vieux couple, en revanche, ne valaient plus un clou. Nous avons dû en racheter. Des charançons se sont attaqués à nos provisions de farine et de riz, tandis que notre sucre devenait la proie des rats, des fourmis, des wombats et des opossums de passage. Résultat, nous nous sommes bientôt retrouvés à cours de vivres. Là encore, il a fallu racheter des provisions, ainsi que des tonneaux métalliques à l'intérieur desquels les entreposer. Nous avons découvert ensuite que les termites avaient jeté leur dévolu sur les poteaux que nous venions de planter sous notre maison pour la soutenir. Joe a prélevé des morceaux de métal sur les engins agricoles hors d'usage et en a garni l'extrémité des poteaux, mais avec la saison humide sont apparus les mouches et les moustiques. Cette fois, nous avons dû remplacer toutes les moustiquaires, puis nous avons réparé les gouttières et l'éolienne. À la naissance d'Anne, Joe avait dépensé tout son argent. Nous puisions maintenant dans mes économies.

— Pourquoi n'avez-vous pas vendu Wallangarra pour vous installer en ville dans quelque chose de plus petit ? demanda Kathryn. Vous tiriez le diable par la queue, et avec l'arrivée du bébé…

— Dans l'état où elle se trouvait alors, nous ne pouvions décemment pas proposer la maison à la vente. Personne n'en aurait voulu. Le fait est que nous nagions en plein désarroi. Moi, parce que je devais à présent veiller sur Anne, et Joe parce qu'il avait vu se briser ses rêves de devenir un éleveur fortuné.

— Qu'avez-vous fait ? l'interrogea sa fille.

— Je me suis rendue à Charleville pour prendre conseil auprès d'un de nos voisins, un éleveur, avant d'engloutir une large part de mes économies dans l'achat d'un certain nombre de bovins. Avec l'aide des conducteurs de bétail de l'éleveur, nous les avons menés dans un champ que Joe et moi étions parvenus à débarrasser de ses plantes toxiques. Les hommes ont ensuite arrangé l'une de leurs éoliennes de pompage pour puiser l'eau du puits que nous avions creusé peu avant, puis l'acheminer jusque dans les abreuvoirs.

— Si je comprends bien, intervint Anne, c'est toi qui as pris les rênes de votre ranch. À quoi s'occupait Joe pendant ce temps-là ?

— Du fait des pluies abondantes, l'herbe était à présent haute et drue, ce qui attirait les kangourous et les wallabies. Après avoir acheté plusieurs rouleaux de grillage, j'ai demandé à Joe de couper du bois afin de nous confectionner une clôture assez haute pour empêcher ces bestioles de pénétrer sur nos terres.

Elle se tut l'espace d'un instant, désireuse de ne pas froisser sa fille en dénigrant par trop son géniteur.

— Joe se sentait à ce point découragé qu'il s'était rembruni. Il ne cessait de se lamenter sur son sort. Il est allé un jour jusqu'à menacer de me planter là pour se rendre à Avoca, dans l'État de Victoria, où la rumeur prétendait qu'on avait trouvé de l'or à profusion. Je crois qu'il étouffait dans notre maisonnette, entre une épouse exténuée et un bébé qui, comme tous les bébés, pleurait souvent. Sa liberté d'homme seul devait lui manquer, de même que cette fièvre qui s'emparait de lui quand il cherchait de l'or.

— T'a-t-il abandonnée pour de bon ? exigea de savoir Anne.

— Pas tout de suite. Quand la clôture a été terminée, il ne me restait pratiquement plus un sou. Quant à Joe, qui n'avait pas d'argent non plus, il ne pouvait aller nulle part. Un beau jour, imitant les femmes aborigènes, j'ai attaché Anne dans mon dos à l'aide d'une bande d'étoffe, puis je me suis rendue en ville à cheval, où j'ai décroché un emploi de cuisinière dans le pub local. Joe, lui, s'occupait du bétail. Mes conditions de travail étaient rudes, mais j'en avais vu d'autres, et cela m'a permis de rencontrer à nouveau des gens, de me faire quelques amis. Et de mettre un peu de beurre dans les épinards. À force de persuasion, j'ai obtenu du propriétaire des lieux qu'il me laisse préparer du ragoût de chèvre – des chèvres, à Wallangarra, nous en avions à revendre, au point de ne plus savoir qu'en faire. Les clients ont adoré. Régulièrement, j'en tuais quelques-unes, et je les écorchais. Je vendais leur viande au pub et leur peau à un tanneur. Les femelles produisant un lait très riche, j'en ai gardé deux, ainsi qu'un bouc, que j'avais apprivoisé. Anne prenait du poids. Je reconnais qu'au début tu as eu un peu de mal à t'y faire, mais passé cette courte période d'adaptation, tu t'es mise à adorer le lait de chèvre.

— Je l'apprécie toujours, même si on peine de plus en plus à en trouver.

— Il t'a fallu combien de temps pour commencer à tirer quelque chose de Wallangarra ?

— Nous vivions là depuis dix-huit mois, et notre troupeau prospérait gentiment, lorsque Joe m'a annoncé qu'il souhaitait retourner à Ballarat. Sans moi. Sans notre enfant. Il voulait en revanche que je lui prête l'argent nécessaire à son voyage. Il m'a promis de me rembourser dès que la chance lui aurait souri dans les champs aurifères.

Elle prit une inspiration.

— À ce moment-là, je ne croyais plus un mot de ce qu'il me racontait. Il m'avait promis tant de choses… Je savais qu'une fois qu'il aurait déguerpi avec mes sous, je ne le reverrais jamais.

— Bah…, commenta Anne avec dédain. Bon débarras, non ?

— Il était mon époux, et à l'époque je me disais que sans lui je n'arriverais pas à survivre.

On se trouvait au cœur de l'été, l'herbe avait jauni, les cours d'eau s'asséchaient. Les eucalyptus semblaient se rabougrir, et il n'était pas jusqu'aux oiseaux qui ne fussent accablés par la chaleur, au point de se taire désormais, à l'exception de quelques corbeaux qui, de loin en loin, émettaient un croassement solitaire.

— Il faut que je foute le camp ! brailla Joe. Je sais que tu as planqué du fric quelque part. Mais tu es ma femme ! À ce titre, tu n'as pas le droit de faire une chose pareille.

— Cet argent, je l'ai gagné à la sueur de mon front ! répliqua la jeune femme.

Ayant calé Anne contre sa hanche, Christy sanglotait.

— Et j'ai ta fille à nourrir.

— Je t'ai promis de te rembourser, s'agaça le garçon. Et là-bas, pauvre cruche, il y a de l'or. Assez d'or pour nous rendre plus riches tous les deux que tu pourras jamais l'imaginer. Mais il me faut de l'argent pour acheter du matériel.

— Tu n'as qu'à en gagner ! hurla Christy à son tour, par-dessus les pleurs de son enfant et les bêlements des chèvres. Tu m'as déjà obligée à acheter seule cette maison, puis notre bétail, et pratiquement tout ce qui nous a permis de vivre jusqu'ici. Et ne va pas t'imaginer que tu peux disposer à ta guise du cheval et du chariot, parce que j'en ai besoin.

— Je prendrai ce que je voudrai, décréta-t-il en abattant son poing sur la table. Je suis ton mari, et tu vas m'obéir.

Elle avait baissé la tête, au-dessus de laquelle Joe brandissait un poing vengeur, lorsque la porte s'ouvrit à toute volée :

— Si tu la touches, je t'écrabouille, ordure !

Le couple se figea, tandis que les deux hommes pénétraient dans la pièce.

— Est-ce que tout va bien, Christy ? Il ne vous a pas frappée, au moins ?

Elle considéra les deux visages avec autant de joie que de surprise.

La sexagénaire se tourna vers Anne et Kathryn.

— Si vous saviez combien je me réjouissais de les voir… Mais ce qu'ils m'ont expliqué ensuite a fait voler en éclats mon univers entier. Ils m'ont ouvert les yeux sur la véritable nature de l'homme dont je partageais l'existence, puis la police l'a arrêté.

Sydney

Harold et ses beaux-frères se tenaient assis au bar de l'hôtel lorsque le téléphone se mit à sonner dans le hall. Les trois hommes se tendirent, dans l'espoir qu'il s'agît de Baker et qu'il eût découvert l'affidavit.

— John Smithson pour vous, Harold, annonça le patron, qui venait de décrocher. Il m'a l'air dans tous ses états.

Harold se précipita, Hamish et James sur les talons.

— Allô, John ? Que se passe-t-il ?

— Je viens de regagner mon bureau après avoir passé la journée à l'hôpital. Ma secrétaire m'a remis deux télégrammes arrivés ce matin et destinés à mon père.

Harold roula des yeux avec impatience.

— Au fait, John. Venez-en au fait.

— Le premier a été envoyé par votre belle-mère, l'autre par son homme de loi, un certain Baker. Les deux messages sont à peu près identiques. J'ai filé à ma banque pour y récupérer la lettre que Christy y avait déposée.

— Et que dit-elle, cette lettre ?

— Je l'ignore. Je ne l'ai pas ouverte.

— Ouvrez-la, nom de Dieu ! aboya Harold.

— Il est indiqué sur l'enveloppe qu'on ne saurait l'ouvrir avant la mort de votre mère. Je ne puis passer outre cette instruction.

— Bonté divine ! laissa tomber Hamish en arrachant le combiné de la main d'Harold. Où êtes-vous ?

— À mon bureau.

— N'en bougez pas. Nous vous y rejoindrons dans moins de cinq minutes.

Ayant raccroché avec violence, il quitta l'hôtel en trombe, sans manteau ni chapeau pour se protéger de la pluie. James et Harold lui avaient emboîté le pas – ils durent courir pour ne pas se laisser distancer par le colosse.

À peine eut-il avisé la mine et le gabarit d'Hamish que John, qui les attendait dans l'entrée, leur remit sans rechigner les deux télégrammes, ainsi que l'enveloppe cachetée.

Pendant que James et Harold parcouraient les messages, l'aîné du trio déchira la grande enveloppe, à l'intérieur de laquelle se trouvaient une lettre et un parchemin. On se rassembla pour les lire.

Hamish fut le premier à réagir, qui laissa échapper un hourrah en boxant l'air de son poing. James avait saisi John, qu'il faisait danser dans le couloir.

— Elle a réussi ! braillait-il à l'intention de son cavalier ahuri. Christy vient de prouver, sans le moindre doute possible, que les prétentions de Thomasina Brown sont infondées !

— Me permettez-vous de lire le document ? hasarda le fils de Charles Smithson, sur un ton presque craintif.

Hamish lui remit l'affidavit qui venait de les sauver tous du désastre.

— Magnez-vous, gronda l'homme. Car il me tarde d'arroser la nouvelle.

21

À bord de la Croix du Sud

La nuit approchait, et Christy se sentait rompue, mais elle devait à tout prix terminer son histoire. Après s'être accordé une courte promenade sur le pont, elle regagna sa cabine, un peu revigorée, pour découvrir que deux télégrammes y avaient été déposés en son absence.

Elle lut celui de Baker, qui lui exposait qu'après avoir lu son testament il avait compris que l'affidavit ne pouvait se trouver qu'avec la lettre qu'elle avait déposée dans un coffre à la banque de Smithson et Fils.

Avec un soupir de soulagement, la sexagénaire lut ensuite le message d'Harold. Ses beaux-frères et lui ayant enfin mis la main sur le précieux document, ils s'apprêtaient à quitter Sydney le lendemain matin, aux premières heures du jour.

— Hélas, fit-elle entre ses dents, il ne sera mis un terme à l'affaire que lorsqu'on aura réduit Thomasina Brown au silence.

— Baker l'obligera à signer un papier pour l'empêcher de s'adresser à la presse, fit Anne. Il n'ignore pas les risques que nous courons si on ne la muselle pas.

L'ombre d'un sourire navré passa sur les lèvres de sa mère.

— Tu parles d'elle comme d'un chien enragé, mais elle n'est sans doute qu'une femme ordinaire qui a sincèrement pensé avoir des droits sur Wallangarra.

Elle se tut un instant.

— Je vais descendre du bateau à Adélaïde.

— Pour quoi faire ? glapit Anne.

— Si cette femme est bien celle que je crois, il faut que nous parlions toutes les deux.

Elle leva une main pour empêcher sa fille de protester.

— Je vais expédier un télégramme à Baker pour le prévenir que j'ai changé mes plans et lui demander d'organiser un rendez-vous avec Mme Brown.

— Tu risques de t'attirer toutes sortes d'ennuis.

— Je ne le pense pas, répondit Christy en quittant la pièce.

Elle reparut un moment plus tard, non sans avoir exigé qu'on servît le dîner dans sa cabine et qu'on apportât des boissons. Une fois les trois femmes seules à nouveau, la sexagénaire leva son verre.

— Buvons à Harold, à Archibald Baker et à Charles. Mes preux chevaliers.

Kathryn pouffa.

— J'avoue que j'ai du mal à m'imaginer Baker en chevalier, mais papa, lui, a toujours été mon héros. Je me réjouis de porter un toast à sa santé.

Anne ayant avalé une gorgée d'alcool, elle reposa son verre.

— Si tu as l'intention de quitter ce navire après-demain, tu devrais reprendre ton récit. Il me tarde d'entendre la suite.

Sa mère, néanmoins, prit le temps de déguster le champagne fraîchi, qu'elle accompagna d'un petit canapé au goût exquis.

— Il m'avait bien semblé voir Charles parmi la foule, le jour de mon mariage… C'était lui, en effet, car, ayant découvert à Adélaïde de vilaines choses concernant Joe, il était revenu à Ballarat pour me conseiller de m'éloigner de lui. À son arrivée, je venais de devenir son épouse. Il a compris qu'il était trop tard pour agir.

— Dans ce cas, fit Kathryn, pourquoi s'est-il rendu à Quilpie ?

— Et pourquoi deux ans, ou peu s'en faut, après ton départ de Ballarat ?

— Charles n'était pas du genre à prendre une décision sur un coup de tête, répondit Christy. C'est le moins qu'on puisse dire. Il avait de quoi prouver que Joe était un scélérat, mais il avait appris entre-temps, par Myrtle Harris, avec laquelle je correspondais, que j'attendais un enfant. Il ne savait que faire.

— Quelle preuve possédait-il ? demanda Anne.

— Joe était déjà marié. Il avait fondé une famille à Adélaïde, qu'il avait abandonnée pour aller chercher de l'or.

Le silence se fit dans la cabine, cependant que Christy buvait un peu de champagne, engloutissait un autre canapé.

— Son épouse et ses quatre enfants vivaient dans la misère. Charles, qui a toujours eu le cœur sur la main, a déniché à la pauvre jeune femme un emploi de bonne chez un viticulteur de la vallée de la Barossa, où on la logeait, ainsi que ses enfants, dont les plus jeunes, de surcroît, ont été scolarisés par son employeur.

— Pour quelle raison Charles s'est-il senti obligé de faire une chose pareille ? s'étonna Anne.

— C'était un homme charitable, voilà tout.

— Et ton second visiteur ? s'enquit Kathryn. S'agissait-il de Jamie ?

Sa grand-mère secoua la tête.

— Jamie possédait alors une menuiserie florissante à Melbourne, il avait réussi, et même si nous nous écrivions de temps à autre nous n'avions que peu de choses en commun. Je ne l'ai revu que lorsque je me suis installée à Yarrabinda avec ton grand-père. Il a épousé une fille d'Aberdeen, dont les parents avaient émigré en Australie. Malheureusement, elle est morte en couches. Jamie ne s'est jamais remarié. Son entreprise prospérait, au point qu'on le considérait comme l'un des meilleurs fabricants de meubles d'Australie. Il a succombé à une crise cardiaque en revenant de Yarrabinda, où il m'avait apporté un superbe bureau en guise de cadeau de mariage.

— Je suppose que c'est toi qui as hérité de sa fortune ? fit Anne.

— Non. Il avait exigé par testament qu'on l'utilise pour fonder le James MacInnes College, destiné à former des apprentis menuisiers. J'ai appris plus tard que cet établissement était devenu partie intégrante de l'université de Melbourne, et qu'il comptait parmi les écoles professionnelles les plus prestigieuses de l'État de Victoria.

Elle but encore, puis reposa sa flûte.

— Revenons à nos moutons, maintenant. Pendant qu'il se trouvait dans la vallée de la Barossa, Charles a fait la connaissance du bras droit d'un vigneron qui espérait un jour posséder son propre vignoble.

Elle sourit doucement.

— Ce jeune homme avait un autre rêve. Celui de retrouver la jeune femme dont il était tombé amoureux quelques années plus tôt, et qu'il avait perdue à cause des manigances de sa tante. Il était le fils d'un couple de Bavarois qui avaient fui les persécutions religieuses dont ils étaient victimes dans leur pays natal. Ils espéraient repartir de zéro en Australie, mais ils avaient péri tous les deux lors d'une violente tempête en mer. Le garçon avait grandi auprès du frère et de la belle-sœur de son père. Il s'appelait Peter Keller.

— Papi ! C'est extraordinaire !

Et Christy de leur raconter son grand chagrin d'amour, au terme d'un merveilleux été à Hobart.

— Charles a dû confier à papa la situation délicate dans laquelle tu te trouvais, et c'est pour cette raison qu'ils sont venus tous les deux à Wallangarra… Quel choc tu as dû éprouver…

— En effet. Mais que dire de ce que j'ai ressenti en apprenant que Joe avait déjà une épouse…

Elle soupira.

— Joe et le prêtre qui nous a mariés étaient de mèche. Joe lui a remis trente pièces d'argent, comme à Judas, pour qu'il se charge de la cérémonie, puis nous délivre un faux certificat de mariage.

Elle regarda s'élever les bulles dans sa flûte de champagne.

— Ces pièces, je les ai gardées, pour me rappeler cette trahison. J'ai conservé aussi l'anneau en fer-blanc qui m'a tenu lieu d'alliance.

Elle soupira de nouveau.

— Après la cérémonie, Charles est allé trouver le prêtre, et pour une fois dans sa vie il a vu rouge : il lui a flanqué un coup de poing en pleine figure. Il a ensuite recueilli ses aveux par écrit, et l'a contraint à signer le document, avant de le délester de ses trente pièces d'argent. Quant à Joe…

Elle s'interrompit quelques instants.

— Charles et Peter étaient passés au commissariat de police avant de se rendre chez nous. Trois inspecteurs sont arrivés pour l'arrêter. Mes visiteurs ont insisté auprès d'eux pour qu'avant de le jeter en prison ils l'emmènent au palais de justice de Charleville, où il a signé une déclaration solennelle en présence d'un juge. Le fameux affidavit. Joe, qui avait compris que tout était terminé pour lui, a reconnu par écrit qu'il ne m'avait jamais parlé de son premier mariage, et qu'il n'avait pas mis un sou dans Wallangarra, même si les titres de propriété étaient à nos deux noms. Comme il n'était pas mon époux, il ne possédait plus le moindre droit sur le ranch. C'est pour cette raison que ce document vient de nous éviter des poursuites en justice.

— Quel sale type, frissonna Anne. J'espère que je ne tiens pas trop de lui.

— Bien sûr que non, la rassura sa mère en lui prenant la main. Tu es ma fille, la petite-fille d'Anne et d'Angus MacInnes, et le sang des Vikings coule dans tes veines. Par ailleurs, il n'a jamais joué son rôle de père. Contrairement à Peter, qui t'a aimée à l'instant où il a posé les yeux sur toi.

— C'était un père formidable, acquiesça Anne, le regard embué de larmes. Il me manque beaucoup.

— À moi aussi, ma chérie, mais je sais qu'il continue de veiller sur nous.

— Pour ce qui est de Joe, j'espère que cet odieux personnage a purgé une très longue peine.

Christy hocha la tête… et, pour la première et dernière fois, elle mentit à son enfant, par omission, dans l'intention de lui épargner un chagrin plus vif encore que celui qu'elle endurait déjà. Jamais, en effet, elle ne lui dirait qu'un témoin s'était présenté à Ballarat pendant le procès de Joe pour déclarer sous serment que ce dernier, après avoir tenté d'assassiner Finlay, lui avait ensuite volé son or et son permis de prospecter, un récit corroboré par Finlay lui-même le jour où il s'était présenté à Wallangarra. Joe avait été pendu.

— Qui est Thomasina Brown ? s'enquit Anne.

— La petite-fille de Joe. Et, avant que l'une d'entre vous me pose la question : j'ignore la manière dont elle est entrée en possession des titres de propriété de Wallangarra.

— Oh, maman… Je suis tellement navrée de t'avoir autant fait souffrir depuis le jour où j'ai découvert mon acte de naissance… Me pardonneras-tu un jour ?

Pour toute réponse, Christy la serra contre son cœur.

Cette nuit-là, enfin, la sexagénaire dormit à poings fermés, ne rêvant que des années de bonheur qu'elle avait passées aux côtés de Peter. Au début, elle s'était méfiée, craignant d'être sortie du feu pour tomber dans la braise, mais, lorsque Peter eut emménagé dans l'une des dépendances de Wallangarra pour l'aider à tirer le meilleur de la propriété, elle ne tarda pas à deviner que jamais il ne lui jouerait de vilain tour – l'amour constituait bel et bien le socle de leur avenir commun.

Ils s'étaient mariés un an après l'arrestation de Joe et, bientôt, Anne se vit offrir deux petits frères. Lorsque Hamish avait cinq ans, un homme s'était présenté chez eux, affirmant qu'il était le fils de Joe et qu'à ce titre il possédait des droits sur le ranch. Peter l'avait mis dehors avec pertes et fracas. Christy se demanda longtemps si le garçonnet avait surpris leur conversation, mais, comme en grandissant Hamish n'avait jamais abordé le sujet, elle avait cessé de se tourmenter.

Lorsqu'on put confier les rênes de Wallangarra à un gestionnaire de confiance, les époux réalisèrent le rêve de Peter en achetant Yarrabinda, où ils vécurent jusqu'à ce que James fût en âge de leur succéder. Hamish, que le métier d'éleveur avait toujours passionné, se vit confier pour sa part la direction du ranch. Christy et Peter se retirèrent à Bellerive, dans la demeure que le second avait fait construire pour la première. Il eut, pour sa part, la joie de se lancer dans l'élevage de pur-sang. L'homme avait tenu toutes les promesses qu'il avait faites autrefois à la jeune fille employée chez son oncle et sa tante. Les époux Keller vécurent très heureux…

Deux jours plus tard, le navire parvint à Adélaïde, où, depuis le pont, les trois voyageuses découvrirent Harold sur le quai, puis James et Hamish. Archibald Baker se trouvait là aussi.

— Quel comité d'accueil ! souffla Anne.

À peine les matelots eurent-ils installé la passerelle qu'Harold se précipita vers son épouse pour la prendre dans ses bras et lui offrir un baiser qui la laissa le souffle court.

— Pardon de m'être montré si bête, fit-il avec douceur. Que dirais-tu de tout recommencer ?

— Je ne demande que cela, répondit-elle d'une voix tremblante. Je t'aime de tout mon cœur, et je ne te remercierai jamais assez pour ce que tu as fait durant ces dernières semaines.

Ils s'embrassèrent encore, puis attirèrent leur fille à eux pour qu'à trois ils pussent s'étreindre tout leur saoul. Ils formaient à nouveau une famille, promise à un avenir radieux, que plus jamais ne terniraient les ombres du passé.

Ayant assisté à cette scène émouvante avec, aux lèvres, un sourire épanoui, Christy finit par les laisser à leur joie et, lorsqu'elle fut descendue sur le quai, ses deux garçons la serrèrent dans leurs bras. Elle n'avait besoin de rien d'autre, car ils venaient de lui prouver tous deux qu'ils avaient balayé d'un revers de main ses péchés de jeunesse. Christy était redevenue pour tous l'invincible pilier de la tribu.

Épilogue

La sexagénaire avait insisté pour rencontrer Thomasina Brown en tête à tête, et, lorsqu'elle quitta enfin le salon privé que les hommes de loi d'Adélaïde leur avaient réservé, elle lui serra la main avec un large sourire :

— Votre grand-père a été ramené par les autorités à Eureka, pour y subir son procès. Si vous souhaitez vous recueillir sur sa tombe, sachez qu'on l'a ensuite enterré aux abords du cimetière des prospecteurs, non loin des anciens champs aurifères.

— Maintenant que vous m'avez appris ce qu'il vous a fait endurer, ainsi que la raison pour laquelle il a été pendu, je ne pense pas éprouver un jour l'envie de me rendre là-bas.

Thomasina possédait les mêmes yeux bleus que son grand-père, les mêmes cheveux de jais. Elle n'avait pas tout à fait vingt-cinq ans. Elle avait découvert une copie des titres de propriété, ainsi qu'une copie du certificat de mariage, parmi les documents expédiés à sa grand-mère après l'exécution de son époux. Cette dernière n'avait pas ouvert l'enveloppe, désireuse à présent de laisser le passé là où il se trouvait, car elle s'était remariée entre-temps ; elle ne souhaitait qu'effacer de sa mémoire cet homme qui les avait si cruellement traités, leurs enfants et elle. Lorsqu'elle était décédée, ces papiers avaient disparu au plus profond d'une malle oubliée longtemps dans un grenier. C'était là que Thomasina les avait dénichés.

— Je vous présente à nouveau toutes mes excuses pour vous avoir causé de tels problèmes, madame Keller. Je vous suis d'autant plus reconnaissante d'avoir monté un fonds fiduciaire pour la scolarisation de mes deux fils.

La jeune femme se sentait sincèrement émue.

— C'était le moins que je puisse faire, répondit la sexagénaire. Après tout, votre mère n'était autre que la demi-sœur de ma fille, et je me sens en partie responsable de ce que votre grand-père a fait à l'époque où je l'ai rencontré. Je vous remercie d'avoir accepté de signer tous les documents que nous vous avons présentés. Je sais que je peux compter sur vous pour ne jamais révéler à quiconque ce qui s'est échangé entre nous, mais vous savez comment sont les hommes de loi. Ils tiennent toujours à ce que le moindre détail se trouve noté noir sur blanc.

Thomasina hocha la tête.

— Je ne pense pas que nous nous reverrons, mais faire votre connaissance a été pour moi un réel plaisir.

Elle se retourna, dévala l'escalier. Quelques instants plus tard, elle disparaissait parmi la foule qui peuplait le trottoir.

Christy adressa un large sourire à ses fils, qu'elle jugea superbes, et qui l'attendaient patiemment dans le hall de réception. Elle les prit l'un et l'autre par le bras.

— Le reste de la troupe se porte bien ?

James hocha la tête.

— Maintenant qu'Harold et Anne ont récupéré ta cabine pour voguer jusqu'à Melbourne, on croirait de vrais tourtereaux. Anne sautait partout comme un cabri, ce qui m'a pour le moins déconcerté. Quant à Kathryn, je l'ai sentie soulagée de les voir à nouveau si proches l'un de l'autre. Elle leur a faussé compagnie pour voyager avec ses amies.

Christy se mit à rire.

— Et maintenant, je vous propose de nous offrir un déjeuner hors de prix, arrosé de plusieurs bouteilles de champagne. Vous en profiterez pour me raconter par le menu ce qui s'est passé durant mon absence. Ensuite, Hamish, tu me loueras une voiture à bord de laquelle je rendrai visite à mes petits-enfants. Il est temps que les membres de cette famille se rencontrent plus souvent, et je me suis dit que je pourrais emmener les garçons camper dans le bush.

Levant le nez vers le visage soudain renfrogné de son grand fils aux cheveux roux, elle gloussa :

— Tu pourras venir avec nous, gros bêta, le taquina-t-elle. Je sais combien tu aimes passer la nuit à la belle étoile. Combien tu aimes écouter mes histoires autour d'un feu de camp. Et des récits, j'en ai plusieurs à te livrer, qui finiront d'éclairer ta lanterne concernant mon passé.

— Puisque, avec toi, il est impossible de savoir à l'avance ce que tu vas inventer, je ferais sans doute mieux, en effet, de te coller aux basques.

Des étincelles brillaient dans son regard, et il embrassa sa mère sur la tempe, avec une telle vigueur qu'il manqua de faire tomber son chapeau.

— Tu es une sacrée bonne femme, maman, et je me sens fier d'être ton fils. Mais… Pourrions-nous mener une existence un peu plus calme à partir de maintenant ?

Christy pouffa, attira à elle ses deux enfants pour les étreindre.

— Je vais faire des efforts pour bien me tenir, mais je ne peux rien vous promettre. Je continue à rêver d'aventure, vous savez, et puis… Et puis j'adore vous obliger à rester sur le qui-vive !

Table

DU MÊME AUTEUR

CHEZ LE MÊME ÉDITEUR

LES FLEURS DU REPENTIR

Il a bien longtemps que Claire a quitté les terres hostiles et désolées du domaine où elle a grandi pour poursuivre ses études et sa carrière de vétérinaire à Sydney.

Lorsque lui parvient l'invitation de sa grand-tante Aurelia, la conviant à une réunion de famille, Claire est ramenée à son passé – elle était partie après une violente dispute avec les siens…

Bien qu'à contrecœur, elle rejoint l'arrière-pays australien. Mais comment va réagir sa mère, Ellie, qu'elle n'a pas revue depuis cinq ans ? Et Leanne, sa sœur, lui battra-t-elle toujours froid ?

En renouant avec ce passé, ce sont autant de rancœurs qui remontent à la surface, mais aussi des secrets qui surgissent…

Comme à son habitude, Tamara McKinley brosse le portrait de femmes courageuses. Trois générations de femmes, qui chacune à leur manière ont dû lutter contre l'adversité pour gagner leur indépendance.

Née en Tasmanie (Australie) en 1948, Tamara McKinley réside aujourd'hui sur la côte Sud de l'Angleterre. Elle est l'auteure de seize romans, de La Dernière Valse de Mathilda *(2007), best-seller international traduit dans plus de vingt pays, à* Où le cœur se pose *(2019). Toutes ses sagas sont disponibles chez Archipoche.*

« Une saga australienne
qui vous tiendra en haleine. »
Woman's Weekly

ISBN 978-2-3773-5152-7 / 8,80 €

UNE PLUIE D'ÉTINCELLES

Australie, 1946. Becky Jackson a regagné son village natal avec son fils Danny après que son mari a été déclaré mort au combat.

Depuis deux générations, sa famille dirige l'hôpital de Morgan's Reach, bourgade fondée par son grand-père. Becky y connaît tout le monde et retrouve sa meilleure amie, elle aussi veuve de guerre.

Soudain, une tempête menace d'embraser la région. L'atmosphère devient électrique, qui pourrait réveiller bien des rancœurs et des jalousies au sein de la petite communauté. D'autant qu'un inconnu rôde…

Les paysages somptueux de l'Australie sauvage, un personnage de femme fort et déterminé… Autant d'ingrédients qui ont fait le succès des grandes sagas de Tamara McKinley.

« Une saga familiale qui vous emporte
et ne vous laisse plus reprendre votre souffle. »
Bookseller

ISBN 978-2-3773-5273-9 / 7,95 €

LA ROUTE DE SAVANNAH WINDS

Début des années 2000. Fleur apprend qu'elle hérite d'Annie Somerville, une tante qu'elle n'a jamais rencontrée.

Milieu des années 1930. Annie et son époux ont quitté Melbourne pour devenir éleveurs à Savannah Winds, un ranch situé dans une contrée rude mais empreinte d'une beauté à nulle autre pareille.

À la lecture du journal d'Annie, qu'on croyait disparu, le doute et l'angoisse assaillent Fleur. A-t-elle bien fait d'entreprendre ce voyage à travers le temps et l'espace ?

Par son atmosphère envoûtante, la force de ses personnages et ses secrets enfouis, cette saga australienne s'inscrit dans la lignée des grands succès de Tamara McKinley.

Née en Tasmanie (Australie) en 1948, Tamara McKinley réside aujourd'hui sur la côte Sud de l'Angleterre. Elle est l'auteure de seize romans, de La Dernière Valse de Mathilda *(2007), best-seller international traduit dans plus de vingt pays, à* Où le cœur se pose *(2019). Toutes ses sagas sont disponibles chez Archipoche.*

« Un magnifique voyage
dans les contrées sauvages de l'Australie.
Sans oublier les émotions qui jalonnent le récit. »
daily-passions.com

ISBN 978-2-37735-446-7 / 8,95 €

Cet ouvrage a été composé
par Soft Office
à Eybens (Isère)

Impression réalisée par
CPI France
en mars 2021
pour le compte des Éditions Archipoche

Imprimé en France
N° d'édition : 672
N° d'impression : 3042470
Dépôt légal : avril 2021